KB188034

빨간 머리 앤

Anne of Green Gables

빨간 머리 앤

루시 모드 몽고메리 지음 | 최지현 옮김

보물창고

차례

1. 레이첼 린드 부인, 놀라다

레이첼 린드 부인은 작은 골짜기로 비탈져 내려가는 에이번리의 큰길가에 살고 있었다. 이 큰길을 따라서는 오리나무와 푸크시아 꽃들이 늘어서 있고, 커스버트 가(家)가 오래 전부터 살고 있는 숲에서 흘러나오는 시내가 길을 가로질러 흐르고 있었다. 그 시냇물의 상류는 연못과 폭포의 어둡고도 은밀한 비밀을 간직한 채 세차게 구불구불 흘러내린다고 하지만, 린드 부인의 집 근처에 이르러서는 물길이 제대로 잡힌 작은 시냇물이 되어 조용히 졸졸졸 흐르고 있었다. 시냇물조차도 예의범절을 갖추지 않고서는 린드 부인의 집을 지날 수 없었던 것이다. 아마도 린드 부인이 창가에 앉아, 흘러가는 시냇물에서부터 아이들까지 지나가는 것들은 모두 그 날카로운 눈으로 지켜보고 있다가 뭔가 이상한 것이 하나라도 눈에 띄면 그것이 왜, 무엇 때문에 그러는지 알아내기 전까지는 가만히 있지 않으리라는 것을 시냇물도 알았던 모양이다.

자신의 일은 소홀히 하면서 이웃의 일에 지나치게 간섭하는 사람들이 에이번리 마을은 물론이고, 마을 밖에도 많다. 하지만 레이첼 린드 부인은 자신의 일도 잘하면서 남의 일도 잘 도와주는 사람에 속했다. 알뜰한 가정주부인 린드 부인은 집안일이 아닌 일에서도 뛰어난 일꾼이었다. 재봉 봉사회(*자선을 목적으로 정기적으로 여자들이 모여 옷을 만드는 모임. 이하 *표시−옮긴이 주) 일도 '도맡아서' 했고 주일 학교 일도 도왔으며 교회 봉사나 해외 선교 보조 일에서도 가장 열성적인 지지자였다. 이 모든 일을 하면서도 린드 부인은 많은 시간을 부엌 창가에 앉아, 에이번리 여자들이 열여섯 장이나 떴다고 경외감 가득한 목소리로 말하곤 하는 이불보를 뜨면서 작은 골짜기 건너 가파르고 붉은 언덕을 구불구불 감아 올라가고 있는 큰길을 날카로운 눈으로 지켜보았다. 에이번리 마을은 세인트 로렌스 만으로 불거져 나와 양쪽으로 바다가 있는 작은 삼각형 모양의 땅 위에 자리잡고 있는데 마을을 드나들려면 누구든 언덕에 난 그 길을 지나야 했다. 그래서 보이지 않게 모든 것을 지켜보고 있는 린드 부인의 눈을 피할 수 없었다.

이른 6월의 어느 날 오후, 린드 부인은 햇살이 밝게 쏟아져 들어오는 창가에 앉아 있었다. 집 아래 비탈진 과수원에는 부끄러워하는 신부의 얼굴처럼 발그레하게 꽃들이 피어 있었고, 꽃 주변으로는 벌떼가 윙윙거리며 날아다니고 있었다. 에이번리 마을 사람들이 '레이첼 린드의 남편'이라고 부르는, 체구가 작고 순한 토머스 린드가 헛간 뒤의 언덕 밭에 철 늦은 순무 파종을 하고 있었다. 매튜 커스버트 씨도 '초록 지붕 집' 너머 시냇가의 크고 붉은 밭에 순무 씨를 뿌리고 있어야 했다. 린드 부인은 전날 밤 카모디에 있는 윌리엄 블레어의 가게에서 매튜 커스버트가 피터 모리슨에게 오늘 오후에 순무 씨를 뿌릴 거라고 했던 이야기를 들었기 때문에 그 사실을 알고 있었다. 물론 피터가 매튜에게 먼저 물어봤을 것이다. 매튜 커스버트는 평생 자기가 먼저 나서서 이야기를 한 적이 없는 사람이기 때문이다.

그런데 한창 바빠야 할 오후 3시 30분, 매튜 커스버트는 차분한 모습으로 마차를 몰아 작은 골짜기를 지나 언덕을 오르고 있었다. 매튜는 갖고 있는 옷 중에서 가장 좋은 것이 분명한 하얀 깃이 달린 정장을 입고 있었는데, 그건 그가 에이번리 마을 밖으로 가고 있다는 확실한 증거였다. 게다가 밤색 암말이 끄는 마차를 타고 있는 걸 보면 꽤 먼 거리를 가는 것이 분명했다. 매튜 커스버트는 어디로 가는 것이며, 그곳에는 왜 가는 것일까?

만약 그게 에이번리 마을의 다른 사람이었다면 린드 부인은 이렇게 저렇게 적당히 생각해서 그 두 가지 질문에 대한 그럴듯한 답을 짐작했을 것이다. 하지만 매튜는 집에서 나오는 일이 좀처럼 없는 사람이기 때문에 그가 나왔다는 건 아주 긴급하고도 이례적인 일임에 틀림없었다. 매튜는 워낙 내성적인 사람이라 낯선 사람들 사이에 있어야 하거나 말을 해야 하는 곳에 가는 걸 싫어했다. 그러니 하얀 깃이 있는 정장을 차려입는다거나 마차를 모는 일은 그에게 흔치 않은 일이었다. 아무리 생각해 봐도 그 이유를 알 수 없어 린드 부인은 결국 즐거운 오후를 망치고 말았다.

'그럼 차를 마신 후 초록 지붕 집에 가서 매튜가 어디에, 왜 가는지 마릴라에게 물어봐야겠어.'

대단한 린드 부인은 결국 그렇게 마음을 먹었다.

9

'이맘때 매튜는 보통 시내에 가지도 않을 뿐더러, 절대 누군가를 찾아갈 리도 없어. 그렇다면 순무 씨가 떨어진 걸까? 아니야, 순무 씨 사느라 정장을 입고 마차를 타고 가지는 않을 거야. 진찰을 받으러 의사에게 가는 걸까? 그것 치고는 너무 천천히 가고 있고. 아무튼 매튜가 집을 나선 걸로 봐서 지난밤 이후에 무슨 일이 생긴 게 분명해. 너무 궁금해 견딜 수 없어. 매튜 커스버트가 왜 에이번리 마을 밖으로 나가는지 알기 전까지는 단 1분도 마음을 진정시킬 수 없을 것 같아.'

그래서 린드 부인은 차를 마신 뒤 곧장 집을 나섰다. 그리 먼 길은 아니었다. 과수원에 둘러싸인 커스버트 남매의 커다란 집은 린드 부인이 살고 있는 곳에서 400미터도 채 떨어져 있지 않았다. 하지만 길게 뻗은 길은 꽤 멀게 느껴졌다. 매튜 커스버트의 아버지는 아들만큼이나 내성적이고 조용했는데, 농장을 지을 때 깊은 숲으로 들어가지는 않았지만 가능한 한 아는 사람들로부터 멀리 떨어진 곳에 자리를 잡았다. 초록 지붕 집은 그가 개간한 땅에서도 제일 끝자락에 지어져 지금까지 그대로 있다. 그래서 에이번리 마을의 다른 집들이 어울려 모여 있는 큰길에서는 거의 보이지도 않았다. 린드 부인은 그런 곳에서의 생활은 결코 '생활'이라고도 할 수 없다고 했다.

부인은 바큇자국이 깊이 나 있고 들장미 덩굴이 늘어선 풀밭 길을 걸으며 혼잣말을 했다.

"그냥 먹고 자며 지내는 거지. 자기들 혼자 이렇게 외따로 살고 있으니 매튜와 마릴라 둘 다 좀 이상한 것도 당연해. 자기들 둘만으로도 충분하다고 생각할지는 모르겠지만 나무들이 친구가 되는 것도 아닌데 말이야. 나라면 사람들을 보고 있는 편이 더 좋을 텐데. 그런데 두 사람은 충분히 만족하고 있는 것 같단 말이야. 내 생각엔 두 사람이 이 생활에 익숙해진 것 같아. 아일랜드 속담에 '사람 몸이란 어떤 것에도 익숙해질 수 있다. 심지어 목이 매달려도.'라는 말도 있잖아?"

린드 부인은 풀숲 길을 지나 초록 지붕 집의 뒷마당에 들어섰다. 깨끗하고 꼼꼼하게 손질된 마당은 초록빛으로 가득했다. 마당 한쪽에는 오래된 버드나무들이, 그리고 다른 쪽에는 포플러 나무들이 서 있었다. 나뭇가지 하나, 돌멩이 하나 떨어져 있지 않았다. 그런 게 있었다면 린드 부인이 보았을 텐데 말이다. 마릴라 커스버트가 집 안만큼이나 자주 마당을 비질하나 보다. 린드 부인은 마음속으로 생각했다. 흙만 아니라면 곡식 낟알도 주워 먹을 수 있을 것 같았다.

린드 부인은 부엌문을 재빠르고 세차게 두드린 후, 들어오라는 소리가 들리자마자 안으로 들어갔다. 초록 지붕 집의 부엌은 즐거운 곳이었다. 하지만 사용하지 않는 응접실 같이 지나치게 깨끗하지만 않다면 더 즐거웠을 것이다. 부엌 창문은 동쪽과 서쪽으로 나 있었다. 뒷마당이 보이는 서쪽 창문으로는 부드러운 6월의 햇살이 쏟아져 들어오고 있었다. 하지만 동쪽으로 난 창문으로는 왼쪽 과수원에 하얗게 꽃망울을 터뜨린 벚나무들과 시냇가 낮은 땅에 늘씬한 자작나무가 흔들거리며 서 있는 게 얼핏 보일 뿐, 포도덩굴로 뒤덮인 탓에 창은 온통 초록빛을 띠고 있었다. 마릴라 커스버트는 항상 동쪽 창가에 앉아 있었는데, 늘 약간 못미덥다는 표정으로 햇살을 보곤 했다. 진지한 세상에 비해 햇살이 너무 현혹

11

적이고 무책임하게 느껴졌기 때문이다. 마릴라는 동쪽 창가에 앉아 뜨개질을 하고 있었고 뒤에 있는 식탁에는 저녁이 차려져 있었다.

린드 부인은 문을 닫기 전에 식탁에 있는 것들을 유심히 보았다. 접시가 세 개 있는 것으로 보아 마릴라는 매튜가 누군가를 데리고 와서 함께 커피를 마실 거라고 생각하고 있는 것 같았다. 하지만 늘상 쓰는 접시에 겨우 사과 통조림, 그리고 케이크도 한 종류인 것으로 추측컨대 기다리고 있는 사람이 그다지 특별한 손님은 아닌 것 같았다. 그럼 매튜가 입었던 하얀 깃의 정장과 밤색 암말은 뭐지? 조용한 데다 별로 신비롭지도 않은 초록 지붕 집에서 일어나고 있는 수수께끼 같은 일 때문에 린드 부인은 머리가 어지러웠다.

마릴라가 기분 좋은 목소리로 말했다.

"안녕하세요, 레이첼. 오늘 저녁은 정말 날씨가 좋네요, 그렇죠? 와서 좀 앉아요. 가족들은 잘 지내시죠?"

마릴라 커스버트와 린드 부인은 서로 공통점이 없음에도 불구하고, 아니 어쩌면 공통점이 없기 때문에 두 사람 사이에는 우정이라고밖에 부를 수 없는 어떤 것이 존재할 수 있었는지도 모른다.

마릴라는 곡선미라곤 없는 각진 몸매에 키가 크고 마른 여자였다. 희끗희끗한 검은 머리는 언제나 작고 단단하게 말아 뒤로 틀어 올린 뒤 철 핀 두 개로 야무지게 고정시켰다. 마릴라는 경험의 폭이 좁고 고지식해 보였는데 실제로도 그랬다. 하지만 그런 그녀에게도 말에 관해서는 꽤 뛰어난 면이 있어서 조금만 계발을 했더라면 상당한 유머 감각을 뽐냈을지도 모르겠다.

"우린 모두 잘 지내죠. 그런데 마릴라, 당신은 그렇지 못한 것 같아 걱정이 돼서요. 오늘 매튜가 마을을 나가는 걸 봤거든요. 혹시 의사를 만나러 가는 건 아닌가 해서요."

그럴 줄 알았다는 듯 마릴라의 입술이 씰룩거렸다. 마릴라는 린드 부인이 올 거라고 예상하고 있었던 것이다. 매튜가 아무런 설명도 없이 길을 떠나는 모습은 이웃의 호기심을 불러일으키기에 충분했을 테니 말이다.

"아, 아니에요. 어제 두통이 심하긴 했지만 이젠 괜찮아요. 매튜 오빠는 브라이트 리버로 갔어요. 노바스코샤에 있는 고아원에서 남자 아이 한 명을 데리고 올 건데, 그 아이가 오늘 밤에 기차를 타고 온다고 해서요."

린드 부인은 매튜가 오스트레일리아에서 온 캥거루를 마중하러 브라이트 리버로 갔다고 말했더라도 이보다 놀라지는 않았을 것이다. 부인은 5초 동안 멍한 상태로 아무 말도 하지 못했다. 마릴라가 자신을 놀리는 건 상상할 수 없는 일이지만, 혹시 그럴지도 모른다고 린드 부인은 억지로 생각했다.

"진심인가요, 마릴라?"

겨우 말문이 트이자 린드 부인이 물었다.

"물론이죠."

마릴라는 마치 노바스코샤에서 남자 아이들을 데리고 오는 일이 전례 없이 혁신적인 일이 아니라 규칙이 잘 정리된 에이번리 농장에서 봄이면 일상적으로 하는 일 중의 하나라는 듯 말했다.

린드 부인은 정신적으로 심한 충격을 받았다. 머릿속에는 느낌표밖에 떠오르지 않았다. 남자 아이라니! 그 많은 사람들 중에서 마릴라와 매튜가 남자 아이를 입양한다고! 그것도 고아원에서! 세상이 뒤집어진 게 분명해! 앞으로 이것보다 더 놀랄 일은 없을 거야! 절대로!

"대체 어쩌다 그런 생각을 한 거죠?"

린드 부인이 못마땅하다는 듯 물었다. 자신의 의견도 묻지 않고 이런 일을 했으니 못마땅해하는 것도 당연한 일이었다.

"그게, 사실은 한동안 이 일에 대해 생각하고 있었거든요. 겨우 내 말이에요. 크리스마스 전 어느 날 알렉산더 스펜서 부인이 우리 집에 와서는 봄이 되면 호프타운에 있는 고아원에서 여자 아이를 데리고 올 거라고 이야기를 했어요. 스펜서 부인은 그곳에 사는 사촌을 찾아가 모두 알아봤대요. 그 이후로 매튜 오빠와 함께 그 일에 대해 조금씩 이야기를 나누게 됐죠. 우리는 남자 아이를 데려 오는 게 낫겠다는 생각이에요. 오빠도 벌써 예순이나 돼서 그런지 일하는 것도 예전만 못해요. 게다가 심장 때문에 애를 먹고 있기도 하거든요. 그리고 일꾼을 고용하는 게 얼마나 힘든 일인지 당신도 잘 알잖아요. 멍청하고 덜 자란 프랑스계 남자 애들뿐이라고요. 그리고 어떻게든 고용해서 뭔가를 가르쳐 놓으면 가재 통조림 공장이나 미국으로 달아나 버리니까요. 처음에 오빠는 버나도 고아원(*아일랜드 태생의 사회사업가 버나도 박사가 영국의 고아들을 수용하기 위해 만든 고아원.)의 아이를 데리고 오자고 했지만 난 단호하게 안 된다고 했죠. 그곳 아이들이 나쁘다는 뜻은 아니에요. 물론 그들도 괜찮을 테지만, 난 런던 부랑아들이 싫어요. 최소한 캐나다 아이였으면 좋겠다는 거죠. 어떤 아이를 데려 오든 위험은 따를 거예요. 하지만 캐나다 아이를 데리고 오면 좀 더 마음이 편해서 두

발 뻗고 잠잘 수 있을 것 같거든요. 그래서 결국 우리는 스펜서 부인에게 여자 아이를 데리러 갈 때 우리 집에 올 남자 아이도 한 명봐 달라고 부탁하기로 했답니다. 그리고 지난주에 스펜서 부인이 그곳에 갈 거라는 이야기를 듣고, 카모디에 사는 리처드 스펜서의 가족들에게 열 살이나 열한 살쯤 되는 똑똑하고 괜찮은 남자 아이를 보내 달라고 부탁했어요. 그 정도 나이가 가장 좋을 것 같았어요. 허드렛일 정도는 적당히 할 수 있으면서 아직 어리니까 제대로 가르칠 수도 있을 테니까요. 우린 그 아이에게 좋은 가정을 만들어 주고 학교도 보낼 생각이에요. 그런데 오늘 우체부가 알렉산더 스펜서 부인이 보낸 전보를 갖고 왔더군요. 그들이 오늘 오후 5시 30분 기차로 온다는 거예요. 그래서 오빠가 브라이트 리버로 그 아이를 마중 간 거랍니다. 물론 스펜서 부인은 그 아이를 역에 내려 주고 화이트 샌즈 역으로 계속 갈 거고요."

린드 부인은 자신의 생각을 소신껏 말하는 스스로를 늘 자랑스러워했다. 그래서 이제 이 놀라운 소식에 마음을 가다듬으며 자신의 생각을 말하기 시작했다.

"그런데 마릴라, 내 생각엔 당신이 정말 어리석은 짓을 한 것 같아요. 거 뭐야. 위험한 짓이라고요. 지금 무슨 짓을 하고 있는지 알고 있기나 해요? 당신이 살고 있는 보금자리에 낯선 아이를 데리고 오는 거라고요. 그런데 당신은 그 아이의 성격이 어떤지, 부모는 어떤 사람이었는지, 또 그 아이가 나중에 어떻게 변할지, 그 아이에 대해 아는 것이 하나도 없잖아요. 지난주에 신문에서 읽었던 이야기를 해 줄까요? 섬 서쪽 지방에 사는 어떤 부부가 고아원에서 남자 아이를 데리고 왔는데, 그 아이가 한밤중에 집에 불을 질렀대요. 그것도 고의로 말이죠. 하마터면 부부는 침대에 누워 있다가 불에 타 죽을 뻔했죠. 또 이런 경우도 있어요. 입양된 남자 아이가 달걀 껍데기에 구멍을 내어 잘 빨아먹는 버릇이 있었는데, 끝까지 그 버릇을 고치지 못했대요. 당신이 묻지는 않았지만 미리 내 생각을 물었다면 제발 그런 짓은 하지 말라고 충고했을 거예요."

이 달갑지 않은 친절에 마릴라는 기분 나빠하지도, 놀라지도 않고 그냥 뜨개질만 계속 했다.

"당신 이야기가 틀렸다고는 말하지 않겠어요, 레이첼. 나도 불안하기는 해요. 하지만 오빠가 이미 단단히 마음을 정한 것 같아요. 나도 오빠 뜻을 따르기로 했고요. 오빠가 이렇게 마음을 단단히 먹고 뭔가 하는 일이 드물어서, 이럴 때는 오빠의 생각을 따르는 게 내 도리인 것 같아요. 그리고 그 위험에 관해서라면 말이죠, 이 세상 사람들이 하는 모든 일에 위험은 따르기 마련이니까요. 자기 자식을 낳아도 위험하긴 마찬가지죠. 언제나 잘 자랄 거란 보장은 없으니까요. 그리고 노바스코샤는 섬이랑 아주 가까워요. 미국이나 영국에서 아이를 데리고 오는 게 아니라니까요. 그 아이는 우리랑 크게 다르지 않을 거예요."

"그럼, 모든 게 다 잘 되길 바랄게요. 다만 그 아이가 초록 지붕 집을 홀랑 태워 먹거나 우물에 약을 타더라도 내가 경고한 적이 없다는 말은 하지 말아요. 뉴브런즈윅에서 고아원 아이 하나가 그런 짓을 해서 온 가족이 끔찍하게 고통스러워하다가 죽었단 이야기를 들은 적이 있거든요. 물론 그 경우엔 여자 아이였지만 말이죠."

린드 부인의 어조에서는 강한 의심이 그대로 드러나고 있었다.

"글쎄요, 우리가 여자 아이를 데려 오는 건 아니니까요."

마릴라는 마치 우물에 독약을 푸는 건 순전히 여자 아이만이 하는 일이며, 남자 아이의 경우에는 두려워할 필요가 없다는 듯 말했다.

　"난 여자 아이를 데려다 키우는 일은 꿈에도 생각해 본 적이 없어요. 알렉산더 스펜서 부인이 왜 그런 일을 하는지 이해할 수가 없다니까요. 하지만 스펜서 부인은 그럴 마음만 먹는다면 고아원에 있는 모든 아이를 입양하는 것도 마다하지 않을 사람이죠."

　린드 부인은 매튜가 고아를 데리고 집에 올 때까지 기다리고 싶었다. 하지만 생각해 보니 매튜가 돌아오기까지 족히 두 시간은 걸릴 것 같아서, 길을 따라 올라가 로버트 벨네로 가서 이 소식을 전해야겠다는 생각을 했다. 이 소식은 큰 화젯거리가 될 게 분명했고, 린드 부인은 주변을 떠들썩하게 만드는 것을 무척이나 좋아했다. 린드 부인이 초록 지붕 집을 나서자 마릴라는 왠지 마음이 놓였다. 부인의 비관적인 생각 때문에 나중에는 슬슬 두려움과 의심이 생겼기 때문이다.

　린드 부인은 샛길로 들어서며 불쑥 큰 소리로 말했다.

　"참, 어떻게 이런 일이! 마치 꿈을 꾸고 있는 것 같군. 그 가엾은 어린 아이가 안됐어. 정말 안됐어. 매튜나 마릴라는 아이에 대해서 아는 게 아무것도 없으면서, 그 아이가 자기들 할아버지보다 더 현명하고 착실하기를 바랄 텐데 말이야. 그 아이에게 할아버지나 있었는지 모르겠네. 초록 지붕 집에 아이가 있다고 생각하니 이상한 느낌이야. 그곳엔 아이가 있었던 적이 한 번도 없었으니까. 거 뭐야, 매튜와 마릴라가 다 자란 뒤에 그 집을 지었잖아. 두 사람이 아이였다 하더라도 이렇게 외따로 살고 있으니 사람들이 두 아이

17

들을 볼 수나 있었겠어? 난 어떤 일이 있어도 그 고아 입장이 될 수는 없겠지만, 아무튼 그 아이가 불쌍해."

린드 부인은 마음속에 가득한 이야기들을 들장미 덤불에 쏟아냈다. 하지만 바로 그 순간, 브라이트 리버 역에서 참을성 있게 기다리고 있는 아이를 봤다면 부인의 동정심은 한층 더 깊어졌을 것이다.

2. 매튜 커스버트, 놀라다

매튜 커스버트와 밤색 암말은 브라이트 리버까지 12킬로미터가
넘는 길을 느긋하게 달렸다. 아늑한 농장 사이로 뻗은 길이 참 예
뻤다. 이따금 전나무 사이를 달릴 때는 발삼 향이 났고 야생 자두
나무를 지날 때면 하얀 꽃들이 늘어져 있기도 했다. 수많은 사과
나무의 숨결로 공기는 향긋했고 저 멀리 지평선까지 뻗어 있는 풀
밭에는 진주빛과 보랏빛의 안개가 피어올랐다. 그리고

수많은 날 중 여름은 오늘 하루뿐인 것처럼
작은 새들이 지저귀었다.

매튜는 도중에 마주친 여자들에게 고개 숙여 인사해야 하는
경우를 빼고는 자신의 여행을 즐겼다. 프린스 에드워드 섬에서는
알건 모르건 길에서 만나는 모든 사람들에게 고개를 가볍게 숙이

고 인사를 해야 했다.

매튜는 마릴라와 린드 부인을 제외한 모든 여자들을 두려워했다. 여자들이 몰래 자신을 비웃고 있다는 불편한 느낌 때문이었다. 어깨까지 닿는 긴 회색 머리에 스무 살 이후로 깎은 적 없는 풍성하고 부드러운 갈색 수염을 한 볼품없는 그의 외모는 그다지 평범하지 않았으므로, 어쩌면 그렇게 생각하는 것이 영 틀린 것은 아닐지도 모르겠다. 사실 매튜는 스무 살에도 흰머리 없는 예순 살 노인처럼 보이긴 했다.

매튜가 브라이트 리버에 도착했을 때 기차는 보이지 않았다. 너무 빨리 도착했다 생각한 매튜는 작은 브라이트 리버 호텔의 마당에 말을 묶어 놓고 역사로 들어갔다. 긴 플랫폼에는 사람이 거의 없었다. 단지 저편 맨 끝 쪽에 포개어 놓은 널빤지 위에 여자 아이 같아 보이는 사람이 앉아 있는 게 보였다. 그것이 여자 아이라는 걸 간신히 알아차린 매튜는 아이 쪽은 보지도 않고 가능한 한 빨리 그곳을 지나쳐 갔다. 그 아이를 봤다면 아이의 모습과 표정에서 긴장감과 기대감을 발견할 수 있었을 것이다. 여자 아이는 뭔가를, 혹은 누군가를 기다리며 그곳에 앉아 있었다. 앉아 기다리는 것 말고는 아무것도 할 수 있는 게 없었기 때문에 그 아이는 온 힘을 다해 기다렸다.

저녁을 먹으러 집에 가기 위해 매표소 문을 잠그고 있는 역장과 마주친 매튜는 5시 30분 기차가 곧 도착하는지 물었다. 그러자 활발한 역장이 대답했다.

"5시 30분 기차는 30분 전에 도착했다가 다시 출발했어요. 그런데 한 승객이 당신에게 데리고 온 여자 아이 한 명을 내려 주고 갔어요. 그 아이는 저기 밖의 널빤지 위에 앉아 있어요. 숙녀용 휴게실에 들어가 있으라고 했지만 아주 진지하게 자기는 밖에 있는 게 더 좋다고 하더라고요. '밖은 상상할 수 있는 범위가 더 크거든요.'라고 했어요. 그 아이는 틀림없이 괴짜일 거예요."

"난 여자 아이를 데리러 온 게 아니오. 내가 온 건 남자 아이 때문이오. 남자 아이가 이곳에 있어야 하는데……. 알렉산더 스펜서 부인이 노바스코샤에서 그 아이를 데리고 오기로 되어 있었소."

매튜가 멍한 표정으로 말하자 역장이 휘파람을 불며 말했다.

"뭔가 착오가 있었던 것 같은데요. 스펜서 부인은 저 소녀와 함께 기차에서 내려서는 아이를 나에게 맡기며, 당신과 당신 여동생이 고아원에서 저 아이를 입양하기로 했다고 말했어요. 그리고 당신이 곧 아이를 데리러 올 거라고 했고요. 내가 알고 있는 건 그게 다예요. 그리고 이 근방에 고아 아이를 숨겨 두지는 않았답니다."

"이해할 수가 없군."

매튜는 마릴라가 곁에 있어서 이 상황을 해결해 주면 얼마나 좋을까 생각하면서 힘없이 말했다.

"이제 저 여자 아이에게 물어보는 게 좋겠네요. 그 아이에게도 입이 있으니 어찌된 일인지 설명해 줄 수 있겠죠. 어쩌면 당신이 원했던 남자 아이가 없었을 수도 있고요."

역장이 아무 상관없다는 듯 말했다. 그러고는 이내 배가 고프다는 표정을 지으며 명랑하게 걸어가 버렸고, 운이 나쁜 매튜는 혼자 남아 호랑이를 잡으러 호랑이 굴로 들어가는 것보다 더 힘든 일을 해야 했다. 여자 아이, 더군다나 낯선 여자 아이, 게다가 고아원의 여자 아이에게 다가가 왜 남자 아이가 아닌지 물어봐야 하는 것이다. 매튜는 마음속으로 쿵 하는 소리를 내며 돌아서서는 플랫폼을 어기적어기적 걸어 여자 아이에게 다가갔다.

여자 아이는 매튜가 조금 전 자신을 지나쳐 간 뒤부터 줄곧 그를 지켜보고 있었고, 지금도 눈을 떼지 않고 있었다. 매튜는 여자 아이를 보고 있지 않았고, 설사 보았다 하더라도 아이의 생김새가 어떤지 알아채지 못했을 것이다. 하지만 보통 사람의 눈에 비친 아이의 모습을 이랬다.

열한 살 정도 되어 보이는 그 아이는 깡똥하고 몸에 딱 달라붙는 데다 예쁘지도 않은, 면모 교직물로 만들어진 누르스름한 옷을 입고 있었다. 머리에 쓰고 있는 빛바랜 갈색 세일러 모자(*챙이 납작하고 빳빳한 밀짚 모자.) 아래로는 숱이 많고 누구도 알아볼 수 있을 만큼 선명한 빨간 머리를 두 갈래로 땋아 늘어뜨리고 있었다. 작고 하얀 얼굴은 야위었고 주근깨가 많았다. 입도 크고 눈도 컸는데 눈동자는 빛에 따라 초록색으로 보일 때도 있었고, 회색으로 보이기도 했다.

지금까지가 보통 사람의 눈에 비친 모습이었다면, 이제부터는 좀 특별한 사람의 눈으로 본 아이의 모습이다. 특별한 사람은 아이의 턱이 아주 뾰족하고 또렷하다는 걸 봤을 것이다. 커다란 두 눈엔 생기발랄함이 가득하고 사랑스러운 입술은 표현력이 풍부해 보였다. 또 이마는 동그스름하고 넓었다. 한 마디로 분별력 있고 특별한 눈을 가진 사람이라면, 내성적인 매튜 커스버트가 그토록 두려워하고 있는 이 길 잃은 여자 아이의 몸에 평범하지 않은 영혼이 살고 있을 거라고 결론을 내릴지도 모르겠다.

다행히 매튜는 먼저 말을 걸어야 하는 곤혹스러움을 면할 수 있었다. 매튜가 자신에게로 오고 있다는 확신이 들자마자 여자 아이는 햇볕에 그을린 앙상한 손으로 낡아 빠진 구식 여행 가방의 손잡이를 잡고 일어서더니 남은 손을 매튜에게 내밀었다.

"초록 지붕 집의 매튜 커스버트 씨죠?"

아이는 독특하게 맑고 낭랑한 목소리로 물었다.

"만나서 정말 반가워요. 아저씨가 저를 데리러 오지 않으면 어쩌나 막 걱정을 하던 참이었어요. 그리고 어떤 일이 일어나서 아저씨가 오지 못하는 걸까, 상상하고 있었어요. 혹시라도 오늘 밤 저를 데리러 오지 않으시면 기찻길을 따라 가 저기 모퉁이에 있는 커다란 야생 벚나무에 기어 올라가서 밤을 보내기로 마음먹은 참이에요. 전 조금도 무섭지 않아요. 온통 하얗게 꽃이 핀 벚나무에서 달빛을 받으며 잠을 자는 건 정말 낭만적이지 않을까요? 대리석으로 꾸민 커다란 방에 살고 있다고 상상할 수 있으니까요. 아저씨가 오늘 밤에 오지 못하더라도 내일 아침에는 꼭 오실 거라고 생각하고 있었어요."

매튜는 아이의 작고 앙상한 손을 어색하게 잡고는 당장 어떻게 할지 마음을 정했다. 두 눈을 반짝이고 있는 이 아이에게 착오가 있었다고 자기 입으로 말할 수는 없었기 때문에 아이를 집으로 데리고 가 마릴라가 대신 하도록 하는 것이었다. 어떤 착오가 있었든 이 아이를 브라이트 리버에 남겨 둘 수는 없었다. 그러니 모든 질문과 설명은 초록 지붕 집에 무사히 도착할 때까지 미뤄 두는 게 좋을 것 같았다.

"늦어서 미안하구나. 이리 오너라. 말은 저기 뜰에 있다. 가방을 이리 다오."

매튜가 수줍은 목소리로 말하자 아이는 쾌활하게 대답했다.

"어머, 제가 들 수 있어요. 별로 무겁지 않거든요. 제가 가진 모든 것을 몽땅 다 넣었지만 무겁지 않아요. 그리고 잘 들지 않으면 손잡이가 빠지거든요. 그러니 제가 드는 게 더 나을 거예요. 가방을 드는 정확한 방법을 알고 있으니까요. 상상도 못할 만큼 오래된 여행 가방이에요. 아, 아저씨가 오셔서 정말 기뻐요. 야생 벚나무에 올라가서 자는 것도 꽤 괜찮았겠지만 말이에요. 한참 가야 하는 거죠? 스펜서 부인이 그러는데 12킬로미터 정도 떨어져 있다면서요? 전 좋아요. 마차 타고 가는 걸 좋아하거든요. 아저씨 가족이 되어 함께 살게 돼서 너무 행복해요. 전 사실 한 번도 누군가의 가족이 되어 본 적이 없거든요. 정말이에요. 고아원은 정말 최악이었어요. 그곳에 겨우 넉 달 살았지만 더 이상 살고 싶은 마음이 없어요. 아저씨는 고아원에서 살아 본 적이 없으니 그곳에 사는 게 어떤 건지 전혀 모르실 거예요. 그보다 더 끔찍한 생활은 상상할 수 없을걸요. 스펜서 부인은 제가 그렇게 말하는 게 못된 짓이라고 했지만 일부러 그러는 건 아니에요. 못된 짓이라는 걸 알면서 어떻게 못되게 굴 수 있겠어요, 안 그래요? 좋은 사람들이었어요. 그러니까 고아원 사람들 말이에요. 그런데 고아원에서는 상상할 수 있는 범위가 너무 작았거든요. 다른 고아들을 보면서 상상을 하는 게 다니까요. 하지만 고아들을 보면서 상상하는 건 재미있었어요. 아저씨 옆에 앉은 소녀가 사실은 백작의 딸이었는데 갓난아기였을 때 잔인한 간호사가 훔쳐 온 거예요. 그리고 간호사는 그 사실을 말하지 않고 죽어 버린 거죠. 전 밤에 누워서 자지 않고 종종 그런 이야기들을 상상하곤 했어요. 왜냐하면 낮에는 그럴 시간이 없었거든요. 그래서 제가 이렇게 마른 것 같아요. 저 정말 끔찍하게 말랐죠? 정말 뼈밖에 남지 않았어요. 팔꿈치가 쏙 들어갈 만큼 통통하게 살이 붙은 제 모습을 상상하고 있으면 정말 행복해요."

매튜의 길동무는 숨이 차기도 하고 마차가 있는 곳에 도착하기도 해서 이야기를 멈췄다. 그리고 마을을 벗어나 작고 가파른 언덕을 내려갈 때까지 한 마디도 하지 않았다. 부드러운 흙을 깎아 만든 비탈길가, 두 사람 머리 위 1미터 높이에는 꽃이 활짝 핀 야생 벚나무와 늘씬하고 하얀 자작나무가 서 있었다.

아이는 손을 내밀어 마차 옆을 스치는 야생 자두나무 가지 하나를 꺾었다.

"아름답지 않아요? 비탈에서 몸을 내밀고 있는, 온통 하얀 데다 레이스처럼 하늘거리는 저 나무를 보면 무슨 생각이 드세요?"

"글쎄, 잘 모르겠는데."

"신부요. 하얀 드레스를 입고 안개처럼 아름다운 면사포를 쓴 신부 말이에요. 한 번도 신부를 본 적은 없지만 어떤 모습일지는 상상할 수 있어요. 전 신부가 될 수 있을 거라 생각해 본 적이 없어요. 별로 예쁘지 않아서 아무도 저랑 결혼하고 싶어 하지 않을 거예요. 혹시 외국인 선교사라면 모를까 말이죠. 외국인 선교사도 그렇게 특별하진 않을 거예요. 하지만 언젠가는 저도 꼭 하얀 드레스를 입어 보고 싶어요. 그게 제가 꿈꾸는 지상 최고의 행복이에요. 전 예쁜 옷들이 좋아요. 하지만 제가 기억하는 한 지금까지 단 한 번도 예쁜 옷을 입어 본 적이 없어요. 그러니 그만큼 더 간절히 기대하는 것도 당연한 거 아닐까요? 그리고 아주 화려하게 차려입은 제 모습을 상상할 수 있어요. 오늘 아침 고아원을 나설 때 끔찍하게 낡은 이 옷을 입어야 해서 너무 창피했어요. 고아들은 모두 이 옷을 입어야 하거든요. 호프타운의 한 상인이 지난겨울 이 면 모 교직물을 고아원에 300마나 기증을 한 거예요. 어떤 사람들은 그 천을 팔 수 없게 돼서 그런 거라고 하지만, 전 그 상인이 마음속에서 우러나온 친절함으로 기증했다고 믿으려고요. 하지만 기차에 탔을 때 모든 사람이 저를 보며 가엾게 여기는 것 같은 기분이 들었어요. 그래서 곧바로 제가 지금 엷은 파란색의 아름다운 드레스를 입고 있다고 상상을 하기 시작했죠. 기왕 상상을 하려면 멋진 걸 떠올리는 편이 좋거든요. 그래서 각종 꽃과 흔들리는 깃털로 장식된 커다란 모자를 쓰고 금으로 된 손목시계를 차고, 새끼 염소 가죽으로 만든 장갑과 부츠를 신은 제 모습을 상상했어요. 그러자 당장 기분이 좋아지면서 섬으로 오는 여행을 온 마음으로 즐길 수 있었어요. 배를 타고 올 때 멀미도 하지 않았어요. 스펜서 부인도 평소와 달리 멀미를 하지 않았어요. 부인은 제가 물속으로 떨어지지 않는지 지켜보느라 멀미할 틈도 없었대요. 또 저처럼 여기저기 돌아다니는 아이를 본 적이 없대요. 하지만 그 덕분에 부인이 멀미를 하지 않았다면, 제가 여기저기 돌아다닌 건 고마운 일 아닌가요? 무엇보다 전 배에서 볼 수 있는 건 모두 다 보고 싶었어요. 또 배를 탈 수 있는 기회가 없을지도 모르니까요. 어머, 저기에는 활짝 핀 벚꽃들이 훨씬 많네요! 이 섬은 세상에서 꽃이 가장 많이 핀 곳이에요. 벌써 여기가 좋아졌어요. 그리고 여기서 살게 돼서 얼마나 좋은지 몰라요. 프린스 에드워드 섬이 세상에서 가장 아름다운 곳이란 이야기를 항상 들었거든요. 그래서 이곳에서 사는 걸 상상하곤 했지만 정말 그렇게 되리라고는 생각하지 못했어요. 상상하던 게 이루어지면 정말 기쁘지 않겠어요? 그런데 저기 붉은색 길은 정말 재미있네요. 샬럿타운에서 기차를 탔을 때 붉은 길이 휙휙 지나가는 걸 보고 왜 길이 붉은지 묻자 스펜서 부인은 모른다고 하면서 제발 부탁이니 더 이상 질문을 하지 말라고 했어요. 제가 벌써 질문을 천 가지나 했다고 하면서요. 제 생각에도 그랬던 것 같긴 하지만, 질문하지 않고 어떻게 뭔가에 대해 알 수 있겠어요? 그런데 길이 왜 붉게 된 거죠?"

"글쎄, 잘 모르겠는데."

"음…… 그렇다면 언젠가는 꼭 알아봐야겠네요. 알아봐야 할 것들에 대해서 생각하는 것도 근사하지 않나요? 내가 살아 있다는 걸 실감하게 해 주죠. 얼마나 재미있는 세상인지 몰라요. 모든 것을 다 알고 있다면 지금의 절반만큼도 즐겁지 않을 거예요, 안 그런가요? 그리고 상상할 거리들도 없어지겠죠. 그런데 제가 말을 너무 많이 하고 있나요? 사람들은 늘 저더러 말이 많대요. 제가 말하지 않는 편이 더 좋으시겠어요? 아저씨가 그러라면 말하지 않을게요. 그러기로 마음만 먹으면 말을 하지 않을 수 있어요. 좀 어렵긴 하겠지만 말이죠."

하지만 매튜는 스스로도 놀랄 정도로 아이의 이야기를 즐겁게 듣고 있었다. 말수가 없는 대부분의 사람들이 그러하듯이, 그도 기꺼이 혼자서 이야기를 하고 끝에 가서도 맞장구를 쳐 주기를 바라지 않는 수다스러운 사람을 좋아했다. 하지만 자신이 어린 여자아이의 세계를 즐거워하게 될 거라 생각한 적은 없었다. 매튜는 여자들을 좋아하지 않았고 어린 여자 아이들은 더더욱 싫어했다. 두려운 표정으로 자신을 곁눈질하고 옆걸음질치며 지나가는 여자 아이들을 보는 건 질색이었다. 그들은 마치 한 마디라도 하면 매튜가 자기들을 한 입에 잡아먹기라도 하는 것처럼 굴었다. 이게 바로 좋은 교육을 받고 자란 에이번리 여자 아이들의 모습이었다. 하지만 이 주근깨투성이의 매력덩어리는 아주 달랐다. 매튜는 자신의 느린 이해력으로는 민첩하게 돌아가는 아이의 정신세계를 따라잡는 게 다소 어렵다는 걸 알았지만 자신이 '아이의 수다를 조금 좋아하고 있다.'는 생각이 들었다. 그래서 평소처럼 수줍은 목소리로 말했다.

"아, 난 상관없으니 너 좋을 대로 실컷 말하려무나."

"어머나, 정말 다행이네요. 어쩐지 아저씨와 저는 잘 맞을 것 같았어요. 말하고 싶을 때 말할 수 있고, '아이들이란 눈에 보이는 건 되지만 소리가 들려선 안 된다.'라는 말을 듣지 않으니 한결 마음이 놓이네요. 그런 이야기를 백만 번도 더 들었거든요. 사람들은 제가 거창한 말을 쓴다고 비웃어요. 하지만 생각이 크다면 그 생각들을 표현하기 위해 거창한 말을 써야 하는 거 아닌가요?"

"음, 그럴듯한 이야기로구나."

"스펜서 부인은 제 혀가 한가운데에 매달려 있는 게 틀림없다고 했어요. 하지만 그건 아니에요. 제 혀는 분명히 한쪽 끝에 붙어 있는 걸요. 스펜서 부인이 그러는데 아저씨 집을 '초록 지붕 집'이라고 한다면서요? 스펜서 부인에게 모든 걸 물어봤죠. 집 주변엔 온통 나무들이라고 했어요. 그 말을 들으니 그 어느 때보다 기뻤어요. 전 나무를 너무너무 사랑하거든요. 그런데 고아원 주변에는 나무다운 나무가 한 그루도 없었어요. 앞에 아주 보잘것없이 조그만 것들 몇 그루만 있고 그 주위에는 속임수로 만들어 놓은 작은 나무들뿐이었어요. 그 나무들이 꼭 고아들 같아서 나무들을 보면 울고 싶었어요. 그래서 그 나무들에게 이렇게 말하곤 했어요. '아, 가엾은 어린 것들 같으니라고! 넓은 숲으로 가서 다른 나무들과 함께 살고 뿌리 위로는 이끼와 작은 꽃들이 자라며 그리 멀지 않은 곳에서는 시냇물이 흐르고 가지 위에 새들이 날아와 노래하면 너희들도 잘 자랄 수 있을 텐데. 하지만 지금 이곳에서는 자랄 수가 없겠지? 너희들이 어떤 기분인지 난 잘 알아. 작은 나무들아.' 오늘 아침에 그들을 남겨 두고 떠나게 돼서 안타까웠어요. 아저씨도 그렇게 애착을 갖고 있는 것들이 있죠? 초록 지붕 집 근처 어딘가에 시내가 있나요? 스펜서 부인에게 그걸 물어보는 걸 깜빡했어요."

"그러니까 그게, 집 바로 아래에 시내가 흐르고 있지."

"어머, 너무 환상적이에요! 시내 근처에서 사는 것도 언제나 꿈꿔 오던 일이었어요. 하지만 그 꿈이 이뤄질 거란 생각은 하지 않았어요. 꿈이란 그렇게 자주 이뤄지지 않으니까요, 안 그래요? 꿈이 이루어진다면 너무 좋지 않을까요? 그런데 저 지금 거의 완벽하게 행복하려고 해요. 아직은 아니지만요. 그런데 아저씨, 이게 무슨 색깔일까요?"

아이는 야윈 어깨 위로 길게 땋아 내린 양갈래 머리 중 하나를 잡아채더니 매튜의 눈앞에 들이댔다. 매튜는 여자의 머리색을 분간하는 데 익숙하지 않았지만 이번에는 의심의 여지가 없었다.

"빨간색인데, 그렇지 않니?"

여자 아이는 평생 맺혀 있던 모든 슬픔을 뱉어 내는 듯, 그리고 발가락 끝에서부터 끌어올린 것 같은 한숨을 내쉬며 잡고 있던 머리채를 떨어뜨렸다.

"맞아요. 빨간색이에요."

아이는 체념한 듯 말했다.

"이제 아저씨는 제가 왜 완벽하게 행복할 수 없는지 알았을 거예요. 머리가 빨간 사람은 누구도 행복할 수 없어요. 전 다른 것들이라면 그렇게 신경 쓰지 않아요. 주근깨, 초록색 눈, 빼빼 마른 몸. 그런 것들은 없다고 상상할 수 있어요. 얼굴빛은 장미 꽃잎 같고 눈은 별처럼 빛나는 사랑스러운 보랏빛이라고 상상할 수 있다고요. 하지만 빨간 머리가 없다는 상상은 못 하겠어요. 최선을 다해서 생각해요. '이제 내 머리는 갈까마귀 날개처럼 우아한 까만색이야.' 하지만 그냥 빨간색이라는 걸 깨닫게 될 때마다 제 심장이 부서져요. 평생의 슬픔이 될 거예요. 평생 동안 슬픔을 간직하고 산 소녀의 이야기를 소설책에서 읽은 적이 있지만, 빨간 머리 때문은 아니었어요. 그 소녀는 설화 석고 같은 이마에서부터 등 뒤로 물결치듯 흘러내리는 금발이었어요. 그런데 설화 석고 같은 이마가 뭐죠? 도무지 무슨 말인지 모르겠어요. 아저씨는 아세요?"

"글쎄다. 잘 모르겠는걸."

매튜는 약간 어지러웠다. 아무것도 몰랐던 어린 시절에 갔던 소풍에서 한 소년이 회전목마를 타라고 꾀었을 때 느꼈던 기분이 들었다.

"뭐, 그게 뭐든 좋은 것이었던 건 분명해요. 그 소녀는 성스러울 정도로 아름다웠으니까요. 성스럽도록 아름다우면 어떤 기분일지 상상해 본 적 있으세요?"

"아, 아니, 그런 적 없다."

매튜는 순진하게 털어놓았다.

"전 가끔 상상해요. 성스럽도록 아름다운 거랑 눈부시게 똑똑한 거랑 천사처럼 착한 것 중에서 고르라면 뭘 고르시겠어요?"

"글쎄다, 잘 모르겠는걸."

"그렇죠? 저도 모르겠어요. 절대 결정할 수 없을 거예요. 하지만 결정할 수 없다 해도 별로 달라질 건 없어요. 제가 될 만한 게 없으니까요. 분명한 건 제가 절대 천사처럼 착해질 수는 없다는 거예요. 스펜서 부인이 그러는데…… 어머, 아저씨! 어머나 세상에! 어머!"

스펜서 부인이 그 말을 했다는 게 아니다. 아이가 마차에서 떨어진 것도 아니고 매튜가 깜짝 놀랄 일을 한 것도 아니다. 그들이 그냥 길모퉁이를 돌아 '가로수 길'에 들어섰을 뿐이었다.

뉴브릿지 사람들이 '가로수 길'이라고 부르는 이 길은 수십 년 전 어떤 별난 농부 한 사람이 심은 사과나무들이 넓게 퍼진 후 완전하게 아치를 이루어 길게 4, 5백 미터가량 쭉 펼쳐져 있는 도로였다. 머리 위로 눈처럼 하얗고 향기로운 꽃들이 둥근 천장이 되어 뻗어 있었다. 큰 가지 아래로는 보랏빛 황혼이 가득했고, 저 멀찍이 앞쪽에는 대성당 통로 끝의 스테인드글라스로 만든 거대한 창처럼, 그림으로 그린 것 같은 노을진 하늘이 살짝 보였다.

너무나 아름다운 풍경이 아이의 말문을 막아 버린 모양이었다. 아이는 깡마른 두 손을 꼭 맞잡은 채 마차에 기대어 앉아 고개를 들어 화려하게 핀 하얀 사과꽃 천장을 경이로운 표정으로 올려다보았다. 가로수 길이 끝나고 뉴브릿지로 향하는 긴 비탈길을 내려가는 동안에도 아이는 꼼짝도 하지 않고 말없이 앉아 여전히 황홀한 표정으로 노을이 지는 서쪽의 먼 하늘을 바라보고 있었다. 하지만 아이의 눈에는 타오르는 듯한 저녁놀을 배경으로 아까 보았던 광경들이 떼지어 몰려가고 있었다. 개들이 두 사람을 보고 짖어 대고 남자 아이들이 소리를 지르고 호기심 가득한 얼굴들이 창문을 내다보는 부산하고 작은 마을, 뉴브릿지를 지나는 동안에도 두 사람은 아무 말 없이 달리기만 했다. 5킬로미터 정도를 더 가는 동안에도 아이는 아무 말 하지 않았다. 이 아이는 말하는 것만큼이나 침묵을 지키는 것 역시 잘하는 게 분명했다.

"피곤하고 배가 고픈 모양이구나."

매튜가 아이의 오랜 침묵을 설명할 수 있는 이유를 겨우 생각해 내고는 마침내 용기를 내어 말했다.

"이제 얼마 남지 않았어. 한 1킬로미터만 더 가면 될 거야."

아이는 깊게 한숨을 쉬며 공상 속에서 빠져 나와서는 별에 이끌려 저 먼 곳까지 헤매고 다닌 영혼처럼 꿈꾸는 듯한 몽롱한 눈길로 매튜를 바라보았다.

"매튜 아저씨, 우리가 방금 지나온 저 하얀 길은 뭐죠?"

매튜가 잠깐 생각하더니 말했다.

"음, 가로수 길 말인가 보구나. 예쁜 곳이지."

"예쁘다고요? 예쁘다는 말은 그곳을 표현하기에 적당한 말이 아니에요. 아름답다는 말도 마찬가지고요. 그 말들로는 충분하지 않아요. 경이로웠어요. 제 상상력으로도 더 멋지게 만들 수 없는 건 처음 봐요. 여기 이곳이 아주 마음에 들어요."

그리고 아이는 한 손을 가슴에 얹었다.

"여기가 이상하게 아파요. 하지만 기분 좋은 통증이에요. 아저씨도 이런 통증을 느껴 본 적이 있나요?"

"글쎄다. 그런 적이 있는지 기억이 나지 않는걸."

"전 그런 적이 많아요. 완벽하게 아름다운 것을 볼 때마다 그랬어요. 그런데 그 아름다운 곳을 가로수 길이라고 불러선 안 돼요. 그런 이름에는 아무 뜻이 없으니까요. '기쁨 가득 새하얀 길' 어때요? 새롭고 멋진 이름 아닌가요? 전요, 어떤 장소나 사람의 이름이 마음에 들지 않으면 항상 새로운 이름을 상상해서 그들을 그 이름으로 생각했어요. 고아원에 헵지버 젠킨스라는 여자 아이가 있었거든요. 하지만 전 그 아이를 로잘리아 드비어라고 늘 상상했죠. 다른 사람이 그곳을 가로수 길이라고 부르더라도 전 '기쁨 가득 새하얀 길'이라고 부를래요. 정말 집까지 1킬로미터밖에 남지 않았나요? 기쁘기도 하고 아쉽기도 해요. 마차를 타고 달리는 동안 너무 즐거웠거든요. 전 즐거운 일이 끝나면 늘 아쉬워요. 훨씬 더 즐거운 일이 나중에 또 생길지도 모르지만 확실한 건 아니니까요. 그리고 즐겁지 않던 경우가 훨씬 더 많았으니까요. 하지만 집에 도착한다고 생각하니 기뻐요. 아까도 말씀드렸지만 저는 진정한 가족을 가져 본 기억이 없거든요. 진정한 가족에게로 가고 있다고 생각하니 또 다시 기분 좋은 통증이 느껴져요. 아, 정말 멋져요!"

두 사람은 막 언덕 꼭대기를 지났다. 저 아래에는 어찌나 길고 구불구불한지 거의 강처럼 보이는 연못이 있었다. 연못 중간쯤에 다리가 놓여 있었고, 그곳에서부터 펼쳐져 있는 호박색 모래 언덕이 감싸고 있는 짙푸른 만의 물은 여러 가지 색깔들이 일렁이며 장관을 이루었다. 짙은 노란색과 장밋빛의 가장 숭고한 색깔들과 신비스러운 녹색, 그리고 그밖에 알 수 없는 오묘한 색깔들이었다. 다리 위쪽으로는 전나무와 단풍나무로 이루어진 숲이 연못을 에워싸고 있었는데 어슴푸레하고 반쯤 투명한 물 위로는 나무 그림자들이 흔들리고 있었다. 강기슭 여기저기에는 마치 하얀 옷을 입은 소녀가 발끝으로 서서 자신의 모습을 물에 비춰 보듯 야생 자두나무가 몸을 내밀고 서 있었다. 연못이 시작되는 습지에서는 개구리들의 맑고 애처로운 합창 소리가 달콤하게 들려왔다. 그 너머 비탈 위에 사과나무 꽃이 하얗게 핀 과수원에 둘러싸인 회색의 작은 집 한 채가 서 있었다. 아직 그렇게 어둡지는 않았지만 창문에서 한 줄기 불빛이 새어 나오고 있었다.

"저건 배리 씨네 연못이야."

매튜가 말했다.

"어머, 그 이름도 마음에 들지 않네요. 전 그 연못을…… 음…… '반짝반짝 호수'라고 할래요. 그 이름이 꼭 어울려요. 그건 가슴이 떨리기 때문에 알 수 있죠. 꼭 맞게 어울리는 이름이 떠오르면 전 가슴이 떨리거든요. 아저씨는 가슴이 떨려 본 적이 있나요?"

매튜는 곰곰이 생각해 보았다.

"음, 그래. 오이 밭을 파헤치고 올라오는 하얗고 징그러운 땅벌레를 보면 가슴이 조금 떨리지. 난 그 벌레들이 싫어."

"어머, 그건 제가 말한 가슴 떨림과는 다른 것 같아요. 아저씨 생각은 어떠세요? 땅벌레랑 반짝반짝 호수랑은 아무 상관이 없는 것 같은데, 안 그런가요? 그런데 왜 사람들은 그곳을 배리 씨네 연못이라고 부르는 거죠?"

"그건 아마 저 집에 배리 씨가 살고 있기 때문일 거야. '비탈길 과수원 집'이 그 집 이름이야. 저 집 뒤로 보이는 큰 덤불만 없다면 이곳에서도 초록 지붕 집이 보일 텐데. 다리를 건너고 길을 돌아 500미터만 더 가면 된다."

"배리 씨 댁에는 어린 여자 아이들이 있나요? 음, 아주 어린 아이들 말고요. 제 또래 정도 되는 아이들이요."

"열한 살쯤 되는 딸이 하나 있지. 이름은 다이애나야."

그 말에 아이는 숨을 길게 들이쉬었다.

"어머나! 완벽하게 아름다운 이름이네요!"

"글쎄다 그게, 잘 모르겠구나. 그 이름은 뭔가 이교도적이라 끔찍한 느낌이 들어. 난 그렇게 느껴져. 제인이나 메리처럼 좀 상식적인 이름이 더 나을 것 같아. 그런데 다이애나가 태어났을 때 학교 선생님 한 분이 그 집에 하숙을 하고 있어서 이름을 지어 달라고 부탁을 했더니 그분이 다이애나라고 지어 줬다는구나."

"제가 태어났을 때도 주변에 그런 선생님이 계셨더라면 좋았을 걸. 아, 이제 다리에 왔네요. 눈을 꼭 감을게요. 전 다리 건너는 게 언제나 두렵거든요. 한가운데 이르렀는데 다리가 잭나이프처럼 반으로 탁 하고 접혀서 그 사이에 끼는 모습을 저도 모르게 상상하게 되거든요. 그래서 눈을 감는 거예요. 하지만 다리 한가운데에 도착했다 싶을 때면 언제나 눈을 떠야 해요. 왜냐하면 정말 그렇게 된다면 다리가 폭삭 무너지는 걸 보고 싶거든요. 그때 나는 소리는 얼마나 재미있을까요! 그 상상 중에서 우르르, 쿠당탕 소리 나는 그 부분이 가장 좋아요. 이 세상에 좋아하는 것들이 무지 많으면 정말 근사하지 않을까요? 어머나, 다리를 다 건넜네요. 이제 뒤를 돌아볼래요. 잘 자, 반짝반짝 호수! 전 사람들에게 하는 것처럼 제가 좋아하는 것들에게 늘 잘 자라는 인사를 해요. 인사를 해 주면 그들이 좋아하는 것 같거든요. 호수가 저에게 미소 짓고 있는 것 같아요."

언덕을 좀 더 올라와서 모퉁이를 돌며 매튜가 말했다.

"이제 거의 다 왔다. 저기 초록 지붕 집이……."

"아, 말하지 마세요."

아이는 숨 죽여 말을 막더니 집을 가리키려고 반쯤 들어올린 매튜의 팔을 붙잡고는 그곳을 보지 않으려는 듯 눈을 꼭 감았다.

"제가 맞혀 볼게요. 분명히 맞힐 수 있을 거예요."

그러고는 눈을 뜨고 주위를 둘러보았다. 마차는 언덕 꼭대기에 올라와 있었다. 해는 벌써 졌지만 곱게 물들어 가는 저녁놀 속에서 풍경들은 아직 잘 보였다. 서쪽으로는 어두컴컴한 교회의 뾰족탑이 주홍빛 하늘을 향해 높이 솟아 있었다. 그 아래로 작은 계곡이 있었는데 계곡 너머로는 완만한 비탈길이 길게 뻗어 있었고, 그 길을 따라 아담한 농가들이 점점이 흩어져 있었다. 아이는 간절하고도 깊은 생각에 잠긴 시선으로 농가를 하나하나 살펴보았다. 마침내 길에서 한참 왼쪽으로 떨어져 있는 곳에 아이의 시선이 머물렀다. 주변을 에워싼 숲에는 하얀 꽃이 활짝 핀 나무들이 어렴풋하게 모습을 드러내고 있었다. 그 위로 펼쳐져 있는 남서쪽의 청명한 하늘에는 수정처럼 맑은 별 하나가 길잡이가 되어 주겠다고 약속이라도 하듯 반짝이고 있었다.

"저거에요. 그렇죠?"

아이가 손으로 가리키며 물었다.

매튜는 기쁜 마음에 고삐로 말의 등을 찰싹 때렸다.

"음, 그래, 맞았어! 하지만 스펜서 부인이 설명해 줘서 맞춘 거 같은데."

"아니에요. 설명해 주시지 않았어요. 정말이에요. 스펜서 부인은 대부분 판판으로 말해 주신 것 같아요. 어떤 곳인지 전 정말 몰랐어요. 하지만 딱 보자마자 제가 살 집이라는 게 느껴졌어요. 아, 마치 꿈을 꾸고 있는 것 같아요. 오늘 하도 여러 번 꼬집어서 팔꿈치부터 위쪽이 시퍼렇게 멍이 들었을 거예요. 잠깐씩 끔찍하고 불안한 느낌이 들면 모든 것이 꿈일까 봐 너무 두려웠어요. 그러면 이게 정말인지 확인하려고 팔을 꼬집었어요. 그런데 갑자기 이게 정말 꿈일지도 모른다는 생각이 들면서, 만약 그렇다면 가능한 한 오랫동안 꿈을 꾸고 싶다는 생각이 들었어요. 하지만 이건 꿈이 아니라 현실이고 조금만 더 있으면 제가 살 집에 도착하겠죠."

환희의 숨을 길게 내쉰 아이는 다시 침묵을 지켰다. 매튜는 불안함으로 마음이 뒤숭숭했다. 이 가엾은 아이가 간절하게 원하는 곳이 아이의 것이 아니라는 말을 해 줄 사람이 자신이 아니라 마릴라라는 게 다행이라는 생각이 들었다. 두 사람이 탄 마차는 린드 부인의 집을 지났다. 벌써 꽤 어두워졌지만 린드 부인이 창문 너머로 언덕을 오른 두 사람이 초록 지붕 집으로 향하는 샛길로 들어서는 걸 볼 수 없을 만큼은 아니었다. 집에 도착할 때쯤 매튜는 알 수 없는 기운이 점점 다가오는 것이 느껴져 주눅이 들었다. 매튜가 생각하고 있는 것은 이 착오 때문에 마릴라나 자신이 겪게 될 곤란함이 아니라, 바로 이 아이가 느낄 실망감이었다. 매튜는 기쁨의 빛이 사라지게 될 아이의 눈망울을 생각하자 뭔가를 죽이는 것을 도울 때의 불편한 기분이 들었다. 그건 마치 어린 양이나 송아지 같은 순진무구한 어린 생명을 죽여야 할 때 엄습하는 느낌과 비슷했다.

마차가 마당을 들어섰을 때 사방은 꽤 어두웠고, 마당을 둘러
싸고 있는 포플러 나무의 잎들은 부드럽게 바스락대고 있었다.

매튜가 안아서 땅에 내려 주자 아이가 속삭였다.

"나무들이 자면서 하는 이야기를 들어보세요. 아주 멋진 꿈을
꾸고 있나 봐요!"

그러고는 '자기가 가진 모든 것을 몽땅 다 넣은' 여행 가방을 꼭
쥐고는 매튜를 따라 집 안으로 들어갔다.

3. 마릴라 커스버트, 놀라다

매튜가 문을 열자 마릴라가 부리나케 달려 나왔다. 하지만 길게 땋아 내린 빨간 머리에 간절하게 반짝이는 두 눈을 하고서 작고 촌스러운 옷을 입은 아이를 보더니 마릴라는 깜짝 놀라 그 자리에 서 멈춰 서고 말았다.

"오빠, 그 아인 누구예요? 남자 아이는 어디 있죠?"

마릴라가 소리를 지르자 매튜가 난처한 목소리로 대답했다.

"남자 아이는 없었다. 이 아이밖에 없었어."

매튜는 아이의 이름도 묻지 않았다는 생각이 들어 고갯짓으로 아이를 가리키며 말했다.

"남자 아이가 없었다고요! 분명히 있었을 거예요. 우리는 스펜서 부인에게 남자 아이를 보내 달라고 말했잖아요."

"그러니까 그게, 스펜서 부인이 이 아이를 데려왔더라고. 역장에게도 물어봤거든. 그래서 이 아이를 어쩔 수 없이 데리고 왔어.

어디서부터 잘못된 건지는 모르겠지만 아이를 거기 둘 수는 없었다."

"참, 이거 골치 아프게 생겼네!"

마릴라가 소리쳤다.

두 사람이 이야기를 나누고 있는 동안 아이는 아무 말 없이 이 사람 저 사람을 번갈아가며 바라보았다. 그러는 사이 아이의 얼굴에 있던 생기는 점점 사라지고 있었다. 아이는 두 사람이 나누는 이야기들이 무슨 뜻인지 알게 된 듯 갑자기 자신의 소중한 여행 가방을 떨어뜨리고는 불쑥 한 걸음 앞으로 나와 두 손을 맞잡았다.

"저를 원한 게 아니었군요. 제가 남자 아이가 아니라 원치 않는군요! 이런 일을 예상했어야 했는데. 지금까지 절 원한 사람은 아무도 없었어요. 너무 아름다운 일이라 계속될 수 없다는 걸 알았어야 했는데. 진정으로 나를 원하는 사람은 아무도 없다는 걸 알고 있어야 했는데! 아, 전 이제 어떻게 하죠? 눈물이 날 것 같아요!"

그러더니 아이는 정말 울음을 터뜨렸다. 식탁 옆 의자에 앉아 식탁에 두 팔을 뻗더니 얼굴을 묻고 격렬하게 울어 댔다. 마릴라와 매튜는 난로를 사이에 두고 나무라는 듯한 표정으로 서로를 쳐다보았다. 두 사람 다 무슨 말을 해야 할지, 어떻게 해야 할지 도무지 알 수 없었다. 결국 마릴라가 어설프게 해결사를 자청하며 나섰다.

"자, 자, 그것 때문에 그렇게 울 필요는 없다."

"아니에요, 필요 있어요!"

아이가 머리를 홱 들자 눈물로 얼룩진 얼굴과 바르르 떨고 있는 입술이 보였다.

"아주머니가 만약 고아라고 생각해 보세요. 가족이 되어 함께 살 거라고 생각한 곳으로 왔더니 그곳에서 남자 아이가 아니라는 이유로 아주머니를 원하지 않는다는 걸 알게 되면 아주머니도 울 걸요. 아, 지금까지 저에게 일어났던 일 중에 가장 비극적인 일이에요!"

오랫동안 쓰지 않아 다소 녹이 슨 것 같기도 하고, 마지못해 짓는 미소 같기도 한 그 무엇이 마릴라의 근엄한 표정을 녹였다.

"아무튼 이젠 울지 말거라. 우리가 오늘밤 당장 널 문 밖으로 돌려보내지는 않을 거니까. 일이 어쩌다 이렇게 됐는지 알아볼 때까지 넌 여기 있어야 할 거야. 이름은 뭐냐?"

아이는 잠깐 머뭇거리더니 간절한 목소리로 말했다.

"코델리아라고 불러 주시겠어요?"

"코델리아라고 불러 달라고! 그게 네 이름이냐?"

"아뇨……. 정확하게 말해서 제 이름은 아니지만 코델리아라고 불러 주셨으면 좋겠어요. 정말 흠잡을 데 없이 우아한 이름이니까요."

"도대체 네가 지금 무슨 말을 하는지 모르겠구나. 네 이름이 코델리아가 아니라면, 그럼 뭐니?"

"앤 셜리예요."

그 이름의 주인공이 더듬더듬 말했다.

"하지만 아, 제발 저를 코델리아라고 불러 주세요. 어차피 제가 여기서 잠시 동안만 있을 거라면 아주머니가 저를 뭐라고 부르든 아무 상관없잖아요. 앤이란 이름은 너무 낭만적이지가 않아요."

"낭만적이지가 않다니 그 무슨 말도 안 되는! 앤이야말로 정말

41

소박하고 분별 있는 좋은 이름이다. 그 이름을 부끄러워할 필요가 없어."

마릴라가 이해할 수 없다는 듯 말했다.

"아, 저는 부끄러워하는 게 아니에요. 단지 코넬리아란 이름이 더 좋을 뿐이에요. 전 제 이름이 코넬리아였으면 좋겠다고 언제나 상상해 왔어요. 적어도 최근 몇 년 동안은 늘 그랬어요. 어렸을 때는 제럴딘이라고 상상했지만 지금은 코넬리아가 더 좋아요. 하지만 만약에 절 앤이라고 부르신다면 끝에 '이(e)'가 있는 앤으로 불러 주세요."

"철자가 그렇게 되면 뭐가 달라진다는 거냐?"

마릴라는 찻주전자를 집어 들면서 또 한 번 녹슨 미소를 지었다.

"어머, 정말 다르죠. 훨씬 예뻐 보이거든요. 이름이 발음되는 걸 듣고 있으면 마치 그 이름이 프린트 되어 나오는 것처럼 마음속에 그 이름이 보이지 않으세요? 전 보이거든요. 앤(A-N-N)은 끔찍하지만 앤(A-N-N-E)은 훨씬 더 품위 있어 보여요. 저를 '이(e)'가 있는 앤으로 불러 주시면 코넬리아로 불리지 않아도 참아 보도록 할게요."

"좋아. 그럼, '이(e)'가 있는 앤. 어떻게 이런 착오가 생기게 됐는지 설명해 줄 수 있겠니? 우린 스펜서 부인에게 남자 아이를 데려다 달라고 했거든. 고아원에 남자 아이가 없었던 거니?"

"아뇨, 남자 아이들은 수두룩했어요. 하지만 스펜서 부인이 아주머니께서 열한 살 정도 되는 여자 아이를 원한다고 분명히 말씀하셨어요. 그리고 보모 선생님이 제가 좋겠다고 했고요. 제가 얼마나 기뻤는지 아주머니는 모르세요. 너무 기뻐서 어젯밤에는 한숨도 못 잤어요. 아."

앤은 매튜를 돌아보며 원망하듯 덧붙였다.

"왜 진작 역에서 저를 원하는 게 아니라고 말하고 두고 오지 않으셨어요? 제가 '기쁨 가득 새하얀 길'과 '반짝반짝 호수'를 보지 않았다면 이렇게 힘들진 않았을 거예요."

"이 아이가 도대체 무슨 말을 하는 거죠?"

마릴라가 눈을 동그랗게 뜨고 빤히 보며 묻자 매튜가 허둥지둥 말했다.

"그러니까…… 우리가 오는 길에 나눴던 이야기를 말하는 거야. 마릴라, 난 나가서 말을 넣어 놓을게. 들어오면 차 한 잔만 줘."

매튜가 나가자 마릴라의 질문은 계속되었다.

"스펜서 부인이 너 말고 다른 아이도 데리고 왔니?"

"스펜서 부인 댁에 데리고 가려고 릴리 존스를 데려왔어요. 릴리는 이제 겨우 다섯 살인데 아주 예뻐요. 머리는 밤갈색이고요. 저도 아주 예쁘고 머리가 밤갈색이면 데리고 계실 건가요?"

"아니야. 우린 매튜를 도와 농장 일을 할 남자 아이를 원해. 여자 아이는 우리에겐 아무 필요가 없을 거야. 모자를 벗으렴. 모자와 네 가방은 현관 테이블 위에 올려 두마."

앤은 고분고분 모자를 벗었다. 매튜가 돌아오자 세 사람은 저녁을 먹기 위해 둘러 앉았다. 하지만 앤은 음식을 먹을 수가 없었다. 버터 바른 빵을 조금씩 뜯어 먹고 조개 모양의 작은 유리 접시에서 설탕에 저린 야생 능금을 조금씩 집어 먹었지만 많이 먹지는 못했다.

"아무것도 먹지 않고 있구나."

마릴라는 그게 마치 심각한 결점이라도 되는 듯 앤을 주의 깊게 살펴보며 엄하게 말했다.

앤은 한숨을 쉬었다.

"먹을 수가 없어요. 전 지금 절망의 구렁텅이에 빠져 있거든요. 절망의 구렁텅이에 빠졌는데 아주머니는 음식을 드실 수 있나요?"

"난 절망의 구렁텅이에 빠져 본 적이 없어서 뭐라 말할 수가 없구나."

"정말요? 그럼 절망의 구렁텅이에 빠졌다고 상상해 본 적은요?"

"아니, 없어."

"그럼 아주머니는 그게 어떤 건지 모르세요. 아주 마음이 편치 못한 느낌이에요. 뭘 먹으려고 하면 덩어리 같은 게 목구멍에서 올라와 삼킬 수가 없어요. 그게 초콜릿으로 만든 캐러멜이라 하더라도 말이에요. 2년 전에 초콜릿으로 만든 캐러멜을 먹어 봤는데요, 정말 맛있었거든요. 그때부터 종종 초콜릿으로 만든 캐러멜을 먹는 꿈을 꾸지만, 막 먹으려고 할 때마다 늘 잠에서 깨요. 제발 부탁인데 제가 저녁을 먹지 못한다고 해서 언짢아하지 않으셨으면 좋겠어요. 모든 음식이 이루 말할 수 없이 맛있지만, 전 못 먹겠어요."

"내 생각엔 아이가 피곤한 것 같아. 재우는 게 좋을 것 같은데, 마릴라."

헛간에서 돌아온 이후로 한 마디도 하지 않던 매튜가 말했다.

마릴라는 앤을 어디에다 재울지 고민하고 있었다. 손꼽아 기다리던 남자 아이가 올 거라 생각하고 부엌 옆에 있는 방에 잠자리를 마련해 두었다. 깨끗한 곳이긴 하지만 여자 아이를 재우기엔 마땅하지 않을 것 같았다. 그렇다고 집도 없는 아이를 손님방에 재울 수도 없었다. 결국 남은 건 동쪽 지붕의 방뿐이었다. 마릴라가 초에 불을 켜고 따라오라고 하자, 앤은 풀 죽은 모습으로 현관 테이블에 있던 모자와 여행 가방을 들고 뒤를 따랐다. 현관도 놀랄 만큼 깨끗했는데 작은 방에 들어가 보니 그곳은 더 깨끗한 것 같았다.

마릴라는 다리가 세 개인 삼각 테이블 위에 촛불을 놓고 이불을 젖혔다.

"잠옷은 갖고 있겠지?"

앤은 고개를 끄덕였다.

"네, 두 벌 있어요. 고아원 보모 선생님이 만들어 주신 건데 엄청 꽉 끼어요. 고아원의 모든 것들은 쓰고 남을 만큼 넉넉하지 않기 때문에 항상 모든 것들이 부족해요. 적어도 우리 고아원처럼 가난한 고아원에서는 그렇죠. 전 꽉 끼는 잠옷이 싫어요. 하지만 그런 잠옷을 입더라도 목둘레에 주름 장식이 달리고 끝자락이 바닥에 끌리는 아름다운 잠옷을 입는 사람들과 마찬가지로 꿈을 꿀 수 있다는 게 제겐 위안이 돼요."

"자, 얼른 옷을 벗고 잠자리에 들도록 해라. 잠시 후에 촛불을 가지러 오마. 네가 알아서 촛불을 끌 것 같지는 않으니까. 혹시라도 집을 다 태워 먹을라."

마릴라가 나가자 앤은 안타까운 마음으로 주위를 둘러보았다. 하얗게 회칠을 한 벽은 썰렁한 느낌이 들 만큼 텅 비어 있어 앤에게는 벽들도 슬퍼하고 있는 것처럼 보였다. 바닥 역시 앤이 지금까지 한 번도 본 적 없는 동그랗게 짠 매트가 한가운데 깔려 있는 것 말고는 썰렁하기 그지없었다. 방 한구석에는 색깔이 어둡고 짧은 기둥 네 개가 달린 높은 구식 침대가 있고 다른 구석에는 아까 말한 삼각 테이블이 있었는데, 그 테이블은 빨간 벨벳 천으로 만든 볼록한 바늘겨레로 장식되어 있었다. 바늘겨레는 아주 날카로운 핀도 휘게 할 만큼 단단했다. 그 테이블 위에는 가로 15센티미터, 세로 20센티미터 정도 되는 작은 거울이 달려 있었다. 테이블과 침대 중간쯤에는 눈처럼 하얀 모슬린 천으로 만든 주름 장식이 달린 창문이 있었고 그 맞은편에는 세면대가 있었다. 방 전체에서 말로 설명할 수 없는 엄격함이 느껴져 앤은 뼛속까지 떨려 왔다. 흐느끼며 서둘러 옷을 벗은 앤은 꽉 끼는 잠옷으로 갈아입은 뒤 침대로 몸을 던졌다. 그러고는 베개 밑에 얼굴을 묻고 이불을 머리 위로 끌어올렸다. 마릴라가 촛불을 가지러 와 보니 바닥에 널브러져 있는 옷가지들과 침대 위의 격렬한 흔적들만이 이 방에 자기 말고 다른 누군가 있다는 것을 알려 주고 있었다.

마릴라는 천천히 앤의 옷들을 주워 쥐똥나무로 만든 노란 의자 위에 단정히 올려 두고는 촛불을 들고 침대로 갔다.

"잘 자거라."

마릴라는 어색하지만 무뚝뚝하지는 않게 말했다.

그때 깜짝 놀랄 만큼 갑작스럽게 앤의 하얀 얼굴과 커다란 두 눈이 이불 밖으로 불쑥 나왔다.

"지금까지 제가 보낸 밤 중 최악의 밤이라는 것을 알면서 어떻게 잘 자란 말씀을 하실 수 있는 거죠?"

앤이 원망하듯 말하고는 다시 머리를 쏙 집어 넣었다.

마릴라는 부엌으로 천천히 걸어가 저녁 설거지를 하기 시작했다. 매튜는 담배를 피우고 있었는데 그건 마음이 불안하다는 분명한 증거였다. 불결한 습관이라며 마릴라가 단호하게 반대하기 때문에 매튜는 좀처럼 담배를 피우지 않았다. 하지만 특별한 때나 계절에 담배를 피우고 싶을 때가 있었다. 그럴 때면 마릴라는 남자라면 감정을 발산할 필요가 있다면서 못 본 척 눈을 감아 주었다.

"정말 골치 아프게 됐어요. 우리가 직접 가지 않고 남에게 말을 전했기 때문에 이렇게 된 거예요. 로버트 스펜서네 식구들이 우리가 한 말을 잘못 이해한 거예요. 우리 중 한 사람이 내일 마차를 타고 가서 스펜서 부인을 만나야겠어요. 꼭이요. 그리고 저 아인 고아원에 돌려보내고요."

"그래, 그래야겠지."

매튜가 마뜩찮게 말했다.

"그래야겠지라니요! 그럼 아니란 말이에요?"

"그런데 말이야, 마릴라. 저 아이 정말 착한 아이야. 이곳에서 살려고 잔뜩 기대를 하고 온 아이를 돌려보내려니 좀 안돼서 말이야."

"오빠, 설마 우리가 저 아이를 길러야 한다는 말씀은 아니시겠죠?"

만약 매튜가 물구나무 서는 걸 좋아한다고 말했다 하더라도 마릴라는 이보다 더 놀라지는 않았을 것이다.

"아니, 그러니까, 그 말이 아니라……. 우리가 저 아이를 기를수는 없겠지?"

궁지에 몰린 매튜는 곤란한 듯 말을 더듬었다.

"절대 안 되죠. 우리에게 저 여자 아이가 무슨 소용이 있겠어요?"

"우리가 저 아이에게 소용 있을지도 몰라."

매튜가 갑자기, 그리고 뜻밖의 말을 했다.

"오빠, 저 아이가 오빠를 홀려 놓은 것 같네요! 오빠가 저 아이를 키우고 싶어 한다는 게 너무나도 빤하게 보여요."

"그게 말이다, 저 아이는 정말 재미있는 아이야. 역에서부터 오면서 그 아이가 하는 이야기를 너도 들었어야 했는데."

매튜가 계속 우겼다.

"그래요, 무지 말을 빠르게 하더군요. 난 당장에 알아봤죠. 하지만 좋아 보이진 않았어요. 난 말 많은 아이는 딱 질색이거든요. 무엇보다 고아 여자 아이는 데려오고 싶지 않을 뿐 아니라 만약 데리고 온다 하더라도, 저 아인 내가 원하는 아이가 아니에요. 저 아이에게는 이해할 수 없는 부분이 있어요. 아니, 저 아인 원래 있던 곳으로 당장 돌려보내야 해요."

"난 프랑스 남자 아이를 구해 도움을 받을게. 저 아인 네 말벗이 될 거야."

"난 말동무가 없어서 외롭지는 않아요. 저 아이를 기르지도 않을 거고요."

마릴라가 단호하게 말하자 매튜는 파이프를 치우며 일어섰다.

"그러니까 그게, 물론 네 말이 맞다, 마릴라. 난 자러 갈게."

매튜는 잠자리에 들었다. 마릴라도 설거지를 마친 후 결연한 표정으로 잠자리에 들었다. 그리고 위층 동쪽 방에서는 사랑에 굶주리고 친구도 없어 외로운 아이가 울다 지쳐 잠이 들었다.

4. 초록 지붕 집에서의 아침

앤이 잠에서 깨어나 일어나 앉은 건 날이 훤하게 밝은 뒤였다. 앤은 기분 좋은 햇살이 쏟아져 들어오는 창문 밖 파란 하늘에 하얗고 깃털 같은 뭔가가 살풋 흔들리고 있는 것을 어리둥절하게 바라보고 있었다.

한동안 앤은 자신이 어디에 있는 것인지 기억을 하지 못했다. 먼저 뭔가 몹시 유쾌하고 즐거운 떨림이 느껴지는가 싶더니 이내 끔찍한 기억이 되살아났다. 여기는 초록 지붕 집이고 남자 아이가 아니라는 이유로 그들은 앤을 원하지 않았다!

하지만 지금은 아침이었고, 그래, 창밖으로 보이는 건 꽃이 활짝 핀 벚나무였다. 앤은 단숨에 침대에서 내려와 창문으로 걸어가서 창틀을 들어올렸다. 오랫동안 열지 않았는지 창틀은 끽끽 소리를 내며 빡빡하게 올라갔다. 하지만 덕분에 단단하게 고정이 되어서 받치고 있을 필요가 없었다.

앤은 무릎을 꿇고 6월의 아침을 가만히 내다보았다. 두 눈이 기쁨으로 반짝거렸다. 아, 아름답지 않아? 사랑스러운 곳이지? 정말 이곳에서 살게 된다면! 앤은 이곳에서 사는 상상을 해 보았다. 상상할 것들이 너무나 많았다.

밖에는 커다란 벚나무 한 그루가 서 있었는데, 너무 가까이 있어서 커다란 가지들이 집에 부딪혔고 나뭇잎 하나 잘 보이지 않을 만큼 벚꽃이 만발해 있었다. 집 양쪽에는 과수원이 있었는데 한쪽은 사과나무 과수원이고 다른 한쪽은 벚나무 과수원이었다. 모두 활짝 핀 꽃으로 뒤덮여 있었고 나무 아래 풀밭에는 누군가 뿌려 놓은 듯 민들레가 곳곳에 피어 있었다. 그 아래 정원에 흐드러지게 핀 보라색 라일락 꽃의 아찔하도록 향긋한 향기가 아침 바람에 실려 창가로 날아왔다.

정원 아래에는 클로버로 뒤덮인 초록빛 풀밭이 비스듬하게 경사져 있었고 그 아래로는 시냇물이 흐르고 주변에는 하얀 자작나무들이 서 있었다. 또 싱싱한 덤불이 있었는데 그 속에는 고사리나 이끼 같은 것들이 자라고 있을 것만 같았다. 그 너머에는 무성하게 자란 가문비나무와 전나무 때문에 초록빛 깃털로 뒤덮인 것 같아 보이는 언덕이 있었고, 나무 틈 사이로 반짝반짝 호수의 반대편에서 보이던 작은 집의 회색 지붕 끝이 보였다.

왼쪽으로는 커다란 헛간이 있었고, 헛간을 지나 낮게 비탈진 초록빛 풀밭 저 너머로 반짝이는 푸른 바다가 얼핏 보였다.

아름다운 것들을 사랑하는 앤의 눈길이 모든 것들을 다 담아 두려는 듯이 하나하나 그 위에 머물렀다. 앤은 지금까지 사랑스럽지 않은 것들을 너무 많이 보아 온 가엾은 아이였다. 하지만 이 풍경은 앤이 꿈꿔 왔던 그 어떤 것보다 아름다웠다.

앤은 무릎을 꿇은 채 자신을 둘러싸고 있는 아름다운 풍경에 넋을 잃고 있다가 누군가 어깨에 손을 얹자 깜짝 놀라고 말았다. 마릴라가 소리 없이 작은 몽상가 옆으로 다가온 것이다.

"이제 옷 갈아입어야지."

마릴라가 무뚝뚝하게 말했다.

마릴라는 아이에게 어떻게 말해야 하는지 그 방법을 정말 몰랐기 때문에 의도와는 달리 딱딱하고 무뚝뚝하게 굴고 말았다.

앤은 자리에서 일어나 길게 숨을 들이쉬었다. 그리고 창밖의 아름다운 세상을 향해 손짓을 하며 말했다.

"아, 정말 멋지지 않아요?"

"큰 나무지. 꽃은 탐스럽게 피지만 열매는 신통치 않아. 크기도 작고 벌레 먹은 것들이거든."

"아, 단지 나무를 말하는 게 아니에요. 물론 나무도 사랑스러워요. 정말 눈부시도록 사랑스러워요. 꽃도 그만큼 많이 피었고요. 하지만 전 모든 게 다 멋지다는 말이었어요. 정원과 과수원, 시냇물, 숲, 온 세상이 다요. 오늘 같은 아침이면 세상을 다 사랑할 것 같지 않으세요? 시냇물이 흐르면서 웃는 소리가 들리는 것 같아요. 시냇물이 얼마나 신 나 하고 있는지 알고 계셨어요? 언제나 웃고 있어요. 전 겨울에도 얼음 밑에서 웃으며 흐르는 시냇물 소리를 들은 적 있어요. 초록 지붕 집 옆에 시내가 있어서 너무 다행이에요. 아주머니께서 저를 키우지 않을 테니 그게 저랑 무슨 상관이냐고 생각하실지도 모르지만, 상관이 있어요. 다시는 이곳을 보지 못하게 되더라도 초록 지붕 집에는 시내가 있었다고 늘 기억할 테니까요. 시내가 없었다면 하나 있어야 하는데, 하는 불안함에 사로잡혔을 거예요. 오늘 아침 전 절망의 구렁텅이에 빠져 있지 않아요. 아침에는 절대 그럴 수 없죠. 매일 아침이 온다는 건 정말 대단한 일 아닌가요? 하지만 전 아주 슬퍼요. 아주머니가 원하신 게 틀림없이 저고, 그래서 전 이곳에 영원히 아주 영원히 살게 될 거라 상상하고 있었거든요. 그 상상을 계속 하는 동안은 정말 마음이 편안했는데. 하지만 상상의 가장 나쁜 점은 그것을 그만 해야하는 순간이 온다는 것과 그로 인해 마음이 아프다는 거죠."

겨우 말할 수 있는 틈이 생기자 마릴라는 얼른 말했다.

"옷을 갈아입고 내려가자꾸나. 상상은 이제 그만 하고. 아침 차려 놨다. 세수도 하고 머리도 빗으렴. 창문은 그대로 열어 두고 이불은 침대 발치에 걷어 둬라. 얼마나 잘할 수 있는지 한번 보자."

앤은 모든 것들을 꽤 잘했다. 옷을 단정히 입고 머리를 빗어 땋고 세수를 한 후 마릴라가 시킨 것을 다 했다는 뿌듯한 마음으로 10분 후 아래층에 내려갔다. 사실 이불을 걷는 것은 깜빡 잊고 말았지만 말이다.

앤은 마릴라가 준비해 둔 의자에 미끄러지듯 앉으며 말했다.

"오늘 아침은 너무 배가 고파요. 세상이 어제 저녁만큼 거칠게 으르렁대지 않는 것 같네요. 오늘 아침은 햇볕이 화창해서 너무 기뻐요. 하지만 전 비 오는 아침도 정말 좋아해요. 어떤 아침이든, 아침에는 즐거워요, 그렇게 생각하지 않으세요? 하루 종일 무슨 일이 일어날지도 모르고, 또 상상할 수 있는 여지가 있으니까요. 하지만 오늘 아침은 비가 오지 않는 게 더 좋을 것 같아요. 불행을 견디고 유쾌한 기분을 가지기에는 해가 반짝이는 날이 더 쉬우니까요. 제겐 견뎌 내야 할 일이 너무 많은 것 같아요. 슬픈 이야기를 읽거나 슬픔을 꿋꿋하게 이겨 내는 걸 상상하는 건 좋은데 진짜 그 슬픔이 닥치는 건 별로 좋지 않은 것 같아요, 그렇죠?"

"제발 그 입 좀 다물거라. 조그만 여자 애가 무슨 말이 그렇게 많니?"

마릴라의 말에 앤은 고분고분하게 입을 다물고는 아무 말도 하지 않았다. 그러자 마릴라는 오히려 굉장히 부자연스러운 것 같은 기분이 들어 좀 긴장이 되었다. 매튜 역시 입을 꾹 다물고 있어서- 그래도 그건 자연스러웠다.- 아주 조용한 식사 시간이 되었다.

시간이 흐를수록 앤은 점점 더 멍해져서 커다란 두 눈을 창밖 하늘에 고정시키고는 기계적으로 음식을 먹었다. 이 모습을 본 마릴라는 더 초조해졌다. 이 이상한 아이가 식탁 앞에 앉아 있긴 하지만, 마음은 상상의 날개를 달고 어디 먼 꿈나라로 가 버린 건 아닌가 하는 불안한 생각이 들었다. 이런 아이를 누가 데리고 있고 싶어 할까?

그런데 매튜가 이 아이를 키우고 싶어 하다니, 정말 이해를 할 수 없었다! 마릴라는 매튜가 어젯밤만큼이나 오늘 아침도 아이를 키우고 싶어 하며, 앞으로도 계속 그러리라는 것을 느꼈다. 그건 매튜의 방식이었다. 매튜는 머릿속에 어떤 생각이 떠오르면 말 한 마디 하지 않으면서도 고집을 부리는 방법을 알고 있었는데, 그 방법은 말을 하는 것보다 열 배는 효과적이었다.

식사가 끝나자 앤은 공상 속에서 빠져 나와 설거지를 하겠다고 했다.

"제대로 설거지를 할 줄은 아니?"

마릴라가 못미더운 표정으로 물었다.

"꽤 잘해요. 하지만 아이들 돌보는 일을 더 잘하죠. 경험이 아주 많거든요. 여기에 제가 돌볼 만한 아이가 없다는 게 안타까워요."

"지금 여기 있는 아이말고 더 많은 아이를 돌봐야 하는 건 싫다. 너야말로 정말 큰 문제니 말이다. 널 어떻게 해야 좋을지 모르겠어. 오빠도 정말 터무니없는 생각을 하고 있고 말이야."

그러자 앤은 원망하듯 말했다.

"제 생각에 아저씨는 정말 좋은 분이신 것 같아요. 동정심도 많으시고요. 제가 아무리 떠들어도 상관하지 않으셨어요. 좋아하시는 것 같기도 하고요. 아저씨를 처음 봤을 때부터 저랑 같은 영혼을 가진 사람이라는 걸 느꼈거든요."

마릴라가 코웃음을 치며 말했다.

"둘 다 참 별스러워. 같은 영혼을 가졌다는 게 그런 뜻이라면 말이다. 그래, 설거지를 해도 좋다. 뜨거운 물을 많이 받아 씻고 그릇들을 잘 말려야 한다. 난 오늘 아침은 할 일이 많구나. 오후에 화이트 샌즈로 가서 스펜서 부인을 만나야 하니까. 함께 가서 널 어떻게 할지 결정하자꾸나. 설거지를 하고 나면 위층으로 가서 침대를 정리하거라."

앤은 야무지게 설거지를 했고 마릴라는 그 모습을 지켜보면서 앤이 일을 잘한다는 걸 알았다. 하지만 침대 정리는 잘하지 못했다. 오리털 이불을 다루는 방법은 배운 적이 없기 때문이었다. 간신히 매만져 이불을 정리하고 나자 마릴라는 앤을 내보내며 점심 시간까지는 밖에 나가 혼자 놀라고 말했다.

앤은 환한 얼굴로 두 눈을 반짝이며 문으로 달려갔다. 하지만 입구에서 갑자기 멈춰 서더니 뒤돌아 들어와 식탁 앞에 털썩 앉았다. 누군가 찬물을 끼얹기라도 한 듯 앤의 반짝이던 두 눈에서는 빛이 사라져 버렸다.

"무슨 일이냐?"

마릴라가 물었다.

세상 모든 즐거움을 저버린 순교자의 어조로 앤이 말했다.

"감히 밖에 나가지 못하겠어요. 이곳에서 살지 못하면 초록 지붕은 아무 소용이 없잖아요. 밖으로 나가면 모든 나무들과 꽃, 그리고 과수원, 시냇물과 친해지게 될 거고 그렇게 되면 전 그들을 사랑하지 않을 수 없을 거예요. 지금도 충분히 힘든데 더 힘들고 싶지 않아요. 정말 밖에 나가 보고 싶어요. 모든 것들이 '앤, 이리 와 보렴. 앤, 우린 함께 놀 친구가 필요해.'라고 부르고 있는 것 같아요. 하지만 나가지 않는 게 좋겠어요. 헤어져야 하는 것들과 사랑에 빠지는 게 무슨 소용이 있겠어요? 그리고 사랑하지 않는 것도 너무 힘든 일이잖아요. 제가 여기서 살게 될 거라고 생각했을 때 너무너무 행복했어요. 사랑할 수 있는 것들이 너무 많고 아무것도 저를 막지 않을 거라 생각했거든요. 하지만 그 짧은 꿈은 이제 끝났어요. 이제 전 운명에 따르겠어요. 제 운명을 다시 거부하게 될까 봐 두려우니 밖에 나가지 않겠어요. 그런데 창틀에 있는 저 제라늄 이름이 뭐죠?"

"사과 향 제라늄이다."

"아니, 그런 이름 말고요. 아주머니가 직접 붙여 주신 이름 말이에요. 이름을 안 지어 주셨나요? 그럼 제가 지어도 될까요? 음,

어떻게 부를까…… . 아, '보니'가 좋겠네요. 제가 있는 동안만 제라늄을 '보니'라고 불러도 될까요? 아, 제발 그렇게 하게 해 주세요."

"이런, 난 상관없다. 그런데 제라늄에게 이름을 지어 주는 게 무슨 의미가 있는 거지?"

"어머, 전 제라늄이라 하더라도 이름을 붙여 주는 게 좋아요. 그렇게 하면 좀 더 사람 같은 기분이 들거든요. 아무것도 아닌 제라늄으로만 불린다면 제라늄이 얼마나 상처를 받을지 생각해 보셨어요? 아주머니도 그냥 아주머니라고 불리고 싶지는 않으실 거니까요. 전 보니라고 부를래요. 오늘 아침에 침실 창밖에 있는 벚나무에도 이름을 붙였어요. 아주 하야니까 '눈의 여왕'이라고 할래요. 물론 나무에 언제나 꽃이 피어 있지는 않겠지만 그렇다고 상상하면 되니까요. 아닌가요?"

마릴라는 감자를 가지러 지하실로 가면서 중얼거렸다.

"내 평생 저런 애는 듣지도 보지도 못했네. 오빠가 말한 대로 재미있는 아이이긴 해. 도대체 다음엔 무슨 이야기를 할까, 나도 궁금해지니까. 저 아이가 나도 홀릴 거야. 오빠도 홀렸으니까. 오빠가 나가면서 나를 쳐다보는 얼굴을 보니 어젯밤 했던 이야기들이 또 다시 표정에 나타나 있더군. 다른 남자들처럼 좀 말로 하면 얼마나 좋을까? 그럼 대꾸도 하고 설득도 할 수 있을 텐데 말이야. 그냥 쳐다만 보는 사람과 뭘 할 수 있겠어?"

마릴라가 지하실에서 돌아와 보니 앤은 두 손으로 턱을 괴고 하늘을 바라보며 다시 공상에 빠져 있었다. 마릴라는 점심을 차릴 때까지 앤을 그대로 내버려 두었다.

"오빠, 오늘 오후에 말이랑 마차 좀 쓸 수 있죠?"

마릴라가 묻자 매튜는 고개를 끄덕이며 안타까운 표정으로 앤을 보았다. 마릴라는 매튜의 시선을 가로채며 단호하게 말했다.

"화이트 샌즈로 가서 이 일을 정리하겠어요. 앤을 데리고 가면 스펜서 부인이 당장 노바스코샤로 보내 줄 거예요. 오빠가 마실 차는 준비해 놓고 갈게요. 아마 우유 짤 시간쯤에는 돌아올 수 있을 거예요."

하지만 매튜는 아무 말이 없었고 마릴라는 괜한 말을 했다는 느낌을 받았다. 아무런 대꾸를 하지 않는 남자보다 더 화나게 만드는 사람이 있을까? 아무런 대꾸 없는 여자만 빼면 말이다.

시간에 맞춰 매튜가 암말을 마차에 매어 주자 마릴라와 앤이 출발했다. 두 사람을 위해 열어 준 문으로 마차가 천천히 빠져 나가자 매튜는 누구에게랄 것도 없이 혼자 중얼거렸다.

"오늘 아침 크리크에서 제리 부트라는 남자 아이가 왔기에 이번 여름에 우리 집 일을 좀 거들어 달라고 말해 뒀어."

마릴라는 대꾸하지 않고 주변머리 없는 암말에게 심술궂은 채 찍질을 한 번 할 뿐이었다. 그런 대접을 받아 본 적 없던 뚱보 말은 화가 났는지 놀라운 속도로 오솔길을 씽하고 달리기 시작했다. 마차가 달리는 동안 마릴라가 뒤를 돌아보니 화를 돋우던 매튜가 아쉬운 표정으로 문에 기대어 마차를 보고 있었다.

5. 앤의 지난날

앤이 비밀이라도 털어놓듯 은밀하게 말했다.

"있잖아요, 전 마차를 타고 가는 이 길을 즐기기로 했어요. 지금까지 즐기겠다고 굳게 마음을 먹으면 거의 모든 것들을 즐길 수 있었거든요. 물론 마음을 '굳게' 먹어야 하긴 하지만요. 마차를 타고 가는 동안은 고아원에 돌아가게 될 거란 생각을 하지 않을래요. 그냥 마차를 타고 가는 것만 생각하려고요. 어머, 저기 보세요, 벌써 들장미가 피었어요! 사랑스럽지 않나요? 저 꽃은 장미라서 행복할 거예요. 장미가 말을 할 수 있다면 얼마나 좋을까요? 분명히 우리에게 아름다운 이야기를 해 줄 수 있을 거예요. 세상에서 분홍색이 가장 매혹적인 색깔이 아닐까요? 전 분홍색을 좋아해요. 분홍색 옷을 입을 수는 없지만요. 머리 색깔이 빨간색인 사람들은 분홍색 옷을 입을 수 없어요. 상상 속에서조차요. 혹시 어릴 때는 빨간 머리였다가 커서는 머리 색깔이 다르게 변한 사람을 알고 계세요?"

"아니, 한 번도 그런 사람을 본 적이 없다. 그리고 너도 그렇게 될 것 같지는 않구나."

마릴라가 매정하게 말하자 앤은 한숨을 쉬었다.

"음, 또 희망 하나가 사라졌네요. 제 인생은 희망이 묻힌 완벽한 묘지예요. 이 구절은 책에서 읽었는데요, 뭔가 실망스러운 일이 있을 때마다 제 자신을 위로하려고 이 말을 하죠."

"그 말이 어떻게 위로가 되는지 모르겠구나."

"그냥 아주 근사하고 낭만적인 구절이잖아요. 그리고 마치 제가 책의 주인공이 된 것 같거든요. 전 낭만적인 게 너무 좋아요. 희망이 가득 묻혀 있는 묘지라니, 너무 낭만적이지 않아요? 그런 구절을 외우고 있어서 오히려 기쁜걸요. 그런데 오늘도 반짝반짝 호수를 지날 건가요?"

"네가 말한 반짝반짝 호수가 배리 씨네 연못을 말하는 거라면 그곳으로 가지는 않을 거다. 해변길을 지날 거야."

앤은 꿈을 꾸듯 말했다.

"해변길이라니 근사해요. 이름만큼 근사한 곳인가요? 아주머니가 '해변길'이라고 말한 순간 제 마음 속에 바로 그림 한 장이 그려졌어요. 그리고 화이트 샌즈도 아주 예쁜 이름이에요. 하지만 에이번리 만큼 마음에 들지는 않아요. 에이번리는 정말 사랑스러운 이름이에요. 마치 음악처럼 들려요. 그런데 화이트 샌즈까지는 얼마나 걸리죠?"

"8킬로미터 정도 가야 해. 그렇게 이야기하는 걸 좋아하니 네 이야기 좀 해 보려무나."

"아, 제 이야기는 이야깃거리가 못 돼요. 제 자신에 대해 상상하고 있는 이야기를 하라고 하시면 훨씬 더 재미있을 거예요."

앤이 간절하게 말했다.

"아니, 네 상상을 듣고 싶지는 않아. 있는 그대로를 말하렴. 처음부터 시작해 보자꾸나. 어디서 태어났고 몇 살이냐?"

앤은 조그맣게 한숨을 쉬며 있는 그대로를 말하기로 했다.

"지난 3월에 열한 살이 됐어요. 노바스코샤 주의 볼링브로크에서 태어났고요. 아빠 이름은 월터 셜리였고 볼링브로크 고등학교의 선생님이셨어요. 엄마 이름은 버사 셜리였어요. 월터와 버사 모두 사랑스러운 이름 아니에요? 부모님 두 분 모두 이름이 근사해서 너무 다행이에요. 아빠 이름이…… 음, 제데디어였다면 정말 창피했을 것 같지 않아요?"

"사람이 행동만 똑바르게 한다면 이름이 뭐든 그건 중요하지 않은 것 같은데."

마릴라는 훌륭하고 유용한 교훈을 심어 주어야겠다는 생각으로 말했다.

"글쎄요, 잘 모르겠어요."

앤은 생각에 잠긴 듯했다.

"언젠가 책에서 장미가 다른 이름이었다 하더라도 향은 그대로 향기로웠을 거라고 하는 내용을 읽은 적이 있지만 전 그 사실을 믿을 수 없어요. 장미가 엉겅퀴나 앉은부채(*뿌리에 독이 있으며 악취를 풍기는 여러해살이풀.)라고 불렸다면 그렇게 예쁘지 않았을 거예요. 저의 아빠 이름이 제데디어였다 하더라도 아빠는 좋은 사람이었을 테지만 분명히 불행이었을 거예요. 엄마도 고등학교 선생님이었지만 아빠와 결혼했을 때 학교를 관두셨죠. 남편을 내조하는 것도 중요한 일이었으니까요. 토머스 아주머니가 그러시는데 두 사람은 아직 너무 어렸고 교회에 사는 쥐만큼이나 가난했대요. 두 분은 볼링브로크에 있는 조그맣고 노란 집에 살림을 차렸어요. 전 그집을 한 번도 본 적 없지만 수천 번도 더 상상해 봤죠. 거실 창문에는 인동덩굴이 덮여 있고 앞마당에는 라일락이, 그리고 마당 문을 들어서면 백합이 한가득 피어 있었을 거예요. 그래요, 모든 창문에는 모슬린 천으로 만든 커튼이 달려 있었을 거예요. 모슬린천으로 커튼을 하면 집 분위기가 달라지니까요. 전 아기 때 그 집에 살았어요. 토머스 아주머니가 그러시는데 저처럼 못생긴 아기를 본 적이 없대요. 작고 앙상해서 눈밖에 보이지 않았대요. 하지만 엄마는 제가 정말 예쁘다고 생각하셨죠. 청소해 주러 온 가난한 아줌마보다는 엄마가 보는 게 더 정확했을 거라 생각해요, 그렇겠죠? 아무튼 엄마가 저에게 만족하셨다니 다행이지 뭐예요? 엄마에게 제가 실망거리였다면 너무 슬플 것 같아요. 왜냐하면 엄마는 그 이후로 그리 오래 살지 못하셨거든요. 엄마는 제가 3개월 때 열병으로 돌아가셨대요. 제가 엄마라고 불렀던 걸 기억할 수 있을만큼만이라도 사셨다면 얼마나 좋았을까요? '엄마'라고 부르면 너무 달콤할 것 같아요, 그렇죠? 그리고 나흘 후 아빠도 열병으로 돌아가셨고요. 결국 전 고아가 됐고, 토머스 아주머니가 그러는데 사람들은 절 어떻게 해야 할지 몰라 했대요. 그때도 저를 원했던 사람은 아무도 없었던 거죠. 그게 제 운명인 것 같아요. 아빠랑 엄마 두 분 다 먼 곳에서 왔고 살아 있는 친척도 없었다나 봐요. 결국 가난한 데다 주정뱅이 남편이 있는 토머스 아주머니가 저를 맡게 되었죠. 토머스 아주머니는 젖먹이인 저를 손수 키워 주셨어요. 혹시 우유를 먹이며 손수 키운 아이들은 그렇지 않은 아이들보다 더 특별해야 하는 뭔가가 있나요? 제가 말썽을 피울 때마다 토머스 아주머니는 우유를 먹이며 손수 키웠는데 어떻게 그렇게 못된 아이가 될 수 있냐고 물었거든요. 꾸짖듯이 말이에요. 토머스 아주머니와 아저씨는 볼링브로크에서 메리즈빌로 이사를 했고 전 두 분과 함께 여덟 살이 될 때까지 살았어요. 전 그 집 아이들을 돌보는 일을 도왔어요. 저보다 어린 아이들이 네 명 있었는데 정말 돌봐 줄 것들이 많았어요. 그러다가 토머스 아저씨가 기차에서 떨어져 돌아가셨어요. 아저씨의 어머니가 토머스 아주머니와 아이들은 데리고 가겠다고 했지만 저까지는 원치 않으셨어요. 이번에는 토머스 아주머니가 저를 어떻게 해야 할지 몰랐죠. 그때 강 상류에 사는 해먼드 아주머니가 제가 아이들을 잘 돌본다는 것을 알고는 저를 데리고 가겠다고 했죠. 그래서 전 강 상류로 가서 나무 그루터기 사이에 있는 작은 간척지에서 살게 되었어요. 그곳은 아주 외로운 곳이었어요. 제게 상상력이 없었다면 절대 그곳에서 살 수 없었을 거예요. 해먼드 아저씨는 그곳에서 작은 제재소를 운영했고 아이가 여덟 명 있었어요. 아주머니가 쌍둥이를 세 번이나 낳았거든요. 전 아기가 적당히 있는 건 좋아하지만, 연달아 쌍둥이 세 쌍은 너무 많은 것 같아요. 마지막으로 쌍둥이가 태어났을 때 전 아주머니에게 딱 잘라 그렇게 말했죠. 아이들을 돌보느라 끔찍하게 피곤했거든요. 전 그곳에서 해먼드 아주머니와 2년 넘게 살았어요. 그런데 해먼드 아저씨가 돌아가셨고 아주머니는 더 이상 가족을 돌볼 수가 없었어요. 그래서 아이들을 나누어 친척들에게 맡기고 미국으로 가 버렸어요. 아무도 저를 데리고 가지 않았기 때문에 전 호프타운에 있는 고아원에 갈 수밖에 없었어요. 하지만 고아원에서도 저를 원하지 않았어요. 아이들이 너무 많다고 말이에요. 하지만 어쩔 수 없이 저를 받아 줬고 저는 스펜서 아주머니가 오실 때까지 4개월을 그곳에서 지낸 거예요."

앤은 이야기를 마치며 또 한 번 한숨을 쉬었다. 이번에는 안도의 한숨이었다. 앤은 자신을 받아 주지 않았던 세상에 대해서 이야기하고 싶지 않은 게 분명했다.

"학교는 다녔니?"

마릴라는 밤색 암말의 방향을 해변길로 돌리며 물었다.

"얼마 못 다녔어요. 토머스 아주머니 댁에 있던 마지막 해에 조금 다녔어요. 강 상류는 학교랑은 너무 멀어서 겨울에는 걸어다닐 수 없었고 여름에는 방학이었어요. 그래서 봄과 가을에만 다닐 수 있었죠. 그리고 고아원에 있는 동안에는 다녔어요. 읽는 건 꽤 잘하고요, 외우고 있는 시도 제법 많아요. 「호엔린덴의 전투」와 「플로든 전투 이후의 에든버러」, 「라인 강변의 빙엔 시」, 「호수의 여인」 여러 편, 그리고 제임스 톰슨이 쓴 「사계(四季)」 같은 시들이요. 아주머니는 등이 위아래로 물결치는 것 같은 느낌을 주는 시가 좋지 않으세요? 5학년 교과서에 「폴란드의 멸망」이란 시가 있었는데 정말 황홀한 시였어요. 물론 전 5학년이 아니라 4학년이었지만, 언니들이 읽어 보라고 자기 책을 빌려 주곤 했거든요."

"토머스 아주머니나 해먼드 아주머니는 너에게 잘해 주었니?"

마릴라가 곁눈질로 앤을 쳐다보며 물었다.

"음……."

앤은 머뭇거렸다. 작고 예민한 얼굴이 갑자기 붉어지고 당황스러움이 일었다.

"아, 두 분 다 그러려고 했어요. 가능한 한 저에게 친절하고 다정하게 대해 주시려 했다는 걸 저도 알아요. 사람들이 저에게 잘 대해 주려는 마음만 있다면 항상 잘해 주지 않더라도 전 괜찮아요. 두 분 다 걱정거리가 아주 많았으니까요. 술에 취한 남편과 사는 건 아주 힘든 일이죠. 또 연달아 쌍둥이를 세 번 낳는 것도 힘들었을 거예요. 안 그런가요? 하지만 두 분 모두 분명히 저에게 잘해 주려고 하셨던 것 같아요."

마릴라는 더 이상 아무것도 묻지 않았다. 앤은 아무 말 없이 해변길에 넋을 잃고 있었고 마릴라는 깊은 생각에 잠긴 채 멍하니 말을 몰았다. 갑자기 아이에 대한 안쓰러움이 마음을 휘저었다. 얼마나 굶주리며 사랑받지 못하는 삶을 살았을까. 얼마나 힘들고 가난하며 버림받은 삶이었을까. 마릴라는 앤의 이야기 속에 숨겨진 것들을 읽고 진실을 간파할 수 있을 만큼 영민한 사람이었다. 진짜 가족을 갖게 될 거라는 생각에 앤이 그토록 기뻐했던 것도 당연한 일이었다. 아이를 돌려보내는 건 너무 가엾은 일이었다. 마릴라는 매튜의 갑작스럽고도 이해할 수 없는 바람을 들어주고 아이를 데리고 살면 어떨까 하는 생각이 들었다. 매튜는 벌써 그런 마음을 먹고 있었고, 아이는 착하고 가르쳐 볼 만했다.

'말이 너무 많기는 하지만 그거야 가르치면 될 테니까. 그리고 말이 버릇없거나 상스럽지도 않아. 꽤 얌전한 아이야. 데리고 있었던 사람들이 좋은 사람들이었던 것 같아.'

마릴라는 생각했다.

해변길은 '숲이 우거지며 거칠고 인적이 없었다'. 오른쪽으로는 오랜 세월 바람을 맞고도 꿋꿋하게 그 기백을 잃지 않은 전나무들이 빽빽하게 서 있었다. 왼쪽은 깎아지른 듯한 붉은 사암 절벽이었는데, 길이 절벽에 바짝 닿은 곳이 많아 밤색 말보다 덜 침착한 암말은 뒤에 탄 사람들을 불안하게 할 것 같았다. 절벽 아래는 파도에 부서진 바위가 쌓여 있거나 마치 바다 보석 같은 자갈이 박힌 모래사장이 펼쳐져 있었다. 그리고 반짝이는 푸른 바다 위로는 햇빛을 받아 은빛으로 빛나는 날개를 펼치며 갈매기들이 솟구쳐 날아오르고 있었다.

눈을 동그랗게 뜨고 오랫동안 아무 말 않고 있던 앤이 말했다.

"바다가 참 멋지지 않아요? 메리즈빌에 살 때 토머스 아저씨가 커다란 마차를 빌려 우리 모두를 데리고 16킬로미터나 떨어진 해변으로 가서 하루를 보낸 적이 있거든요. 그날 전 줄곧 아이들을 돌봐야 했지만 매순간을 즐겼어요. 그리고 그 후로 몇 년 동안 그때의 행복한 꿈을 꾸며 살았어요. 하지만 메리즈빌의 해변보다 여기 해변이 더 멋져요. 저 갈매기들 근사하지 않나요? 아주머니는 갈매기가 되고 싶지 않으세요? 전 갈매기가 되고 싶어요. 만약 사람이 되지 않았다면 말이에요. 햇살 속에서 잠을 깨 물 위로 급강하해 날거나 저 아름답고 푸른 하늘을 날아다니며 하루를 보내면 얼마나 좋을까요? 그리고 밤에는 다시 둥지로 날아가는 거죠. 아, 저는 그렇게 나는 제 모습을 상상할 수 있어요. 그런데 저 앞에 큰 집은 뭐예요?"

"화이트 샌즈 호텔이다. 커크 씨가 운영하는데 아직 성수기가 아니야. 여름에는 미국인들이 엄청나게 몰려오거든. 미국 사람들도 이 해변이 좋은가 봐."

"스펜서 부인의 집일까 봐 걱정했어요. 전 그곳에 가고 싶지 않거든요. 왠지 그곳은 모든 것의 끝이 될 것 같아서요."

앤이 슬픈 목소리로 말했다.

6. 마릴라, 결심하다

어쨌든 그들은 제시간에 그곳에 도착했다. 화이트 샌즈 만의 크고 노란 집에서 살고 있는 스펜서 부인은 놀라움과 반가움이 뒤섞인 인정 많은 얼굴로 두 사람을 맞아 주었다.

"어머나 세상에, 오늘 만나게 될 거라고는 생각지도 못했는데 이렇게 만나니 정말 반갑네요. 말은 넣어 놓으셨어요? 앤, 잘 지냈니?"

"네, 덕분에 잘 지냈어요. 고맙습니다."

앤은 웃음기 없는 얼굴로 말했다. 앤에게 어두운 그림자가 드리워진 것 같았다.

"말이 쉴 동안 잠깐만 있다 갈게요. 매튜 오빠에게 일찍 가겠다고 했거든요. 사실은 스펜서 부인, 어찌된 일인지 말도 안 되는 착오가 생긴 것 같아 어디서부터 잘못된 건지 알아보려고 온 거예요. 오빠와 저는 고아원에서 남자 아이를 데리고 와 달라고 부탁했거든요. 당신 남동생 로버트에게 열 살이나 열한 살 정도 되는 남자 아이를 원한다는 말을 당신에게 전해 달라고 했어요."

"마릴라 커스버트, 무슨 말씀이신가요? 로버트가 자기 딸인 낸시를 시켜서 이야기를 전했는데, 낸시는 당신이 여자 아이를 원한다고 했어요. 안 그러니 플로라 제인?"

스펜서 부인은 계단에 나와 있던 딸에게 곤란한 얼굴로 물었다.

"맞아요, 낸시가 그렇게 말했어요, 커스버트 아주머니."

플로라 제인이 진지한 얼굴로 확인해 주었다.

"정말 죄송해요. 정말 유감이지만 확실히 제 잘못은 아니에요, 마릴라. 전 당신이 시키는 대로 최선을 다했어요. 낸시 그 아이가 말썽이었군요. 낸시가 실수를 저지르면 제가 자주 야단을 치곤 한답니다."

스펜서 부인의 말에 마릴라는 포기한 듯 말했다.

"우리 잘못이 크죠. 중요한 일을 남에게 말로 전달할 게 아니라 우리가 직접 왔어야 했는데 말이에요. 아무튼 착오가 생겼으니 이제 할 일은 틀어진 것을 제대로 바로잡는 일이군요. 이 아이를 다시 고아원으로 보낼 수 있을까요? 제 생각에는 고아원에서 다시 받아 줄 것 같은데 말이에요, 안 그런가요?"

스펜서 부인이 곰곰이 생각하며 말했다.

"그렇겠죠. 그런데 아이를 다시 보낼 필요는 없을 것 같아요. 어제 피터 블루엣 부인이 와서는 집안일을 도울 어린 여자 아이를 하나 보내 줬으면 하더라고요. 당신도 알다시피 그 집엔 식구가 많잖아요. 그래서 일손을 구하기가 쉽지 않은가 보더라고요. 앤이 그집에 가기에 딱 좋을 것 같아요. 하늘이 도왔네요."

하지만 마릴라는 그게 정말 하늘이 도운 일이라는 생각이 들지 않았다. 이 달갑지 않은 고아를 떼어 보낼 뜻밖의 기회였지만 잘된 일은 아닌 것 같았다.

마릴라는 피터 블루엣 부인의 얼굴만 알고 있었는데, 키가 작고 성격이 나빠 보이는 얼굴에다 몸에 살이라고는 없이 앙상하게 마른 여자였다. 들리는 소문에 의하면 '아주 끔찍하게 일을 시키는 사람'이라고 했다. 그 집 일을 그만둔 하녀들은 피터 부인이 얼마나 성질이 사납고 인색한지, 또 그 집 아이들이 얼마나 버릇없고 걸핏하면 싸우는지를 이야기하곤 했다. 그런 사람에게 앤을 보낼 생각을 하니 양심에 가책이 느껴졌다.

"그럼 들어가서 의논해 보죠."

마릴라가 말했다.

"어머, 마침 딱 맞춰서 피터 부인이 오네요!"

스펜서 부인이 부산하게 두 사람을 응접실로 안내했다. 응접실로 들어선 순간 오싹한 냉기가 훅 끼쳐 왔다. 오랫동안 짙은 초록색의 블라인드가 단단히 드리워져 있어서 따스한 온기는 모두 사라진 듯했다.

"바로 일을 해결할 수 있어서 정말 다행이에요. 앉으세요, 마릴라. 앤, 꼼지락거리지 말고 여기 긴 의자에 가만 앉아 있어라. 모자를 벗어 저에게 주세요. 플로라 제인, 가서 찻주전자를 좀 올려라. 안녕하세요, 블루엣 부인, 부인께서 때마침 와 주어서 얼마나 다행인지 이야기하고 있었답니다. 두 분 서로 소개할게요. 블루엣 부인, 미스 커스버트예요. 잠깐만 실례할게요. 플로라 제인에게 오븐에서 빵 꺼내라고 이야기하는 걸 깜빡했네요."

스펜서 부인은 블라인드를 걷어 올리고 급하게 밖으로 나갔다. 앤은 아무 말 없이 긴 의자에 앉아 맞잡은 두 손을 무릎 위에 올린 채로 멍하니 블루엣 부인을 바라보고 있었다. 얼굴이 마르고 눈빛이 날카로운 이 여자에게 가게 되는 것일까? 목구멍에서 덩어리 같은 게 올라오고 두 눈이 아파 왔다. 스펜서 부인이 육체적, 정신적 또는 영혼의 모든 고통까지 고려하여 이 일을 해결할 수 있다는 듯 발그레하고 환한 얼굴로 돌아왔을 때, 앤은 도저히 눈물을 참을 수 없을 것 같아 두려워지기 시작했다.

"블루엣 부인, 이 아이에 관해 뭔가 착오가 있었던 것 같아요. 저는 커스버트 남매 두 분께서 여자 아이를 입양할 것으로 알고 있었거든요. 분명히 그렇게 들었어요. 하지만 두 분께서 원한 건 남자 아이였다는군요. 부인께서 어제와 같은 생각이라면 이 아이가 적당할 것 같아서요."

블루엣 부인이 앤의 머리부터 발끝까지 샅샅이 훑어보았다.

"몇 살이고 이름이 뭐지?"

잔뜩 주눅이 든 앤은 이름 철자에 대해서 감히 조건을 내걸 생각도 못하고 대답했다.

"앤 셜리입니다. 열한 살이고요."

"흠! 크게 신통해 보이진 않지만 강단은 있을 것 같구나. 강단 있는 게 좋을지는 모르겠지만 말이다. 음, 내가 널 데리고 가면 착하게 굴어야 한다. 착하고 똑똑하고 예의바르게 굴란 말이다. 네 생활비는 네가 벌어야 하고 거기에 실수가 있어서는 안 된다. 좋아요, 미스 커스버트, 제가 이 아이를 데리고 갈게요. 아기가 너무 까다로워 그 녀석 비유 맞추다 제가 완전히 지쳐 버렸거든요. 괜찮

70

으시다면 지금 당장 데려가고 싶네요."

마릴라가 앤을 쳐다보았다. 방금 도망쳐 나온 덫에 다시 걸려든 가엾은 어린 생명처럼 하얗게 질린 아이의 비참한 얼굴을 보니 마음 어딘가가 꺾이는 것 같은 기분이었다. 그리고 만약 여기서 외면하면 죽는 날까지 저 표정이 떠오를 것 같다는 불길한 확신이 생겼다. 게다가 마릴라는 블루엣 부인이 마음에 들지 않았다. 저런 여자에게 섬세하고 '극도로 예민한' 아이를 넘기다니! 안 돼, 마릴라는 도저히 그럴 수 없었다!

마릴라는 천천히 입을 열었다.

"글쎄, 잘 모르겠네요. 오빠와 제가 이 아이를 키울 수 없다고 확실하게 결정한 게 아니라서요. 사실은 오빠가 이 아이를 키울 마음이 있는 것 같아요. 전 그냥 어떻게 일이 이렇게 됐는지 알아보러 여기 온 거고요. 다시 아이를 집으로 데려가서 오빠와 상의해 보는 게 좋을 것 같아요. 오빠와 의논하지 않고 저 혼자 결정해서는 안 될 것 같네요. 이 아이를 키우지 않기로 결정하게 되면 내일 밤에 아이를 보내거나 직접 데리고 올게요. 만약 그렇지 않으면 이 아이가 우리와 함께 살게 된 걸로 아세요. 그렇게 할까요, 블루엣 부인?"

"그럼 그래야겠네요."

블루엣 부인이 퉁명스럽게 말했다.

마릴라가 이야기하는 동안 앤의 얼굴은 해가 떠오른 듯 환해졌다. 처음에는 절망감이 사라지는가 싶더니 그 다음엔 희미한 희망의 빛으로 얼굴이 발그레해지며 두 눈은 새벽별처럼 반짝였다. 이제 아이는 완전히 다른 사람처럼 보였다. 잠시 후 스펜서 부인과 블루엣 부인이 앤이 마릴라와 살게 될 경우 어떻게 할지 해결책을 찾기 위해 밖으로 나가자 아이는 발딱 일어나 마릴라에게로 달려왔다.

앤은 큰 소리로 말하면 이 놀라운 가능성이 흩어져 버리기라도 하는 듯 숨 죽여 속삭였다.

"아, 커스버트 아주머니, 제가 초록 지붕 집에 살게 될지도 모른다고 말씀하신 거예요? 정말 그렇게 말씀하셨어요? 아니면 제가 그냥 상상한 건가요?"

"넌 그 상상력을 조절하는 법을 좀 배우는 게 좋을 것 같구나, 앤. 어떤 게 실제고 어떤 게 상상인지 구별도 못하니 말이다. 그래, 넌 제대로 들은 게 맞아. 하지만 아직 결정된 게 아니니 결국 블루엣 부인에게 널 보내게 될지도 모른다. 블루엣 부인이 나보다는 더 널 필요로 하는 게 확실하니까."

마릴라는 성가신 듯 말했다.

"블루엣 부인과 살러 가느니 고아원으로 가는 게 낫겠어요. 그 아주머니는 마치…… 마치 송곳처럼 생겼어요."

앤이 격렬하게 말했다.

그런 말을 한 앤을 꾸짖어야 한다는 생각에 마릴라는 애써 웃음을 참으며 엄하게 말했다.

"나이 든 부인이나 낯선 사람에게 그런 말을 하다니 부끄러운 줄 알아라. 얼른 네 자리로 가 조용히 입 다물고 착한 아이답게 얌전히 앉아 있어라."

"아주머니가 저를 데리고 있어 주시기만 한다면 시키는 건 뭐든 다 할게요."

앤은 아까 앉았던 긴 의자 쪽으로 고분고분 돌아서며 말했다.

그날 저녁 두 사람이 초록 지붕 집에 도착했을 때 매튜는 샛길에 마중 나와 있었다. 마릴라는 저 멀리서부터 매튜가 샛길에서 왔다 갔다 하고 있는 것을 보고 왜 그러고 있는지 짐작을 했다. 아마 자신이 앤을 데리고 온 걸 알고 매튜는 안도의 표정을 지을 것이다. 하지만 헛간 뒤 마당에서 두 사람이 함께 소젖을 짤 때까지도 마릴라는 그 일에 관해 아무 말도 하지 않았다. 마릴라는 매튜에게 앤이 살아 온 이야기와 스펜서 부인을 만나 나눴던 이야기를 간단하게 했다.

"그 블루엣 같은 여자에게는 내가 좋아하는 개도 주지 않을 거야."

매튜는 평소와 달리 활기차게 말했다.

"저도 그런 여자는 싫어요. 하지만 우리가 아이를 데리고 있든가 아니면 그 여자에게 보내든가 해야 해요. 오빠가 아이를 키우고 싶어 하는 것도 있지만, 사실 내 생각에도 왠지 그래야 할 것 같아요. 오래 생각해서 내린 결정이에요. 일종의 의무 같아요. 전 한 번도 아이를 키워 본 적이 없어요, 특히 여자 아이는요. 그래서 어쩌면 엉망진창이 될지도 모르겠어요. 하지만 최선을 다해 보겠어요. 내 생각에, 오빠, 아이가 여기 있어도 될 것 같아요."

매튜의 수줍은 얼굴이 기쁨으로 빛났다.

"그러니까, 너도 알게 될 거라 짐작했다, 마릴라. 그 아인 정말 재미있는 아이거든."

매튜가 말했다.

"그 아이가 쓸모 있는 아이라고 말해 준다면 더 좋겠어요. 하지만 그 아이를 쓸모 있는 아이로 가르치는 건 제 일이 되겠죠. 그리고 오빠, 내 방식에 끼어들지 말아요. 노처녀가 아이 기르는 법은 잘 몰라도 늙은 독신남보다는 나을 테니까요. 그러니 내가 하는 대로 그냥 내버려 둬요. 나 혼자 힘으로 안 되면 그때 도와주시고요.”

“그래, 좋다, 마릴라, 네가 알아서 해. 단 버릇이 나빠지지 않을 만큼만 아이를 친절하고 다정하게 대해 줘. 그 아이가 너를 사랑하게끔 만들면 아이와 뭐든 할 수 있을 것 같으니.”

매튜가 용기를 주듯 말했다.

마릴라는 여자 일에 이것저것 끼어드는 매튜를 비웃기라도 하듯 콧방귀를 뀌고는 양동이를 들고 치즈 만드는 곳으로 걸어갔다.

마릴라는 크림 분리기로 우유를 거르며 생각했다.

'우리 집에서 함께 살 거란 이야기를 오늘 밤에는 해 주지 말아야지. 너무 흥분해서 한숨도 못 잘 테니까. 마릴라 커스버트, 이제 정말 어쩔 수 없게 됐어. 고아 여자 아이를 입양할 날이 오리라고 상상이나 해 봤어? 놀라운 일이야. 하지만 오빠가 먼저 그 이야기를 꺼낸 게 더 놀라워. 여자 아이라면 끔찍하게 생각하는 것 같더니 말이야. 아무튼 이제 결정은 끝났고 앞으로 어떻게 될지는 아무도 모르는 일이야.'

7. 앤의 기도

그날 밤 마릴라는 앤을 데리고 침대로 가서는 뻣뻣하게 말했다.

"앤, 어젯밤에 보니 옷을 벗어서 바닥에 아무렇게나 던져 놨더구나. 그건 아주 나쁜 버릇이고 난 절대 용납 못한다. 옷을 벗자마자 단정하게 개어서 의자 위에 두어라. 난 깔끔하지 않은 여자 애는 전혀 필요하지 않아."

"어젯밤에는 너무 괴로워서 옷을 갤 생각을 하지 못했어요. 오늘 밤에는 잘 개어 둘게요. 고아원에서도 언제나 옷을 개라고 했어요. 하지만 전 절반쯤은 까먹었죠. 얼른 침대로 들어가 조용히 즐거운 것들을 상상하고 싶었거든요."

마릴라는 훈계하듯 말했다.

"이곳에 살게 된다면 좀 더 잘 기억해야 할 거야. 그렇지, 그렇게 말이다. 이제 기도하고 잠자리에 들거라."

"전 기도해 본 적이 없어요."

마릴라는 깜짝 놀랐다.

"아니, 앤, 그게 무슨 말이냐? 기도를 배운 적이 없단 말이니? 하느님은 항상 아이들이 기도하기를 원하신단다. 그럼 하느님이 누군지도 모르니?"

"'하느님은 영혼이요, 무한하고 영원하며 불변하시고, 그 안에 지혜와 힘과 거룩함과 정의와 선함과 진리가 있나니.'"

앤이 청산유수로 읊어 나가자 마릴라는 다소 안심하는 것 같았다.

"뭔가 알고 있긴 한가 보구나. 하느님 감사합니다! 네가 이교도는 아니구나. 그런데 그건 어디서 배웠지?"

"아, 고아원 주일 학교에서요. 교리 문답을 통째로 외우게 했는데 전 그걸 좋아했어요. 거기 나오는 낱말들이 근사했거든요. '무한하고 영원하며 불변하시고'. 참 멋진 말들 아니에요? 커다란 오르간을 연주할 때처럼 뭔가 울림이 있는 것 같아요. 꼭 시라고 할 수는 없겠지만 시처럼 들리거든요. 아주머닌 안 그러세요?"

"우린 지금 시에 대해서 이야기하는 게 아니야, 앤. 우린 기도에 대해서 이야기하고 있어. 매일 밤 기도를 하지 않는다는 건 정말 끔찍하도록 나쁜 일이라고 생각하지 않니? 네가 나쁜 아이일까 봐 두렵구나."

"머리카락이 빨간색이면 착한 아이가 되는 것보다 나쁜 아이가 되는 게 더 쉽죠. 머리카락이 빨간색이 아닌 사람은 뭐가 문제인지 몰라요. 토머스 아주머니는 하느님이 뭔가 이유가 있어서 제 머리를 빨갛게 만들었다고 했어요. 그 말을 들은 이후로 전 하느님에게 관심이 없어졌어요. 그리고 밤이 되면 너무 피곤해서 기도를 한 마디도 할 수 없었어요. 쌍둥이를 돌봐야 하는 사람들은 기도를 할 수 없을걸요. 기도를 할 수 있을 거라 생각하세요?"

마릴라는 당장 종교 교육부터 시켜야겠다고 생각했다. 머뭇거릴 시간이 없었다.

"우리 집 지붕 아래에 있는 동안은 기도를 해야 한다, 앤."

그러자 앤이 흔쾌히 말했다.

"아주머니께서 원하신다면 물론이죠. 아주머니를 기쁘게 하는 거라면 뭐든 할게요. 하지만 이번은 어떤 기도를 할지 말씀해 주세요. 침대에 누워 어떤 기도를 하면 좋을지 상상해 보겠어요. 생각해 보니 꽤 재미있을 것 같아요."

"무릎을 꿇어라."

당황한 마릴라가 말했다.

앤은 마릴라의 무릎 앞에 꿇어 앉아 엄숙하게 올려다보았다.

"사람들은 기도할 때 왜 무릎을 꿇어야 할까요? 정말 기도하고 싶으면 전 이렇게 하겠어요. 넓은 들판에 혼자 나가거나 깊고 깊은 숲 속으로 들어가 그 푸르름이 끝이 없을 것 같은 하늘을 우러러 보겠어요. 그리고 그냥 마음으로 기도하겠어요. 자, 이제 준비 됐어요. 뭐라고 말해야 하죠?"

마릴라는 더욱 당혹스러웠다. 앤에게 '이제 자려고 합니다.' 같은 어린이 기도를 가르칠 생각이었다. 하지만 앞서 말했듯이 마릴라에게는 조금이나마 유머 감각이라는 게 있었다. 유머 감각이란 달리 말하면 모든 상황에 맞도록 합리적으로 일을 해결하는 능력이기도 하다. 하얀 잠옷을 입고 엄마 무릎에서 혀 짧은 소리로 하는 어린이들의 기도는, 하느님의 사랑을 알지도 못하고 관심도 없어 인간에 대한 사랑으로 바꾸어 보지도 못한 주근깨투성이의 이 매력적인 아이에게는 전혀 어울리지 않는다는 생각이 불현듯 들었다.

"앤, 넌 스스로 기도할 수 있을 만큼 충분히 자랐으니까 하느님께 네가 받은 축복에 대해 감사드리고 네가 원하는 것들을 겸손하게 청해 보렴."

"좋아요, 노력해 볼게요."

앤은 마릴라의 무릎에 얼굴을 묻으며 약속했다.

"자비로우신 하느님 아버지, 교회에서 목사님들이 이렇게 말하던데, 저 혼자 기도할 때도 괜찮은 거죠?"

앤은 잠깐 고개를 들더니 불쑥 물었다.

"자비로우신 하느님 아버지, '기쁨 가득 새하얀 길'과 '반짝반짝 호수', '보니', 그리고 '눈의 여왕'을 만나게 해 주셔서 고맙습니다. 그들을 만나게 돼서 얼마나 기쁜지 몰라요. 그리고 이렇게 하느님께 감사의 기도를 드릴 수 있는 것도 축복인 것 같아요. 제가 원하는 걸 말씀드리자면, 너무 많아서 일일이 다 말씀드리면 시간이 걸릴 테니 가장 중요한 것 두 가지만 말씀드릴게요. 초록 지붕 집에서 살게 해 주시고 예쁜 모습으로 자라게 해 주세요. 그럼 안녕히 계셔요. 앤 셜리 올림."

앤은 일어서면서 간절한 얼굴로 물었다.

"제가 제대로 한 거 맞나요? 좀 생각해 볼 시간이 있었다면 훨씬 더 아름답게 만들 수 있었을 텐데."

비록 엉뚱하긴 했지만 그렇게 불경한 기도는 아니었다. 게다가 이 아이는 종교적으로 아무것도 모르지 않는가? 마릴라는 이 사실들을 간신히 위로로 삼기로 했다. 그리고 이불을 잘 덮어 주고 바로 다음날부터 이 아이에게 기도를 가르쳐야겠다, 마음속으로 다짐했다. 마릴라가 촛불을 가지고 방을 나가려는데 앤이 뒤에서 불렀다.

"방금 생각났어요. '그럼 안녕히 계셔요.' 대신 '아멘'이라고 했어야 하는 거죠? 그렇죠? 목사님들이 그렇게 했거든요. 깜빡했어요. 어떻게 해서든 기도를 끝내야 한다는 생각 때문에 다른 말을 하고 말았어요. 그렇게 하면 안 될까요?"

"아니, 그렇지는 않아. 착한 아이답게 얼른 자거라. 잘 자렴."

"오늘은 양심의 가책 없이 안녕히 주무시라고 할 수 있을 것 같아요."

앤은 기분 좋게 베개 속으로 파고들며 말했다.

마릴라는 부엌으로 가 촛불을 테이블 위에 단단히 고정시켜 놓고는 매튜를 바라보며 말했다.

"오빠, 누구든 저 아이를 입양해서 뭔가 가르쳐야 할 것 같아요. 저 아인 거의 이교도나 마찬가지예요. 저 아이가 오늘 밤까지 한 번도 제대로 기도를 해 본 적이 없다면 믿으시겠어요? 내일 목사관에 가서 기도문 책을 빌려 와야겠어요. 그리고 저 아이에게 적당한 옷을 만들어 입히는 대로 바로 주일 학교에 보내야겠어요. 굉장히 바빠질 것 같네요. 자, 고통을 나누지 않고서는 이 세상을 살아 나갈 수 없는 거죠. 지금까지 전 꽤 편안하게 살아왔는데 드디어 저에게도 올 것이 왔군요. 하지만 최선을 다해서 해내겠어요."

8. 초록 지붕 집 생활이 시작되다

마릴라는 마음먹었던 대로 초록 지붕 집에서 살게 됐다는 말을 다음날 오후까지 앤에게 하지 않았다. 대신 오전 내내 여러 가지 일을 바쁘게 시키며 아이가 일하는 모습을 예리한 눈으로 관찰했다. 정오 무렵이 되자 마릴라는 앤이 똑똑하고 순종적이며 열심히 일을 하는 데다, 뭐든 빨리 익힌다는 것을 알게 됐다. 단 한 가지 단점은 일을 하다가도 공상에 빠졌다가 꾸지람을 듣고서야 정신을 차리는 경향이 있다는 것이었다.

점심 설거지를 마친 후 앤은 최악의 소식을 들을 각오가 되어 있다는 표정으로 마릴라 앞에 갑자기 나타났다. 앤의 가녀린 몸은 머리부터 발끝까지 바르르 떨리고 있었고 얼굴은 붉게 상기되었으며 눈망울도 커졌다. 그리고 두 손을 꼭 맞잡고 애원하는 목소리로 말했다.

"아, 제발, 커스버트 아주머니, 저를 보내실 건지 아닌지 말씀해

80

주시지 않겠어요? 아침 내 참고 있었는데 이젠 도저히 참을 수가 없을 것 같아요. 정말 끔찍한 기분이에요. 제발 말씀해 주세요."

"행주를 뜨거운 물에 아직 삶지 않았더구나. 그걸 하고 와서 다시 이야기하자, 앤."

마릴라는 냉정하게 말했다.

앤은 가서 행주를 삶았다. 그리고 다시 마릴라에게로 가서 애원하는 눈빛으로 쳐다보았다.

이제 더 이상은 뒤로 미룰 수 없게 되자 마릴라는 이야기를 시작했다.

"그래, 이제 말해 주는 게 좋을 것 같구나. 매튜 오빠와 난 너를 키우기로 결정했다. 네가 착한 아이가 되고 감사하는 마음을 보여주려고 노력한다면 말이다. 왜 그러니, 애야, 무슨 일이니?"

"저 지금 울고 있는 거예요. 왜 그런지는 저도 모르겠어요. 너무너무 기뻐요. 아, 기쁘다는 말도 제 마음을 제대로 표현하지 못해요. '기쁨 가득 새하얀 길'과 벚꽃을 보았을 때도 기뻤어요. 하지만 이건! 이건 기쁜 감정 그 이상이에요. 너무 행복해요. 착한 아이가 되도록 노력할게요. 힘들겠지만 말이에요. 토머스 아주머니는 제가 정말 못됐다고 가끔 말씀하셨거든요. 하지만 정말 최선을 다할게요. 그런데 제가 왜 울고 있는지 아시겠어요?"

앤이 격앙된 목소리로 말하자 마릴라가 못마땅한 듯 대꾸했다.

"그건 네가 흥분했기 때문인 것 같은데. 의자에 앉아서 좀 진정하도록 해 보렴. 넌 너무 쉽게 울고 쉽게 웃어서 걱정이다. 그래, 넌 우리와 함께 이곳에 살게 됐고 우린 널 잘 키우기 위해 노력할 거야. 넌 학교에도 가게 될 건데, 방학까지는 겨우 2주일밖에 남지 않았으니 9월에 학기가 시작할 때 학교를 가면 될 거야."

"아주머니를 뭐라고 부르죠? 미스 커스버트라고 부를까요? 아니면 마릴라 이모라고 부를까요?"

앤이 물었다.

"아니, 그냥 마릴라 아주머니라고 불러라. 미스 커스버트라고 불리는 건 익숙하지 않아 좀 신경이 쓰이거든."

"그냥 마릴라 아주머니라고 부르는 건 좀 건방지게 들려서요."

"네가 예의바르게 부르기만 한다면 건방지게 들릴 건 없을 거야. 에이번리에 사는 사람들은 젊은 사람이든 나이가 든 사람이든, 목사님만 빼고는 다들 마릴라라고 부르거든. 목사님만 생각이 날 때 미스 커스버트라고 불러."

앤은 간절한 표정으로 말했다.

"마릴라 이모라고 부르고 싶어요. 전 이모가 없거든요. 할머니도 없어요. 그렇게 부르면 정말 아주머니와 한 가족인 것 같은 느낌이 들 것 같아요. 마릴라 이모라고 부르면 안 되나요?"

"아니, 난 네 이모도 아니고, 가족이 아닌 사람을 그렇게 부르는 건 좋지 않다고 생각해."

"하지만 아주머니가 제 이모라고 상상하면 되잖아요."

"난 할 수 없어."

마릴라가 엄하게 말했다.

"아주머니는 실제와는 다르게 상상해 본 적이 없으세요?"

앤은 눈을 동그랗게 뜨고 물었다.

"없다."

"어머! 마릴라 아주머니, 정말 안타까워요!"

앤이 길게 숨을 들이쉬었다.

마릴라는 꾸짖듯 말했다.

"난 실제와 다른 것들을 상상하는 게 좋다고 생각지 않아. 신께서 우리를 어떤 상황에 처하게 하실 때는, 상상으로 그 상황을 벗어나라는 뜻은 아니실 거야. 그러고 보니 생각나는데, 거실에 가서 벽난로 위에 있는 그림 카드를 가져 오너라. 발을 깨끗이 하고 들어가고, 파리가 들어가지 않도록 조심하는 거 잊지 말아라. 그 카드에 주기도문이 있으니 오후에는 열심히 외우도록 해. 지난밤 같은 기도는 더 이상 하지 말고."

앤은 변명하듯 말했다.

"그 기도가 아주 엉망이었다는 건 알아요. 하지만 전 한 번도 기도를 해 본 적이 없는 걸요. 처음부터 기도를 아주 잘하는 사람이 있겠어요? 잠자리에 들면서 아주 근사한 기도를 생각해 냈어요. 그러겠다고 제가 약속했잖아요. 목사님이 하시는 기도만큼 길고 아주 시적이기까지 했어요. 그런데 글쎄, 오늘 아침에 일어나니 한 마디도 기억이 안 나는 거예요! 어젯밤 생각한 기도만큼 좋은 기도는 생각해 낼 수 없을 거예요. 아무래도 두 번째 생각해 낸 건 첫 번째만큼 좋지 않거든요. 그거 아셨어요?"

"너야말로 알아야 할 게 있다. 내가 뭘 하라고 하면 당장 시키는 대로 해야 해. 꼼짝 않고 서서 이야기만 늘어놓지 말고. 당장 가거라."

앤은 얼른 복도를 지나 거실로 갔다. 그런데 10분을 기다려도 아이는 돌아오지 않았다. 결국 마릴라는 뜨개질하던 것을 내려놓고 엄한 표정으로 앤을 찾아 나섰다. 마릴라는 앤이 두 손을 꼭 맞잡은 채로 얼굴을 들고 꿈에 젖은 듯한 눈으로 두 개의 창문 사이 벽에 걸려 있는 그림 앞에 꼼짝 않고 서 있는 것을 보게 됐다. 사과나무와 주렁주렁 매달린 덩굴 사이로 비쳐 들어오는 하얀 빛과 초록빛이 넋을 놓고 있는 어린 아이를 비추고 있었다. 이 세상의 것이 아닌 것 같은 광채였다.

"앤, 너 지금 무슨 생각을 하고 있는 거니?"

마릴라가 날카로운 목소리로 물었다.

"저기요."

앤이 〈어린 아이들에게 축복을 내리고 있는 예수님〉이라는 제목이 선명하게 보이는 그림을 가리키며 말했다.

"저도 이 아이들 중 한 명이라는 상상을 하고 있었어요. 저기 파란 옷을 입고 구석에 혼자 떨어져 있는 아이요. 마치 누구와도 어울리지 못하는 것 같잖아요. 저처럼 말이에요. 아주 외롭고 슬퍼 보여요. 그렇지 않나요? 저 아이에겐 아빠도, 엄마도 없는 것 같아요. 하지만 저 아이도 축복을 받고 싶어 사람들 속에서 수줍게 앞으로 나온 거예요. 딱 한 사람 예수님 말고는 아무도 자신을 알아보지 말았으면, 하고 바라면서 말이에요. 저 아이의 기분이 어떤지 저는 알아요. 가슴은 방망이질을 하고 두 손은 차가워졌을 거예요. 여기 살아도 되는지 아주머니에게 물어볼 때의 저처럼 말이에요. 자신을 알아보지 못하면 어떻게 하나 두려워하고 있지만 예수님은 저 아이를 알아보실 거예요. 그렇죠? 이 모든 것들을 상상해 보고 있었어요. 아이가 조금씩 예수님에게 다가가 두 사람이 꽤 가까워졌어요. 예수님이 그 아이를 보시고 아이의 머리 위에 손을 얹자 아, 아이는 온몸이 기쁨으로 떨려 오는 거예요! 그런데 화가가 예수님 얼굴을 저렇게 슬프게 그리지 말았어야 했어요. 아주 머니도 아셨는지 모르겠지만 모든 예수님 그림이 다 그래요. 하지만 전 예수님이 정말 슬픈 얼굴이었을 거라 생각하지 않아요. 만약 그렇다면 아이들이 예수님을 두려워했을 테니까요."

"앤, 그렇게 말하면 안 돼. 그건 정말, 정말 불경한 짓이야."

마릴라는 앤의 말을 왜 진작 끊지 못했을까, 생각하며 말했다. 앤의 두 눈이 휘둥그레졌다.

"전 지금 그 어느 때보다 경건해요. 전 절대 불경한 뜻으로 그런 게 아니에요."

"글쎄, 네가 일부러 그런 건 아닐 거야. 하지만 그런 일들에 대해서 그렇게 아무렇지 않게 말하는 건 옳지 않아. 또 한 가지 앤, 내가 뭘 가지고 오라고 보냈으면 당장 가지고 와야지 이렇게 그림 앞에서 상상하며 멍하니 시간을 보내고 있으면 안 돼. 알겠니? 그 카드를 가지고 당장 부엌으로 와라. 그리고 구석에 앉아 기도문을 외우도록 해라."

앤은 식탁을 장식하기 위해 꺾어 온 사과꽃을 한가득 꽂아 놓은 꽃병에 카드를 세워 놓고—마릴라는 그 장식이 못마땅했지만 아무 말 하지 않았다.— 두 손으로 턱을 괸 채 몇 분 동안 아무 말 없이 열심히 기도문을 외웠다.

기도문을 외우고 있던 앤이 말했다.

"기도문이 좋아요. 아름다워요. 전에 고아원 주일 학교에서 원장님이 기도하던 걸 들은 적이 한 번 있지만 그때는 좋지 않았어요. 원장님의 목소리가 갈라지는 것 같았고 너무 침울하게 기도를 했거든요. 원장님은 기도를 귀찮은 일거리쯤으로 생각하는 게 분명했어요. 기도문은 시가 아니지만 시를 읽을 때와 같은 느낌이 들어요. '하늘에 계신 우리 아버지, 이름을 거룩하게 하오시며.' 이건 마치 한 줄의 음악 같아요. 이걸 제가 외울 수 있게 해 주셔서 너무 기뻐요. 커스버트, 아니 마릴라 아주머니."

"그럼 입 좀 다물고 외우겠니?"

마릴라가 무뚝뚝하게 말했다.

앤은 사과꽃이 꽂혀 있는 꽃병을 기울여 분홍색 꽃송이에 가볍게 입을 맞추고는 다시 한동안 부지런히 기도문을 외웠다.

그러다가 또 마릴라를 불렀다.

"아주머니, 제가 에이번리에서 절친한 친구를 사귈 수 있을 거라 생각하세요?"

"무슨 친구?"

"절친한 친구요. 아주 가까운 친구 말이에요. 정말 마음이 맞아서 마음 깊은 곳에 있는 영혼까지도 함께 나눌 수 있는 친구요. 그런 친구를 늘 꿈꿔 왔어요. 정말 그런 친구를 사귈 수 있을 거라 생각하지 않았지만 이렇게 한꺼번에 제 꿈들이 이루어지니 어쩌면 그 꿈도 이루어질지 모른다는 생각이 들어서요. 그 꿈이 이루어질 거라 생각하세요?"

"비탈길 과수원 집에 다이애나 배리가 살고 있는데, 아마 네 또래일 것 같구나. 아주 착한 아이지. 그 아이가 집으로 돌아오면 좋은 친구가 될 게다. 지금은 카모디에 있는 이모 집에 가 있거든. 하지만 행동을 조심해야 할 거야. 배리 부인은 아주 까다로우니까. 착하고 예의바르지 않은 아이와는 다이애나를 놀게 하지 않을 거야."

앤은 두 눈을 반짝이며 사과꽃 사이로 마릴라를 쳐다보았다.

"다이애나는 어떻게 생겼어요? 설마 머리카락이 빨갛지는 않겠죠? 아, 제발 그렇지 않았으면 좋겠어요. 제 머리가 빨간 걸로도 충분하거든요. 제 절친한 친구 머리마저 빨갛다면 정말 참을 수 없을 것 같아요."

"다이애나는 장밋빛 두 볼에 까만 눈과 머리카락을 가진 아주 예쁜 아이야. 착하고 똑똑하지. 그건 예쁜 것보다 훨씬 더 좋은 거야."

마릴라는 『이상한 나라의 앨리스』에 나오는 공작부인만큼이나 교훈을 좋아해서 자라나는 아이들에게는 항상 교훈적인 말을 해주어야 한다고 굳게 믿고 있는 사람이었다. 하지만 앤은 교훈 따위는 전혀 관심이 없었고 친구를 사귈 수 있다는 즐거운 생각에만 사로잡혀 있었다.

"어머, 다이애나가 예쁘다니 너무 기뻐요. 제가 예쁜 것 다음으로 말이에요. 물론 제 경우에는 불가능한 일이긴 하지만요. 절친한 친구가 아름답다면 정말 좋을 거예요. 토머스 아주머니랑 살때 거실에 유리문이 달린 책장이 있었거든요. 그 안에 책은 한 권도 없었지만 토머스 아주머니는 그곳에 가장 좋은 도자기나 잼을 보관해 뒀어요. 그런데 유리문 하나가 깨졌어요. 어느 날 밤, 토머스 아저씨가 술에 취해 유리문을 내리쳤거든요. 하지만 다른 쪽 문은 괜찮았기 때문에 전 가끔 유리에 비친 제 모습이 그곳에 살고 있는 다른 아이라고 상상하곤 했어요. 전 그 아이를 캐티 모리스라고 불렀는데, 우리 둘은 아주 가까운 사이였어요. 일요일 같은 날은 한 시간씩 그 아이와 이야기를 하곤 했는데 전 모든 것을 다이야기해 주었죠. 캐티는 제 생활에 위안과 즐거움이 되었어요. 우리는 그 책장이 마법에 걸린 거라 상상했어요. 그래서 제가 주문을 알게 돼서 문만 열 수 있다면 잼과 도자기가 있는 토머스 아주머니의 선반이 아니라 캐티 모리스가 살고 있는 방으로 들어갈 수 있을 거라고 생각했죠. 그러면 캐티 모리스가 제 손을 잡고 꽃과 햇살, 요정들로 가득한 환상의 나라로 가 그곳에서 우리는 영원히 행복하게 살 거라 생각했어요. 하지만 해먼드 아주머니와 살러 떠날 때 캐티 모리스와 헤어지게 돼서 제 가슴은 부서질 것 같았어요. 캐티 역시 마찬가지였죠. 책장 문을 통해 저에게 이별의 입맞춤을 해 주면서 그 아이는 울고 있었거든요. 해먼드 아주머니의 집에는 책장이 없었어요. 하지만 집에서 나와 좁은 길을 따라 강을 올라가면 작은 계곡이 있었고, 그곳에는 사랑스러운 메아리가 살고 있었어요. 무슨 말을 하든 메아리가 돌아왔는데 큰 소리로 말하지 않아도 메아리가 울렸어요. 그래서 전 그게 비올레타라는 여자 아이라고 상상했고 우리는 금방 좋은 친구가 되었죠. 전 캐티 모리스만큼 비올레타를 사랑했어요. 아니, 거의 그만큼 사랑했다는 말이죠. 그리고 고아원으로 가기 전날 밤 비올레타에게 작별 인사를 했어요. 아, 비올레타의 작별 인사가 정말 슬픈 목소리로 되돌아 왔어요. 전 비올레타에게 너무 정이 들어서 고아원에서는 절친한 친구를 상상할 수가 없었어요. 고아원에 상상할 수 있는 여지가 있었다 하더라도 말이죠."

마릴라가 무미건조하게 말했다.

"그곳에 상상의 여지가 없어서 다행이라는 생각이 드는구나. 그런 이상한 행동을 난 허락하지 않겠다. 넌 네가 하는 상상을 반쯤

믿는 것 같은데, 진짜 살아 있는 친구를 만나 네 머릿속에서 그런 엉뚱한 상상을 없애 버려야겠구나. 하지만 배리 부인 앞에서는 캐티 모리스나 비올레타 이야기를 하지 말거라. 모두 네가 지어낸 이야기라고 생각할 테니까."

"어머, 하지 않을 거예요. 아무에게나 제 친구 이야기를 하는 건 아니에요. 친구들과의 추억이 너무 소중하거든요. 하지만 아주머니께는 제 친구들 이야기를 해 드리고 싶었어요. 어머, 사과꽃에서 커다란 벌 한 마리가 나왔어요. 사과꽃 속이 얼마나 아름다운 곳일지 생각해 보세요! 바람이 불어 꽃이 흔들릴 때 그 속에서 자면 너무 멋질 것 같아요. 제가 사람이 아니었다면 벌이 되어 꽃 속에서 살고 싶어요."

"어제는 갈매기가 되고 싶다더니. 변덕이 죽 끓듯 하는구나. 이야기 그만 하고 기도문 외우라고 했을 텐데. 들어줄 사람이 있는 한 네 말을 막는 건 불가능한 것 같다. 그럼 네 방으로 가서 마저 외우거라."

"아, 이제 거의 다 외웠어요. 마지막 줄만 남았어요."

"글쎄, 내가 하라는 대로 해. 네 방으로 가서 나머지를 외우고, 차 준비할 때 도와달라고 부를 테니 그때까지 방에 있거라."

"이 사과꽃을 데리고 가도 될까요?"

앤이 간절하게 말했다.

"안 된다. 꽃으로 방을 엉망으로 만들고 싶지는 않겠지? 애당초 그 꽃들을 나무에서 꺾지 말았어야 했는데 말이다."

"저도 그렇게 생각해요. 꽃을 꺾어 아름다운 삶을 단축시키지 말았어야 했다는 생각이 들어요. 제가 사과꽃이었다 하더라도 꺾이고 싶지 않았을 거예요. 하지만 꺾고 싶은 유혹을 견딜 수 없었어요. 견딜 수 없는 유혹을 만나면 아주머니는 어떻게 하세요?"

"앤, 네 방으로 가라는 말 못 들었니?"

앤은 한숨을 쉬고 제 방으로 가 창문 옆 의자에 앉았다.

"이제 기도문을 다 외웠어. 위층으로 올라오면서 마지막 줄을 외웠거든. 자, 이제 이 방에 넣어 둘 것들을 상상해 봐야겠어. 바닥은 온통 분홍색 장미로 뒤덮인 하얀 벨벳 카펫이 깔려 있고 창문에는 분홍색 실크 커튼이 달려 있어. 벽에는 금실과 은실로 짠 벽걸이 장식이 있고, 마호가니 가구가 채워져 있어. 마호가니가 어떤 건지 본 적은 없지만 아무튼 아주 호화롭게 들리니까. 여기 소파에는 분홍색, 파란색, 진홍색, 금색의 멋진 실크 쿠션들이 쌓여 있고 난 그 위에 우아하게 기대어 앉아 있어. 벽에 걸린 크고 근사한 거울에 비친 내 모습이 보여. 난 키가 크고 당당한 모습에 발끝까지 덮이는 하얀색 레이스 잠옷을 입고 있어. 가슴에는 진주로 된 십자가 목걸이를 하고 머리에도 진주를 두르고 있어. 내 머리는 캄캄한 밤처럼 새까만 색이고, 살결은 맑고 창백한 상아색이지. 사람들은 날 코델리아 피츠제럴드 아가씨라고 불러. 아니, 사실이 아니야……. 그건 사실일 수가 없어."

앤은 조그만 거울로 달려가 얼굴을 비춰 보았다. 주근깨투성이의 뾰족한 얼굴과 진지한 잿빛 눈동자가 앤을 보고 있었다.

"넌 초록 지붕 집의 앤일 뿐이야. 코델리아 아가씨라고 상상할 때마다 넌 그냥 있는 그대로의 네 모습을 보게 될 뿐이지. 하지만 오갈 데 없는 앤보다는 초록 지붕 집의 앤이 백만 배는 더 낫지 않아?"

앤은 진지하게 말했다. 그러고는 몸을 숙여 거울에 비친 자신에게 다정하게 입을 맞추고 열린 창가로 갔다.

"눈의 여왕님, 안녕! 그리고 자작나무들도 안녕! 또 언덕 위 회색 집도 안녕! 다이애나가 내 절친한 친구가 되어 줄까? 내 친구가되어 주었으면 좋겠어. 그럼 다이애나를 많이 사랑해 줄 텐데. 하지만 캐티 모리스나 비올레타를 결코 잊지는 않을 거야. 내가 잊으면 두 친구들은 너무 마음 아파할 테니. 난 누구도 마음 아프게하고 싶지 않아. 책장 속 소녀나 메아리 소녀라 할지라도 말이야.난 두 친구를 꼭 기억하고 매일 키스를 보낼 거야."

앤은 손가락 끝에 입맞춤을 두 번 해서 벚꽃 위로 날려 보내고는, 다시 두 손으로 턱을 괸 채 공상의 바다 속으로 빠져들었다.

9. 충격에 빠진 린드 부인

앤이 초록 지붕 집에 오고 나서 2주일이 지나고 나서야 린드 부인이 앤을 살펴보러 왔다. 엄밀하게 말하자면 그렇게 늦게 온 게린드 부인 탓은 아니었다. 지난 번 초록 지붕 집을 방문한 이후 린드 부인은 아주 심한 독감에 걸려 집 밖에 나올 수가 없었다. 부인은 잘 아프지 않는 편이어서 자주 아픈 사람을 몹시 경멸하곤 했었다. 하지만 린드 부인이 단언하기를, 독감은 지구상에 단 하나뿐인 병이며 하늘이 내린 불행 중 하나라고밖에 설명할 수 없다고 했다. 의사가 집 밖으로 나가도 좋다고 허락을 하자마자 린드 부인은 매튜와 마릴라가 데리고 온 고아를 보고 싶은 호기심으로 가득해 초록 지붕 집으로 서둘러 달려갔다. 그도 그럴 것이 그 아이에 관련된 온갖 이야기들과 추측들이 온 에이번리에 퍼져 있었던 것이다.

그 2주 동안 앤은 깨어 있는 모든 순간을 충실하게 보냈다. 앤은 벌써 주변 모든 나무들, 수풀과 친해졌다. 사과나무 과수원 아래에 나 있는 오솔길이 숲까지 이어져 있다는 것을 알게 됐고 그 길을 끝까지 걸어가면서 시냇물과 다리, 전나무 숲, 아치를 이룬 야생 벚나무, 양치식물이 우거진 모퉁이 길, 단풍나무와 마가목 가지가 우거진 샛길을 탐험했다. 예측을 할 수 없어서 더욱 즐거운 탐험이었다.

작은 골짜기 아래 샘물과도 친구가 되었다. 깊고 맑고 얼음처럼 차가운 샘물은 붉고 매끄러운 사암들로 둘러싸여 있고 가장자리에는 커다란 손바닥처럼 생긴 물고사리가 자라고 있었다. 그리고 샘물 너머 시냇물에는 통나무 다리가 놓여 있었다.

앤은 춤추듯 유쾌한 발걸음으로 다리를 지나 나무가 숲을 이루고 있는 언덕으로 올라갔다. 그곳에는 아름드리 전나무와 가문비나무가 곧게 자라고 있었고 그 사이로는 여명이 비추고 있었다. 꽃이라고는 수줍은 듯 향긋하게 피어 있는 '유월의 종'과 지난해 진 꽃의 영혼처럼 창백해 보이는 별 모양의 꽃 몇 송이가 다였다. 거미줄이 나무 사이에서 은빛의 실처럼 반짝거렸고 전나무의 가지와 잎들이 다정하게 이야기를 나누고 있는 것 같았다.

앤은 놀 수 있도록 허락 받은 30분 동안 이 황홀한 탐험을 한 후 반쯤만 듣고 있는 매튜와 마릴라에게 자신이 본 것들을 이야기했다. 아무 말 없이 미소를 머금은 채 모든 이야기를 듣고 있는 것으로 보아 매튜는 그다지 싫은 기색이 아니었다. 하지만 마릴라는 자신도 모르게 흠뻑 빠져 들으며 '수다'를 허락하는 듯 하다가 어느 순간 입 좀 다물라는 무뚝뚝한 말로 앤이 더 이상 이야기를 하지 못하게 만들었다.

린드 부인이 초록 지붕 집에 왔을 때 앤은 저녁노을을 받아 반짝이는 싱그러운 과수원의 풀밭 사이로 혼자만의 달콤한 산책을 하고 있었다. 린드 부인은 마릴라를 붙잡고 자신의 병세에 대해 신나게 이야기했다. 어떻게 아팠고, 심장이 어떻게 뛰었는지 시시콜콜 이야기하는 동안 마릴라는 감기도 치료를 잘 해야겠구나, 생각했다. 이야깃거리가 떨어지자 린드 부인은 자신이 찾아온 진짜 이유를 이야기했다.

"당신과 매튜 이야기를 듣고 깜짝 놀랐어요."

"아무렴 나보다 놀랐을까요? 이제야 겨우 진정이 되는 걸요."

마릴라가 말했다.

"그런 착오가 있었다니 너무 안됐어요. 그 아이를 돌려보낼 수는 없었나요?"

린드 부인이 안됐다는 듯 말했다.

"그럴 수도 있었지만 우린 그러지 않기로 했답니다. 오빠가 그 아이를 좋아하더라고요. 단점이 있긴 하지만 나도 그 아이가 좋았고요. 아이가 온 후 벌써 집 안 분위기가 달라졌어요. 그 아인 정말 밝은 것 같아요."

마릴라는 생각했던 것보다 더 많은 이야기를 했다. 린드 부인의 얼굴에서 안됐다고 생각하는 듯한 표정이 보였기 때문이다.

"아이를 떠맡는 건 대단한 책임감이 필요해요. 더구나 당신은 아이를 길러 본 경험이 없잖아요. 아이에 대해서도 모르고 아이의 진짜 성격이 어떤지도 모르고요. 그런 아이들은 커서 어떻게 될지 아무도 모르죠. 하지만 당신의 의지를 꺾고 싶지는 않아요, 마릴라."

린드 부인은 비관적으로 말했다.

"마음을 바꿀 생각은 없어요. 난 일단 결정한 일에 대해서는 좀체 흔들리지 않거든요. 앤이 보고 싶으실 것 같은데, 제가 아이를 불러 오죠."

마릴라가 태연하게 반응했다.

마침 앤은 즐거운 과수원 산책을 마치고 환한 얼굴을 하고 달려 들어오다가 뜻밖에도 낯선 사람이 있는 것을 보고 당황하여 문 앞에서 우뚝 멈춰 서고 말았다. 고아원에서부터 입던 꽉 끼고 깡똥한 원피스 차림에 그 아래로 나온 앙상한 다리는 꼴사납게 길어 이상한 모습이었다. 주근깨는 평소보다 더 도드라져 보였고, 모자를 쓰지 않은 머리는 바람에 헝클어져 그 어느 때보다도 빨갛게 보였다.

"음, 외모를 보고 널 선택한 것 같지는 않구나. 그건 분명해."

린드 부인이 단호하게 말했다. 부인은 거리낌 없이 자신의 속마음을 말하는 유쾌하고 인기 있는 사람이었다.

"아이가 끔찍하게 깡마르고 못생겼군요, 마릴라. 얘, 이리 와 봐라. 어디 한번 보자꾸나. 이런 세상에. 어쩜 이렇게 주근깨가 많니? 머리는 홍당무처럼 빨갛고! 이리 와 보라니까."

앤은 그곳으로 갔지만, 린드 부인이 원하던 대로가 아니었다. 아이는 한달음에 부엌을 가로질러 부인 앞에 섰다. 앤은 화가 나 얼굴이 시뻘개졌고 입술은 떨리고 있었으며 가녀린 몸은 머리부터 발끝까지 바들바들 떨고 있었다.

"아주머니가 싫어요. 아주머니가 싫다고요. 싫어요! 싫어요!"

앤은 바닥에 발을 구르며 소리쳤다. 한 마디 할 때마다 점점 더 세게 발을 쾅쾅 굴렀다.

"어떻게 저에게 깡마르고 못생겼다는 말을 할 수 있죠? 어떻게 주근깨투성이에 빨간 머리라고 말할 수 있어요? 아주머니는 무례하고 냉혹한 사람이에요!"

"앤!"

깜짝 놀란 마릴라가 소리쳤다.

하지만 앤은 두려워하는 기색 없이 주먹을 불끈 쥔 채 머리를 꼿꼿하게 쳐들고 이글이글 타오르는 눈으로 터질 듯한 분노를 드러내며 린드 부인을 계속해서 노려보았다. 그리고 격렬한 감정으로 되풀이해서 말했다.

"어떻게 저에게 그런 말을 하실 수 있죠? 누가 아주머니에게 그런 식으로 말하면 어떤 기분일 것 같으세요? 아주머니가 뚱뚱하고 미련한 데다 상상력이라고는 눈곱만큼도 없어 보인다고 말하면 어떠실 거 같냐고요? 제가 그렇게 말해서 아주머니가 상처를 받았다고 해도 전 상관 안 해요! 아주머니가 상처를 받았으면 좋겠어요. 토머스 아저씨가 술에 취해서 제 마음을 다치게 했을 때보다도 훨씬 더 심하게 제 마음이 아프거든요. 아주머니를 절대 용서하지 않겠어요. 절대, 절대로!"

쿵! 쿵!

"이런 성질머리를 봤나!"

놀란 린드 부인이 소리쳤다.

"앤, 네 방에 가서 내가 갈 때까지 나오지 마라."

마릴라가 간신히 정신을 차리고 말했다.

앤은 울음을 터뜨리며 현관문으로 달려갔다. 그러고는 현관 바깥벽 함석이 덜거덕거릴 정도로 문을 쾅 닫고 달려가 회오리바람처럼 계단을 올라갔다. 잠시 후 위에서 들린 소리로 보아 동쪽 지붕의 문도 같은 세기로 닫힌 듯했다.

"음, 저 아이를 키우게 된 당신이 전혀 부럽지 않군요, 마릴라."

린드 부인이 엄청나게 점잔을 빼며 말했다.

마릴라는 어떤 말로 사과를 해야 할지 모르겠다는 말을 하려고 입을 열었다. 하지만 자신이 한 말에 스스로도 놀라고 말았다.

"레이첼, 아이의 생김새를 가지고 그렇게 비웃는 게 아니었어요."

"마릴라 커스버트, 방금 그렇게 끔찍하게 성질을 부리는 모습을 보고도 저 아이 편을 들 생각은 아니겠죠?"

린드 부인이 화가 나서 물었다.

"아뇨, 그 아이를 두둔하려는 게 아니에요. 분명 그 아인 버릇없이 굴었고 저는 그 문제로 저 아이에게 이야기를 할 거예요. 하지만 아이의 상황을 참작해 줘야 할 거예요. 저 아인 뭐가 옳은지 배운 적이 없거든요. 게다가 당신이 아이에게 너무 심하게 군 것도 사실이고요."

마릴라는 마지막 문장을 말하고 다시 한 번 더 자신에게 놀랐지만 그 말을 하지 않을 수 없었다. 린드 부인은 자존심이 상한 듯 일어섰다.

"이제부터는 어떤 말을 할 때 조심해야겠군요, 마릴라. 어디서 온지도 모르는 고아의 감정이 그 어떤 것보다 중요하다면 말이죠. 아, 아니에요. 내가 화가 난 건 아니니 걱정 말아요. 이렇게 화를 내서 정말 미안해요. 하지만 앞으로 저 아이 키우느라 고생 좀 할 거예요. 내가 아이를 열 명 키우고 두 명은 땅에 묻은 경험이 있긴 해도 당신은 내 충고를 받아들이지 않겠죠. 하지만 만약 당신이 내 충고를 받아들인다면 아이와 조금 전 일에 대해 이야기를 할 때 꽤 큰 자작나무 회초리를 가지고 하는 게 좋을 거예요. 저런 아이들에게는 그게 가장 효과적인 방법이죠. 저 아이 성질머리가 머리 색깔과 딱 맞는다는 생각이 드네요. 아무튼 난 이만 가 볼게요, 마릴라. 평소처럼 종종 우리 집에 놀러 와요. 하지만 당분간 난 이곳에 오지 않겠어요. 저 아이가 이런 식으로 대들고 모욕을 줄 것 같으면 말이죠. 정말이지 이런 일은 난생 처음 당해 보는군요."

린드 부인이 휩쓸고 지나간 뒤―언제나 뒤뚱거리며 걷는 뚱뚱한 여자라면 휩쓸고 지나갔다고도 말할 수 있을 것이다.― 마릴라는 엄한 표정을 하고 동쪽 지붕 쪽으로 갔다.

위층으로 올라가면서 어떻게 할지 곰곰이 생각했다. 마릴라는 방금 일어난 일을 보면서 적잖이 당황했다. 하고 많은 사람 중 하필 린드 부인 앞에서 그렇게 성질을 부리다니 앤은 정말 운이 나빴다! 그 순간 마릴라는 자신이 앤에게서 그렇게 심각한 단점을 보고 슬퍼하기보다는 창피해하고 있다는 것을 알게 됐다. 그럼 앤에게 어떤 벌을 주어야 할까? 자작나무 회초리를 들라고 한 고마운 충고는 내키지 않았다. 린드 부인의 아이들에게는 효과적인 방법이었는지 모르지만 마릴라는 아이를 회초리로 때리는 건 옳지 않다고 생각했다. 그래, 뭔가 다른 방법으로 앤이 자신의 잘못을 깨닫게 해야 했다.

마릴라가 들어가 보니 앤은 깨끗한 침대 커버 위에 흙이 잔뜩 묻은 신발을 신고 있다는 사실 따위는 안중에도 없이 침대 위에 엎드려 비통하게 울고 있었다.

"앤."

마릴라가 꽤 다정하게 불렀지만 아무 대답이 없었다.

"앤. 당장 침대에서 일어나 내가 하는 말을 듣거라."

마릴라는 엄한 목소리로 말했다.

앤은 침대에서 우물쭈물 일어나 옆에 있는 의자에 앉았다. 퉁퉁 부은 얼굴은 눈물범벅이었다. 앤은 바닥에 시선을 고정한 채 꼼짝하지 않았다.

"참 잘했다, 앤! 부끄럽지도 않니?"

"그분은 저에게 못생기고 빨간 머리라고 할 권리가 없어요."

앤은 반항적으로 대꾸했다.

"너도 그렇게 린드 부인에게 화를 내고 대들면서 말할 권리가 없어. 네가 정말 부끄러웠다. 정말 정말 부끄러웠어. 네가 착하게 굴었다면 내가 이렇게 망신스럽지 않았겠지. 린드 부인이 네게 빨간 머리에 못생겼다는 말을 했다는 이유만으로 그렇게 화를 내다니 이해할 수가 없구나. 너 스스로도 그렇게 이야기하면서 말이다."

앤이 울부짖듯 말했다.

"스스로 그렇게 말하는 것과 다른 사람이 말하는 걸 듣는 거랑은 정말 다르단 말이에요. 사실이 그렇다 하더라도 다른 사람들은 그렇게 생각하지 않기를 바랄 수밖에 없어요. 아주머니는 제 성질이 아주 못됐다고 생각하시겠지만 저도 어쩔 수 없었어요. 그분이 그렇게 말하자 뭔가 속에서 치밀어 오르면서 숨이 막히는 것 같았거든요. 그분께 대들 수밖에 없었다고요."

"그래, 네 모습을 아주 잘 보여 줬다. 이제 린드 부인은 여기저

기 네 이야기를 하고 다닐 테니까. 앤, 그렇게 불같이 화를 내는
건 네 손해야."

"다른 사람이 아주머니 얼굴에다 대고 깡마르고 못생겼다고 하
면 어떤 기분일지 상상해 보세요."

앤은 울먹이며 애원했다.

갑자기 마릴라는 오래된 기억이 떠올랐다. 아주 어릴 때 친척
아주머니가 '저렇게 새까맣고 못생기다니 정말 안됐어.'라며 자신
의 이야기를 다른 사람에게 하는 것을 들은 적이 있었다. 그 기억
이 사라지기까지는 50년이라는 시간이 걸렸다.

마릴라는 한결 부드러워진 목소리로 말했다.

"린드 부인이 잘했다는 건 아니야, 앤. 린드 부인은 말을 함부로
하는 경향이 있어. 하지만 그렇다고 해서 네가 한 행동이 옳은 게
될 수는 없어. 부인은 너를 잘 모르는 데다 나이도 많고 나를 찾
아온 손님이잖니. 이 세 가지는 네가 그분께 공손하게 행동해야 하
는 충분한 이유지. 넌 무례하고 건방졌어.―그 순간 마릴라는 앤에
게 어떤 벌을 주면 좋을지 신통한 생각이 떠올랐다.― 린드 부인에
게 가서 성질을 부려서 죄송하다고 사과하고 용서를 구해."

"절대 그럴 수 없어요. 저에게 어떤 벌을 주셔도 달게 받겠어요.
뱀과 두꺼비가 사는 어둡고 축축한 지하 감옥에 가두고 빵과 물만
주셔도 불평하지 않겠어요. 하지만 린드 아주머니에게 용서를 구
할 수는 없어요."

앤은 침울한 목소리로 단호하게 말했다.

"우린 어둡고 축축한 지하 감옥에 사람을 가두는 일 따위는 하
지 않아. 에이번리에 그런 곳은 없거든. 하지만 넌 린드 부인에게

가서 사과해야 해. 그렇게 하겠다고 말할 때까지 이 방에서 나오지 마라."

"그럼 전 이 방에서 영원히 살아야겠군요. 린드 아주머니에게 정말 죄송하다는 말을 할 수 없으니까요. 어떻게 제가 그럴 수 있겠어요? 죄송하지 않은데 말이에요. 아주머니를 곤란하게 만들어서 죄송해요. 하지만 린드 아주머니에게 그렇게 말해서 다행이란 생각이 들어요. 정말 대 만족이라고요. 죄송하지도 않은데 어떻게 죄송하다고 말할 수 있겠어요? 상상도 할 수 없어요."

앤이 비통하게 말하자 마릴라가 방을 나가려고 일어서며 말했다.

"아침이 되면 좀 더 상상이 잘 될 거야. 밤새 네 행동을 잘 생각해 보고 좋은 결론을 내려 봐. 초록 지붕 집에 살게 된다면 착한 아이가 되기 위해 노력하겠다고 했잖아. 그런데 오늘 저녁엔 전혀 그렇지 않은 것 같구나."

마릴라는 그러잖아도 심란한 앤의 가슴에 뼈아픈 한 마디를 남기고 괴롭고 슬픈 마음으로 부엌으로 내려갔다. 마릴라는 앤에게만큼 자신에게도 화가 났다. 어이가 없어 제대로 말도 못하던 린드 부인의 얼굴을 떠올릴 때마다 소리 내어 웃고 싶은 것을 참느라 입술을 씰룩거리게 되기 때문이었다.

10. 앤, 용서를 빌다

그날 밤, 마릴라는 매튜에게 그 일에 대해서는 입도 벙긋하지 않았다. 하지만 앤이 다음날 아침까지 말을 듣지 않고 아침 식사 시간에도 나타나지 않자 어쩔 수 없이 설명을 해야 했다. 마릴라는 앤의 행동이 얼마나 심각했는지 매튜에게 알리기 위해 애쓰며 모든 이야기를 빼놓지 않고 다 했다.

"레이첼 린드 부인이 혼쭐이 났다니 고소하구나. 쓸데없이 참견하기 좋아하는 늙은 수다쟁이 여편네."

딴에는 위로가 되는 매튜의 대답이었다.

"오빠, 정말 놀랍네요. 앤이 저지른 나쁜 행동을 다 듣고도 앤 편을 들다니요! 이젠 앤에게 벌 줄 필요가 없다는 말씀을 하겠군요."

"아, 그건 아니다. 앤이 조금은 벌을 받아야 한다고 생각해. 하지만 너무 심하게는 하지 마라, 마릴라. 그 아이에게 옳은 일을 가르쳐 준 사람이 아무도 없었다는 걸 잊지 마. 그리고 아이에게 먹을 건 좀 줄 거지?"

매튜가 불안한 듯 묻자 마릴라는 화가 나서 물었다.

"제가 언제 사람을 굶겨 가며 가르치는 것 봤어요? 앤에게 꼬박꼬박 먹을 걸 갖다 줄 거예요. 제가 직접 식사를 갖다 줄 거라고요. 하지만 린드 부인에게 사과하겠다고 할 때까지 앤은 그 방에 있어야 해요. 더 이상 아무 말씀 마세요, 오빠."

아침, 점심, 저녁 모두 조용한 식사 시간이었다. 앤이 여전히 고집을 피우고 있었기 때문이었다. 식사를 마치고 나면 마릴라는 매번 잘 차려진 쟁반을 들고 동쪽 지붕으로 갔고, 잠시 후 손을 거의 대지 않은 쟁반을 가지고 내려왔다. 매튜는 돌아오는 쟁반을 '앤이 뭘 좀 먹긴 했나?' 하는 곤란한 눈길로 쳐다보았다.

그날 밤 마릴라가 뒤에 있는 목초지에서 소들을 데려오려고 밖으로 나가자 헛간 근처에서 어슬렁거리고 있던 매튜가 도둑고양이처럼 집 안으로 몰래 들어가 위층으로 살금살금 올라갔다. 보통 매튜는 부엌이나 복도 끝에 있는 자신의 작은 침실 사이만 왔다 갔다 했고 아주 가끔 목사님이 차를 마시러 오면 마지못해 거실이나 응접실로 나오곤 했다. 어느 봄인가 마릴라를 도와 손님방에 벽지를 바른 이후로는 자신의 집이지만 위층에는 가 본 적이 없었다. 그게 벌써 4년 전 일이었다.

매튜는 발끝으로 복도를 걸어가 동쪽 방 문 밖에 한참을 서 있었다. 그러고는 용기를 내어 문을 두드리고는 문을 열어 안을 들여다보았다.

앤은 창가에 놓인 노란 의자에 앉아 슬픔에 잠긴 눈으로 정원을 바라보고 있었다. 앤이 너무나 작고 불행해 보여 가슴을 세게 얻어맞은 듯한 통증을 느낀 매튜는 문을 조용히 닫고 살그머니 앤에게 다가갔다.

"앤, 기분은 좀 어떠냐?"

매튜는 누가 엿듣기라도 하는 듯 속삭였다.

앤은 힘없이 미소를 지었다.

"꽤 괜찮아요. 상상을 많이 하고 있어요. 그러면 시간이 잘 가거든요. 물론 좀 외롭긴 하지만 곧 익숙해질 거예요."

앤은 자신의 앞에 놓인 외롭고도 긴 감금 생활을 용감하게 받아들이며 다시 미소를 지었다.

매튜는 시간 낭비하지 않고 마릴라가 돌아오기 전에 얼른 말해야 한다는 생각이 떠올랐다.

"그러니까, 앤, 그만 해 버리는 게 낫지 않을까? 결국에는 하게될 거야. 마릴라는 정말 고집이 세거든. 진짜 세단 말이야. 그러니당장 해 버리고 그냥 끝내."

매튜가 속삭였다.

"린드 아주머니께 사과하는 거 말씀하시는 거예요?"

"그래, 사과. 바로 그거 말이야. 그냥 원만하게 넘어가자는 거지. 난 그랬으면 좋겠구나."

매튜가 간절한 마음으로 말했다.

"아저씨 말씀대로 할 수 있을 것 같아요. 죄송하다고 말할 수도 있을 것 같고요. 왜냐하면 지금은 죄송하니까요. 어젯밤에는 눈곱만큼도 죄송하지 않았거든요. 정말 화가 났어요. 밤새 화가 나 있었어요. 어떻게 그걸 알았냐면 세 번이나 잠에서 깼는데 그때마다 화가 났거든요. 하지만 아침이 되니 모든 게 끝났더라고요. 더이상 그렇게 화도 나지 않고 허탈한 기분만 남았어요. 제 자신이너무 부끄러웠어요. 하지만 린드 아주머니에게 가서 그렇게 말할수는 없을 것 같았어요. 너무 창피하니까요. 그렇게 하니 이곳에영원히 갇혀 있는 게 낫겠다고 마음을 먹었어요. 하지만 이젠 아저씨를 위해 뭐든 할게요. 아저씨가 정말 원하신다면……."

"그래, 물론 난 네가 그렇게 했으면 좋겠다. 아래층에 네가 없으니 너무 심심하구나. 가서 그냥 원만하게 해결해라. 그래야 착한아이지."

"좋아요. 마릴라 아주머니가 들어오시면 제가 잘못을 뉘우치고있다고 말씀드릴게요."

앤이 체념한 듯 말했다.

"그래, 그거야, 앤. 그런데 마릴라에겐 내가 이 일을 갖고 무슨말을 했다고는 이야기하지 말거라. 참견하지 않겠다고 해 놓고선내가 약속을 어겼다고 생각할 거야."

"야생마도 제게서 비밀을 알아내진 못할 거예요."

앤이 진지하게 약속하곤 덧붙여 말했다.

"그런데 어떻게 야생마가 사람에게서 비밀을 캐낼 수 있을까요?"

하지만 매튜는 자신의 성공이 들킬까 두려워 나가 버렸다. 그리고 마릴라가 자신을 의심하지 않도록 말 목초지의 가장 외딴 구석으로 허둥지둥 달려갔다. 한편 집으로 돌아오다가 난간 위에서 "마릴라 아주머니." 하고 구슬픈 목소리로 자신을 부르는 소리를 들은마릴라는 놀라면서도 한편으론 기뻤다.

"왜 그러니?"

마릴라는 현관으로 들어서며 물었다.

"화가 나서 버릇없는 말을 했던 걸 용서해 주세요. 그리고 린드 아주머니께 가서도 그렇게 말하겠어요."

"아주 잘 생각했다."

마릴라의 날카로운 말투로만 봐서는 안도하고 있다는 게 느껴지지 않았다. 하지만 사실 마릴라는 앤이 항복하지 않으면 도대체 어떻게 해야 할지 고민하고 있었다.

"우유를 다 짜고 나면 널 데리고 가마."

우유 짜기가 끝난 후 마릴라와 앤이 길을 나섰다. 앞선 사람은 의기양양한 표정으로 당당하게 걷고 있었고 그 뒤를 따르는 사람은 풀이 죽어 땅만 보고 걸었다. 하지만 반쯤 갔을 때 마법에라도 걸린 듯 앤에게서 풀 죽은 모습이 사라졌다. 앤은 고개를 들고 노을이 지는 하늘과 차분하게 가라앉은 공기를 바라보며 가벼운 발걸음으로 걷고 있었다. 마릴라는 그 모습을 못마땅한 듯 바라보았다. 화가 난 린드 부인 앞에 데리고 가기에는 앤이 뉘우치는 기색이 너무 없어 보였기 때문이다.

"앤, 무슨 생각을 하고 있는 거냐?"

마릴라가 날카롭게 묻자 앤이 꿈꾸듯 대답했다.

"레이첼 아주머니께 무슨 말을 해야 하나 상상하고 있었어요."

그건 만족스럽고, 또 만족스러워야만 하는 대답이었다. 하지만 마릴라는 아이에게 벌을 주려는 계획이 어딘가 어그러지고 있다는 생각을 지울 수가 없었다. 앤의 얼굴이 그렇게 기쁨으로 환할 이유가 없었기 때문이다.

앤의 기쁘고도 환한 얼굴은 부엌 창가에 앉아 뜨개질을 하고 있는 린드 부인 바로 앞에 갈 때까지 계속되었다. 그런데 린드 부인 앞에 선 순간 앤의 얼굴에서 환한 표정은 사라지고 비통한 참회의 표정이 나타났다. 말을 꺼내기 전에 앤은 깜짝 놀라고 있는 린드 부인 앞에 무릎을 꿇더니, 애원하듯 두 손을 마주 잡고 떨리는 목소리로 말했다.

"아, 린드 아주머니, 이루 말할 수 없이 죄송해요. 사전을 통째로 뒤져도 저의 마음을 표현할 수 있는 말을 찾을 수 없을 거예요. 그냥 상상만 해 주세요. 아주머니께 너무 끔찍하게 굴었어요. 그리고 남자 아이가 아닌데도 저를 초록 지붕 집에 살게 해 주신 매튜 아저씨와 마릴라 아주머니 얼굴에 먹칠을 했어요. 전 정말 끔찍하게 못됐고 감사할 줄도 몰라요. 그래서 벌을 받고 훌륭하신 분들에게서 버림받아 마땅해요. 아주머니께 화가 나서 대든 거 정말 죄송해요. 아주머니는 사실을 말씀하셨으니까요. 아주머니 말씀은 모두 맞아요. 제 머리카락은 빨갛고 주근깨투성이에 깡마르고 못생겼어요. 제가 아주머니께 한 말들도 틀린 건 아니지만 그렇게 말해선 안 되는 거였어요. 아, 린드 아주머니, 제발 저를 용서해 주세요. 용서해 주지 않으시면 제게는 평생의 슬픔이 될 거예요. 아무리 성질머리가 고약한 아이라 하더라도 불쌍한 고아 여자 아이에게 평생의 슬픔을 안겨 주고 싶진 않으시죠? 그러지 않으실 거라 생각해요. 용서해 주겠다고 제발 말씀해 주세요, 린드 아주머니."

앤은 두 손을 꼭 맞잡고 머리를 숙인 채 처분을 기다렸다.

그 말들은 진심인 것 같았다. 마릴라와 린드 부인은 앤의 목소리에서 확실하게 진심을 느낄 수 있었다. 하지만 마릴라는 앤이 이 창피함의 순간을 사실은 즐기고 있다는 것을 알고는 적잖이 당황했다. 자신이 자랑스럽게 여기던 그 유익한 벌은 어디로 갔단 말인가? 앤은 그 벌을 즐거움으로 바꿔 버린 것이다.

하지만 사람 좋은 린드 부인은 이 사실을 눈치 채지 못했다. 부인은 그저 앤이 아주 진심 어린 사과를 하고 있으며 자신의 마음에서 모든 분노가 사라졌다는 것을 깨달았을 뿐이었다.

"이런, 이런, 이제 그만 일어나라, 얘야. 물론 널 용서하마. 나도 너에게 좀 심했던 것 같구나. 내가 그렇게 솔직한 사람이란다. 그러니 마음 쓰지는 말거라. 그게 뭐냐, 네 머리가 빨간색이란 건 부정하지 못할 사실이잖아. 그런데 나랑 함께 학교에 다녔던 여자 아이 머리가 어릴 때는 너만큼이나 빨간색이었는데 자라고 나니 정말 멋진 갈색이 되더구나. 너도 그렇게 될 거야. 반드시."

린드 부인이 진심 어린 목소리로 말했다.

앤은 일어서며 길게 숨을 들이쉬었다.

"어머, 아주머니! 저에게 희망을 주시는군요. 앞으로 아주머니를 은인으로 생각하겠어요. 앞으로 제 머리가 멋진 갈색이 되기만 한다면 어떤 일이라도 견딜 수 있어요. 머리가 멋진 갈색이라면 착한 사람이 되기 훨씬 쉬울 거예요. 그렇죠? 이제 마릴라 아주머니와 이야기를 나누시는 동안 저는 정원으로 나가 사과나무 아래 벤치에 앉아 있어도 될까요? 밖에 나가면 상상의 범위가 훨씬 넓어지거든요."

"이런, 물론이다. 얼른 나가거라. 그리고 마음에 든다면 모퉁이에 피어 있는 하얀 유월의 백합을 한 다발 꺾어도 괜찮아."

앤이 문을 닫고 나가자 린드 부인이 부산하게 일어나 램프에 불을 켜며 말했다.

"정말 특이한 아이군요. 마릴라, 이 의자에 앉으세요. 그 의자보다 더 편할 거예요. 그건 일꾼들이 앉는 거거든요. 아, 저 아이는 확실히 독특한 것 같지만 이제 보니 이해되는 면도 있어요. 당신과 매튜가 저 아이를 키운다는 게 예전만큼 놀랍지는 않아요. 안됐다는 생각도 안 들고요. 저 아인 잘 자랄 수 있을 거예요. 물론 자신을 표현하는데 좀 이상한 점도 있지만, 아주 조금 말이에요. 그러니까 조금 폭력적이라고나 할까. 아무튼 이젠 교양 있는 사람들과 살게 됐으니 그런 면을 고칠 수 있을 거라 생각해요. 그리고 성격이 불같은 아이들은 말이죠, 편한 면도 있어요. 쉽게 화를 냈다가도 쉽게 가라앉는 그런 아이들은 교활하거나 남을 속이는 일은 없거든요. 전 교활한 아이들이 싫어요. 아무튼 마릴라, 대체로 저 아이가 마음에 드는군요."

마릴라가 집으로 돌아가려고 나서자 땅거미가 지는 향기로운 과수원에서 앤이 하얀 수선화 한 다발을 안고 나왔다.

샛길을 걸으며 앤이 말했다.

"어때요, 저 잘하지 않았나요? 이왕 해야 한다면 완벽하게 하는 게 더 나을 거라 생각했거든요."

"완벽했어. 그만하면 충분해."

마릴라는 아까 일을 생각하니 웃음이 나올 것 같은 자신의 모습이 당황스러웠다. 그리고 사과를 너무 잘한 것을 가지고 앤을 꾸짖어야 한다는 생각에 불편해졌는데 그건 정말 말도 안 되는 일이었다! 그래서 엄하게 말하는 것으로 자신의 양심과 타협했다.

"앞으로는 이렇게 사과하는 일을 만들지 말았으면 좋겠다. 이젠 네 화를 잘 다스려야 해. 알겠니, 앤?"

그러자 앤이 한숨을 쉬며 말했다.

"제 생김새를 가지고 비웃지만 않으면 그건 어려운 일도 아니에요. 저는 다른 일로는 화내지 않아요. 하지만 제 머리를 가지고 놀림 받는 건 이제 지긋지긋해요. 그런 소리를 들으면 바로 화가 치밀어 올라요. 그런데 어른이 되면 제 머리가 진짜 멋진 갈색이 될 거라고 생각하세요?"

"외모에 너무 많이 신경 쓰지 말아라, 앤. 네가 허영기 있는 애가 될까 봐 걱정되는구나."

"제가 못생긴 걸 아는데 어떻게 허영기 있는 애가 되겠어요? 전 예쁜 것들을 사랑해요. 그래서 거울로 예쁘지 않은 얼굴을 보는 게 싫어요. 못생긴 얼굴을 보고 있으면 너무 슬퍼지거든요. 아름답지 않은 것들은 불쌍해요."

"'하는 짓이 훌륭하면 외모도 아름답단다.'"

마릴라가 속담을 인용하며 말했다.

"전에도 들은 적 있지만, 그 말이 믿어지지 않아요."

앤은 수선화 향을 맡으며 의심스럽다는 듯 말했다.

"아, 이 꽃들 정말 향기로워요! 이 꽃들을 제게 주시다니 린드 아주머니는 정말 좋은 분이세요. 이젠 린드 아주머니에게 나쁜 감정은 없어요. 사과하고 용서를 받으면 편안하고 좋은 기분이 드나 봐요. 오늘 밤은 별도 밝네요. 그런데 아주머니는 만약 별에서 산다면 어느 별에 사시겠어요? 전 저기 어두운 언덕 위 크고 밝은 별을 고르겠어요."

"앤, 그 입 좀 다물어라."

마릴라는 앤의 생각을 따라 이리저리 왔다 갔다 하는 일에 정말 지쳐 버렸다.

앤은 초록 지붕 집으로 향하는 길에 들어설 때까지 아무 말도 하지 않았다. 이슬에 젖은 어린 고사리의 향긋한 내음이 실린 작은 바람 한 줄기가 두 사람을 마중하러 온 듯 불어왔다. 나무 사이로 초록 지붕 집의 부엌에서 새어 나오는 불빛이 반짝이는 게 보였다. 앤은 갑자기 마릴라에게 바짝 다가오더니 나이든 여자의 단단한 손 안으로 자신의 손을 살며시 집어 넣었다.

"집으로 가고 있다 생각하니 너무 행복해요. 전 벌써 초록 지붕 집이 너무 좋아졌어요. 지금껏 그 어느 곳도 좋아해 본 적이 없거든요. 그 어떤 곳도 제가 사는 집처럼 느껴진 적이 없었어요. 아, 마릴라 아주머니, 너무 행복해요. 지금 당장이라도 조금도 어렵지 않게 기도할 수 있을 것 같아요."

작고 야윈 손이 느껴지는 순간 마릴라의 가슴은 뭔가 따뜻하고 행복한 감정으로 부풀어 올랐다. 그건 어쩌면 마릴라가 한 번도 느껴보지 못했던 모성의 감동이 아니었을까? 익숙하지 않으면서도 달콤한 감정이 마릴라의 가슴을 휘저었다. 마릴라는 일상의 침착함을 되찾기 위해 교훈을 가르치기로 했다.

"착한 아이가 되면 언제나 행복할 거야. 그리고 기도를 하는 게 전혀 어렵지 않다는 것도 알게 될 거고."

앤이 깊은 생각에 잠겨 말했다.

"기도를 한다는 게 상상하는 것과는 다르다는 걸 알아요. 하지만 전 제가 나무 우듬지에 불고 있는 바람이라고 상상하겠어요.

111

그러다가 나무가 싫증나면 조용히 내려와 여기 고사리를 흔들어 줄래요. 그리고 린드 아주머니의 정원으로 가 꽃들을 춤추게 하고 다시 클로버가 핀 풀밭으로도 가 보죠. 반짝반짝 호수로 불어가 잔물결을 일으켜 보기도 할래요. 아, 바람이 되면 상상할 것들이 너무 많아져요. 그러니 이제 더 이상 아무 말 하지 않겠어요."

"그거 정말 고맙구나."

마릴라가 진심으로 안도하며 한숨을 쉬었다.

11. 주일 학교에 간 앤

"어때, 마음에 드니?"

마릴라가 물었다.

앤은 침대 위에 펼쳐 놓은 세 벌의 새 옷을 진지하게 보고 있었다. 한 벌은 지난여름, 실용적일 것 같다는 생각에 행상의 꼬임에 넘어가서 산 우중충한 색깔의 줄무늬 옷이었고, 또 한 벌은 지난겨울 할인 판매대에서 고른 검정색과 하얀색의 체크무늬 새틴 옷이었으며 나머지 한 벌은 그 주에 카모디 가게에서 산, 푸른색 무늬가 보기 싫게 박힌 뻣뻣한 천의 옷이었다.

모두 마릴라가 손수 만들었는데 세 벌 다 비슷한 모양이었다. 펑퍼짐하고 평범한 치마에 딱 맞는 허리 부분 역시 평범하고, 소매도 허리나 치마처럼 평범하면서 어깨는 더할 나위 없이 딱 맞았다.

"마음에 든다고 상상할게요."

앤이 냉정하게 말했다.

"네가 그렇게 상상해 주기를 바라는 게 아니다. 이 옷들이 마음에 들지 않는 모양이구나! 뭐가 문제니? 단정하고 깨끗한 새 옷인데."

마릴라가 화가 나서 말했다.

"맞아요."

"그런데 왜 싫은 거니?"

"그러니까…… 예쁘지 않아요."

앤이 마지못해 대답했다.

"예쁜 옷이라고! 난 너에게 예쁜 옷을 만들어 주려고 애쓸 생각은 없다. 분명히 말하는데, 앤, 네 허영심을 채워 줄 생각은 없어. 이 옷들은 주름이나 프릴 장식이 없어서 편하고 실용적이야. 올 여름은 이 옷들을 입고 지내면 돼. 갈색 줄무늬랑 파란 무늬 옷은 학교 갈 때 입으면 좋을 거야. 새틴 천으로 만든 옷은 교회나 주일학교 갈 때 입으렴. 깨끗하고 단정하게 입고 찢어지지 않게 조심해라. 지금 입고 있는 그 딱 달라붙는 옷 대신이라면 뭐든 고마워할 거라 생각했는데."

"어머, 물론 정말 감사해요. 하지만 만약…… 만약 그 중 하나라도 퍼프소매 옷을 만들어 주셨다면 훨씬 더 감사했을 거예요. 지금은 퍼프소매가 대유행이거든요. 퍼프소매 옷을 입으면 가슴이 두근거릴 것 같아요."

"글쎄다, 앞으로도 가슴 두근거릴 일은 없을 것 같구나. 난 퍼프소매에 낭비할 천이 없거든. 그리고 내가 보기엔 퍼프소매란 게 우스꽝스럽기만 하더구나. 난 평범하고 실용적인 게 좋아."

"하지만 전 혼자서 평범하고 실용적인 옷을 입느니 우스꽝스럽더라도 다른 사람들처럼 입고 싶어요."

앤이 애처롭게 대답했다.

"참 대단한 생각이구나! 자, 이 옷들을 옷장에 잘 걸어 둔 다음 앉아서 벨 장로님께 받아 둔 책으로 주일 학교에서 배울 것들을 공부하고 있어라. 내일 주일 학교에 갈 거니까."

마릴라는 화가 난 채 아래층으로 내려가며 말했다.

앤은 두 손을 꼭 마주 잡고 옷을 쳐다보며 서글픈 목소리로 속삭였다.

"저 중에 퍼프소매가 달린 하얀 옷이 있으면 얼마나 좋을까. 기도는 했지만 이루어질 거란 기대는 하지 않았어. 하느님이 고아 여자 아이의 옷에 신경 쓸 만큼 한가하지는 않을 테니까. 모든 건 마릴라 아주머니께 달려 있다는 걸 난 알고 있었어. 글쎄, 다행히 난 그 중 하나는 귀여운 레이스 프릴과 삼단으로 된 퍼프소매가 달린 눈처럼 하얀 모슬린 드레스라고 상상할 수 있으니까."

다음날 아침 마릴라는 두통 때문에 주일 학교에 앤을 데리고 갈 수 없었다.

"가서 린드 부인과 함께 가도록 해. 네가 교실을 바로 찾아가는지 봐 주실 거야. 자, 착하게 행동해야 한다. 예배 시간까지 기다렸다가 린드 부인에게 우리가 예배드릴 때 앉는 의자를 가르쳐 달라고 해. 여기 1센트는 헌금하거라. 사람들을 뚫어져라 쳐다보지 말고 들썩대지도 말아라. 집에 돌아오면 네가 배운 성경 말씀을 이야기해 주렴."

앤은 검정색과 하얀색의 체크무늬 새틴 옷을 차려입었는데 길이도 적당하고 그다지 꼭 죄지도 않아 단정해 보였다. 하지만 깡마

115

른 몸 구석구석을 강조하고 있어 어딘지 모르게 부자연스러워 보이기도 했다. 새 것이긴 하지만 작고 납작한 밀짚모자도 너무나 평범해서 리본과 꽃으로 장식한 모자를 남몰래 꿈꾸고 있던 앤을 실망시켰다. 하지만 앤이 큰길에 도착하기 전에 꽃은 구할 수 있었다. 샛길을 반쯤 내려왔을 때 바람에 흔들리고 있는 미나리아재비와 눈부시게 피어 있는 들장미를 만난 순간, 앤은 아무런 망설임 없이 그 꽃들로 커다란 화환을 만들어 모자에 올렸다. 다른 사람들이 어떻게 생각하든, 앤은 만족스러워하면서 분홍색과 노란색으로 장식한 머리를 자랑스럽게 쳐들고 명랑하게 걸어갔다.

린드 부인 집에 도착하고 보니 부인은 이미 교회에 가고 없었다. 하지만 앤은 아무렇지도 않게 혼자서 교회로 갔다. 교회 현관에 도착한 앤은 한 무리의 소녀들과 맞닥뜨렸다. 하얀색과 파란색, 그리고 분홍색 옷을 화려하게 차려입은 아이들은 호기심 가득한 눈으로 머리에 이상한 꽃 장식을 하고 나타난 낯선 아이를 뚫어져라 바라보고 있었다. 에이번리의 여자 아이들은 이미 앤에 대한 이상한 이야기들을 들은 상태였다. 린드 부인은 앤의 성격이 보통이 아니라고 이야기했고, 초록 지붕 집에서 일하는 제리 부트라는 남자 아이는 앤이 마치 미친 아이처럼 언제나 혼잣말을 중얼거리거나 나무나 꽃과도 이야기를 나눈다고 말했다. 여자 아이들은 앤을 보며 교리 문답서로 얼굴을 가리고 자기들끼리 속닥거리기만 할 뿐 아무도 다정하게 다가와 주지 않았다. 개회 예배가 끝나자 앤은 자신이 로저슨 선생님 반이라는 것을 알게 됐다.

로저슨 선생님은 주일 학교에서 20년 동안 아이들을 가르쳐 온 중년 부인이었다. 선생님은 자신이 지목한 학생을 교리 문답서 너머로 엄한 눈길로 바라보면서 교리 문답서에 나오는 질문들을 던지며 아이들을 가르쳤다. 로저슨 선생님은 자주 앤을 지목하며 바라보았지만 마릴라가 열심히 연습을 시킨 덕에 앤은 바로 대답할 수 있었다. 하지만 앤이 질문이나 대답에 대해 제대로 이해했다면 오히려 질문을 했을지도 모르겠다.

앤은 로저슨 선생님이 마음에 들지 않았고 교실에 있는 대부분의 소녀들이 퍼프소매 옷을 입고 있는 걸 본 순간 자신이 너무 초라하게 느껴졌다. 그리고 퍼프소매 없는 인생은 살 가치가 없는 것처럼 느껴지기도 했다.

"주일 학교는 어땠니, 앤?"

앤이 집에 돌아오자 마릴라가 물었다. 머리에 얹은 화환이 시들어 집으로 오는 길에 버렸기 때문에 마릴라는 한동안 그것에 대해서는 몰랐다.

"별로 마음에 들지 않았어요. 지겨웠어요."

"앤 셜리!"

마릴라가 꾸짖었다.

앤은 길게 한숨을 내쉬며 흔들의자에 앉아 보니의 이파리에 입을 맞추고 이제 막 꽃을 피우기 시작한 후크시아에게 손을 흔들었다.

"제가 주일 학교 간 사이에 이 친구들이 외로웠을 거예요. 그리고 주일 학교 말인데요, 아주머니께서 말씀하신 대로 예의바르게 행동했어요. 린드 아주머니가 안 계셔서 저 혼자 갔어요. 다른 여자 아이들과 함께 교회 안으로 들어가 창가에 있는 의자 한 모퉁이에 앉아 예배를 봤어요. 벨 장로님은 정말 끔찍하게도 오랫동안

기도를 했어요. 창가에 앉아 있지 않았다면 기도가 끝나기 전에 전 아마 지겨워서 견딜 수 없었을 거예요. 하지만 그 자리에선 바로 반짝반짝 호수가 내다 보였기 때문에 호수를 보면서 온갖 근사한 것들을 상상했어요."

"그런 짓을 하다니! 벨 장로님의 말씀에 귀를 기울여야지."

"장로님이 저에게 말씀하신 게 아니잖아요. 장로님은 하느님께 이야기를 하고 있긴 했지만 기도하는 걸 그다지 재미있어하시는 것 같지는 않았어요. 제 생각에 장로님은 하느님이 기도를 들어주시기엔 너무 멀리 있다고 생각하시는 것 같았어요. 저도 기도를 조금 했어요. 길게 늘어선 자작나무들이 호수 위로 가지를 드리우고 있었고 자작나무 사이로 비친 햇살이 호수 깊숙이 스미고 있었어요. 아, 마릴라 아주머니! 마치 아름다운 꿈을 꾸고 있는 것 같았어요! 너무 감동적이라 '하느님 이렇게 아름다운 풍경을 주셔서 감사합니다!'라고 두 번, 세 번 말했죠."

"소리 내어 말하지는 않았겠지?"

마릴라가 걱정스러운 듯 말했다.

"어머, 아니죠. 그냥 속으로만 말했을 뿐이에요. 아무튼 벨 장로님의 기도가 끝나자 사람들이 저에게 로저슨 선생님 교실로 가라고 했어요. 교실에는 여자 아이들이 아홉 명 더 있었어요. 모두들 퍼프소매 옷을 입고 있었죠. 저도 퍼프소매 옷을 입고 있다고 상상해 봤지만 잘 안 됐어요. 왜 그랬을까요? 제 방에 혼자 있을 때는 퍼프소매가 달린 옷이라고 상상하는 게 정말 쉬웠는데, 진짜 퍼프소매 옷을 입은 아이들 사이에 있으니 정말 어렵더라고요."

"주일 학교에서는 소매에 대해 생각하면 안 돼. 수업에 집중해야지. 모르고 있지는 않겠지?"

"어머, 그럼요. 그리고 질문에 대답도 많이 했어요. 로저슨 선생님이 정말 질문을 많이 했어요. 선생님이 그렇게 질문만 하는 건 공평하지 않다고 생각해요. 저도 물어보고 싶은 게 많았지만 질문하고 싶지 않았어요. 선생님과 마음이 잘 맞지 않을 것 같아서요. 그러고 나서 다른 아이들이 성경 구절을 암송했어요. 선생님이 저에게 외울 줄 아는 게 있는지 물으셨어요. 전 성경 구절은 외울 수 없지만 만약 선생님이 원하시면 「주인 무덤 가의 개」를 외울 수 있다고 했어요. 그건 3학년 교과서에 나오는 건데 종교적인 시는 아니지만 무척 슬프고 우울해서 종교적이라고 할 수도 있을 것 같아요. 선생님은 대신에 다음 주 일요일까지 열아홉 번째 구절을 외워오라고 하셨어요. 주일 학교가 끝나고 교회에서 여러 번 읽어 봤는데 아주 근사했어요. 특히 이 두 줄이 가장 감동적이더라고요.

살육된 기병대는 빠르게 무너졌다.
미디안의 불행한 날에.

'기병대'나 '미디안(*구약 성서에 나오는 유목 민족으로, 이스라엘의 장군 기드온에게 패해 유랑하며 살았음.)'이 무슨 뜻인지 모르겠지만 아주 비극적으로 들려요. 이 구절을 암송할 다음 주 일요일까지 기다릴 수 없을 것 같아요. 이번 주 내내 연습을 하겠어요. 주일 학교가 끝난 후 로저슨 선생님께 우리 가족이 앉는 의자가 어디인지 여쭤 봤어요. 린드 아주머니는 너무 멀리 계셨거든요. 저는 정말 최선을 다해서 가만히 앉아 있었고요. 성경 말씀은 요한 계시록 3

장 2절과 3절이었어요. 정말 긴 구절이었어요. 만약 제가 목사님이라면 짧고 멋진 구절을 고르겠어요. 설교도 정말 길었거든요. 목사님은 설교도 성경 구절에 맞추어야 한다고 생각하셨나 봐요. 그런데 조금도 재미있지 않았어요. 목사님의 문제는 상상력이 없다는 거예요. 전 목사님 말씀을 아주 열심히 듣지는 않았어요. 그냥 생각이 달려가는 대로 내버려 두면서 재미있는 일들을 생각해 봤어요."

마릴라는 앤을 호되게 혼내야 한다고 생각했지만 솔직히, 앤이 한 말 중에는 부정할 수 없는 사실이 있었다. 특히 목사의 설교와 벨 장로의 기도에 관한 이야기는 오랜 세월 동안 마음속으로만 생각하고 있었을 뿐 절대 표현해 보지 못했던 것들이었다. 말로 표현할 수 없는 비밀스럽고도 비판적인 생각이 철없는 아이의 솔직한 말 한 마디로 갑자기 그 모습을 드러내며 비난을 받게 된 것 같았다.

12. 우정의 맹세

　다음 주 금요일이 되어서야 마릴라는 화환을 두른 모자에 대한 이야기를 들었다. 린드 부인 집에서 돌아온 마릴라는 앤에게 물었다.

　"앤, 린드 부인이 그러는데 지난 일요일에 네가 모자에 장미와 미나리아재비로 우스꽝스럽게 장식을 하고 갔다면서? 대체 어째서 그런 짓을 한 거니? 참 가관이었겠구나!"

　"어머, 분홍색과 노란색이 제게 어울리지 않는다는 거 알아요."

　"무슨 엉뚱한 소리냐! 모자에 꽃을 꽂은 거 말하는 거다. 그게 무슨 색깔이든 그건 정신 나간 애나 하는 짓이야. 정말 누가 널 말릴 수 있을까 싶다."

　"옷에 꽃을 장식하는 건 괜찮으면서 왜 모자에 꽃을 꽂으면 우스꽝스럽다고 하는 건지 이해를 할 수 없어요. 옷을 꽃으로 장식한 여자 아이들이 정말 많았다고요. 그게 뭐가 다르다는 거죠?"

마릴라는 앤의 말에 또 휘둘리지 않도록 정신을 바짝 차렸다.

"내 말에 그런 식으로 대답하지 말아라, 앤. 그건 정말 생각이 모자란 아이나 하는 짓이야. 난 그런 수법에 다시는 걸려들지 않을 테다. 그리고 린드 부인이 그러는데 네가 그런 모습으로 들어오는 걸 보고는 그 자리에 주저앉을 뻔했단다. 당장 벗으라고 말하려고 했지만 너무 멀리 있어서 이미 늦어 버리고 말았다더구나. 사람들이 그걸 가지고 이러쿵저러쿵 말을 했단다. 물론 사람들은 내가 널 그렇게 해서 밖에 내보낼 정도로 센스가 없다고 생각하겠지."

그러자 앤이 눈물을 쏟으며 말했다.

"아, 죄송해요, 아주머니. 아주머니께서 싫어하실 거라고는 생각하지 못했어요. 장미랑 미나리아재비가 너무 향기롭고 예뻐서 모자에 꽂으면 예쁠 거란 생각만 했어요. 다른 아이들은 모자에 조화를 꽂으니까요. 아주머니께 끔찍한 시련을 안겨드리고 말았어요. 어쩌면 저를 다시 고아원으로 돌려보내시는 편이 더 나을지도 모르겠어요. 너무 끔찍한 일이라 제가 견딜 수 있을지는 모르겠지만요. 어쩌면 전 폐결핵에 걸릴지도 몰라요. 보시다시피 이렇게 말랐으니까요. 하지만 아주머니께 시련을 안겨드리는 것보다는 나을 거예요."

마릴라는 아이를 울린 자신에게 화가 났다.

"말도 안 돼. 난 널 고아원에 돌려보내고 싶지 않아. 내가 바라는 건 네가 다른 여자 아이들처럼 행동하고 자신을 시시하게 만들지 말았으면 하는 거다. 뚝 그쳐, 앤. 기쁜 소식이 있어. 오늘 오후에 다이애나 배리가 집에 돌아왔다. 오후에 배리 부인에게 치마 견본을 빌리러 갈 건데, 원한다면 나와 함께 가서 다이애나와 인사나 나누렴."

앤이 두 손을 꼭 맞잡은 채 벌떡 일어났다. 끝단을 접고 있던 행주가 바닥에 떨어졌고 두 뺨은 아직도 눈물로 반짝이고 있었다.

"어머, 아주머니. 전 두려워요. 제가 정말 두려워하던 일이 오고야 말았어요. 그 아이가 저를 좋아하지 않으면 어쩌죠? 제 인생에 있어서 가장 비극적이고도 실망스러운 일이 될 거예요."

"그렇게 요란 떨지 마라. 그리고 제발 부탁인데 그렇게 장황한 말 좀 안 썼으면 좋겠구나. 조그만 여자 아이가 쓰기엔 좀 웃긴 것 같은데. 내 생각에 다이애나는 널 아주 좋아할 거야. 네가 신경 쓸 사람은 다이애나의 엄마인 배리 부인이야. 배리 부인이 너를 좋아하지 않으면 다이애나가 아무리 널 좋아한들 소용없어. 네가 린드 부인에게 대들었고 모자에 미나리아재비를 꽂은 채 교회에 갔다는 이야기를 들었다면 배리 부인이 너를 어떻게 생각할지 모르겠구나. 예의바르고 착하게 굴어라. 그리고 엉뚱한 말도 하지 말고. 맙소사, 너 지금 떨고 있구나!"

앤은 정말 떨고 있었다. 얼굴은 창백했고 긴장한 표정이 역력했다.

"아, 아주머니. 아주머니도 절친한 친구가 되고 싶은 아이를 만나러 가는데 그 친구의 엄마가 아주머니를 싫어할지도 모른다면 이렇게 흥분하실 거예요."

두 사람은 시내를 건너 전나무 숲 언덕을 올라 지름길을 통해 비탈길 과수원으로 갔다. 마릴라가 문을 두드리자 배리 부인이 나왔다. 키가 크고 까만 눈동자에 머리도 까만 배리 부인은 입매가 아주 굳건해 보였다. 배리 부인은 아이들에게 아주 엄격하기로 소문이 자자했다.

"안녕하세요, 마릴라? 들어오세요. 이 아이가 입양했다던 그 아이로군요?"

배리 부인이 다정하게 말했다.

"그래요. 앤 셜리라고 해요."

마릴라가 말했다.

"끝에 이(e)가 하나 더 붙어요."

앤은 떨리고 흥분되었지만 중요한 점에 착오가 있으면 안 될 것 같다고 결심한 듯 숨을 몰아쉬며 말했다.

못 들었는지, 아니면 이해를 못한 건지 배리 부인은 그저 악수를 하며 친절하게 말했다.

"안녕?"

"제가 정신적으론 좀 뒤죽박죽이어도 몸은 꽤 건강하답니다. 고 맙습니다."

앤이 의젓하게 말했다. 그리고 마릴라를 돌아보며 속삭였다.

"엉뚱한 말은 안 했죠, 아주머니?"

다이애나는 소파에 앉아 책을 읽고 있다가 손님이 들어서자 책을 내려놓았다. 다이애나는 엄마를 닮아 까만 눈동자에 검은 머리카락을 하고 두 볼은 장밋빛인 데다 아빠에게서 물려받은 밝은 표정을 한 아주 예쁜 여자 아이였다.

"이 아인 내 딸 다이애나란다. 다이애나, 앤을 데리고 정원으로 나가 네 꽃들을 보여 주렴. 그 책을 보며 두 눈을 혹사시키는 것보다는 그게 낫겠구나."

배리 부인이 말했다. 그리고 아이가 나가자 이번에는 마릴라에게 말했다.

"우리 아이는 책을 너무 많이 읽는답니다. 그런데 남편이 아이를 부추기니 저도 막을 도리가 없네요. 언제나 열심히 책을 읽죠. 그런데 놀 친구가 생겨서 다행이네요. 친구가 있으면 아무래도 밖에 있는 시간이 많아지겠죠."

서쪽에 있는 오래된 전나무 사이로 부드러운 석양이 쏟아져 들어오는 정원으로 간 앤과 다이애나는, 탐스럽게 핀 참나리 위로 수줍은 듯 서로를 마주보며 서 있었다.

야생화들이 우거져 있는 배리 씨네 정원은 어느 때고 앤의 마음을 기쁘게 해 줄 수 있을 것 같았다. 크고 오래된 버드나무와 키 큰 전나무가 정원을 에워싸고 있고 그 아래로는 그늘을 좋아하는 꽃들이 무성하게 자라고 있었다. 조개껍데기로 가장자리를 말끔하게 장식한 오솔길은 직각을 이루며 빨간 리본 끈처럼 교차하고 있었고, 그 사이 꽃밭에는 고풍스러운 꽃들이 활짝 피어 있었다. 장밋빛 금낭화와 너무나도 아름다운 다홍색 작약, 향기롭고 하얀 수선화, 가시가 많고 달콤한 향기를 머금은 스코틀랜드 장미, 분홍색과 푸른색 그리고 하얀색이 어우러진 참매발톱꽃, 라일락 색깔의 사포나리아, 무더기로 자라 있는 개사철쑥, 은선초, 박하, 자줏빛 난초, 수선화, 그리고 깃털처럼 섬세하고 향기로운 물보라가 이는 것 같은 클로버가 수없이 자라 있었다. 하얀 물꽈리아재비 위로 주홍빛 햇살이 화살처럼 쏟아지고 있었다. 햇살이 머무는 정원에는 벌들이 붕붕거리며 날아다니고 바람이 기분 좋은 소리를 내며 살랑살랑 가볍게 불고 있었다.

"오, 다이애나."

앤이 두 손을 마주 잡고 거의 속삭이는 듯한 목소리로 말했다.

"네 생각엔, 그러니까 네가 생각하기엔 말이야, 내 절친한 친구가 되어 줄 수 있을 만큼 네가 나를 좋아할 수 있을까?"

다이애나가 웃었다. 다이애나는 언제나 말하기 전에 웃었다.

"음, 그럴 것 같아. 네가 초록 지붕 집에 살게 돼서 얼마나 기쁜지 몰라. 함께 놀 친구가 있으면 정말 즐거울 것 같아. 이 근처에는 나랑 놀 만한 여자 아이가 없거든. 또 여동생은 아직 어리고."

다이애나가 솔직하게 말했다.

"영원히 내 친구가 되어 주겠다고 맹세할 수 있어?"

앤이 진지하게 묻자 다이애나는 좀 놀란 것 같은 얼굴로 나무라듯 말했다.

"맹세라니, 좀 이상한 것 같은데."

"어머, 아니, 그런 맹세가 아니야. 맹세에는 두 가지 종류가 있는데, 알아?"

"한 가지 종류밖에 못 들어봤어."

다이애나가 의심스러운 얼굴로 말했다.

"정말 한 가지가 더 있어. 그건 전혀 이상하지 않아. 그냥 엄숙하게 약속하는 거야."

"그럼, 그건 괜찮을 것 같아."

다이애나가 안심한 듯 말했다.

"어떻게 하는 거야?"

"두 손을 맞잡는 거야. 이렇게."

앤이 근엄하게 말했다.

"흐르는 물 위에 있어야 하지만 그냥 이 길이 물이라고 상상하

자. 내가 먼저 맹세를 할게. 나는 해와 달이 사라지지 않는 한 내절친한 친구 다이애나 배리에게 진실할 것을 엄숙히 맹세합니다. 이제 네가 내 이름을 넣어서 말하는 거야."

다이애나는 웃으며 맹세를 했고, 맹세를 하고 나서도 웃었다.

"앤, 넌 정말 이상한 아이구나. 네가 이상하다는 이야기는 들었지만 말이야. 하지만 난 네가 정말 좋아질 것 같아."

마릴라와 앤이 집으로 돌아갈 때 다이애나는 통나무 다리까지 배웅을 나왔다. 두 소녀는 서로 팔짱을 끼고 걸었다. 시냇가에 다다르자 두 소녀는 내일 오후에 함께 놀자는 약속을 나누고 헤어졌다.

"그래서, 다이애나는 너랑 마음이 맞을 것 같니?"

초록 지붕 집의 정원을 걸어가며 마릴라가 물었다.

"아, 네."

앤은 마릴라의 비꼬는 듯한 말투도 눈치 채지 못하고 더 없이 행복하게 한숨을 쉬었다.

"아, 아주머니, 지금 이 순간 전 프린스 에드워드 섬에서 가장 행복한 여자 아이에요. 오늘 밤에는 정말 기쁜 마음으로 기도를 할 수 있을 거예요. 내일은 다이애나와 함께 윌리엄 벨 씨네 자작나무 숲에 놀이 집을 지을 거예요. 장작 두는 헛간에 있는 깨진 도자기 조각을 갖고 가도 될까요? 다이애나 생일은 2월이고 제 생일은 3월이에요. 정말 신기한 우연의 일치 아닌가요? 다이애나가 저에게 책을 한 권 빌려 주기로 했어요. 다이애나 말로는 완벽하게 멋지고 어마어마하게 흥미진진한 책이래요. 그리고 초콜릿 색깔 백합이 자라는 숲 뒤편에 저를 데리고 가 주겠다고 했어요. 아주머니는 다이애나가 아주 감정이 풍부한 눈을 갖고 있다고 생각하지 않으세요? 저도 그런 눈을 갖고 있다면 얼마나 좋을까요? 다이애나가 〈개암나무 골짜기의 넬리〉라는 노래를 가르쳐 주기로 했어요. 그리고 제 방에 걸어 둘 그림도 주기로 했고요. 하늘색 실크 드레스를 입은 아름다운 여인을 그린 완벽한 그림인데 재봉틀 판매원이 다이애나에게 줬대요. 저도 다이애나에게 뭔가를 주고 싶어요. 제가 키는 2.5센티미터 더 크지만 다이애나가 훨씬 더 통통해요. 다이애나는 더 마르고 싶대요. 더 우아해 보이기 때문에 그런다지만 저를 위로하려고 그런 말을 한 게 아닌가 싶어요. 조개껍데기를 모으러 언젠가는 바닷가에 가기로 했어요. 우린 통나무 다리 아래 샘물을 '드라이어드(*그리스 신화에 나오는 나무와 숲의 요정.)의 샘'이라고 부르기로 했어요. 정말 우아한 이름 아닌가요? 언젠가 그런 이름을 가진 샘에 관한 이야기를 읽은 적이 있어요. 제 생각에 드라이어드는 어른 요정인 것 같아요."

"앤, 언제까지 다이애나 이야기를 할 거니? 그런데 명심할 게 있다. 온종일 놀기만 해선 안 돼. 할 일을 먼저 하고 놀아라."

이미 가득 찬 앤의 '행복 잔'은 매튜로 인해 넘쳐흐르게 됐다. 카모디의 가게에서 돌아온 매튜는 주머니에서 작은 꾸러미를 꺼내 수줍어하며 앤에게 건넸다. 그리고는 마릴라의 눈치를 살피며 말했다.

"네가 초콜릿을 좋아한다고 해서 좀 사 왔다."

마릴라가 코웃음을 치며 말했다.

"으흠, 이도 썩고 배도 아프게 될걸요. 아니, 아니다, 앤, 그렇게 실망한 표정 짓지 말거라. 아저씨가 일부러 사 갖고 온 건데 먹어도 돼. 박하사탕을 사 왔으면 더 좋았을 걸 그랬어. 그게 건강에는 더 좋으니까. 한꺼번에 다 먹고 배가 아프거나 하면 안 된다."

앤이 간절한 목소리로 말했다.

"어머, 절대 안 그럴게요. 오늘 밤엔 하나만 먹을게요. 그런데 다이애나랑 반 나눠 가져도 되죠? 다이애나랑 나눠 먹으면 나머지는 두 배로 달콤할 거예요. 다이애나에게 줄 게 생겼다 생각하니 너무 기뻐요."

앤이 자기 방으로 가고 난 후 마릴라가 말했다.

"저 아이는 욕심이 많지 않아 다행이에요. 전 욕심 많은 아이는 딱 질색이거든요. 참 이상하게도 저 아이가 온 지 3주밖에 안 됐는데 계속 함께 살았던 것 같아요. 저 아이가 이 집에 없는 걸 상상할 수 없어요. 내가 그렇게 말했잖아, 하는 표정으로 절 보지 마세요, 오빠. 여자들도 그렇지만 남자들이 그런 표정을 하는 건 참을 수 없어요. 솔직히 말해서 아이를 데리고 있자던 오빠 말을 따랐던 게 참 잘했다 싶어요. 저 아이가 점점 좋아지고 있거든요. 하지만 자꾸 그 일로 뭐라 그러지 마세요, 매튜 오빠."

13. 기대하는 설렘

"앤이 바느질할 시간인데."

마릴라는 시계를 흘긋 보며 말했다. 그리고 모든 것들이 열기 속에 축 늘어져 꾸벅꾸벅 졸고 있는 것 같은 8월의 오후 풍경을 창밖으로 내다보았다.

"내가 준 시간보다 30분이나 더 많이 다이애나랑 놀더니, 이제는 저기 장작더미에 앉아 매튜 오빠에게 쉴 새 없이 이야기를 늘어놓고 있잖아? 지금은 일할 시간이라는 걸 잘 알고 있을 텐데 말이야. 게다가 오빠는 바보처럼 저 아이의 이야기를 듣고 있고. 저렇게 얼빠진 남자는 처음 보겠네. 저 아이가 엉뚱한 이야기를 더 많이 늘어놓을수록 오빠가 점점 더 즐거워하고 있다는 게 너무도 확연하게 보여. 앤 셜리, 당장 여기로 와라, 내 말 들리니!"

앤은 땋지 않고 푼 머리를 찰랑찰랑 흩날리며 경쾌한 발소리와 함께 서쪽 창문에 나타났다. 반짝이는 눈동자에 두 뺨은 발그레하게 달아올라 있었다. 앤은 숨을 몰아쉬며 큰 소리로 말했다.

"마릴라 아주머니, 다음 주에 주일 학교에서 소풍을 간대요. 반짝반짝 호수 바로 옆의 하면 앤드루스 씨네 들판으로 말이에요. 벨 아주머니와 린드 아주머니가 인솔자로 함께 가서서 아이스크림을 만들어 주시기로 했어요. 생각해 보세요, 아주머니, 아이스크림이래요! 그런데, 저 가도 되요?"

"시계를 한번 봐라, 앤. 내가 몇 시에 들어오라고 했지?"

"2시까지요. 그런데 소풍 말이에요, 근사할 것 같지 않나요? 제발이요, 저 가도 되요? 전 아직 한 번도 소풍을 가 본 적이 없어요. 꿈을 꾸긴 했지만 아직 한 번도……."

"그래, 내가 2시에 오라고 했지. 그런데 지금 2시 45분이야. 왜 내 말을 듣지 않았는지 이유를 말해 보거라, 앤."

"아주머니, 가능한 한 그러려고 했어요. 하지만 '한가로운 황무지'가 얼마나 멋있는지 아주머닌 모르실 거예요. 그리고 매튜 아저씨께도 소풍 이야기를 해 드려야 했고요. 매튜 아저씨는 제 말을 정말 귀 기울여 들어주시거든요. 제발 부탁인데, 저 가도 되요?"

"넌 그 황무지 어쩌고 하는 것의 아름다움을 뿌리칠 수 있는 법을 배워야겠다. 내가 몇 시에 들어오라고 말했으면 그 시간에 들어와야지 30분 후에 들어오라는 게 아니다. 그리고 오는 길에 네 마음을 잘 읽으며 네 말을 들어주는 사람과 이야기를 하느라 머뭇거려서도 안 되고. 소풍에 관해서라면 물론 가도 된다. 넌 주일 학교 학생이고 다른 아이들은 다 가는데 너만 못 가게 할 리도 없잖니."

"그런데…… 그런데."

앤이 머뭇거리며 말했다.

"다이애나가 그러는데 바구니에 먹을 것을 담아 와야 한대요. 아주머니도 아시다시피 전 요리도 못하고 그리고…… 그리고 전 퍼프소매가 아닌 옷을 입고 소풍 가는 건 그렇게 신경 쓰이지 않지만 바구니 없이 소풍을 가면 끔찍하리만큼 창피할 것 같아요. 다이애나에게서 그 말을 들은 이후로 마음이 너무 괴로워요."

"그렇게 괴로워할 필요 없다. 과자를 한 바구니 구워 줄 테니까."

"아, 정말 마음씨 좋으신 마릴라 아주머니. 아, 정말 친절하세요. 아, 정말 감사합니다."

앤은 '아'를 연발하며 마릴라의 품에 뛰어 들어서는 기쁨에 겨워 노르께한 마릴라의 볼에 몇 번이나 입을 맞추었다. 그런데 어린아이의 입술이 자발적으로 볼에 닿은 건 마릴라 인생에 있어 처음 있는 일이었다. 또 다시 놀랄 만큼 달콤한 느낌이 마릴라를 전율하게 했다. 마릴라는 앤의 갑작스러운 입맞춤이 마음속으로는 너무 좋으면서도 내색하지 않고 더욱 무뚝뚝하게 말했다.

"이런, 이렇게 뽀뽀까지 할 필요는 없어. 앞으로는 내가 시키는 대로 하는지 엄하게 지켜볼 테다. 그리고 요리 말인데, 언젠가는 가르쳐 줄 생각이다. 하지만 넌 아직 야무지지 못해. 난 네가 좀 침착해지고 꾸준히 배울 준비가 될 때를 기다리고 있다. 요리할 땐 중간에 엉뚱한 생각을 하지 않도록 정신을 바짝 차려야 하니까. 자, 이제 패치워크 바느질감을 가지고 와서 차 마시기 전까지는 사각형을 다 마쳐라."

"전 바느질이 싫어요."

앤이 바느질감 바구니를 찾아 와 한숨을 쉬며 빨갛고 하얀 다이아몬드 무늬의 천 앞에 앉았다.

"재미있는 바느질도 있겠죠. 하지만 패치워크 바느질에는 상상할 수 있는 여지가 없어요. 그냥 차례로 이어 붙이기만 할 뿐 어떤 모양이 될지도 모르잖아요. 하지만 노는 일 말고는 아무것도 할 일이 없는 앤이 되느니 패치워크 바느질을 하는 초록 지붕 집의 앤이 되겠어요. 다이애나랑 놀고 있을 때처럼 패치워크 바느질 하는 시간도 빨리 지나갔으면 좋겠어요. 아주머니, 우리 정말 멋진 시간을 가졌어요. 대부분의 상상은 제가 해야 했지만, 전 아주 잘하니까 문제없었어요. 다이애나는 다른 모든 것들은 완벽하게 잘했어요. 우리 농장과 배리 씨네 농장 사이로 흐르는 시냇물 건너편의 자그마한 땅 아시죠? 그곳은 윌리엄 벨 씨네 땅인데 바로 한구석에 하얀 자작나무들이 에워싼 동그란 땅이 있어요. 정말 낭만적인 곳이죠. 다이애나와 저는 그곳을 우리의 놀이 집으로 삼기로 하고 '한가로운 황무지'라고 부르기로 했어요. 시적인 이름 아닌가요? 그 이름을 생각해 내는 데 시간이 얼마나 많이 걸렸는지 몰라요. 거의 하룻밤을 꼬박 새우고 나서 막 잠이 들려고 하는데 영감처럼 떠오른 거예요. 제가 생각해 낸 이름을 듣고 다이애나는 기뻐서 어쩔 줄 몰라 했고 우리는 함께 놀이 집을 멋있게 꾸몄어요. 아주머니도 꼭 와서 보셔야 해요. 아셨죠? 이끼로 덮인 커다란 돌은 의자로 쓸 거고요. 나무 사이에 판자를 걸어 선반을 만들고 그 위에는 접시들을 올려 뒀어요. 물론 그 접시들은 모두 깨진 거지만 접시들이 깨지지 않고 온전한 것들이라고 상상하는 건 식은죽 먹기죠. 빨갛고 노란 담쟁이가 그려진 접시 하나가 있는데 그 접시는 특별히 아름다워 거실에 두었어요. 꿈결처럼 아름다운 '요정들의 유리잔'도 거실에 두었어요. 다이애나가 양계장 뒤 숲에서 그 잔을 찾았어요. 아직 다 자라지 못한 것 같은 작은 무지개들이 가득 그려진 잔인데, 옛날에 벽에 걸어 두었던 등인데 깨진 거라고 다이애나 엄마가 말해 줬대요. 하지만 요정들이 무도회가 있던 날 밤 그 잔을 잃어버렸다고 상상하는 게 더 좋아요. 그래서 우리는 그 잔을 '요정들의 유리잔'이라고 하기로 했죠. 매튜 아저씨가 우리에게 식탁을 만들어 주시기로 했어요. 아, 그리고 배리 씨네 풀밭 위에 있는 작고 동그란 연못을 '버드나무 연못'이라고 이름 붙였어요. 그 이름은 다이애나가 빌려 준 책에서 봤어요. 그 책을 읽으니 가슴이 두근거렸어요. 여자 주인공에게는 애인이 다섯 명이나 있어요. 전 하나면 족한데, 안 그런가요? 아주 아름다운 주인공은 엄청난 시련을 겪게 됐어요. 그 여자는 아무것도 아닌 일에도 기절을 잘했어요. 저도 그렇게 기절을 잘하면 얼마나 좋을까요? 너무나 낭만적이잖아요. 이렇게 마른 것에 비하면 전 정말 건강해요. 하지만 점점 살이 찌고 있는 것 같은데, 그렇죠? 매일 아침 일어나면 혹시 옴폭 들어간 자리가 생겼나 보려고 팔꿈치를 봐요. 다이애나는 반소매 옷을 만들고 있대요. 그 옷을 소풍 날 입고 온대요. 아, 제발 다음 주 수요일에 날씨가 좋았으면 좋겠어요. 무슨 일이 생겨 소풍을 못 가게 되면 그 실망감을 견딜 수 없을 것 같아요. 그 실망감을 이겨 내고 살아갈 수는 있겠지만 평생의 슬픔으로 남을 거예요. 앞으로 소풍을 백 번 간다고 해도 소용없어요. 이번에 못간 소풍을 대신할 수는 없을 테니까요. 반짝반짝 호수에 배도 띄우고, 아까 말한 대로 아이스크림도 먹을 거예요. 전 아직 아이스크림을 먹어 본 적이 한 번도 없거든요. 다이애나가 어떤 맛인지 설명해 주려고 했지만 제 생각에 아이스크림의 맛은 상상 이상의 맛인 것 같아요."

"앤, 시계를 보니 너 10분 동안이나 이야기를 했구나. 그만큼의 시간 동안 입을 다물고 있을 수 있는지 한번 보고 싶다."

마릴라가 말했다.

앤은 10분 동안 입을 다물고 있었다. 하지만 그 주 내내 소풍 이야기를 하고 소풍 생각을 하며 소풍 가는 꿈을 꾸었다. 토요일, 비가 내리자 앤은 수요일까지 비가 계속 올까 봐 안절부절못했다. 그 모습을 본 마릴라는 앤을 진정시키려고 바느질을 더 시켰다.

일요일, 앤은 교회에서 집으로 돌아오는 길에 목사님이 연단에서 소풍을 갈 거라고 발표했을 때 너무 흥분돼서 온몸에 소름이 돋았다고 마릴라에게 털어놓았다.

"등줄기를 타고 전율이 쫙 퍼지는 거예요! 소풍을 갈 거라고 하기 전까지는 완전하게 믿고 있지 않았나 봐요. 제가 그냥 상상했던 건 아닌가 하는 생각도 들었다니까요. 하지만 목사님이 연단에서 하는 말씀은 믿어야 하는 거잖아요."

"넌 뭐든 기대를 너무 많이 하는 것 같아, 앤. 앞으로 사는 동안 실망할 일이 얼마나 많은데 말이야."

마릴라가 한숨을 쉬며 말했다.

"어머, 아주머니. 기대하는 것 역시 즐거운 일인 걸요. 모든 걸 다 이룰 수는 없겠지만 그렇다고 기대조차 하지 않는 건 어리석은 일이에요. 레이첼 아주머니는 '아무것도 기대하지 않는 사람들은 축복받은 사람들이다. 왜냐하면 실망할 것도 없으니까.'라고 말씀하셨어요. 하지만 저는 실망하는 것보다 아무것도 기대하지 않는 게 더 한심한 일이라고 생각해요."

마릴라는 그날 교회에 갈 때 평소처럼 자수정 브로치를 했다. 마릴라는 교회에 갈 때 자수정 브로치를 빼 놓고 가는 것은 성경책이나 헌금할 돈을 잊고 가는 것만큼이나 큰 죄라고 생각하는 것 같았다. 그 브로치는 마릴라가 가장 아끼는 물건이었다. 선원이었던 삼촌이 마릴라의 어머니에게 선물했고, 어머니가 다시 마릴라에게 유품으로 남긴 것이었다. 마릴라 어머니의 머리카락을 꼬아서 넣고 가장자리에는 아주 정교하게 자수정을 박아 놓은 구식의 타원형 브로치였다. 마릴라는 자수정이 얼마나 좋은 보석인지는 잘 몰랐지만 아주 아름답다는 생각은 하고 있었다. 그리고 고급 밤색 새틴 드레스에 꽂았을 때 자신이 직접 볼 수는 없지만 목에서 보랏빛으로 반짝이고 있을 브로치를 생각하면 흐뭇했다.

앤은 그 브로치를 처음 보았을 때 그만 홀딱 반하고 말았다.

"어머, 마릴라 아주머니, 정말 완벽하게 우아한 브로치에요. 아주머니는 그 브로치를 하고 어떻게 설교나 기도에 집중을 하실 수 있는 거죠? 전 못할 것 같은데 말이에요. 자수정은 정말 예쁜 것 같아요. 제가 생각했던 다이아몬드랑 비슷한 것 같아요. 오래 전 제가 다이아몬드를 보기 전에 책에서 다이아몬드에 관해 읽고 어떻게 생겼을까 상상을 해 봤죠. 전 다이아몬드가 아름답게 반짝이는 보랏빛 보석일 거라 생각했어요. 그런데 어느 날 한 아주머니의 반지에 있는 다이아몬드를 보고 너무 실망해서 울었어요. 물론 그 것도 너무 아름다웠지만 제가 생각했던 다이아몬드가 아니었거든요. 아주머니, 잠깐만 브로치를 해 봐도 될까요? 자수정이 착한 제비꽃의 영혼일 것 같지 않나요?"

14. 앤의 고백

소풍 가기 전 월요일 저녁, 마릴라가 근심스러운 얼굴로 방에서 나왔다. 그리고 얼룩 하나 없이 깨끗한 식탁 옆에 앉아 다이애나가 가르쳐 준 대로 감정을 넣어 힘차게 〈개암나무 골짜기의 넬리〉를 부르며 콩깍지를 까고 있는 앤을 불렀다.

"앤, 내 자수정 브로치 못 봤니? 어제 저녁 교회에서 돌아와서 브로치를 바늘겨레에 꽂아 뒀는데 지금 찾아보니 없어서 말이야."

"아주머니께서 오늘 오후에 봉사 모임 가셨을 때 브로치를 봤어요. 아주머니 방을 지나가다가 바늘겨레에 꽂혀 있는 걸 보고 한번 보고 싶어서 방에 들어갔어요."

앤이 조금 천천히 말했다.

"브로치를 만졌니?"

마릴라가 엄한 목소리로 말했다.

"아…… 네. 바늘겨레에서 빼서 제 가슴에 한번 꽂아 봤어요.

137

어떤지 보려고요."

"그러면 안 되지. 남의 것을 만지는 건 아주 나쁜 짓이야. 처음부터 내 방에 들어가지 말았어야 해. 그리고 네 것이 아닌 브로치를 만져서도 안 되고. 그래서, 어디다 뒀니?"

"서랍장 위에 다시 뒀어요. 채 1분도 갖고 있지 않았어요. 마음대로 만지려던 건 아니었어요, 아주머니. 아주머니 방에 들어가서 브로치를 달아 보는 게 나쁜 일이라고는 생각하지 못했어요. 이제 나쁜 일이라는 걸 알았으니 다시는 그러지 않겠어요. 그건 제 장점이거든요. 같은 잘못을 절대 두 번은 저지르지 않는 거요."

"넌 그걸 다시 제자리에 놓아두지 않았어. 서랍장 어디에도 브로치는 없어. 밖에 갖고 나갔거나 그런 거 아니니?"

"정말 다시 뒀어요."

앤이 다급하게 말했다. 마릴라는 앤의 말이 당돌하다는 생각을 했다.

"바늘겨레에 꽂아 뒀는지, 아니면 도자기 쟁반에 뒀는지는 기억이 잘 나지 않아요. 하지만 분명히 다시 놓아두었어요."

"그럼 가서 한번 더 살펴보마."

마릴라는 확실히 해 두어야겠다고 생각하며 말했다.

"네가 정말 브로치를 다시 놓아두었다면 그대로 있겠지. 만약 브로치가 없다면 네가 제대로 두지 않은 거야."

마릴라는 방으로 가서 꼼꼼히 살펴보았다. 서랍장 위 뿐 아니라 브로치가 있을 만한 곳은 모조리 다 뒤졌다. 하지만 브로치는 없었다. 마릴라는 부엌으로 돌아왔다.

"앤, 브로치는 없었다. 네가 말한 대로 브로치를 마지막으로 만진 사람은 너야. 자, 그 브로치를 어떻게 했지? 당장 사실대로 말해. 밖으로 가지고 나가 잃어버린 거니?"

"아니요, 안 그랬어요."

앤은 화가 난 마릴라의 두 눈을 똑바로 쳐다보며 진지하게 말했다.

"아주머니 방에서 브로치를 가지고 나오지 않았어요. 단두대가 뭔지는 잘 모르지만 단두대로 끌려간다 하더라도 제 말은 사실이에요. 정말이라고요. 마릴라 아주머니."

"넌 지금 거짓말을 하고 있어. 사실대로 말할 준비가 되기 전까지는 아무 말 하지 말거라. 네 방으로 가서 고백을 할 준비가 되기 전까지는 나오지 마."

마릴라가 날카롭게 말했다.

"콩을 가지고 갈까요?"

앤이 풀이 죽은 목소리로 물었다.

"아니, 나머지는 내가 할 거야. 넌 내가 시키는 대로 해."

앤이 자기 방으로 올라가고 나자 마릴라는 아주 복잡한 심정으로 저녁 집안일을 하기 시작했다. 귀중한 브로치가 걱정이 되었다. 앤이 브로치를 잃어버렸으면 어떻게 하지? 가져간 게 뻔한데 저렇게 시치미를 떼다니 정말 못됐군! 저렇게 순진한 얼굴을 하고선 말이야.

마릴라는 신경질적으로 콩깍지를 까며 생각했다.

'이렇게라도 하지 않으면 안 될 것 같아. 물론 그 아이가 그걸 훔치려 한 건 아닐 거라 생각해. 잠깐 갖고 놀거나 자기 거라고 상상하려 했겠지. 앤이 가지고 간 게 분명해. 저 아이가 들어간 이후

로 내가 들어갈 때까지 방에 들어간 사람은 아무도 없으니까. 앤
도 그렇게 이야기했잖아? 브로치가 없어졌다는 것 말고 더 확실한
사실은 없어. 앤이 브로치를 잃어버리고는 혼이 날까 봐 무서워 말
을 못하는 거야. 거짓말을 하다니, 그건 성질을 부리는 것보다 훨
씬 더 나쁜데. 믿을 수 없는 아이를 집에 들이는 건 엄청난 부담이
군. 교활하고 정직하지 못한 모습을 봤어. 브로치가 없어진 것보다
는 그 사실이 더 기분 나쁜 거야. 사실대로만 말해 줬다 해도 이렇
게 꺼림칙하지는 않았을 텐데.'

　마릴라는 저녁 내내 몇 번이고 찾아보았지만 브로치는 어디에
도 없었다. 잠자리에 들 시간이 되었지만 그때까지도 해결된 건 아
무것도 없었다. 앤은 브로치에 대해서는 아무것도 모른다고 끝까
지 우겼지만, 그럴수록 마릴라는 앤이 가지고 간 게 분명하다고 확
신했다.

　다음날 아침, 마릴라는 매튜에게 그 이야기를 했다. 매튜는 당
황스러웠다. 앤에 대한 믿음을 그렇게 쉽게 저버릴 수는 없었지만,
모든 것이 앤에게 불리한 상황이라는 것을 인정해야 했다.

　"서랍장 뒤에 떨어지지 않았는지 확인했니?"

　매튜가 유일하게 할 수 있는 말이었다.

　"서랍장을 옆으로 밀고 서랍도 다 열어 보고 틈이란 틈은 다 살
펴봤어요. 앤이 브로치를 가져가 놓고서는 거짓말을 하고 있다고
요. 분명한 사실이에요, 매튜 오빠. 제대로 짚고 넘어가야 할 것
같아요."

　마릴라가 확신에 차 대답했다.

　"그럼 이제 우린 어떻게 해야 하는 거지?"

매튜는 이 상황을 해결해야 하는 게 자신이 아니라 마릴라라는 사실을 마음속으로 고맙게 생각하며 절망적인 목소리로 물었다. 매튜는 이 일에 끼어들고 싶지 않았다.

"고백할 때까지 앤을 방에서 나오지 못하게 하려고요."

마릴라는 전에 이 방법이 성공했었던 것을 떠올리며 냉정하게 말했다.

"두고 보세요. 앤이 브로치를 어디에 두었는지 말하면 우리는 브로치를 찾게 될 테니까요. 하지만 어떤 경우이든 앤은 눈물이 쏙 빠지도록 혼이 나야 해요."

"그럼 네가 혼을 내도록 해라. 난 상관하지 않겠다고 한 말 기억하지? 너도 나더러 끼어들지 말라고 했고."

매튜가 모자로 손을 뻗으며 말했다.

마릴라는 모든 사람으로부터 버림받은 기분이었다. 조언을 얻으러 린드 부인에게도 갈 수 없었다. 마릴라는 심각한 얼굴로 앤의 방에 갔다가 더 심각한 얼굴로 방에서 나왔다. 앤은 자신이 브로치를 가지고 가지 않았다고 계속해서 주장했다. 앤은 울고 있었고 마릴라는 아이를 가혹하게 다루는 것 같아 가슴이 아팠다. 밤이 되자 마릴라는 말 그대로 '녹초가 되었다'.

"사실대로 말할 때까지 넌 이 방에 있어야 해. 그러다 보면 사실대로 말할 마음이 생길 거다."

마릴라는 단호하게 말했다.

"하지만 아주머니, 소풍이 내일이에요. 설마 소풍을 못 가게 하지는 않으실 거죠? 오후에는 내보내 주실 거죠? 소풍을 다녀오면 아무리 오랫동안이라도 즐거운 마음으로 방에 있을게요. 제발 소풍은 보내 주세요."

앤이 울며 말했다.

"사실대로 말할 때까지 소풍은커녕 아무 데도 못 갈 줄 알아라, 앤."

"아, 마릴라 아주머니!"

앤이 애원했지만 마릴라는 문을 닫고 나가 버렸다.

마치 소풍에 맞춰 특별히 주문이라도 한 듯 수요일 아침은 유난히 맑고 화창하게 밝아 왔다. 초록 지붕 집 주변에서는 새들이 지저귀고 정원에 핀 하얀 백합 향기가 보이지 않는 바람에 실려 창문과 문으로 들어와 축복의 기도처럼 온 집 안을 향기로 물들게했다. 작은 골짜기에 서 있는 자작나무들은 평소처럼 앤이 동쪽지붕에서 아침인사를 하는지 지켜보고 있기라도 하듯 가지를 흔들어댔다. 하지만 앤은 창가에 나타나지 않았다. 마릴라가 아침 식사를 가지고 방으로 가 보니 앤은 입을 꼭 다물고 두 눈을 반짝이며 침대 위에 단정하게 앉아 있었다.

"아주머니, 저 고백할 준비 됐어요."

"아, 그렇구나!"

마릴라는 갖고 온 쟁반을 내려놓았다. 다시 한 번 더 마릴라의방법이 통한 것이다. 하지만 이번에는 왠지 씁쓸했다.

"좋아, 앤. 말해 보거라."

앤은 마치 배운 것을 외워서 말하는 것 같았다.

"제가 자수정 브로치를 가지고 갔어요. 아주머니께서 말씀하신것처럼요. 처음에 방에 들어갔을 때는 그럴 생각이 아니었어요. 하지만 브로치가 너무 아름다웠고, 가슴에 꽂았을 때 전 그만 저항

할 수 없는 유혹에 넘어가고 말았던 거죠. 한가로운 황무지로 브로치를 가지고 가 코델리아 피츠제럴드 아가씨라고 상상하며 논다면 얼마나 감동적일까 생각했죠. 진짜 자수정 브로치를 하고 있으면 제가 코델리아 아가씨라고 상상하는 게 훨씬 쉬울 것 같았어요. 다이애나와 함께 로즈베리로 목걸이를 만들었지만 어떻게 로즈베리를 자수정에 비교할 수 있겠어요? 그래서 브로치를 가지고 갔죠. 아주머니가 돌아오시기 전에 다시 가져다 놓으면 될 거라 생각했어요. 조금이라도 시간을 더 보내기 위해 이리저리 길을 걸어 다녔죠. 반짝반짝 호수 위 다리를 건너면서 브로치를 한번 더 보려고 옷에서 뗐어요. 햇볕을 받은 브로치가 얼마나 빛나던지! 저는 다리에 기대고 섰죠. 그런데 그 순간 브로치가 그만 제 손가락 사이로 미끄러지더니 아래로, 아래로, 보랏빛으로 반짝이며 반짝반짝 호수 아래로 가라앉고 말았어요. 이게 제가 할 수 있는 최고의 고백이에요, 아주머니."

마릴라는 가슴속에서 다시금 화가 뜨겁게 치밀어 오르는 게 느껴졌다. 이 아이가 자신이 아끼는 자수정 브로치를 갖고 가서 잃어버리고는 아무런 양심의 가책이나 뉘우침도 없는 얼굴로 차분하게 앉아 있었던 일들을 자세하게도 이야기하고 있는 것이다.

"앤, 정말 어이가 없구나. 너처럼 못된 아이는 처음 본다."

마릴라는 가능한 한 침착하려 애쓰며 말했다.

"네, 저도 그렇게 생각해요. 제가 벌을 받아야 한다는 거 알아요. 저를 혼내는 건 아주머니의 의무이니까요. 제발 지금 당장 벌을 주시겠어요? 전 마음을 가볍게 하고 소풍을 가고 싶거든요."

앤이 차분하게 말했다.

"소풍이라고! 앤 셜리, 넌 오늘 소풍은 못 간다. 그게 네 벌이야. 네가 한 짓에 비하면 절반도 미치지 못할 만큼 약한 벌이지만."

"소풍을 못 간다고요!"

앤이 벌떡 일어나 마릴라의 손을 잡았다.

"보내 주겠다고 말씀하셨잖아요! 아, 아주머니, 전 소풍 가야 해요. 제가 고백한 이유라고요. 어떤 벌을 주셔도 되지만 그것만은 안 돼요. 아, 아주머니, 제발 소풍을 보내 주세요. 아이스크림을 생각해 보세요! 아이스크림을 맛볼 기회는 이제 두 번 다시 오지 않을 거라고요!"

마릴라가 앤의 손을 쌀쌀맞게 뿌리쳤다.

"애원해도 소용없어, 앤. 넌 소풍 못 가. 끝이야. 더 이상 아무 말 하지 말거라."

마릴라가 마음을 바꾸지 않을 거라는 걸 깨달은 앤은 두 손을 맞잡고 찢어질 듯 비명을 지르더니 침대에 얼굴을 묻고는 모든 것을 포기한 실망과 절망감에 몸부림치며 울기 시작했다.

방에서 서둘러 나가며 마릴라가 말했다.

"세상에! 저 아이가 미친 게 분명해. 제정신인 아이라면 저렇게 행동할 리가 없지. 미친 게 아니라면 성질이 아주 못된 거고. 아, 이런, 레이첼이 처음 한 말이 맞는 거 아닌지 걱정이 돼. 하지만 이미 시작했으니 돌아보지 않겠어."

정말 우울한 아침이었다. 특별히 할 일이 없자 마릴라는 현관 바닥과 치즈 제조장 선반을 문질러 닦았다. 현관도 선반도 닦을 필요가 없었지만 마릴라는 그냥 닦았다. 그러고는 밖으로 나가 뜰에 갈퀴질까지 했다.

점심 준비가 다 되자 마릴라는 계단으로 가 앤을 불렀다. 눈물로 얼룩진 비극적인 얼굴이 난간 너머에 나타났다.

"내려와서 점심 먹으렴, 앤."

"먹고 싶지 않아요, 아주머니. 아무것도 먹을 수가 없어요. 심장이 부서진 것 같아요. 언젠가 아주머니가 양심의 가책을 느끼실 거라 생각해요. 하지만 아주머니를 용서해 드리겠어요. 그때가 되면 제가 아주머니를 용서한다는 걸 기억하세요. 하지만 제발 뭘 먹으라는 말씀은 하지 마세요. 특히 삶은 돼지고기와 채소는요. 절망감에 빠져 있는 사람에게 삶은 돼지고기와 채소는 너무 낭만적이지가 않거든요."

짜증이 난 마릴라는 부엌으로 돌아가서는 정의감과 앤에 대한 동정심 사이에서 괴로워하고 있는 불쌍한 매튜에게 앤이 한 말을 쏟아 냈다.

"그러니까, 앤이 그 브로치를 갖고 가지 말았어야 했어. 아니면 갖고 간 이야기를 하지 말거나."

매튜는 슬픔에 잠긴 얼굴로 접시 가득 담겨 있는, 낭만적이지 않은 돼지고기와 채소를 찬찬히 살펴보며 말했다. 매튜도 앤처럼 감정의 위기에는 어울리지 않는 음식이란 생각이 들었다.

"하지만 그 아인 아직 어려. 참 재미있는 아이지. 저렇게 기대를 하고 있는데 소풍을 못 가게 하는 건 좀 너무하다는 생각이 들지 않니?"

"매튜 오빠, 오빠한테 정말 놀랐어요. 난 내가 너무 쉽게 용서해 준 건 아닌가 하는 생각을 하고 있단 말이에요. 게다가 그 아인 자신이 얼마나 못된 짓을 했는지 전혀 깨닫지 못하고 있는 것 같아 보여요. 그게 내가 가장 걱정하는 점이에요. 그 아이가 정말로 잘못했다고 느낀다면 이렇게 심각하지는 않을 거예요. 그리고 오빠도 깨닫지 못하고 있는 것 같고요. 오빠가 줄곧 그 아이 편을 드는 게 다 보인다고요."

"그거야 그 아인 아직 어리니까. 그러니 이번은 용서해 주는 게 어떨까? 너도 알다시피 그 아이는 여태까지 제대로 가정 교육을 받은 적이 없잖니."

매튜는 자신 없는 목소리로 반복해서 말했다.

"그러니까 지금 가정 교육을 받고 있는 거잖아요."

마릴라가 쏘아붙였다.

마릴라의 말을 납득할 수는 없었지만 매튜는 그냥 잠자코 있었다. 점심 식사 시간은 아주 침울한 분위기였다. 일꾼으로 고용한 제리 부트만 즐거워했는데 마릴라는 그의 눈치 없는 쾌활함에 화를 냈다. 설거지를 끝내고 빵 반죽을 다 만들어 놓고 암탉에게 모이를 주고 나자 마릴라는 월요일 오후 부인들의 봉사 모임에서 돌아와서 가장 아끼는 블랙 레이스 숄을 벗다가 조그맣게 해진 곳이 있었다는 게 기억났다. 마릴라는 그것을 꿰매기 위해 숄을 가지러 갔다.

숄은 큰 여행 가방 안의 상자 속에 있었다. 그런데 마릴라가 숄을 꺼내는 순간 창문에 무성하게 우거진 덩굴 사이로 비친 햇살을 받은 뭔가가 보랏빛으로 '반짝' 했다. 마릴라는 숨을 죽이고 그것을 낚아챘다. 그것은 레이스의 실에 매달린 자수정 브로치였다!

"이런, 세상에!"

마릴라는 뭔가에 얻어맞기라도 한 듯 멍해졌다.

"이건 뭐야? 배리 연못 바닥에 있을 거라 생각한 내 브로치가 이렇게 말짱하게 있었다니! 그럼 그 아이는 왜 브로치를 갖고 가서 잃어버렸다고 한 거지? 초록 지붕 집이 마법에라도 걸린 건가? 이제 보니 내가 월요일 오후에 숄을 벗어서 서랍장 위에 잠깐 뒀을 때 브로치가 걸렸나 보네!"

마릴라는 브로치를 손에 쥐고 앤의 방으로 갔다. 앤은 울다 지쳐 풀이 죽은 채로 창가에 앉아 있었다.

"앤 셜리."

마릴라가 엄숙하게 말했다.

"지금 막 내 검정 레이스 숄에 걸려 있는 브로치를 찾았다. 그럼 오늘 아침에 그렇게 장황하게 늘어놨던 이야기들은 대체 뭐니?"

"그건, 아주머니께서 제가 고백할 때까지 방에서 나오지 못하게 할 거라고 하셨잖아요. 그래서 고백하기로 마음을 먹었죠. 전 소풍을 꼭 가고 싶었거든요. 어젯밤 침대에 누워 고백할 이야기를 생각해 내서 재미있게 꾸몄어요. 그리고 잊어버리지 않도록 반복해서 말했죠. 하지만 아주머니는 결국 저를 소풍에 보내지 않으셨고, 제가 했던 노력은 모두 물거품이 되고 말았어요."

마릴라는 자신도 모르게 웃음이 나왔지만 한편으로는 양심에 가책이 느껴졌다.

"앤, 네가 이겼다! 모두 내 잘못이라는 걸 이제 알았어. 네 말을 의심하지 말았어야 했는데. 네가 말을 만들어 낼 거라고는 전혀 생각하지 못했다. 물론 자기가 하지 않은 일을 했다고 고백한 건 옳지 않은 일이야. 아주 나쁜 일이지. 하지만 내가 그렇게 만들었으니, 앤, 네가 나를 용서해 준다면 나도 너를 용서하마. 그럼 공평하지 않을까? 앤, 어서 소풍 갈 준비를 해라."

그 말에 앤이 로켓처럼 벌떡 일어났다.

"아, 아주머니, 늦지 않았을까요?"

"아직 늦지 않았어. 이제 겨우 2시니까. 아직 모이지도 않았을 테고 차를 마시려면 한 시간은 더 있어야 할 거야. 세수하고 머리 빗고 체크무늬 옷을 입어라. 네가 갖고 갈 바구니를 준비하마. 구워 둔 과자가 집에 많거든. 제리에게 마차로 소풍 장소까지 태워다 주라고 할게."

앤이 세면대로 뛰어가며 큰 소리로 말했다.

"아, 아주머니, 5분 전만 해도 저는 태어나지 말았어야 한다는 생각을 하며 비참한 기분이었지만 지금은 천사와도 제 처지를 바꾸지 않겠어요!"

그날 저녁, 완전히 지쳤지만 뭐라 표현할 수 없는 축복을 받은 듯 너무나도 행복한 모습으로 앤이 초록 지붕 집으로 돌아왔다.

"마릴라 아주머니, 오늘 전 천상의 맛과 같은 시간을 보냈어요. 천상의 맛이란 말은 오늘 새로 배웠거든요. 메리 앨리스 벨이 하는 얘길 들었어요. 아주 멋진 표현 아닌가요? 모든 게 멋졌어요. 근사한 차를 마신 후 하면 앤드루스 아저씨가 우리를 반짝반짝 호수로 데리고 가 배를 태워 주셨어요. 한 번에 우리 여섯 명 모두를요. 그런데 제인 앤드루스가 연꽃을 꺾으려고 몸을 숙이다가 하마터면 배에서 떨어질 뻔했어요. 앤드루스 아저씨가 결정적인 순간에 제인의 허리띠를 잡지 않았다면 분명히 제인은 물에 빠져 죽었을지도 몰라요. 그게 저라면 얼마나 좋았을까요? 물에 빠져 죽을 뻔하는 건 정말 낭만적인 경험일 텐데 말이죠. 정말 신 나는 이야깃거리가 됐겠죠. 그리고 아이스크림을 먹었어요. 그 맛을 말로는 표현할 수 없어요. 아주머니, 아이스크림 맛은 정말 최고였어요."

그날 밤, 마릴라는 양말 바구니를 정리하며 매튜에게 모든 이야기를 했다.

"제가 실수했다는 걸 인정하겠어요. 아무튼 이번 일로 저도 배운 게 있어요. 앤의 그 '고백'을 생각하면 웃음이 난다니까요. 제 실수니까 웃어선 안 되지만 말이에요. 아무튼 모든 게 그리 나쁘진 않은 것 같아요. 저 아이는 여러 가지 면에서 이해하기 힘들어요. 하지만 결국 잘될 거라 믿어요. 그리고 한 가지 분명한 건, 저 아이가 있는 집은 절대 지루하지 않을 거라는 거예요."

15. 학교에서 벌어진 대소동

"정말 근사한 날이야! 이런 날에는 그냥 살아 있다는 것만으로도 행복하지 않니? 아직 태어나지 않아서 오늘을 보지 못하는 사람들이 가여워. 물론 그 사람들도 좋은 날을 만날 수는 있겠지만 오늘을 만나지는 못할 테니까. 학교 가는 길이 이렇게 아름다운 것도 너무 근사하고 말이야!"

앤은 숨을 길게 들이쉬며 말했다.

"큰길로 가는 것보다 훨씬 더 좋은 것 같아. 거긴 너무 덥고 먼지가 많거든."

다이애나가 말했다.

다이애나는 점심 바구니를 들여다보며 촉촉하고 맛있는 딸기 파이 세 개를 열 명이서 나누어 먹으면 각자 얼마나 먹을 수 있을까 마음속으로 계산했다.

에이번리 학교의 여자 아이들은 언제나 다 함께 도시락을 먹는데 딸기 파이 세 개를 혼자 다 먹거나 가장 친한 친구하고만 먹는 다면 '정말 치사한 아이'로 영원히 낙인찍히게 될 것이다. 그래도 이 파이를 열 명이 나눠 먹는다는 건 아이들을 감질나게 할 것 같았다.

앤이 다이애나와 함께 학교로 가는 길은 정말 예뻤다. 다이애나와 같이 학교로 오고 가는 건 굳이 상상으로 꾸미지 않아도 될 만큼 충분히 멋진 일이었다. 큰길로 가는 건 낭만적이지 않았지만 '연인들의 오솔길'과 '버드나무 연못', '제비꽃 골짜기'와 '자작나무 길'로 가는 건 더없이 낭만적이었다.

연인들의 오솔길은 초록 지붕 집의 과수원 아래에서부터 시작해 커스버트 농장 끝에 있는 숲까지 이어져 있었다. 소들을 이끌고 목초지로 가거나 겨울에 집으로 땔감을 운반할 때 이용하는 길이었다. 앤은 초록 지붕 집에 온 지 한 달도 되지 않아 그 길에 '연인들의 오솔길'이라는 이름을 붙였다.

"연인들이 정말 그 길을 걷지는 않죠. 하지만 다이애나와 제가 읽은 책에 연인들의 오솔길이 나왔거든요. 우리도 그런 길을 갖고 싶었어요. 너무 예쁜 이름이잖아요? 그렇게 생각하지 않으세요? 너무 낭만적이에요! 그 길을 연인들이 걷고 있다고 상상하면 되고요. 그 길에서는 생각한 걸 큰 소리로 말해도 아무도 이상하다고 생각하지 않아서 좋아요."

앤은 마릴라에게 말했다.

아침에 혼자 길을 나선 앤은 연인들의 오솔길을 따라 시내까지 걸어갔다. 그곳에서 다이애나를 만나 두 소녀는 함께, 아치를 이루고 있는 단풍나무 아래를 걸어 통나무 다리까지 갔다.

"단풍나무는 정말 붙임성이 좋아. 언제나 바스락거리며 소곤소곤 이야기하거든."

앤이 말했다.

그리고 두 사람은 배리 씨네 밭을 가로질러 버드나무 연못을 지나갔다. 버드나무 연못을 지나면 앤드루 벨 씨네 큰 숲의 그늘진 곳에 옴폭 팬 제비꽃 골짜기가 나온다.

"물론 지금 그곳에는 제비꽃이 없어요. 하지만 다이애나가 그러는데 봄이 되면 제비꽃이 엄청나게 핀대요. 아, 마릴라 아주머니, 제비꽃이 흐드러지게 핀 모습을 상상할 수 있으세요? 그 모습을 상상하면 저는 숨이 막히는 것 같아요. 그래서 '제비꽃 골짜기'라고 이름 붙였죠. 다이애나가 어울리는 이름을 저처럼 잘 짓는 사람을 본 적이 없대요. 뭔가를 잘한다는 건 좋은 일이죠? 하지만 '자작나무 길'은 다이애나가 지었어요. 다이애나가 하고 싶다고 해서 그러라고 했죠. 제가 지었다면 자작나무 길보다는 좀 더 시적인 이름을 지었을 텐데. 누구든 그런 이름은 생각해 낼 수 있으니까요. 아무튼 자작나무 길은 세상에서 가장 아름다운 곳 중 하나예요."

사실 그랬다. 앤이 아니라 누구라도 그 길을 우연히 가 본 사람은 그렇게 생각했다. 자작나무 길은 긴 언덕을 휘감아 내려가 벨 씨네 숲으로 곧장 이어지는 좁고 꼬불꼬불한 길이었다. 초록색 휘장 같은 숲 사이로는 아무런 결점이 없는 다이아몬드 같은 빛이 쏟아지고 있었다. 길가에는 줄기가 하얗고 가지가 연한 어린 자작나무가 죽 늘어서 있고 고사리, 별 모양의 꽃, 야생 백합, 그리고 주홍빛의 베리가 무성하게 자라고 있었다. 공기는 언제나 향긋했고 새들의 노랫소리가 들렸으며 나무 사이로 불어오는 바람 소리는 웅얼거림 같기도 하고 웃음소리 같기도 했다. 조용히 있으면 이따금 길을 가로지르며 뛰어다니는 토끼를 볼 수 있기도 했는데, 앤과 다이애나는 거의 보지 못했다. 계곡 아래로 내려가면 샛길이 큰길과 만나고 그 길은 학교로 가는 가문비나무 언덕까지 이어졌다.

에이번리 학교는 처마가 낮고 창문이 넓은 하얀색 건물이었다. 교실에는 뚜껑이 열리고 닫히는, 편리하고 튼튼한 구식 책상이 갖춰져 있었다. 책상 뚜껑에는 3대에 걸쳐 아이들이 새겨 놓은 온갖 문자와 이니셜들이 남아 있었다. 학교 건물은 큰길에서 조금 뒤로 들어가 있었고 건물 뒤에는 어둑어둑한 전나무 숲과 시내가 있었다. 모든 아이들은 차갑고 고소한 우유를 먹기 위해 아침에 오자마자 각자의 우유병을 점심시간까지 시냇물에 담가 두었다.

마릴라는 9월의 첫날, 학교로 가는 앤을 근심스러운 마음으로 바라보았다. 워낙 엉뚱한 아이니 말이다. 그런 앤이 다른 아이들과 어떻게 어울릴까? 수업 시간에는 과연 어떻게 입을 다물고 있을 수 있을까?

하지만 마릴라가 걱정했던 것보다 일은 순조로웠다. 앤은 학교에 처음으로 간 날 오후, 한껏 들떠 집으로 돌아왔다.

"여기 학교가 좋아질 것 같아요. 물론 선생님은 별로지만요. 선생님은 항상 콧수염을 꼬면서 프리시 앤드루스만 쳐다보세요. 프리시 앤드루스는 어른이나 마찬가지예요. 열여섯 살이고 내년에 샬럿타운에 있는 퀸스 전문학교에 들어갈 입학시험을 준비하고 있어요. 틸리 불터 말로는 선생님이 프리시에게 홀딱 반했대요. 프리시는 얼굴도 예쁘고 곱슬거리는 갈색 머리를 아주 우아하게 틀어

올리고 있거든요. 프리시는 뒤에 있는 긴 의자에 앉는데 그 애에게 공부를 가르쳐 준다고 하면서 선생님도 대부분 거기에 앉아 계세요. 하지만 선생님이 프리시의 석판에 뭔가를 쓰자 프리시가 그걸 읽고는 얼굴이 홍당무처럼 빨개지더니 킥킥거리고 웃는 걸 루비 길리스가 봤대요. 공부 가르쳐 주는 것과는 아무 상관없을 거라고 루비가 말했어요."

마릴라가 날카로운 목소리로 말했다.

"앤 셜리, 다시는 선생님을 그런 식으로 말하지 마라. 선생님 흉 보려고 학교에 가는 건 아닐 텐데. 선생님은 너에게 뭔가를 가르치실 거고 그걸 배우는 게 네 일이야. 집에 와서 선생님 흉보는 이야기를 하지 않았으면 좋겠다. 그건 나쁜 일이야. 난 네가 착한 아이가 되었으면 좋겠다."

앤이 기분 좋게 말했다.

"네, 그럴게요. 학교는 아주머니가 상상하신 것만큼 힘들지는 않았어요. 전 다이애나와 함께 앉았어요. 우리 자리는 창가에 있어서 반짝반짝 호수가 내려다보였어요. 학교에는 착한 아이들이 너무 많아요. 점심시간에는 무지하게 재미있게 놀았죠. 함께 놀 친구들이 있다는 건 너무 좋은 일 같아요. 하지만 전 다이애나가 가장 좋고, 앞으로도 그럴 거예요. 전 다이애나를 흠모해요. 그런데 친구들에 비해 제가 너무 뒤쳐져 있어요. 다들 5학년 책을 공부하는데 저만 4학년 책을 공부해요. 조금 창피했어요. 하지만 아이들 중에 저처럼 상상력이 풍부한 아이가 없다는 걸 곧 알게 됐어요. 오늘은 읽기 수업과 지리, 캐나다 역사, 받아쓰기를 했어요. 필립스 선생님은 제 철자가 아주 엉망이라며 온통 틀린 것으로 표시가 되어 있는 제 석판을 다른 아이들이 다 볼 수 있도록 높이 들었어요. 굴욕적이었죠. 제 생각엔 필립스 선생님은 새로 온 학생에게 좀 더 예의바르게 행동해야 할 것 같아요. 루비 길리스는 저에게 사과를 하나 주었고 소피아 슬론은 '집에 놀러 가도 돼?'라고 적힌 분홍색 카드를 빌려 주었어요. 그 카드를 내일 돌려줄 거예요. 그리고 틸리 불터는 오후에 구슬 반지를 빌려 주었어요. 아주머니, 다락방에 있는 바늘겨레에서 진주 구슬을 떼어 내서 반지를 만들면 안 될까요? 제발이요, 아주머니. 그리고 제인 앤드루스가 미니 맥퍼슨에게 들었다고 하는데요. 프리시 앤드루스가 사라 길리스에게 제 코가 아주 예쁘다고 말하는 걸 미니 맥퍼슨이 들었대요. 아주머니, 난생 처음 들은 칭찬이에요. 제가 지금 얼마나 기분이 이상한지 상상도 못하실 걸요. 그런데 아주머니, 제 코가 정말 예쁜가요? 아주머니는 사실대로 말씀해 주실 거라는 걸 알아요."

"코는 그만하면 충분하다."

마릴라는 무뚝뚝하게 대답했다. 속으로는 앤의 코가 정말 예쁘다고 생각했지만 앤에게 그렇게 말해 줄 생각은 전혀 없었다.

그렇게 학교생활을 시작한 지 3주가 되었고 지금까지 모든 것들이 순조롭게 흘러갔다. 그리고 지금 이 선선한 9월의 아침, 앤과 다이애나는 자작나무 길을 즐겁게 걸어가고 있었다. 두 사람은 에이번리에서 가장 행복한 소녀들이었다.

"오늘 길버트 블라이드가 학교에 올지도 몰라. 여름내 뉴브런스윅에 사는 사촌 집에 가 있다가 토요일 밤에 집으로 돌아왔거든. 앤, 길버트는 정말 잘생겼어. 그런데 여자 아이들을 끔찍하게 괴롭혀. 정말 우리 인생이 괴로울 정도라니까."

하지만 다이애나의 말투는 오히려 그 괴로움을 좀 당해 봤으면 하는 것처럼 들렸다.

"길버트 블라이드? 현관 벽에 크게 쓰여 있는 '알림'이란 글 아래 줄리아 벨의 이름과 함께 쓰여 있던 그 이름 아니야?"

앤이 묻자 다이애나가 고개를 젖히며 말했다.

"그래, 맞아. 하지만 길버트는 줄리아 벨을 그다지 좋아하지 않는 게 분명해. 줄리아의 주근깨를 가지고 구구단 공부를 하고 있다고 말하는 걸 들었거든."

앤은 애원하듯 말했다.

"아, 나에게 주근깨 이야기 하지 마. 주근깨 많은 사람에게 그런 이야기를 하는 건 상대를 배려하지 않는 거야. 그런데 벽에다 남자 아이와 여자 아이에 대한 이야기를 쓰는 건 정말 멍청한 짓이라 생각해. 누가 내 이름을 남자 아이 이름과 함께 써 놓기만 해봐. 어림도 없는 일이지."

그리고 얼른 한 마디를 더 갖다 붙였다.

"물론 그럴 사람도 없겠지만."

앤은 한숨을 쉬었다. 앤은 누가 자기 이름을 벽에 쓰는 것을 원하지 않았다. 하지만 그럴 염려가 전혀 없다는 걸 아는 것도 창피한 일이었다.

"절대 아니거든."

다이애나가 말했다.

다이애나의 까만 눈동자와 윤기 나는 머리는 에이번리 학교 남자 아이들의 마음을 뒤흔들어 놓았다. 그래서 다이애나의 이름은 현관 벽 알림판에 꽤 여러 번 등장했었다.

"그냥 농담이라고 치자. 네 이름이 현관 벽에 쓰이지 않을 거라고 장담하지는 마. 찰리 슬론이 너에게 홀딱 반한 것 같던데. 찰리가 자기 엄마에게, 엄마 말이야, 앤. 네가 학교 여자 아이들 중에서 가장 똑똑하다고 말했대. 그게 예쁜 것보다는 나아."

그러자 뼛속까지 여성스러운 앤이 말했다.

"아니, 그렇지 않아. 난 똑똑한 것보다 예쁜 게 더 좋아. 그리고 난 찰리 슬론이 싫어. 퉁방울눈 남자 아이는 견딜 수 없어. 누군가 그 아이 이름을 내 이름과 함께 써 놓으면 난 그 충격을 이겨 낼 수 없을 거야, 다이애나 배리. 하지만 반에서 계속 일등을 하는 건 정말 좋은 일이겠지."

"길버트는 너희 반에 들어갈 거야. 옛날에는 길버트가 자기 반에서 일등이었지. 길버트는 열네 살이지만 4학년밖에 되지 않았어. 4년 전에 길버트의 아빠가 편찮으셔서 앨버타로 요양을 가시면서 길버트도 함께 갔거든. 그곳에 3년간 있다가 이곳으로 돌아올 때까지 그 앤 학교에 거의 다니지 않았대. 그러니 이제 네가 계속 일등하기가 쉽지 않을 거야, 앤."

"다행이네. 겨우 아홉 살, 열 살짜리 꼬마들 속에서 일등을 한다는 게 별로 기쁘지 않았거든. 어제는 일어나서 '비등(*액체가 어느 온도 이상으로 가열되어 끓어오름.)'의 철자를 외웠어. 조시 파이가 일등이었는데 글쎄, 몰래 책을 훔쳐보는 거야. 필립스 선생님은 프리시 앤드루스를 보느라 그걸 보지 못했지만 난 봤어. 내가 차갑게 비웃어 주자 그 아이는 홍당무처럼 얼굴이 빨개지더니 결국 철자를 틀렸어."

둘이 큰길에 있는 울타리를 넘어가는 동안 다이애나가 화가 나서 말했다.

"파이 자매들은 뭐든 속여. 거티 파이는 어제 내가 맡아 놓은 시냇가 자리에 자기 우유병을 담가둔 거 있지? 그래서 나 지금 그 아이와 말하지 않아."

필립스 선생님이 교실 뒤에서 프리시 앤드루스가 하는 라틴어를 듣고 있는 동안 다이애나가 앤에게 소곤거리며 말했다.

"네 자리에서 통로 건너 오른쪽에 앉아 있는 애가 길버트 블라이드야. 얼마나 잘생겼는지 한번 봐, 앤."

다이애나가 가리킨 쪽으로 앤이 얼굴을 돌렸다. 길버트 블라이드는 앞에 앉은 루비 길리스의 땋은 머리를 의자 뒤에 몰래 핀으로 꽂는 데 열중하고 있었다. 앤이 길버트의 얼굴을 보기에는 절호의 기회였다. 길버트는 갈색의 고수머리에 장난기 가득한 연갈색 눈을 한 키가 큰 아이였다. 입은 짓궂은 미소를 띠고 있었다.

이윽고 루비 길리스가 계산한 문제를 풀려고 일어서다가 머리카락이 뿌리째 뽑히기라도 하는 듯한 비명을 지르며 도로 자리에 털썩 주저앉고 말았다. 다들 루비를 쳐다봤고 필립스 선생님이 무서운 표정으로 노려보자 루비는 울음을 터뜨리고 말았다. 그동안 길버트는 얼른 핀을 안 보이게 치운 후 세상에서 가장 얌전한 얼굴을 하고 역사 공부를 하고 있었다. 하지만 소란이 가라앉고 나자 앤을 보며 이루 말할 수 없이 익살스러운 얼굴로 윙크를 했다.

"너의 길버트 블라이드는 잘생긴 것 같긴 해. 하지만 아주 무례한 것 같아. 처음 보는 여자 아이에게 윙크를 하는 건 예의 없는 짓이지."

앤이 다이애나에게 말했다.

하지만 진짜 사건이 터진 건 그날 오후였다.

필립스 선생님은 교실 구석에서 프리시 앤드루스에게 수학 문제를 설명하고 있었고 나머지 아이들은 풋사과를 먹거나 친구와 속닥거리고, 혹은 석판 위에 그림을 그리거나 귀뚜라미에 실을 묶어 통로를 왔다 갔다 하며 경주를 하는 등 각자 하고 싶은 대로 하고 있었다. 길버트 블라이드는 앤 셜리가 자신을 보게 만들려고 애썼지만 실패하고 말았다. 그 순간 앤은 길버트 블라이드의 존재뿐 아니라 에이번리 학교의 다른 모든 학생들은 안중에도 없이 두 손으로 턱을 괴고 서쪽 창문으로 보이는 반짝반짝 호수의 푸른빛에 시선을 고정하고 있었다. 앤은 눈앞에 펼쳐진 멋진 광경 외에는 아무것도 보지도, 듣지도 못한 채 멋진 상상의 나라로 떠났던 것이다.

길버트는 여자 아이의 시선을 끄는 데 실패한 적이 거의 없었다. 빨간 머리에 조금 뾰족한 턱, 그리고 에이번리 학교의 여느 여자 아이들보다 유난히 커다란 눈을 가진 앤 셜리. 길버트는 그 아이의 시선을 사로잡겠다고 마음먹었다.

길버트는 통로 건너로 손을 뻗어 길게 땋은 앤의 빨간 머리끝을 잡고는 듣기 싫은 목소리로 속삭였다.

"야! 홍당무! 홍당무!"

그 소리에 앤은 분노가 가득한 눈길로 길버트를 노려보았다!

그러고는 자리에서 벌떡 일어났다. 그 순간 아름다운 공상은 돌이킬 수 없이 산산조각 나고 말았다. 그리고 길버트를 향해 번득이던 눈길은 이내 분노의 눈물로 변했다.

"이 비열하고 못된 놈! 어떻게 감히 내게 그런 말을!"

앤은 분을 참지 못하고 소리쳤다.

그러고는…… 퍽! 앤이 자신의 석판으로 길버트의 머리를 내리치자 그것이 완전히 두 동강 나고 말았다. 길버트의 머리가 아닌 석판이.

에이번리 학교 아이들은 구경거리를 좋아했다. 이건 특히나 흥미진진한 구경거리였다. 두렵기도 하고 즐겁기도 해서 다들 '와' 하고 탄성을 질렀다. 다이애나는 숨이 막히고 말았다. 흥분을 잘하는 루비 길리스는 울기 시작했다. 토미 슬론이 입을 떡 벌리고 그 장면을 쳐다보는 동안 경주를 시키고 있던 귀뚜라미들은 단체로 탈출해 버렸다.

필립스 선생님이 통로를 걸어오더니 앤의 어깨를 꽉 잡고는 화난 목소리로 물었다.

"앤 셜리, 이게 대체 무슨 짓이니?"

앤은 아무 말 없이 돌아섰다. 반 아이들 앞에서 자신이 '홍당무'라고 불렸다는 사실을 자기 입으로 말하는 건 앤에게 있어 너무 잔인한 일이었다. 길버트가 결연한 목소리로 말했다.

"선생님, 제 잘못이에요. 제가 앤을 놀렸어요."

하지만 선생님은 길버트의 말은 들은 척도 하지 않았다.

"우리 반에서 이렇게 성격이 못됐고 복수심에 불타는 아이를 보게 돼 너무도 안타깝구나."

필립스 선생님은 자신의 제자라면 작고 불완전한 마음에서 악의 열정을 뿌리째 뽑아내야 한다고 생각한다는 듯 근엄한 어조로 말했다.

"앤, 집에 갈 때까지 칠판 앞 단상에 서 있도록 해라."

앤은 그것보다는 차라리 매를 맞는 게 더 낫다고 생각했다. 이런 벌을 받으면 앤의 예민한 영혼은 회초리를 맞은 듯 바들바들 떨기 때문이다. 하지만 앤은 하얗게 질린 얼굴로 선생님이 시키는 대로 했다. 필립스 선생님은 분필을 집어 들더니 앤의 머리 위 칠판에 이렇게 썼다.

'앤 셜리는 성격이 나쁘다. 앤 셜리는 화를 조절하는 법을 배워야 한다.'

그러고는 읽고 쓸 줄 모르는 유치원 반 아이들까지 모두 들을 수 있도록 큰 소리로 읽었다.

앤은 머리 위에 그 제목을 붙인 채 집에 갈 때까지 그곳에 서 있었다. 앤은 울지도, 고개를 숙이지도 않았다. 마음속에서 여전히 뜨겁게 끓어오르는 분노가 굴욕의 고통을 견딜 수 있도록 앤을 지탱해 주고 있었다. 앤은 분노로 가득한 두 눈과 화가 나 붉게 달아오른 두 뺨을 하고, 동정 어린 시선으로 자신을 바라보고 있는 다이애나와 화가 나서 고개를 끄덕이고 있는 찰리 슬론, 그리고 자신을 향해 심술궂은 미소를 띠고 있는 조시 파이를 마주하고 섰다. 하지만 길버트 블라이드에게는 눈길 한 번 주지 않았다. 앤은 두 번 다시 길버트를 쳐다보지 않을 생각이었다. 절대 말도 하지 않을 것이다!

학교가 끝나자 앤은 빨간 머리를 꼿꼿하게 세우고 당당하게 걸어갔다. 길버트는 현관문에서 앤의 시선을 끌어 보려 애썼다.

"앤, 네 머리를 갖고 놀린 거 정말 미안해. 진심이야. 이제 화 풀어."

길버트는 뉘우치는 목소리로 속삭였다.

앤은 들은 체도 않고 쳐다보지도 않은 채 경멸하는 듯한 표정을 지으며 길버트를 휙 지나쳤다.

"어머, 앤, 어떻게 그럴 수 있니?"

길을 걸어가는 동안 다이애나는 반은 나무라고, 반은 존경하는 듯한 말투로 물었다. 다이애나라면 길버트의 애원을 절대 뿌리치지 못했을 것이었다.

"절대 길버트 블라이드를 용서하지 않을 거야. 그리고 필립스 선생님은 '이(e)'를 빼고 내 이름을 썼어. 다이애나, 내 영혼이 학대받고 있어."

다이애나는 앤의 말을 전혀 이해할 수 없었지만 뭔가 끔찍한 일임은 알 수 있었다.

"길버트가 네 머리를 갖고 놀린 것에 신경 쓰지 마. 그 애는 모든 여자 애들을 다 놀리거든. 내 머리는 검다고 놀리면서 여러 번 까마귀라고 불렀어. 하지만 길버트가 사과하는 건 들어본 적이 없어."

다이애나가 달래듯 말했다.

"까마귀라고 불리는 것과 홍당무라고 불리는 건 어마어마하게 달라. 길버트 블라이드는 내 마음에 극심한 상처를 줬어."

앤은 위엄 있게 말했다.

다른 일이 일어나지 않았다면 그 사건도 별 문제없이 지나갔을지도 모른다. 하지만 일단, 무슨 일이 한번 일어나기 시작하면 계속해서 일어나는 법이다.

에이번리 학생들은 종종 점심시간에 벨 씨의 가문비나무 숲 언덕과 넓은 풀밭을 걸어다니며 송진을 채취했다. 그곳에서는 필립스 선생님이 하숙을 하고 있는 에벤 라이트 씨의 집을 살펴볼 수 있었다. 필립스 선생님이 나타나는 게 보이면 아이들은 학교로 달아났다. 하지만 라이트 씨 집에서 학교로 가는 길보다 아이들이 가는 길은 세 배나 먼 길이었기 때문에 학교에 도착할 때면 아이들 모두 숨이 차 헐떡거리거나 3분 정도 늦기 일쑤였다.

다음날 필립스 선생님은 더 이상은 안 되겠다는 생각을 했는지 하숙집으로 점심을 먹으러 가면서, 자신이 돌아왔을 때 모두들 자기 자리에 앉아 있어야 하며 늦게 오는 사람은 벌을 주겠다고 했다.

모든 남자 아이들과 여자 아이들 몇몇은 꼭 '송진을 딸 시간만큼만' 있겠다고 생각하며 벨 씨의 가문비나무 숲으로 갔다. 하지만 가문비나무 숲은 너무 아름다웠고 송진을 뭉쳐 만든 노란색 알갱이를 갖고 노는 게 무척 재미있어 아이들은 자기도 모르게 옆길로 새고 말았다. 그리고 여느 때와 마찬가지로 지미 글로버가 늙은 가문비나무 꼭대기에서 '선생님이 가신다!'라고 소리를 치자 아이들을 그제야 정신이 번쩍 들어 학교로 달려가야 할 시간이라는 것을 알게 됐다.

땅에 있던 여자 아이들은 먼저 학교로 달려가 단 1초도 남기지 않고 간신히 제시간에 도착했다. 하지만 서둘러 나무에서 기어 내려와야 하는 남자 아이들은 늦고 말았다. 한편 앤은 송진을 따러 가지 않고 숲 저쪽 끝, 허리까지 자란 고사리 속에서 백합으로 만든 화환을 머리에 쓰고 노래를 부르며 응달의 신이라도 된 듯 행복하게 쏘다니다가 그만 가장 늦고 말았다. 앤은 사슴처럼 달려가 문 앞에서 꼬마 도깨비처럼 남자 아이들을 따라잡고 필립스 선생님이 모자를 걸고 있는 동안 학교 건물로 쏜살같이 들어갔다.

아이들의 태도를 바꿔 보겠다던 필립스 선생님의 굳은 의지는 사라져 버렸다. 굳이 귀찮게 그 많은 아이들을 벌주고 싶지 않았다. 하지만 자신이 한 약속을 지키고 있다는 것을 보여 주기 위한 뭔가가 필요했고, 그 희생양으로 앤을 지목했다. 유난히 활기차고 엉망진창인 모습으로 자리에 털썩 앉은 앤은 머리에 쓰고 있던 백합 화환이 한쪽 귀 쪽으로 비스듬히 기울어진 것도 모르고 있었던 것이다.

"앤 셜리, 넌 남자 아이들과 함께 있는 걸 좋아하나 본데, 오늘 오후에 마음껏 남자 아이들과 함께 있도록 해 주마. 머리의 꽃들을 빼고 길버트 블라이드와 함께 앉도록 해라."

필립스 선생님은 빈정대며 말했다.

남자 아이들이 숨 죽여 낄낄거렸다. 다이애나는 가엾은 마음에 얼굴이 하얗게 변한 채로 앤의 머리에서 화환을 빼고 앤의 손을 꼭 잡아 주었다. 앤은 돌처럼 굳은 얼굴로 선생님을 노려보았다.

"앤, 내 말 들었니?"

필립스 선생님이 엄하게 물었다.

"네, 하지만 정말 그러라는 건 아니시겠죠?"

앤이 천천히 물었다.

"아니, 정말이다."

모든 아이들이 싫어하고, 특히 앤은 더 싫어하는 빈정대는 말투였다. 그 말투는 사람을 기분 나쁘게 했다.

"당장 내 말대로 해."

잠깐 동안 앤은 선생님 말을 따르지 말까 하는 생각을 했다. 하

164

지만 다른 방법이 없다는 것을 알고는 거만한 얼굴로 일어서서 통로를 걸어가 길버트 블라이드 옆에 앉고서는 책상 위에 팔을 올리고 그 위에 얼굴을 묻었다. 그 모습을 곁눈질로 지켜보았던 루비 길리스는 집으로 돌아가는 길에 친구들에게 이렇게 말했다.

"그런 얼굴은 처음 봤다니까. 하얀 얼굴에 작고 빨간 점들이 끔찍할 정도로 도드라져 있었거든."

앤으로서는 이제 모든 게 끝난 것이나 다름없었다. 똑같이 잘못을 한 열두 명의 아이들 속에서 혼자 혼이 난 것만으로도 충분한데, 남자 아이와 함께 앉으라는 건 너무 심한 처사였다. 게다가 그 남자 아이가 길버트 블라이드라는 건 상처에 소금을 뿌리는 것처럼 참을 수 없는 일이었다. 앤은 정말이지 견딜 수 없었지만 어찌 해 볼 도리가 없었다. 앤은 부끄러움과 분노와 굴욕감으로 온몸이 끓어오르는 것 같았다.

처음에 아이들은 앤을 보면서 서로 팔꿈치로 찌르거나 소곤대며 킥킥거리고 웃었다. 그런데 앤이 전혀 고개를 들지 않는 데다 길버트 역시 모든 영혼을 다 쏟아 붓기라도 하듯 분수 공부에 열중하자 아이들도 곧 앤의 일은 잊고 자기 공부를 시작했다. 필립스 선생님이 역사 시간이 끝났다고 말했을 때 앤은 나갔어야 했다. 하지만 앤은 움직이지 않았다. 수업을 마치기 전에 '프리실러에게'라는 시를 쓰고 있던 필립스 선생님은 운율을 생각하면서도 앤에게 계속 신경을 쓰고 있었다. 아무도 보지 않을 때 길버트는 포장지에 금박으로 '넌 사랑스러워.'라는 글씨가 쓰여 있는 분홍색의 작은 하트 모양 사탕을 책상에서 꺼내 앤의 팔 밑으로 슬쩍 밀어 넣었다. 그러자 앤은 고개를 들고 그 하트 모양의 사탕을 손가락 끝으로 조심스레 집어 들더니 바닥에 떨어뜨리고는 뒤꿈치로 밟아 으깨 버렸다. 그러고는 길버트를 쳐다도 보지 않고 다시 아까처럼 머리를 두 팔 위에 묻었다.

학교가 끝나자 앤은 자기 책상으로 뚜벅뚜벅 걸어가 여봐란듯이 책상 안에 있던 책이며 공책, 펜, 잉크, 성경책과 수학책을 모조리 꺼내더니 깨진 석판 위에 단정하게 쌓아 올렸다.

"앤, 왜 그것들을 다 집으로 가지고 가는 거야?"

큰길에 들어서자마자 다이애나가 물었다. 그 전에는 감히 질문을 할 수가 없었다.

"이제 다시는 학교에 오지 않을 거야."

앤이 말했다.

다이애나는 숨을 들이쉬더니 저 말이 진심일까 싶어 앤을 가만히 쳐다보았다.

"마릴라 아주머니가 집에 있으라고 하실까?"

"그렇게 하셔야지. 저 남자가 있는 학교에는 절대 가지 않을 거야."

다이애나는 금방이라도 울 것 같은 표정이 되었다.

"아, 앤! 넌 정말 대단해. 그런데 난 어떻게 하지? 필립스 선생님은 나를 그 못된 거티 파이랑 앉히실 거야. 분명해. 그 아인 지금 혼자 앉으니까. 제발 돌아와, 앤!"

앤은 슬픈 목소리로 말했다.

"다이애나, 널 위해서라면 무슨 일이든 하겠어. 필요하다면 내 팔 다리도 다 떼어 줄게. 하지만 그것만은 할 수 없어. 그러니 나에게 그런 말 하지 마. 내 영혼이 너무 괴로워."

166

"하지만 학교에 오지 않으면 즐거운 일들도 많이 못하게 될 거야. 시냇가에 새로 예쁜 집도 지을 텐데. 다음 주에는 공놀이를 할 거고. 넌 공놀이 못해 봤잖아. 정말 재미있단 말이야. 새 노래도 배울 거야. 제인 앤드루스는 지금까지 그 노래를 연습하고 있어. 다음 주에 앨리스 앤드루스가 팬지꽃에 관한 새 책을 가지고 오면 우리는 시냇가에서 다 함께 차례로 돌아가며 소리 내어 읽을 거야. 앤, 너 소리 내어 책 읽는 거 좋아하잖아."

다이애나가 슬픔에 잠겨 말했다.

하지만 아무것도 앤의 마음을 움직이지 못했다. 앤은 필립스 선생님이 있는 학교로 다시는 돌아가지 않기로 결심했고, 집으로 돌아가자마자 마릴라에게 자신의 결심을 이야기했다.

"말도 안 된다."

마릴라가 말했다.

"말이 안 되는 게 아니에요. 이해 못하시겠어요, 아주머니? 전 모욕을 당했다고요."

앤은 진지하면서도 비난하는 듯한 눈빛으로 마릴라를 바라보며 말했다.

"모욕이라니, 당치도 않는 소리야. 넌 내일 평소처럼 학교에 갈 거야".

앤은 천천히 고개를 저었다.

"아니요, 전 학교에 가지 않아요. 집에서 공부하고 최선을 다해 착하게 굴겠어요. 그리고 가능하다면 항상 입을 다물고 있겠어요. 하지만 학교에는 절대 가지 않을 거예요."

그 순간 마릴라는 앤의 작은 얼굴에서 절대 꺾이지 않을 것 같은 고집을 보았다. 그리고 그 고집을 꺾으려면 무척 힘들 거라는 생각이 들었다. 마릴라는 더 이상 아무 말도 하지 않는 것이 현명하다는 결론을 내렸다.

'오늘 저녁 레이첼에게 가서 이 일을 의논해 봐야겠어. 지금 앤과 입씨름을 해 봐야 소용없는 일이야. 앤은 지금 너무 화가 나 있는 상태이고, 일단 마음을 먹으면 끔찍하게 고집불통인 아이니까. 앤의 이야기로 봐서는 필립스 선생님이 다소 강압적으로 일을 처리한 것 같긴 해. 그렇다고 그런 이야기를 앤에게 할 수는 없지. 레이첼과 이야기를 해 봐야겠어. 레이첼은 아이를 열 명씩이나 학교에 보내 봤으니 뭔가 알 거야. 그리고 아마 지금쯤이면 레이첼도 모든 이야기를 다 들었겠지.'

마릴라가 갔을 때 린드 부인은 평소처럼 부지런하고도 즐겁게 이불보를 짜고 있었다.

"내가 왜 여기에 왔는지 알고 있죠?"

마릴라는 조금 부끄러운 얼굴로 말했다.

린드 부인은 고개를 끄덕였다.

"앤이 학교에서 소란을 피운 것 때문이죠? 틸리 불터가 학교에서 집으로 돌아가는 길에 우리 집에 들러서 그 이야기를 하더군요."

"그 아이를 어떻게 해야 할지 모르겠어요. 학교에 가지 않겠다고 선언을 하는군요. 그렇게 화가 난 건 처음 봐요. 앤이 학교를 가기 시작했을 때 언젠가는 말썽을 일으킬 거라 생각했어요. 어쩐지 지금까지는 모든 것들이 너무도 순조롭다 생각했죠. 그 아이는 너무 예민해요. 어떻게 하면 좋을까요, 레이첼?"

린드 부인은 상냥하게 말했다. 부인은 다른 사람들이 자신에게 조언을 구하는 걸 너무나 좋아했기 때문이다.

"글쎄요, 마릴라, 당신이 내게 의견을 물으니 말인데요. 나라면 처음에는 아이를 좀 달래 보겠어요. 내 생각엔 필립스 선생님이 잘못한 것 같아요. 물론 아이에게 그런 이야기를 할 수는 없죠. 그리고 어제 앤이 성질을 부린 것에 대해 벌을 준 건 옳다고 봐요. 하지만 오늘은 달라요. 교실에 늦게 들어간 아이들은 모두 벌을 받았어야죠. 하지만 벌로 여자 아이를 남자 아이와 함께 앉도록 하는 건 아니라고 봐요. 정숙하지 않은 일이죠. 틸리 불터는 정말 화가 났더라고요. 그 아이는 앤의 편인데 그 아이 말로는 다른 아이들도 모두 앤 편이라네요. 앤이 아이들 사이에서 인기가 있는 모양이에요. 앤이 아이들과 그렇게 잘 지낼 줄은 몰랐어요."

"그러니까 당신은 앤을 집에 있게 놔둬도 된다는 생각이군요."

마릴라가 깜짝 놀라며 말했다.

"그래요. 맞아요. 나라면 아이 스스로 말할 때까지 학교에 대해서 말하지 않을 거예요. 염려 말아요, 마릴라. 한 1주일만 지나면 화가 누그러들어 제 발로 학교에 가게 될 거니까요. 내 말은 그러니까, 그 아이를 지금 당장 학교에 보내면 또 성질을 부려 말썽을 일으킬지도 몰라요. 내 생각엔 호들갑을 떨지 않는 게 더 나을 것 같아요. 선생님이 그런 식이라면 학교에 안 간다고 배우지 못하고 넘어가는 게 많지도 않을 거예요. 필립스 선생님은 선생님 자격이 충분한 것 같지 않아요. 그 사람의 교육 방식은 악평이 자자하더군요. 어린 학생들은 무시하고 퀸스에 갈 준비를 하고 있는 큰 아이들에게만 관심을 쏟는다죠. 그 사람 삼촌이 재단 이사만 아니었다면 학교에 더 있을 수 없었을 거예요. 그 이사가 다른 두 위원들을 마구 부려 먹는다니, 그러니까 이 나라 교육은 어떻게 되는 건지."

린드 부인은 자신이 교육부의 수장이었다면 모든 것들이 훨씬 더 잘 되었을 거라는 듯 고개를 흔들었다.

마릴라는 린드 부인의 조언을 받아들여 앤에게 학교에 다시 가라는 말을 단 한 마디도 하지 않았다. 앤은 집에서 공부하고 집안일도 하며 쌀쌀한 가을 저녁노을 속에서 다이애나와 놀기도 했다. 하지만 길에서, 혹은 주일 학교에서 길버트를 만날 때가 있었는데 그럴 때마다 앤은 어떻게 해서든 화해의 손을 내밀어 보려는 길버트의 곁을 조금도 누그러들지 않은 얼음처럼 차가운 표정으로 싹 지나가곤 했다. 두 사람을 화해시켜 보려는 다이애나의 노력도 허사였다. 앤은 생이 끝나는 날까지 길버트 블라이드를 미워하기로 확실히 마음을 먹었다.

하지만 길버트를 미워하는 만큼 앤은 열정적인 작은 마음속 모든 사랑을 다이애나에게 쏟았다. 앤은 누군가를 싫어하는 마음 만큼 좋아하는 마음도 있었던 것이다. 어느 날 저녁, 마릴라가 과수원에서 사과 한 바구니를 따서 돌아와 보니 앤이 어스름한 저녁 빛 속에서 동쪽 창가에 홀로 앉아 슬프게 울고 있었다.

"이번에는 또 무슨 일이냐?"

마릴라가 묻자 앤이 흐느끼며 말했다.

"다이애나 때문에요. 아주머니, 전 정말 다이애나가 좋아요. 다이애나가 없다면 살 수 없을 것 같아요. 하지만 우리가 자라면 다이애나는 결혼을 해서 멀리 떠날 거라는 걸 알아요. 아, 그러면 저는 어떻게 하죠? 다이애나의 남편이 싫어요. 정말 정말 싫어요. 내내 그 모습을 상상하고 있었어요. 결혼식 같은 거 말이에요. 다이애나는 눈처럼 하얀 드레스를 입고 면사포를 쓰고 있겠죠. 여왕처럼 아름답고 근엄할 거예요. 신부 들러리인 저도 예쁜 옷을 입겠죠. 그때는 퍼프소매 옷을 입을래요. 하지만 미소를 짓고 있는 제 얼굴 뒤에는 찢어질 듯 아픈 마음이 숨겨져 있을 거예요. 그리고 다이애나는 영원히 안……녕…….”

그 말을 마친 앤은 모든 것을 다 잃은 듯 더욱 비통하게 울었다.

마릴라는 웃음이 터져 나올 것 같은 얼굴을 감추려고 얼른 돌아섰지만 소용이 없었다. 가장 가까이 있는 의자에 주저앉아 평소에는 들을 수 없던 큰 소리로 웃음을 터뜨리고 만 것이다. 마당을 지나가던 매튜가 그 웃음소리에 깜짝 놀라 걸음을 멈추었다. 마릴라가 저렇게 큰 소리로 웃는 걸 들어본 게 언제였지?

“그래, 앤 셜리. 그렇게 쓸데없는 걱정을 하려거든 집안일이나 걱정해라. 네 상상력은 정말이지 말릴 수가 없구나. 정말.”

16. 엉망이 돼 버린 초대

초록 지붕 집의 10월은 아주 아름다웠다. 작은 골짜기의 자작나무들은 금빛으로 변해 반짝였고 과수원 뒤 단풍나무들은 기품 있게 붉은 색으로 물들어 갔다. 오솔길을 따라 서 있는 야생 벚나무들은 짙은 붉은색과 청동빛 도는 초록색으로 옷을 갈아입었고 수확을 끝낸 들판 위로는 가을 햇살이 쏟아지고 있었다.

앤은 온갖 색깔들로 가득한 세상에 한껏 취해 있었다.

어느 토요일 아침, 앤은 멋진 나뭇가지들을 한 아름 안고 춤을 추듯 마릴라에게 다가와 말했다.

"아, 아주머니, 10월이 있는 세상에 살고 있어서 너무 좋아요. 9월에서 11월로 건너뛴다면 정말 끔찍할 것 같아요. 안 그런가요? 이 단풍나무 가지들을 좀 보세요. 감동적이지 않나요? 이 가지들로 제 방을 장식하려고요."

"지저분하게. 집 밖에 있는 것들을 가지고 방을 너무 많이 어지르는구나, 앤. 침실은 잠자려고 있는 거야."

미적 감각이라고는 전혀 없는 마릴라가 말했다.

"어머, 아주머니, 꿈도 꾸잖아요. 예쁜 것들이 있는 방에서는 훨씬 더 좋은 꿈을 꿀 수 있을걸요. 낡고 파란 단지에 이 가지들을 꽂아서 제 방 테이블에 올려 둘래요."

"계단에 나뭇잎들이 떨어지지 않도록 조심해라. 오후에 난 봉사 모임이 있어서 카모디에 갈 거야. 어두워지기 전에는 못 돌아올 것 같으니 네가 매튜 아저씨와 제리의 저녁 식사를 좀 챙겨 줘야 할 것 같구나. 지난번처럼 잊지 말고 식탁에 앉기 전에 차를 따라 놓아라."

앤은 변명하듯 말했다.

"깜빡깜빡 잊어서 큰일이에요. 그날 오후엔 '제비꽃 골짜기' 이름을 생각해 내느라 다른 것들은 생각할 수 없었거든요. 그래도 매튜 아저씨는 너무 좋으셨어요. 절대 야단치지 않으시거든요. 아저씨가 직접 찻잎을 띄우시고 잠깐 동안만 기다리면 된다고 하셨어요. 기다리는 동안 제가 아름다운 요정 이야기를 해 드려서 아저씨는 전혀 지루해하지 않으셨어요. 정말 아름다운 요정 이야기였거든요. 그런데 이야기 끝 부분이 생각이 안 나 제가 지어서 이야기해 드렸지만 아저씨는 어디서부터 제가 지은 이야기인지 모르셨어요."

"매튜 아저씨는 네가 한밤중에 일어나 점심을 먹자고 해도 좋다고 할 거다. 하지만 앤, 이번에는 잊지 않도록 해. 네가 더 정신이 없어질지도 모를 것 같아 이러는 게 잘하는 짓인지는 모르겠지만, 오후에 다이애나를 오라고 해서 함께 차를 마셔도 좋아."

"어머, 아주머니!"

앤은 두 손을 꼭 맞잡고 소리쳤다.

"정말 완벽하게 행복해요! 그러니까 결국 아주머니도 상상을 할 수 있게 되신 거예요. 그렇지 않다면 제가 얼마나 그 일을 하고 싶어 하는지 절대 알 수 없었을 테니까요. 어른이 된 것 같은 기분이 들 거예요. 다이애나가 와서 제가 찻잎 띄우는 걸 잊을 거라는 걱정은 하지 마세요. 아, 아주머니, 그런데 장미꽃 무늬 찻잔을 써도 될까요?"

"안 돼, 어림도 없다. 장미꽃 찻잔이라니! 목사님이나 봉사회 사람들이 올 때를 빼고는 절대 그 잔을 쓰지 않는다는 걸 알면서. 갈색 찻잔 세트를 쓰거라. 설탕에 재워 놓은 체리가 든 노란 항아리는 열어도 돼. 이제 먹을 때가 된 것 같으니까. 나는 이제 가야 할 것 같구나. 과일 케이크를 좀 자르고 쿠키와 생강 과자도 먹으렴."

"제가 식탁 맨 윗자리에 앉아 차를 따르고 있어요."

앤은 두 눈을 감고 무아지경에 빠졌다.

"다이애나에게 설탕을 넣겠냐고 물어요. 물론 다이애나가 넣지 않을 거라는 걸 알고 있지만 모르는 척 물어볼래요. 그리고 과일 케이크 한 조각을 더 먹으라고 권하고 설탕에 재워 놓은 체리도 집어 줘요. 아, 아주머니, 생각만 해도 너무나 멋진 일이에요. 다이애나가 오면 모자를 벗어 놓도록 손님방으로 데리고 가도 되나요? 그리고 응접실로 가서 앉을게요."

"아니. 너와 네 손님은 거실만으로도 충분해. 요전날 밤 교회 친목 모임에서 먹고 남은 딸기 주스 반 병이 있어. 거실 벽장 두 번째 선반에 있으니 먹고 싶으면 다이애나랑 먹도록 하렴. 그리고 함께 먹을 쿠키도 있어. 매튜 아저씨는 감자를 실어다 주러 갔으니 아마 좀 늦게 차를 마시러 오실 거야."

앤은 작은 골짜기를 쏜살같이 달려 내려가 드라이어드 샘을 지나고 가문비나무 길을 달려 비탈길 과수원으로 가 다이애나에게 차를 마시러 오라고 했다. 마릴라가 카모디로 떠나자마자, 다이애나는 가지고 있는 것 중 두 번째로 좋은 옷을 입고 차 마시러 오라는 초대를 받았을 때 딱 어울리는 모습으로 찾아왔다. 다른 때라면 다이애나는 노크도 하지 않고 부엌으로 달려갔을 테지만 이번에는 점잔을 빼며 현관문을 두드렸다. 마찬가지로 두 번째로 좋은 옷을 입은 앤이 점잔을 빼며 문을 열었고 두 소녀는 처음 만난 사이처럼 정중하게 악수를 나누었다. 이 부자연스러운 상황은 앤이 다이애나를 동쪽 방으로 안내해 모자를 벗으라고 하고는 거실에서 두 사람이 함께 발을 모으고 10분 정도 앉아 있을 때까지 계속됐다.

"어머니는 어떠신가요?"

마치 그날 아침 배리 부인이 건강하고 활기찬 모습으로 사과 따는 모습을 보지 못한 것처럼 앤이 정중하게 물었다.

"아주 잘 지내신답니다. 안부를 물어 줘서 고마워요. 커스버트 씨는 오후에 릴리 샌즈로 감자를 갖고 가신다고 들었는데, 그런가요?"

그날 아침 매튜의 마차를 타고 하먼 앤드루스 씨 집에 다녀왔던 다이애나가 물었다.

"네, 올해 감자 농사가 아주 잘 되었거든요. 배리 씨 감자 농사도 잘 되었길 바랄게요."

"아주 잘 됐답니다. 사과는 많이 땄나요?"

"그럼, 아주 많이 땄어."

앤은 점잔 빼고 말하는 걸 잊고 벌떡 일어났다.

"다이애나, 과수원으로 나가서 빨갛게 익은 사과를 따자. 아주머니께서 아직 나무에 달려 있는 건 모두 다 우리 거라고 하셨거든. 마릴라 아주머니는 정말 마음이 넓으셔. 과일 케이크랑 설탕에 재운 체리를 먹어도 된다고 하셨어. 손님에게 뭘 대접할지 미리 말하는 건 예의가 아니니까 어떤 걸 마시라고 하셨는지는 말하지 않을게. 선명하게 빨갛고 '딸'과 '주'로 시작하는 거야. 난 빨간색 음료수가 좋아. 넌 안 그러니? 다른 색깔보다 두 배로 맛있거든."

과일이 달린 가지들이 땅까지 휘어져 있는 과수원은 여자 아이들이 오후를 보내기에 너무도 즐거운 곳이었다. 두 소녀는 아침의 서리가 사라지고 가을 햇살이 따뜻하게 머무는 초록의 잔디에 앉아 사과를 먹으며 쉴 새 없이 수다를 떨었다. 다이애나는 학교에서 어떤 일이 일어나고 있는지 앤에게 해 줄 이야기가 너무 많았다. 다이애나는 거티 파이와 함께 앉아야 했는데 그 애가 너무 싫었다. 거티는 언제나 연필 소리를 끽끽 냈고 그때마다 다이애나는 소름이 끼쳤다. 놀랍게도 루비 길리스는 크리크에서 온 매리 조 할머니가 준 마법의 조약돌로 마법을 걸어 사마귀를 없앴다. 초승달이 뜰 때 조약돌로 사마귀를 문지르고 난 후 왼쪽 어깨 너머로 돌을 던지면 사마귀가 사라진다는 것이다. 그리고 누군가 찰리 슬론의 이름을 엠 화이트의 이름과 함께 현관 벽에 써 놓아, 엠 화이트가 엄청나게 화를 냈다. 샘 불터는 수업시간에 필립스 선생님에게 '말대꾸'를 했다가 회초리를 맞았다. 그런데 샘의 아빠가 학교에 와서 다시는 자기 아이에게 손을 대지 말라고 말했다. 그리고 빨간 두건과 술 장식이 달린 파란 옷을 새로 산 매티 앤드루스의 잘난 체는 지겨울 정도였다. 리지 라이트는 마미 윌슨과 이야기를 하지 않는데, 왜냐하면 마미 윌슨의 언니가 리지 라이트 언니의 애인을 가로챘기 때문이었다. 그리고 다들 앤을 무척이나 보고 싶어 하고 학교로 다시 돌아오기를 바라고 있다. 그리고 길버트 블라이드는……

길버트 블라이드에 대한 이야기는 듣고 싶지 않았던 앤은 허둥지둥 일어나더니 안으로 들어가 딸기 주스를 먹자고 했다.

앤이 거실 벽장 두 번째 선반을 보았지만 딸기 주스가 담긴 병은 보이지 않았다. 여기저기 찾아보았더니 주스는 맨 위 선반에 있었다. 앤은 병을 쟁반에 올리고 컵과 함께 식탁에 차렸다.

"다이애나, 한번 마셔 봐. 난 지금은 마시지 않을래. 사과를 너무 많이 먹었나 봐."

앤이 예의바르게 말했다.

다이애나가 컵 가득 주스를 따르고는 선명한 빨간색을 감탄의 눈빛으로 바라보더니 조심스레 한 모금 마셨다.

"정말 맛있어. 딸기 주스가 이렇게 맛있는 줄은 몰랐는걸."

"네가 맛있다니 너무 기뻐. 실컷 마셔. 난 밖에 나가서 불을 보고 올게. 집을 보는 사람에게는 챙겨야 할 일이 너무 많거든."

앤이 부엌에서 돌아와 보니 다이애나는 딸기 주스를 두 컵째 마시고 있었다. 거기에 앤이 한 잔을 더 권했고 다이애나에게는 마다할 이유가 없었다. 그 어떤 것보다 달콤한 맛의 유혹을 이길 수가 없었다.

"지금까지 내가 마셔 본 것 중 최고야. 린드 아주머니는 당신이 만든 주스가 맛있다고 그렇게 자랑을 하시지만 그것보다 훨씬 더 맛있어. 린드 아주머니의 주스와는 비교가 안 되는 것 같아."

다이애나 말을 듣고 앤은 자랑스럽게 말했다.

"마릴라 아주머니 주스가 훨씬 낫지. 마릴라 아주머니는 요리 솜씨가 좋기로 유명하시잖아. 아주머니는 나에게 요리를 가르쳐 주려고 하시지만, 다이애나, 내겐 너무 힘든 일이거든. 요리를 할 때는 상상을 할 수가 없어. 정해진 대로만 해야 하니까. 지난번에 케이크를 만들면서 밀가루 넣는 걸 잊었지 뭐야. 너와 나의 아름 다운 이야기를 생각하고 있었거든. 네가 천연두에 걸려 심하게 아 픈데 다들 너를 혼자 버려둔 거야. 하지만 난 용감하게 네 곁에 머 물며 간호해서 널 다시 살려 냈지. 그런데 그만 내가 천연두에 걸 려서 죽고 말아. 난 공동묘지의 포플러 나무 아래 묻히고 넌 내 묘 지에 장미를 심어 네 눈물로 물을 주었어. 넌 널 대신해 자신을 희 생한 젊은 날의 친구를 절대, 절대 잊지 않았어. 아, 정말 애절한 이야기 아니니, 다이애나? 케이크를 반죽하는 동안 내 두 뺨 위로 눈물이 비처럼 흘러내렸지 뭐야. 그러다 그만 밀가루 넣는 걸 잊어 버려 케이크는 참담하게 실패로 끝나고 말았지. 밀가루는 케이크 에 있어서 가장 핵심인데 말이야. 아주머니는 화가 많이 나셨는데, 그럴 만도 하시지. 아주머니에게 난 아주 골칫덩어리거든. 지난주 에는 푸딩 소스 때문에 무지하게 망신을 당하셨어. 화요일 점심으 로 자두 푸딩을 먹었는데 푸딩 절반과 소스 한 주전자가 남은 거 야. 아주머니는 다음번 점심에 먹기에 충분하다고 하시면서 소스 에 뚜껑을 덮어서 식료품 저장고 선반에 올려 두라고 하셨지. 다 이애나, 난 정말 뚜껑을 덮어 둘 생각이었어. 그런데 소스를 들고 가면서 내가 수녀라는 상상을 한 거야. 물론 난 개신교도지만 가톨릭 신자인 것처럼 상상을 했단다. 상처 입은 마음을 감추고 은둔 생활을 하는 수녀 말이야. 그러다 그만 푸딩 소스에 뚜껑을 덮어 두는 걸 깜빡하고 만 거야. 다음날 아침에야 그 일이 생각나 식품 저장고로 달려갔지. 그런데 푸딩 소스에 쥐 한 마리가 빠져 죽은 걸 보고 내가 얼마나 놀랐는지 네가 봤어야 해. 난 숟가락으로 쥐를 꺼내서 마당에 내다 버리고는 그 숟가락을 세 번이나 씻었어. 아주머니는 소젖을 짜러 나가셨기 때문에 아주머니가 돌아오시면 그 소스를 돼지에게 줘도 되는지 여쭤 보려고 했거든. 정말이야. 그런데 아주머니가 돌아오셨을 때 난 숲을 돌아다니며 나무들이 원하는 대로 빨갛고 노랗게 변하게 해 주는 서리의 요정이 된 상상을 하고 있었어. 그래서 또 푸딩 소스 같은 건 전혀 생각하지 못하고 있었는데 마릴라 아주머니가 사과를 따오라고 나에게 심부름을 시키신 거야. 그런데 그날 아침 체스터 로스 부부가 스펜서베일에서 이곳으로 왔거든. 두 분이 아주 멋쟁이라는 거 너도 알지? 특히 체스터 로스 부인 말이야. 아주머니가 불러서 들어갔더니 점심식사가 다 차려져 있고 다들 식탁 앞에 앉아 있었어. 난 정말 예의 바르고 점잖게 굴려고 애썼어. 체스터 로스 부인이 내가 예쁘지는 않아도 정말 여성스러운 아이라고 생각하게 하고 싶었거든. 모든 것은 순조로웠어. 마릴라 아주머니가 한 손에는 자두 푸딩을, 다른 한 손에는 따뜻하게 데운 소스 주전자를 들고 들어오는 것을 보기 전까지 말이야. 다이애나, 정말 끔찍한 순간이었어. 모든 게 생각이 나자 난 자리에서 벌떡 일어나 소리를 질렀지. '마릴라 아주머니, 그 푸딩 소스는 먹으면 안 돼요. 그 속에 쥐가 빠져 죽었거든요. 아주머니께 말씀드리는 걸 깜빡했어요.' 아, 다이애나, 백 살까지 살아도 그 끔찍한 순간은 절대 잊히지 않을 거야. 체스터 로스 부인이 나를 쳐다봤고 난 너무 치욕스러워서 바닥으로 꺼지고 싶었어. 그분은 정말 훌륭한 가정주부이신데 우리를 어떻게 생각했을까? 마릴라 아주머니는 얼굴이 빨개져서는 아무 말도 하지 못하셨어. 그러고는 푸딩과 소스를 갖고 나가더니 설탕에 재운 딸기를 갖고 오셨어. 나에게도 좀 주셨지만 난 한 입도 먹지 못했어. 내 머리 위에 불붙은 석탄이 쌓여 있는 것 같은 기분이었어. 체스터 로스 부인이 가고 나서 난 눈물이 쏙 빠지게 혼이 났어. 왜 그래, 다이애나? 무슨 일이야?"

다이애나가 몸을 비틀거리며 일어서더니 두 손으로 머리를 감싸며 다시 주저앉았다.

"나, 너무 아파. 나…… 나 지금 집에 갈래."

다이애나는 어눌한 발음으로 말했다.

"어머, 차도 마시지 않고 집에 가면 안 되지. 지금 당장 차를 가지고 올게. 지금 가서 차를 우리면 돼."

실망한 앤이 소리쳤다.

"나 지금 집에 갈래."

다이애나는 여전히 어눌하게, 하지만 결심이 선 듯 반복해서 말했다.

앤은 애원하듯 말했다.

"제발 점심 먹고 가. 과일 케이크랑 설탕에 재운 체리도 있단 말이야. 잠깐만 소파에 누워 있으면 괜찮을 거야. 어디가 아픈 건데?"

"나 집에 갈래."

다이애나는 그 말만 했고 앤 역시 고집을 피웠다.

"차도 마시지 않고 집으로 돌아가는 손님 이야기는 들어본 적도 없어. 아, 다이애나, 혹시 너 정말 천연두 걸린 건 아니니? 만약 그렇다면 내가 널 보살펴 줄게. 넌 나만 믿으면 돼. 난 절대 널 저버리지 않을 거야. 그러니 제발 차만 마시고 가. 어디가 아픈 거니?"

"너무 어지러워."

다이애나가 말했다.

그리고 정말 어지러운 듯 비틀대며 걸어갔다. 앤은 실망으로 두 눈 가득 눈물이 고인 채 다이애나의 모자를 갖다 주고 배리 씨네 마당 울타리까지 함께 갔다. 그리고 초록 지붕 집으로 오는 내내 앤은 울었다. 집으로 돌아온 앤은 슬픔에 빠져 남은 딸기 주스를 식품 저장고에 가져다 놓고 매튜와 제리를 위해 차를 준비했지만 활기라고는 찾아볼 수 없었다.

다음날은 일요일이었고 새벽부터 해가 질 때까지 비가 억수같이 퍼부어 앤은 초록 지붕 집에서 한 발자국도 나가지 못했다. 월요일 오후 마릴라는 앤을 린드 부인 집에 심부름 보냈다. 그런데 심부름을 나서고 얼마 지나지 않아 앤이 두 뺨 위로 눈물을 흘리며 오솔길을 달려왔다. 그러고는 부엌으로 뛰어 들어와서 소파에 얼굴을 묻고 엉엉 우는 것이었다.

"무슨 일이니, 앤? 또 린드 부인에게 버릇없이 군 건 아니겠지?"

깜짝 놀란 마릴라가 물었다.

하지만 앤은 아무 대답도 없이 눈물을 펑펑 쏟으며 더욱더 흐느낄 뿐이었다.

"앤 셜리, 내가 질문을 할 때는 네 대답을 듣고 싶은 거야. 당장 똑바로 앉아서 왜 우는지 말해 봐."

앤은 비극적인 얼굴로 몸을 일으켜 앉았다.

"린드 아주머니가 오늘 배리 아주머니를 만나러 갔는데 배리 아주머니가 화가 많이 나 있더래요. 배리 아주머니 말로는 토요일에 제가 다이애나를 술에 취하게 해서는 아주 엉망진창인 상태로 집으로 보냈다고 하더래요. 그러면서 하시는 말씀이 제가 정말 못된 아이라 이제 다시는 다이애나와 놀지 못하게 하겠다고 말씀하셨대요. 아, 아주머니, 전 지금 슬픔을 견딜 수가 없어요."

앤은 울부짖었다.

마릴라는 깜짝 놀라 멍하게 앤을 쳐다보았다.

"다이애나를 취하게 했다고!"

드디어 말문이 트였다.

"앤, 네가 미친 거니, 아니면 배리 부인이 미친 거니? 너 대체 다이애나에게 뭘 준거야?"

"딸기 주스 외엔 아무것도 주지 않았어요. 딸기 주스를 마시고 사람이 취할 거라고는 생각도 하지 못했고요. 아무리 다이애나가 세 컵 가득 주스를 마셨다고 하더라도 말이에요. 그러니까, 그러니까, 토머스 아주머니 남편처럼 됐단 말이잖아요! 하지만 전 다이애나를 취하게 만들 생각은 없었어요."

앤이 흐느끼며 말했다.

"취하다니, 말도 안 돼!"

마릴라는 음식을 넣어 두는 거실 벽장으로 성큼성큼 걸어갔다.

선반 위에 자신이 집에서 담근 3년 된 와인이 있는 게 한눈에 들어왔다. 배리 부인 같이 까다로운 사람들은 인정하지 않지만 에이번리 마을에서 칭찬이 자자한 와인이었다. 바로 그 순간 마릴라는 앤에게 말했던 그 딸기 주스를 거실 벽장이 아니라 지하실에 두었다는 사실이 떠올랐다.

마릴라는 와인 병을 손에 들고 부엌으로 돌아갔다. 터져 나오는 웃음을 참느라 자신도 모르게 얼굴이 실룩댔다.

"너 정말 말썽 피우는 데는 도사구나. 네가 준 건 딸기 주스가 아니라 와인이었어. 그 둘이 다른 걸 몰랐니?"

"저는 마시지 않았거든요. 전 그게 딸기 주스인 줄로만 알았어요. 정말 정말 극진하게 대접하고 싶었어요. 그런데 다이애나는 너무 아파서 집에 갔어요. 배리 아주머니는 린드 아주머니에게 다이애나가 완전히 취했다고 말했대요. 다이애나는 자기 엄마가 무슨 일이냐고 물으니 그냥 비실비실 바보처럼 웃기만 하다가 잠이 들었는데 몇 시간이나 잤대요. 배리 아주머니가 다이애나의 숨결을 맡아 보고는 술에 취한 걸 알았고요. 다이애나는 어제 하루 종일 끔찍하게 머리가 아팠고 배리 아주머니는 엄청나게 화가 났대요. 제가 일부러 다이애나를 그렇게 만들었다고 생각하시나 봐요."

"나라면 그게 뭐였든 석 잔이나 잔뜩 부어 마시며 욕심을 부린 다이애나를 혼냈을 게다. 그게 정말 딸기 주스였다고 해도 그렇게 큰 컵으로 세 잔이나 먹었다면 어디가 잘못돼도 잘못됐을 테니까. 아무튼 와인을 만들었다고 나를 미워하는 사람들에게 좋은 이야깃거리가 되겠구나. 목사님이 좋게 생각하지 않는다는 것을 안 이후로 3년간 와인을 만들지 않았는데도 말이야. 그 와인은 아플 때를 대비해서 갖고 있었던 건데. 이런, 이런, 울지 말거라. 일이 이렇게 된 건 안타깝지만 널 혼낼 생각은 없다."

마릴라가 무뚝뚝하게 말했다.

"자꾸 눈물이 나와요. 가슴이 찢어질 것 같거든요. 전 정말 운이 나쁜 아이에요. 이제 다이애나랑 저는 영원히 헤어진 거예요. 우리의 영원한 우정을 맹세할 때만 해도 이런 일이 일어날 거라고는 꿈도 꾸지 못했거든요."

"바보 같은 소리 하지 마라, 앤. 네 잘못이 아니라는 걸 알면 배리 부인도 마음을 고쳐먹을 거다. 네가 장난으로 그렇게 했다고 배리 부인은 생각하고 있지만 오늘 저녁에라도 가서 어떻게 된 건지 말하면 될 거야."

앤이 한숨을 쉬었다.

"화가 난 배리 아주머니를 만날 용기가 나지 않아요. 아주머니가 가 주시면 좋을 것 같아요. 저보다는 훨씬 더 위엄이 있으시니까요. 배리 아주머니도 제 말보다는 아주머니 말을 더 잘 들어주실 거예요."

마릴라는 어쩌면 그게 더 현명한 방법일지도 모른다는 생각을 했다.

"그래, 그러자. 그러니 앤, 이제 울지 마. 괜찮을 거야."

하지만 마릴라는 비탈 과수원에서 돌아오면서 모든 것이 괜찮을 거라던 자신의 생각을 바꾸었다. 마릴라가 돌아오는 것을 지켜보고 있던 앤이 현관으로 쫓아 나와 마릴라를 맞이했다.

"아주머니, 아무 소용이 없었다는 걸 아주머니 얼굴을 보니 알 것 같네요. 배리 아주머니께서 저를 용서하지 않겠다고 하시죠?"

앤이 슬픈 목소리로 물었다.

"그렇게 말이 안 통하는 사람은 처음 보겠더라. 그 일은 실수였고 네 잘못이 아니라고 했더니 내 말을 믿지 않더구나. 그리고 내가 만든 와인이 사람들에게 어떻게 아무런 해를 끼치지 않는다고 할 수 있느냐며 내 와인까지 걸고넘어지는 거야. 그래서 한 번에 세 컵을 마시면 누구든 그렇게 됐을 거고 아이가 그렇게 욕심을 부리고 먹었다면 제대로 엉덩이를 때려 정신을 차리게 해 줘야 한다고 말해 줬다."

마릴라는 제정신이 아닐 정도로 슬픔에 빠진 어린 영혼을 현관에 그냥 남겨 둔 채 서둘러 부엌으로 갔다. 한동안 그렇게 서 있던 앤은 아무것도 걸치지도 않고 쌀쌀한 가을 저녁 속으로 걸어 나갔다. 가을바람에 생기를 잃어가는 클로버 밭을 지나 통나무 다리를 건너 가문비나무 숲을 결연한 표정으로 뚜벅뚜벅 걸었다. 숲 서쪽 하늘에 낮게 걸린 작은 달이 주위를 희미하게 비추고 있었다. 자신 없는 노크 소리를 듣고 배리 부인이 문을 열어 보니 파랗게 질린 입술에 애원하듯 간절한 눈을 한 아이 하나가 현관에 서 있었다.

배리 부인의 얼굴은 굳어 버렸다. 배리 부인은 싫어하는 것에 대한 편견이 강했고 한 번 화가 나면 차갑게 돌아서 잘 풀어지지 않는 편이었다. 배리 부인은 앤이 나쁜 마음을 먹고 계획적으로 다이애나를 취하게 한 거라고 철석같이 믿고 있었고, 이런 아이와 가깝게 지내다 다이애나도 물들까 봐 솔직히 걱정이 되었다.

"무슨 일이니?"

배리 부인이 딱딱한 얼굴로 물었다.

앤은 두 손을 모아 쥐었다.

"아, 배리 아주머니. 제발 저를 용서해 주세요. 정말 다이애나를 취하게 할 생각은 없었어요. 제가 어떻게 그럴 수 있었겠어요? 아주머니가 불쌍한 고아 여자 아이였는데 친절한 분에게 입양되고 절친한 친구도 한 명 생겼다고 생각해 보세요. 그런데 그 친구를 일부러 취하게 하시겠어요? 전 그게 그냥 딸기 주스라고 생각했어요. 딸기 주스가 아닐 거라고는 꿈에도 생각하지 못했어요. 그러니 제발 다이애나와 놀지 못하게 하겠다는 말씀만은 말아 주세요. 그건 제 인생을 캄캄한 슬픔의 구름으로 덮어 버리시는 거예요."

린드 부인 정도라면 이 말에 눈 깜짝할 사이에 마음이 누그러졌겠지만, 배리 부인의 마음은 꿈쩍도 하지 않았고 오히려 앤이 귀찮게 느껴질 뿐이었다. 배리 부인은 앤의 거창한 말과 연극을 하는 것 같은 몸짓이 의심스러웠고 자신을 놀리고 있는 건 아닌가 하는 생각마저 들었다.

"난 네가 다이애나와 함께 어울릴 만한 아이라고 생각하지 않아. 그러니 착하게 집으로 돌아가도록 해라."

배리 부인은 쌀쌀맞고 잔인하게 말했다.

앤은 떨리는 입술로 애원했다.

"그럼 작별 인사를 하도록 다이애나를 한 번만 만나면 안 될까요?"

"다이애나는 지금 아빠와 함께 카모디에 가고 없어."

배리 부인은 문을 닫고 들어가며 말했다.

앤은 절망에 빠져 아무 말 없이 초록 지붕 집으로 돌아와 마릴라에게 말했다.

"제 마지막 희망도 사라졌어요. 제가 직접 가서 배리 아주머니를 만났지만 저를 아주 모욕적으로 대하셨어요. 아주머니, 전 그분이 교양 있는 분 같지는 않아요. 이제 기도하는 수밖에 없지만 많이 기대하지는 않을래요. 배리 아주머니처럼 고집 센 사람에게는 하느님도 별로 해 줄 게 없을 것 같거든요."

"앤, 그렇게 말하면 안 돼."

마릴라는 그런 불경한 말에 자신도 모르게 웃으려 한 사실에 깜짝 놀라 앤을 꾸짖었다. 그리고 그날 밤에야 매튜에게 모든 이야기를 하며 앤의 고민거리를 가지고 실컷 웃을 수 있었다.

그런데 잠자리에 들기 전 동쪽 방에 살짝 들어가 보니 앤은 울다 지쳐 잠이 든 것 같았다. 그 모습을 본 마릴라의 얼굴에는 좀처럼 볼 수 없던 안쓰러움이 스쳤다.

"가엾은 것."

마릴라는 눈물로 얼룩진 앤의 얼굴에 붙은 머리카락을 쓸어 올려 주었다. 그러고는 몸을 숙여 빨갛게 상기된 앤의 뺨에 입을 맞추었다.

17. 새로운 즐거움

다음날 오후, 앤은 부엌 창가에 앉아 바느질을 하고 있다가 우연히 창밖을 통해 다이애나가 알 수 없는 손짓을 하며 드라이어드 샘을 내려오는 것을 보았다. 그 모습을 보자마자 앤은 놀라움과 희망이 섞인 눈빛이 되어 작은 골짜기로 쏜살같이 달려갔다. 하지만 다이애나의 풀 죽은 얼굴을 보자 희망은 사라졌다.

"엄마 화가 좀 풀리셨니?"

다이애나는 슬픈 표정으로 고개를 저었다.

"아니, 앤. 엄마가 다시는 너랑 놀지 말래. 내가 울면서 그건 네 잘못이 아니었다고 말했지만 아무 소용이 없어. 너에게 작별 인사를 하겠다고 졸라서 간신히 온 거야. 딱 10분만 있다 오라고 하면서 시간을 재고 계셔."

"영원한 작별을 나누기에 10분은 길지 않은 시간이야. 아, 다이애나, 아무리 좋은 친구가 너를 아껴 준다고 해도 이 어린 시절의 친구를 영원히 있지 않겠다고 약속해 주겠니?"

두 눈 가득 눈물이 맺힌 채 앤이 물었다.

"물론이지. 그리고 절대 너 말고 다른 절친한 친구는 사귀지 않을 거야. 다른 친구는 필요 없어. 그 누구도 너만큼 사랑할 수 없을 테니까."

다이애나도 흐느끼며 말했다.

"아, 다이애나, 날 사랑한다고?"

앤이 두 손을 맞잡고 물었다.

"물론이야. 그걸 몰랐니?"

"몰랐어."

앤은 길게 숨을 내쉬었다.

"난 네가 나를 좋아한다고 생각했지 사랑할 거라고는 전혀 기대하지 않았어. 누군가 나를 사랑할 수 있을 거라 생각하지 않았거든. 내 기억으로는 나를 사랑했던 사람은 아무도 없었어. 아, 정말 너무 행복해! 이건 너와 헤어지는 어두운 길을 영원히 비춰 줄 한 줄기 빛이야. 다이애나, 한 번만 더 말해 줘."

"앤, 난 널 진심으로 사랑해. 그리고 영원히 사랑할 거니까 믿어도 돼."

다이애나가 믿음직스럽게 말했다.

앤은 진지하게 손을 내밀었다.

"다이애나, 나도 그대를 영원히 사랑할 거요. 우리가 마지막으로 함께 읽었던 이야기처럼 앞으로 오랫동안 그대와의 추억은 내 외로운 인생에서 별처럼 빛날 것이오. 다이애나, 언제까지나 간직할 수 있도록 그대의 그 칠흑 같은 머리카락을 좀 주지 않겠소?"

"머리카락을 뭘로 자르지?"

앤의 감동적인 이야기에 다시 흘러내리던 눈물을 닦으며 다이애나가 물었다.

"다행히 내 앞치마에 바느질 가위가 있어."

앤은 다이애나의 곱슬거리는 머리카락을 엄숙하게 잘랐다.

"잘 가시오, 내 사랑하는 친구. 이제부터 우리는 남남으로 살아가겠지만 그대를 향한 내 마음은 영원히 변치 않을 거요."

앤은 다이애나가 뒤를 돌아볼 때마다 쓸쓸히 손을 흔들며 다이애나가 보이지 않을 때까지 서 있었다. 앤은 집으로 돌아왔다. 그 낭만적인 이별의 슬픔을 달래 줄 수 있는 것은 한동안 아무것도 없었다.

앤은 마릴라에게 말했다.

"모든 게 끝났어요. 이제 다른 친구는 사귀지 않겠어요. 전 지금 그 어느 때보다 절망적이에요. 캐티 모리스도 비올레타도 없으니까요. 그 애들이 있다고 해도 달라질 건 없죠. 상상 속의 친구들이 진짜 친구를 대신해 줄 수는 없으니까요. 다이애나와 저는 샘가에서 아주 감동적인 작별의 인사를 나누었어요. 제 기억 속에 영원히 남을 거예요. 그 순간 제가 할 수 있는 가장 낭만적인 말들을 썼어요. '그대'라든지, '하오' 같은 말들이요. '그대'나 '하오'는 '너'나 '해' 보다는 훨씬 더 낭만적인 것 같아요. 다이애나가 저에게 자기 머리카락을 잘라 주었는데 전 그걸 작은 주머니에 넣고 꿰매서 평생 목에 두르고 다닐 거예요. 저는 오래 살지 못할 테니 꼭 그걸 저와 함께 묻어 주세요. 제가 죽어 차갑게 누워 있는 걸 보면 배리 아주머니도 저에게 했던 일을 후회하고 다이애나를 제 장례식에는 보내 주겠죠."

"말하는 걸 보니 네가 슬퍼서 죽을 염려는 없는 것 같구나."

마릴라가 냉담하게 말했다.

다음 주 월요일, 굳은 결심을 한 듯 입을 꼭 다문 앤이 책을 한 가득 담은 바구니를 안고 내려오는 모습을 본 마릴라는 깜짝 놀랐다.

"저 학교에 다시 갈래요. 친구가 떠나 버린 지금 제 인생에 남은 거라곤 학교에 가는 일 뿐인 것 같아요. 학교에서는 다이애나를 보며 지나간 일을 생각할 수 있으니까요."

"학교 수업에나 더 신경을 쓰는 게 나을 거다."

마릴라는 일이 이렇게 된 걸 기뻐하는 모습을 애써 감추며 말했다.

"다시 학교에 가면 네가 누군가의 머리에 대고 석판을 부쉈다든가 하는 이야기는 듣고 싶지 않다. 착하게 굴고 선생님 말씀도 잘 들어야 해."

"모범생이 되도록 노력할게요. 재미는 없겠지만 말이에요. 필립스 선생님은 미니 앤드루스가 모범생이라고 하셨는데 제가 보기에 미니에겐 상상력도, 활기도 없어요. 그냥 따분하고 굼뜬 아이고 재미라고는 전혀 없거든요. 하지만 전 지금 너무 우울해서 금방 모범생이 될 수 있을 것 같아요. 큰길을 돌아서 학교에 가겠어요. 자작나무 길을 혼자서는 갈 수 없을 테니까요. 혼자 가다가는 엉엉 울고 말걸요."

앤이 학교에 가자 모두가 두 팔 벌려 환영해 주었다. 게임을 할 때는 앤의 상상력이, 노래를 할 때는 앤의 목소리가, 점심시간에는 연극을 하듯 큰 소리로 책을 읽어 주는 앤이 없어 모두들 서운했다. 루비 길리스는 성경 읽기 시간에 앤에게 파란 자두 세 개를 몰래 내밀었고, 엘라 메이 맥퍼슨은 학교에서 책상을 장식할 때 잘 쓰곤 하는 꽃 목록집 표지에서 오린 노랗고 커다란 팬지꽃 그림을 주었다. 소피아 슬론은 새로 배운 우아한 무늬의 레이스 뜨개질법을 가르쳐 주겠다고 했는데 앞치마 장식에 아주 잘 어울릴 것 같았다. 캐티 불터는 석판 글씨를 지우는 데 쓸 물을 담는 향수병을 주었고, 줄리아 벨은 가장자리에 조가비 무늬가 있는 연분홍색 종이에 이런 시를 적어 주었다.

앤에게
저녁놀이 커튼을 따라 흘러내리고
별 하나 그 위에 떠오르면
기억하렴. 너에게 친구가 있다는 사실을.
비록 멀리서 방황하고 있다 하여도.

"친구들에게서 인정을 받아 너무 기뻐요."
그날 저녁 앤은 마릴라에게 기쁜 목소리로 말했다.

앤을 '인정'해 준 건 여자 아이들만이 아니었다. 필립스 선생님은 앤더러 모범생인 미니 앤드루스와 함께 앉으라고 했는데, 점심시간 후 앤이 그 자리로 가 보니 책상 위에 크고 먹음직스러운 빨간 사과가 놓여 있었다. 앤은 한 입 베어 물려고 사과를 집어 들었다가, 에이번리에서 빨간 사과가 나는 곳은 반짝반짝 호수 반대편에 있는 블라이드 씨의 과수원뿐이라는 사실이 생각났다. 앤은 마치 그 사과가 빨갛게 달아오른 석탄이라도 되는 것처럼 바닥에 떨어뜨리고는 보란 듯이 손수건에 손가락을 닦았다. 사과는 다음날 아침까지 손도 대지 않은 채 그대로 앤의 책상 위에 놓여 있다가 학교를 청소하고 불도 피우는 일을 하는 아이 티모시 앤드루스가 부수입으로 챙겼다. 보통 연필들이 1센트인데 반해 찰리 슬론의 연필은 빨갛고 노란 종이로 요란하게 치장이 되어 있어서 2센트나 했다. 그런데 점심시간이 끝난 후 찰리는 환영의 뜻으로 그 연필을 앤에게 주었다. 연필을 받은 앤은 기뻐 찰리에게 미소를 지었고, 그 미소에 얼이 빠진 찰리는 너무도 행복한 나머지 받아쓰기에서 엄청나게 실수를 하고 말했다. 결국 필립스 선생님은 방과 후에 찰리를 남게 해서 다시 받아쓰기를 시켰다.

브루투스의 습격으로 무너져 버린 시저의 권력
하지만 로마 최고의 아들을 보니 로마가 더욱 떠오를 뿐.

하지만 이 시구처럼, 거티 파이와 함께 앉아 있는 다이애나 배리가 자신을 반긴다거나 아는 체하는 눈치가 전혀 없자 앤의 작은 승리감은 상처를 입고 말았다.

"저에게 한 번쯤은 웃어 줘도 될 텐데 말이에요."
그날 밤 앤은 마릴라에게 한탄하듯 말했다.
하지만 다음날 아침, 앤은 꼬깃꼬깃 접은 쪽지와 작은 꾸러미 하나를 전달 받았다.

앤에게(앞 사람에게 전달해 줘.)

엄마가 학교에서도 너랑 놀지 말고 이야기도 하지 말라고 했어. 내 잘못이 아니니 화내지 마. 난 너를 여전히 사랑하니까. 너에게 내 모든 이야기를 털어놓고 싶어 죽을 것 같아. 거티 파이는 정말 싫어. 널 위해 빨간색 종이로 책갈피를 만들었어. 이건 요즘 유행하는 건데 우리 학교에서 이걸 만들 줄 아는 애들은 세 명 뿐이야. 책갈피를 볼 때마다 나를 생각해 줘.

-진정한 친구 다이애나 배리가

앤은 쪽지를 읽고 책갈피에 입을 맞추었다. 그러고는 재빨리 답장을 적어 쪽지가 왔던 방향으로 돌렸다.

내 유일한 사랑 다이애나,

물론 난 너에게 화가 나지 않았어. 넌 엄마 말에 따라야 하니까. 우리의 영혼이 서로 교감을 나누면 돼. 네가 준 예쁜 선물은 영원히 간직할게. 미니 앤드루스는 정말 착한 아이야. 상상력은 없지만. 하지만 난 이미 다이애나의 절친한 친구이기 때문에 미니의 친구가 될 수가 없어. 많이 나아지기는 했지만 철자법이 엉망인 걸 용서해 줘.

-죽음이 우리를 갈라놓을 때까지 너의 친구인
앤, 혹은 코델리아 셜리

추신 : 오늘 밤 베개 밑에 네 편지를 두고 잘 거야.

A. 혹은 C.S.

마릴라는 앤이 다시 학교를 가기 시작한 이후 말썽을 더 많이 일으킬 거라 생각했다. 하지만 아무 일도 일어나지 않았다. 앤은 미니 앤드루스에게서 '모범생 정신'을 나눠 받은 것 같았다. 적어도 미니와 앉은 이후로는 필립스 선생님과도 잘 지냈다. 어떤 과목에서도 길버트 블라이드에게 뒤처지지 않겠다는 결심을 하고 공부에도 전력을 다했다. 두 사람 사이의 경쟁의식은 곧 모습을 드러냈는데 길버트 쪽에서는 전적으로 선의의 경쟁이었지만 못된 고집을 갖고 있는 앤은 그렇지 않았다. 앤은 사랑하는 감정이 강한 만큼 미워하는 마음도 강한 아이였다. 앤은 공부에서 길버트와 경쟁을 하려 한다는 사실을 인정하지 않았다. 그건 자신이 고집스럽게 무시하고 있는 길버트의 존재를 인정하는 꼴이 되기 때문이다. 하지만 분명히 두 사람 사이에는 경쟁이 있었고 서로 선두를 주고받았다. 철자법에서 길버트가 1등을 하면 다음에는 앤이 길게 땋은 빨간 머리를 새침하게 튕기며 길버트를 밀어내고 1등을 했다. 어느 날 아침 길버트가 수학 문제를 정확하게 다 풀고 칠판에 있는 우등생 명단에 이름을 올리면 다음날 아침, 전날 밤 십진법을 가지고 끙끙댄 앤이 1등을 했다. 어떤 날은 둘이 똑같이 1등을 해서 함께 이름을 올렸다. 그건 현관 벽에 이름을 함께 올리는 것만큼이나 기분이 나빴고, 길버트가 만족스러워하는 만큼 앤은 굴욕적으로 느꼈다. 매달 말에 있는 필기시험에서의 긴장감은 이루 말할 수 없을 정도였다. 첫 번째 달에는 길버트가 3점 앞섰다. 두 번째 달에 앤은 5점차로 길버트를 이겼다. 하지만 길버트가 반 아이들 앞에서 진심으로 앤을 축하해 주는 바람에 앤이 만끽하던 승리의 기쁨은 엉망이 돼 버렸다. 길버트가 자신이 진 사실에 분개했다면 훨씬 더 고소했을 것이다.

필립스 선생님이 그다지 좋은 선생님은 아니었지만 배우는 데 있어서 앤처럼 확고한 의지를 가진 학생이라면 어떤 선생님 밑에서 건 발전할 수 있을 것이다. 학기가 끝날 무렵 앤과 길버트는 둘 다 5학년에 진학을 했고 라틴어, 기하, 프랑스 어, 대수 같은 과목을 시작할 수 있게 되었다. 하지만 기하에서 앤은 참패하고 말았다.

앤은 마릴라에게 말했다.

"정말 지겨운 과목이에요. 기하학에서는 1등도, 꼴등도 못할 것 같아요. 전혀 상상의 여지가 없거든요. 필립스 선생님은 저더러 기하학을 이렇게 못하는 아이는 처음 봤대요. 하지만 길······ 그러니까 다른 아이들은 아주 잘하는 것 같아요. 정말 창피해요. 다이애나도 저보다는 잘해요. 하지만 다이애나한테 지는 건 상관없어요. 우리는 서로 모르는 사이인 것처럼 지내지만 전 제 마음을 억누를 수 없을 만큼 그 애를 사랑하고 있거든요. 가끔 다이애나 생각을 하면 너무 슬퍼요. 하지만 아주머니, 이렇게 재미난 세상에서 오랫동안 슬픔에 빠져 있을 수는 없어요, 그렇죠?"

18. 앤, 생명을 구하다

대단한 사건들은 아무렇지도 않게 끝나는 경우가 많다. 얼핏 보기에 캐나다 총리가 프린스 에드워드 섬을 정치 연설 순회 일정에 포함하기로 결정한 건 초록 지붕 집의 앤 셜리와는 아무 상관이 없는 것처럼 보일지도 모르겠다. 하지만 상관있는 일이 되고 말았다.

총리가 자신의 충성도 높은 지지자들과 지지하지는 않아도 대규모 집회에 참가할 사람들에게 연설을 하기 위해 샬럿타운에 온 건 1월이었다. 대부분의 에이번리 사람들은 정치적으로 총리 편이었기 때문에 집회가 있던 바로 그날 밤에는 거의 모든 남자들과 대부분의 여자들이 40킬로미터나 떨어져 있는 샬럿타운으로 갔다. 린드 부인도 갔다. 부인은 비록 정치와는 동떨어진 생활을 하고 있지만 정치에 아주 관심이 많았고 자신이 참석하지 않았는데 정치 집회가 열릴 수는 없다고 생각했다. 그래서 린드 부인은 말을 돌보게 하려고 남편을 데리고 떠났고, 마릴라 커스버트도 함께 갔다. 마릴라는 은근히 정치에 관심이 있긴 했지만 살아 있는 총리를 볼 수 있는 유일한 기회라 생각해서 다음날 돌아올 때까지 앤과 매튜에게 집을 맡기고 얼른 그 기회를 잡기로 한 것이다.

그렇게 해서 마릴라와 린드 부인은 총리가 오는 집회에서 즐거운 시간을 보냈고, 그동안 앤과 매튜 두 사람은 초록 지붕 집 부엌에서 오붓한 시간을 보냈다. 오래된 난로에서 불이 환하게 타올랐고 창틀에는 하얗게 내린 서리가 수정처럼 반짝반짝 빛나고 있었다. 매튜는 소파에 앉아 『농민의 대변인』이라는 책을 보며 꾸벅꾸벅 졸고 있었다. 그리고 앤은 식탁에 앉아 이따금씩 제인 앤드루스가 빌려 준 새 책이 놓여 있는 탁상시계 선반을 간절한 눈빛으로 힐긋거리면서, 진지한 표정으로 공부에 몰두했다. 제인이 그 책 속에 감동적인 말들이 많다고 자신 있게 말했기 때문에 앤의 손가락은 그 책을 펼쳐 들고 싶어 근질거렸다. 하지만 그렇게 되면 내일은 길버트가 이기게 된다. 앤은 탁상시계 선반을 등지고 앉아 그곳에 책이 없다고 애써 상상했다.

"아저씨, 학교 다니실 때 기하학 공부 해 보셨어요?"

"글쎄다, 난 안 했는데."

꾸벅꾸벅 졸던 매튜가 깜짝 놀라며 대답했다.

"아저씨도 해 보셔야 했는데. 그러면 제 심정을 이해하실 수 있을 테니까요. 기하학 공부를 해 보지 않으셨다면 이해를 할 수 없을 거예요. 제 인생에 지금 먹구름이 드리우고 있어요. 전 기하학에는 젬병인 것 같아요."

앤이 한숨을 쉬며 말했다.

"글쎄다, 난 그렇게 생각 안 하는데. 넌 뭐든 잘할 것 같은데 말이다. 지난 주 카모디에 있는 블레어 상점에서 필립스 선생님을 만났는데 네가 학교에서 가장 똑똑하고 실력이 쑥쑥 늘고 있다고 하시더라. '실력이 쑥쑥 는다.'고 한 건 내 말이 아니라 선생님이 하신 말씀이야. 사람들은 필립스 선생님이 교사로서는 별로라고 하지만 내 생각엔 괜찮은 것 같더구나."

매튜는 앤을 칭찬하는 사람이라면 누구든 '괜찮다'고 생각할 것이다.

"저도 선생님이 글자만 바꾸지 않으신다면 좀 더 괜찮을 것 같아요. 제가 명제를 외우면 선생님은 책에 나온 것과는 다른 글자를 칠판에 쓰시거든요. 그래서 헷갈려요. 선생님이라고 그렇게 마음대로 해서는 안 된다고 생각해요. 안 그런가요, 아저씨? 우린 지금 농업을 공부하고 있는데 왜 길이 붉은지 이제 알게 됐어요.(*프린스 에드워드 섬의 흙에는 철 성분이 많은데, 철이 공기와 만나 산화되면 녹이 슬어 붉은색을 띠게 된다.) 그래서 아주 기분이 좋아요. 마릴라 아주머니와 린드 아주머니가 잘 지내고 계신지 궁금해요. 린드 아주머니가 그러시는데 캐나다는 이제 오타와 식으로 망할 거고, 유권자들은 그 사실을 심각하게 받아들여야 할 거라고 했어요. 그리고 여자들이 투표를 할 수 있게 되면 곧 좋은 변화가 일어날 거라고도 했어요. 그런데 아저씨는 어디에 투표하실 거예요?"

"보수당에."

매튜는 망설임 없이 대답했다. 보수당에 투표를 하는 것은 매튜의 신념이었다.

"그럼 저도 보수당 편이에요."

앤은 결심한 듯 말했다.

"다행이에요. 왜냐하면 길…… 학교의 남자 아이들은 자유당 편이거든요. 아마 필립스 선생님도 자유당일 거예요. 프리시 앤드루스의 아빠가 자유당 편이니까요. 루비 길리스가 그러는데 남자가 구애를 할 때 종교적으로는 여자의 엄마를 따라야 하고 정치적으로는 여자의 아빠를 따라야 한대요. 진짜 그래요, 아저씨?"

"글쎄다, 잘 모르겠는걸."

"구애해 보신 적 있으세요?"

"글쎄다, 아니. 난 그런 적 없어."

평생 그런 일은 생각도 안 해 봤을 게 분명한 매튜였다.

앤은 두 손으로 턱을 괴고 생각했다.

"꽤 재미있을 것 같지 않아요, 아저씨? 루비 길리스가 그러는데 자기가 크면 꽃미남들이 줄을 설 거래요. 그리고 그 남자들이 자기한테 홀딱 빠지게 만들 거라지만 제 생각엔 그건 너무한 것 같아요. 전 정신이 제대로 박힌 남자 딱 한 사람이 더 나을 것 같아요. 하지만 루비 길리스는 큰 언니들이 많아 그런 일에 대해 많이 알고 있거든요. 린드 아주머니는 길리스네 자매들은 날개 돋친 듯 팔린다고 하세요. 필립스 선생님은 거의 매일 저녁 프리시 앤드루스를 만나러 가요. 공부를 도와주러 가는 거라고 하지만 미랜더 슬론도 퀸스 학교를 준비하고 있는걸요. 미랜더 슬론이 훨씬 공부를 못하니 더 많이 도와줘야 할 것 같은데 선생님은 저녁에 미랜더를 도와주러 간 적이 한 번도 없거든요. 아저씨, 이 세상에는 제가 이해하지 못하는 일들이 너무도 많아요."

"글쎄다, 사실은 나도 이해가 잘 안 된단다."

"아무튼 하던 공부를 마저 해야겠어요. 공부를 마칠 때까지 제인이 빌려 준 새 책을 절대 펼치지 않겠어요. 하지만 책을 보고 싶어 미치겠어요. 책을 등지고 있는데도 눈에 보여요. 제인이 그러는데 저 책을 읽고 엉엉 울었대요. 전 사람들을 울리는 책이 좋아요. 아무래도 저 책을 거실의 잼 벽장에 넣고 문을 잠근 후 열쇠를 아저씨께 드려야겠어요. 아저씨, 제가 공부를 마칠 때까지 그 열쇠를 절대 저에게 주시면 안 돼요. 제가 무릎을 꿇고 애원을 해도 말이에요. 열쇠를 갖고 있지 않으면 유혹을 견디기가 훨씬 쉬울 것 같아요. 그리고 아저씨, 지하실로 내려가 러셋 사과(*껍질이 약간 거칠고 녹갈색에서 황갈색을 띠는 사과의 품종.)를 가지고 올까요? 러셋 사과 좀 드시겠어요?"

"글쎄다, 그럼 그러지 뭐."

매튜는 러셋 사과를 먹지 않지만 앤이 아주 좋아한다는 것을 알고 있었다.

앤이 지하실에서 사과를 한 접시 가득 담아서 기분 좋게 올라오는데 밖에서 얼음이 언 길을 황급히 달려오는 발자국 소리가 들렸다. 그리고 이내 부엌문이 왈칵 열리면서 다이애나가 백짓장처럼 하얀 얼굴에 숄을 머리에 아무렇게나 두른 채 숨을 몰아쉬며 달려들어왔다. 앤은 깜짝 놀라 접시와 촛불을 손에서 놓쳤고, 접시와 촛불과 사과는 우당탕 소리를 내며 지하실 사다리를 타고 굴러 떨어졌다. 다음날 아침 마릴라는 지하실 바닥에 눌어붙은 촛농 속에서 그것들을 주우며 집이 불타지 않은 것을 감사하게 생각했다.

"무슨 일이야, 다이애나? 엄마의 화가 풀리신 거야?"

앤이 소리쳤다.

"아, 앤, 빨리 좀 와 줘. 미니 메이가 심하게 아파. 매리 조 언니가 그러는데 후두염에 걸렸대. 그런데 부모님들은 시내에 가셔서 의사를 데리러 갈 사람이 없어. 미니 메이는 너무 심하게 아픈데 매리 조 언니는 어떻게 해야 할지 모르겠대. 아, 앤, 나 무서워!"

매튜는 아무 말도 없이 모자와 코트를 꺼내 입고는 다이애나 곁을 지나 어두운 마당으로 나갔다.

"아저씨가 카모디에 의사를 데리러 가려고 마구간으로 가시는 거야."

서둘러 모자를 쓰고 재킷을 입으며 앤이 말했다.

"아저씨가 말씀하지 않으셔도 난 알아. 아저씨와 난 마음이 잘 통해서 말 한 마디 없이도 아저씨의 마음을 읽을 수 있거든."

다이애나가 훌쩍이며 말했다.

"카모디에 가면 의사를 찾을 수 있을까? 내가 알기론 블레어 의사 선생님은 시내에 가셨는데 아마 스펜서 선생님도 가신 것 같아. 매리 조 언니는 후두염에 걸린 사람을 본 적이 없고 린드 아주머니도 안 계시잖아. 어떡해, 앤!"

"울지 마, 다이애나. 후두염에 걸렸을 때 어떻게 하는지 난 잘 알아. 해먼드 아주머니가 쌍둥이를 세 쌍이나 낳았다고 했잖아. 누구든 쌍둥이를 세 쌍이나 돌본 사람이라면 자연스레 경험이 많이 쌓이는 법이거든. 그 아이들은 정기적으로 후두염에 걸렸어. 토근(*남미산 꼭두서닛과의 관목. 뿌리를 말려 가래를 없애거나 토하게 하는 데 씀.) 병을 가지고 올게. 기다려. 너희 집에는 없을지도 모르니까. 자 가자."

두 소녀는 서로 손을 꼭 잡고 연인들의 오솔길을 서둘러 지나 거친 들판을 가로질러 갔다. 눈이 너무 쌓여 숲 속의 지름길로 갈 수 없었기 때문이었다. 앤은 미니 메이가 진심으로 걱정이 되었지만 마음이 통하는 친구와 그 낭만적인 상황을 함께 할 수 있다는 달콤함을 모른 체할 수가 없었다.

그날 밤은 쌀쌀하지만 맑았다. 온통 캄캄한 가운데 눈 덮인 비탈만이 은빛으로 환하게 빛나고 있었다. 조용한 들판 위로 커다란 별들이 반짝이고, 어둠 속 여기저기 눈을 뒤집어 쓴 자작나무가 뾰족하게 서 있었으며 그 사이로 휘파람 소리를 내며 바람이 지나갔다. 오랫동안 떨어져 있던 절친한 친구와 함께 이렇게 신비스럽고도 아름다운 길을 지나가는 건 정말 기쁜 일이라고 앤은 생각했다.

이제 세 살인 미니 메이는 정말 많이 아팠다. 미니는 열이 올라 잠이 들지도 못한 채 부엌 소파에 누워 있었는데 거친 숨소리가 온 집 안에 울렸다. 자신이 없는 동안 아이들을 돌보라고 배리 부인이 고용한 매리 조는 통통한 몸매에 얼굴이 너부데데한 프랑스 출신 여자 아이였는데 어쩔 줄 몰라 당황하고 있었다. 어떻게 할지 알았다 하더라도 손을 쓰지 못했을 것이다.

앤은 곧 신속하고 능숙하게 일을 시작했다.

"미니 메이는 후두염에 걸린 게 맞아. 꽤 많이 아프지만 더 심한 아이들도 봤어. 먼저 뜨거운 물이 많이 필요해. 다이애나, 주전자에 뜨거운 물이 한 컵뿐이라니! 자, 내가 물을 가득 채웠어. 매리 조 언니, 난로에 장작을 좀 넣어 줘요. 기분을 상하게 할 생각은 없지만, 조금이라도 상상력이 있었다면 그 일부터 했을 거예요. 이제 미니 메이의 옷을 벗기고 침대에 눕힐게. 다이애나, 좀 부드러운 천을 찾아봐 줘. 먼저 토근즙을 좀 먹여야겠어."

미니 메이는 토근즙을 잘 받아 먹으려 하지 않았다. 하지만 앤이 세 쌍의 쌍둥이를 허투루 키운 게 아니었다. 단번에 토근즙을 다 먹이지 않고 길고 걱정스러운 밤 내내 여러 번에 걸쳐 나누어 먹였다. 두 소녀는 고통스러워하는 미니 메이를 쉬지 않고 간호했다. 매리 조는 불이 꺼지지 않도록 지키며 후두염에 걸린 아기들을 간호하는 데 필요한 것보다 훨씬 더 많은 양의 물을 데우면서 자신이 할 수 있는 모든 일에 최선을 다했다.

매튜가 의사와 함께 온 것은 새벽 3시가 다 되어서였다. 의사 한 사람을 찾기 위해 스펜서베일까지 갔기 때문이었다. 하지만 다급한 시기는 지나 미니 메이는 훨씬 괜찮아져서 깊이 잠들어 있었다.

"너무 절망적이라 하마터면 포기할 뻔했어요. 미니 메이가 점점 나빠져서 해먼드 씨네 마지막 쌍둥이들보다 더 상태가 좋지 않았거든요. 사실은 미니 메이가 죽을지도 모른다는 생각이 들었어요. 저 병 안에 든 토근즙을 마지막 남은 한 방울까지 다 먹였을 때, 전 다이애나도 매리 조 언니도 아닌 저 자신에게 말했죠. 두 사람을 더 이상 걱정시키고 싶지 않았거든요. 저 자신을 위로하려고 혼자 생각했어요. '이게 마지막 희망인데, 혹시 모든 것이 허사일까 두려워.' 하지만 3분쯤 지나고 나니 미니 메이는 가래 기침을 했고 바로 괜찮아지기 시작했어요. 선생님, 제가 얼마나 안심이 됐을지 상상해 보세요. 말로는 제 마음을 표현할 수가 없어요. 세상에는 말로 표현할 수 없는 것들이 있잖아요."

"그럼, 알다마다."

의사 선생님은 고개를 끄덕였다. 선생님은 말로 표현할 수 없는 어떤 것을 생각하고 있는 듯한 표정으로 앤을 바라보았다. 그리고 나중에야 그 생각들을 배리 부부에게 말했다.

"커스버트 씨 댁에서 키우는 그 빨간 머리의 소녀는 정말 똑똑한 아이입니다. 그 아이가 당신 아기의 생명을 구했어요. 제가 너무 늦게 그곳에 갔거든요. 그 나이 또래의 아이치고는 아주 침착하고 간호도 잘하는 것 같아요. 제게 상황을 설명할 때 보여 준 그 아이의 눈빛을 잊을 수가 없군요. 지금껏 그런 눈빛은 본 적이 없어요."

앤은 서리가 하얗게 내린 아름다운 겨울 아침에 집으로 돌아갔다. 잠을 자지 못해 눈꺼풀은 무거웠지만 하얀 들판을 지나 연인들의 오솔길과 반짝이는 단풍나무 아치 아래를 걷는 동안 지치지도 않고 매튜에게 이야기를 했다.

"어머, 매튜 아저씨, 정말 아름다운 아침이죠? 하느님이 즐거운 상상으로 온 세상을 만들어 놓은 것 같아요. 그렇지 않아요? 저 나무들은 제가 단숨에 불어서 날려 버릴 수 있을 것만 같아요. 후! 하얀 서리가 있는 세상에 살고 있어서 너무 기뻐요. 그리고 해먼드 아주머니에게 쌍둥이가 세 쌍이나 있어서 너무 다행이고요. 만약 아주머니에게 쌍둥이들이 없었다면 전 미니 메이에게 어떻게 해 줘야 할지 몰랐을 테죠. 쌍둥이가 있다고 아주머니에게 짜증을 냈던 게 정말 죄송해요. 그런데, 아저씨, 저 너무 졸려요. 학교에 못 갈 것 같아요. 눈을 뜨고 있지도 못할 테니 얼마나 바보 같을까요? 하지만 집에 있는 건 싫어요. 왜냐하면 길…… 다른 아이가 1등을 할 테고, 그러면 따라잡기 힘들 테니까요. 하지만 힘들게 따라잡을수록 더 만족스럽겠죠?"

"글쎄다. 아무튼 너는 잘할 거야."

매튜는 앤의 작고 하얀 얼굴 그리고 두 눈 밑에 드리워진 검은 그림자를 쳐다보았다.

"집에 가면 바로 한숨 푹 자거라. 집안일은 내가 할 테니."

앤은 매튜의 말대로 곧장 잠자리에 들었다. 푹 자고 일어났더니 어느새 환한 오후가 되어 있었다. 부엌으로 내려가 보았더니 그 사이 집으로 돌아온 마릴라가 뜨개질을 하며 앉아 있었다.

"아주머니, 총리는 보셨어요? 어떻게 생겼나요?"

앤이 대뜸 소리쳤다.

"글쎄다, 생긴 걸로 봐선 전혀 총리 같아 보이지 않더구나. 어쩜 코가 그렇게 생겼던지. 하지만 연설은 정말 잘했어. 내가 보수당인 게 자랑스러웠어. 물론 린드 부인은 자유당 편이니 총리의 진가를 인정하지 않았지. 앤, 네 점심 식사는 오븐 안에 있다. 그리고 식품 저장실에서 설탕에 절인 자두를 꺼내 먹어도 돼. 아저씨가 어젯밤 일을 다 이야기해 줬어. 어떻게 해야 할지 네가 알고 있었다니 천만다행이야. 내가 있었더라도 어떻게 해야 할지 몰랐을 텐데 말이야. 난 후두염 환자를 본 적이 없거든. 자, 점심 다 먹을 때까지는 아무 말 하지 말고. 네 표정을 보니 이야깃거리가 많은 것 같다만 그것들이 어디 달아나지는 않을 테니까."

마릴라는 앤에게 해 줄 말이 있었지만 그때는 말하지 않았다. 그 이야기를 들으면 앤이 너무 흥분해서 점심 식사 같은 건 안중에도 없을 거라는 걸 잘 알고 있기 때문이었다. 앤이 자두 한 접시를 다 먹고 나자 마릴라가 말했다.

"앤, 오후에 배리 부인이 이곳에 왔었다. 널 만나고 싶어 했지만 난 널 깨우지 않았어. 배리 부인이 네가 미니 메이를 살렸다고, 와인 사건 때 자신이 했던 일은 정말 미안하다고 하더구나. 네가 다이애나를 정말 취하게 할 생각이 아니었다는 걸 이제 알겠다고 하면서, 네가 자기를 용서하고 다시 다이애나의 좋은 친구가 되어 주었으면 좋겠다고 했어. 원하면 오늘 저녁에라도 가 보려무나. 다이애나는 지난밤에 지독한 감기에 걸려 집 밖에 나돌아 다닐 수 없거든. 앤 셜리, 제발 그렇게 서두르지 마."

경고는 들리지도 않는지 앤은 하늘로 날아오를 듯 들떠 벌떡 일어섰다. 영혼의 불꽃이 타오르기라도 하는 듯 얼굴은 기쁨으로 빛났다.

"아, 아주머니, 저 지금 당장 가도 될까요? 아직 설거지는 안 했지만 돌아와서 할게요. 이렇게 감동적인 순간에 설거지 같은 낭만적이지 않은 일에 저를 묶어 둘 수가 없어요."

"그래, 그래. 얼른 달려가거라."

마릴라가 너그럽게 말했다.

"앤 셜리, 너 제정신이니? 당장 돌아와서 뭘 좀 입어라. 이런, 바람한테 소리치는 게 더 낫겠네. 모자도, 외투도 없이 그냥 가 버렸네. 머리카락을 나부끼고 눈물을 흘리며 과수원을 달려가고 있는 것 좀 봐. 감기에 걸리지 않아야 할 텐데."

앤은 보랏빛 저녁놀이 내릴 무렵에야 눈 쌓인 곳을 지나 춤을 추며 집으로 돌아왔다. 하얗게 빛나는 눈 쌓인 언덕과 가문비나무 골짜기의 어둠 위로 옅은 금빛과 천상의 장밋빛을 드리우고 있는 저 먼 남서쪽의 하늘에는 별 하나가 진주처럼 반짝이고 있었다. 눈 덮인 언덕을 달리는 썰매의 종소리는 마치 쌀쌀한 공기를 가르는 요정들의 종소리처럼 들렸지만 앤의 마음과 입술에서 흘러나오는 노래보다 달콤하지는 않았다.

"아주머니 앞에는 지금 완벽하게 행복한 사람이 서 있어요. 전 지금 너무 행복해요. 비록 머리는 빨갛지만 말이에요. 하지만 지금만큼은 빨간 머리인 것도 아무렇지 않아요. 배리 아주머니가 제게 입을 맞춰 주시면서 눈물을 흘리셨어요. 너무 미안하고 어떻게 보답해야 할지 모르겠다고 하시면서요. 너무 당황스러웠지만 아주 예의바르게 말했죠. '전 배리 아주머니께 전혀 나쁜 감정이 없어요. 제가 다이애나를 취하게 할 생각이 없었다는 사실을 이번 한 번만 말씀드리고 이후로는 모든 과거를 망각의 망토로 덮어 두도록 하겠어요.'라고요. 꽤 기품 있게 말했죠? 그렇죠? 성경에서 읽은 대로 제가 악을 선으로 갚아 아주머니가 뉘우치도록 한 것 같았어요. 그리고 다이애나와 함께 즐겁게 오후를 보냈고요. 다이애나는 카모디에 있는 이모에게서 배운 코바늘 뜨개질법을 저에게 가르쳐 줬어요. 에이번리에서는 우리밖에 아는 사람이 없을 걸요. 그래서 우린 다른 사람에게는 절대 가르쳐 주지 않기로 맹세했어요. 다이애나가 장미 화환과 시가 적혀 있는 아름다운 카드를 저에게 주었어요. 이런 시에요.

내가 너를 사랑하는 만큼 너도 나를 사랑한다면
우리 두 사람을 갈라놓을 수 있는 건 죽음뿐.

그건 사실이에요. 그래서 학교에 가면 다시 우리를 함께 앉도록 해 달라고 필립스 선생님께 부탁할 생각이에요. 거티 파이는 미니 앤드루스와 앉으면 되니까요. 그리고 우린 우아하게 차를 마셨

어요. 배리 아주머니가 아주 좋은 찻잔 세트를 내 주셨어요. 우리
가 진짜 손님이라도 되는 듯 말이에요. 얼마나 감동적이었는지 설
명할 수가 없을 정도예요. 저에게 가장 좋은 찻잔 세트를 내 준 사
람은 아무도 없었거든요. 그리고 과일 케이크와 파운드 케이크, 도
넛을 먹고 설탕에 절인 과일도 두 종류나 먹었어요. 배리 아주머니
가 저에게 차를 다 마셨는지 물으시더니 '여보, 앤에게 비스킷 좀
주지 그래요?' 하고 말씀하셨어요. 아주머니, 어른이 되는 건 정말
멋진 일 같아요. 어른 대접을 받고 있으면 너무 기분이 좋거든요."

"글쎄다, 그건 잘 모르겠구나."

마릴라는 짧게 한숨을 쉬며 말했다.

"아무튼 제가 어른이 되면 꼬마 여자 아이들에게도 어른 대접
을 해 줄 거예요. 그리고 그 아이들이 거창하게 말해도 웃지 않을
거예요. 그게 얼마나 사람 마음을 다치게 하는지 제가 겪어 봐서
잘 알거든요. 차를 마신 후 다이애나와 태피(*설탕, 버터, 땅콩을 섞
어 만든 사탕.)도 만들었어요. 저나 다이애나나 한 번도 만들어 본
적이 없어서 별로 잘 만든 것 같지는 않았어요. 다이애나가 접시에
버터를 바르는 동안 저보고 태피를 젓고 있으라고 했는데 제가 그
만 깜빡해서 태워 버렸어요. 그래서 태피를 식히려고 접시에 담아
놓았는데 그 위로 고양이가 걸어가는 바람에 결국 버려야 했어요.
하지만 만드는 것 자체는 너무 재미있었어요. 제가 집으로 돌아오
려는데 배리 아주머니께서 자주 놀러 오라고 하셨고 제가 연인들
의 오솔길을 걸어가는 동안 다이애나는 창가에 서서 저에게 입맞
춤을 날렸어요. 아주머니, 저 오늘 밤에는 진심으로 기도하고 싶어
요. 오늘을 감사하는 내용으로 특별히 새로운 기도를 해 볼게요."

19. 마음이 통하는 영혼과의 만남

"아주머니, 잠깐만 다이애나 좀 만나고 와도 돼요?"

2월의 어느 날 저녁, 앤이 동쪽 방에서 헐레벌떡 뛰어내려오면서 물었다.

"어두워졌는데 왜 나가려는 건지 모르겠구나. 너랑 다이애나는 학교에서부터 집까지 함께 왔고, 또 30분 넘게 저 아래에 서서 눈을 맞으며 이야기를 했잖니. 너희들 입은 조잘조잘 쉴 틈이 없구나. 언제 헤어졌다고 또 만난다는 건지 모르겠다."

"그런데 다이애나가 저를 보고 싶어 해요. 저에게 할 중요한 이야기가 있대요."

앤이 애원했다.

"다이애나가 그런 줄 네가 어떻게 아니?"

"저에게 방금 신호를 보냈거든요. 저흰 촛불과 마분지로 서로에게 신호를 보내는 방법을 정했어요. 창틀에 촛불을 놓고 마분지를 앞뒤로 흔들어 불을 깜빡이게 하는 거예요. 많이 깜빡거리면 중요한 일인 거죠. 모두 제 아이디어예요."

"네 아이디어일 거라 생각했다. 다음번에는 그 말도 안 되는 신호 보내기를 하다가 커튼을 태워 먹겠구나."

마릴라가 단호하게 말했다.

"어머, 우리는 아주 조심하고 있어요, 아주머니. 그런데 아주 재미있어요. 두 번 깜빡거리면 '너 거기 있니?'란 뜻이고요. 세 번 깜빡거리면 '응'이란 뜻이에요. 네 번은 '아니', 다섯 번은 '아주 중요한 일이 있으니 가능한 한 빨리 와'란 뜻이죠. 다이애나가 방금 다섯 번 깜빡거려서 무슨 일인지 궁금해 죽겠어요."

"궁금해 죽으면 안 되지. 가거라. 대신 10분 안에 와야 해. 잊지 말거라."

마릴라가 어쩔 수 없다는 듯 말했다.

앤은 잊지 않고 약속한 시간에 돌아왔다. 그 짧은 10분 안에 다이애나와의 중요한 대화를 마치기가 쉽지는 않았지만 아무튼 앤은 그 시간을 잘 활용했다.

"아주머니, 내일이 다이애나 생일이래요. 배리 아주머니께서 저더러 학교를 마치면 다이애나 집으로 와서 내일 밤 함께 자도 된다고 하셨대요. 그리고 다이애나의 사촌들이 내일 밤 회관에서 열리는 토론 클럽 발표회에 가기 위해 말이 끄는 커다란 썰매를 타고 뉴브릿지에서 오는데 저랑 다이애나도 발표회에 데리고 가겠대요. 아주머니, 저도 가면 안 될까요? 네? 가게 해 주실 거죠? 아, 저 지금 너무 신 나요."

"그렇게 흥분할 필요 없다. 넌 가지 않을 테니까. 넌 네 집 네 침대에서 자는 게 좋을 거고 그 발표회라면 말이다, 그건 정말 말도 안 된다. 조그만 여자 아이들은 절대 그런 곳에 가면 안 돼."

"토론 클럽은 정말 건전한 모임이에요."

앤이 애원했다.

"건전하지 않다는 이야기가 아니다. 발표회 같은 데 쏘다니면서 밤새 돌아다니기 시작하면 안 된다는 말이야. 아이들이 참 잘하는 짓이구나. 다이애나를 보내 주다니, 배리 부인도 참 놀랍구나."

앤은 금방이라도 눈물을 뚝뚝 떨어뜨릴 것 같은 표정으로 말했다.

"하지만 이번엔 아주 특별한 경우인걸요. 다이애나 생일은 1년에 단 한 번뿐이에요. 생일이 평범한 날은 아니잖아요. 프리시 앤드루스는 「오늘밤 저녁 종을 울리지 마소서」를 암송할 거예요. 아주머니, 그건 아주 교훈적인 작품이에요. 그 작품을 들으면 큰 도움이 될 거예요. 그리고 합창단은 거의 찬송가와 진배없는 아름다운 노래 네 곡을 부를 거고요. 그리고 참, 아주머니, 목사님도 참석하실 거래요. 정말이에요. 연설을 하실 거거든요. 목사님 연설은 설교나 마찬가지잖아요. 제발요, 아주머니, 저 가면 안 되나요?"

"난 분명히 말했다. 당장 신발을 벗고 이제 잠자리에 들거라. 여덟 시가 지났어."

"딱 한 가지만 더요."

앤은 마지막 지푸라기라도 잡는 심정으로 말했다.

"배리 아주머니께서 우리에게 손님방 침대를 써도 된다고 하셨대요. 앤이 손님방 침대에 누워 보는 영광을 누리게 된다는 점을 한번만 생각해 주세요."

"손님방 침대에 눕지 않는 게 영광일 거다. 앤, 이제 자러 가도록 해라. 그 이야기는 그만 하자."

앤이 두 볼에 눈물을 흘리며 비통한 표정으로 계단을 올라가고 있는데, 두 사람이 이야기하고 있는 동안 분명히 거실에서 잘 자고 있던 매튜가 눈을 뜨더니 단호하게 말했다.

"저기 그게 말이다, 마릴라, 앤을 보내 주도록 해라."

"싫어요. 오빠, 누가 이 아이를 키우죠? 오빠예요, 저예요?"

마릴라가 쏘아붙였다.

"물론 너지."

"그럼 끼어들지 마세요."

"저기 그게, 내가 끼어드는 게 아니야. 네 생각에 간섭하는 게 아니라 내 의견은 앤을 보내 줘야 한다는 거라고."

마릴라가 상냥하게 대꾸했다.

"앤이 가겠다고 마음먹으면 달에라도 보내 줘야 한다고 생각하시나 보군요. 다이애나와 하룻밤 자는 게 다라면 보내 줄 수도 있어요. 하지만 그 발표회는 허락할 수 없어요. 그곳에 갔다간 십중팔구 감기에 걸릴 거고 머리에는 온갖 잡생각과 흥분으로 가득 차게 될 테니까요. 1주일 동안은 마음을 잡지 못하게 될걸요. 아이들 성향이나 어떤 게 아이들에게 좋을지는 오빠보다 제가 더 잘 알아요."

"그냥 앤을 보내도록 해라."

매튜는 단호한 목소리로 다시 한 번 더 말했다. 매튜는 논쟁은 잘 못했지만 자기 의견을 고집하는 건 잘했다. 마릴라는 어찌할지 모르겠다는 듯 숨을 내쉬고는 입을 다물었다.

다음날 아침, 앤은 아침 설거지를 하고 있었고 매튜는 헛간으로 가다가 멈춰 서선 마릴라에게 또다시 말했다.

"마릴라, 앤을 보내 줘."

잠깐 동안 마릴라는 어이없다는 표정으로 아무 말도 하지 않았다. 그러고는 어쩔 수 없다는 듯 양보하며 가시 돋친 소리로 말했다.

"좋아요, 보낼게요. 그렇게 보내고 싶으시다면요."

앤은 물이 뚝뚝 떨어지는 행주를 손에 들고 쫓아 나왔다.

"아, 아주머니, 방금 뭐라고 하셨어요? 네?"

"한 번 말했으면 됐다. 이건 매튜 아저씨 결정이니 난 이제 모르겠다. 낯선 침대에서 자거나 한밤중에 더운 곳에서 나오다가 폐렴에라도 걸리면 그건 내 탓이 아니라 매튜 아저씨 탓이다. 앤 셜리, 지금 바닥에 기름기 있는 물이 뚝뚝 흐르고 있잖아. 너처럼 조심성 없는 애는 처음 보겠다."

앤은 뉘우치며 말했다.

"제가 아주머니께 골칫거리인 거 알아요. 정말 실수를 많이 저지르니까요. 하지만 제가 저지를 뻔했지만 저지르지 않은 실수들을 한번 생각해 보세요. 학교 가기 전에 모래를 좀 가지고 와서 바닥을 문질러 닦을게요. 아, 아주머니, 지금 제 마음은 그 발표회 때문에 진정이 안 돼요. 태어나서 발표회에 가는 건 처음이거든요. 학교에서 다른 아이들이 발표회 이야기를 하면 전 소외감을 느꼈어요. 그때 제 기분이 어떤지 아주머니는 모르실 거예요. 하지만 아저씨는 아신 거예요. 매튜 아저씨는 저를 이해해 주세요. 이해받으니 정말 좋아요!"

그날 아침 학교에서 앤은 너무 흥분한 나머지 실력 발휘를 하지
못했다. 길버트 블라이드는 철자법에서 앤을 이겼고 암산 시간에
도 앤보다 훨씬 더 잘했다. 하지만 발표회와 손님방의 침대가 눈앞
에 어른거려 앤은 연이은 굴욕에도 창피함을 느낄 수 없었다. 그리
고 하루 종일 다이애나와 함께 발표회에 대한 이야기를 했다. 필립
스 선생님보다 더 엄격한 선생님이었다면 아마 무척 혼을 냈을 것
이다.

만약 발표회에 가지 못하게 됐다면 그날 하루는 정말 견디기 힘
들었을 것이다. 학교에서는 다들 발표회 이야기밖에 하지 않았기
때문이다. 겨울 동안 2주에 한 번 열리는 에이번리의 토론 클럽은
몇몇 작은 행사들을 해 왔다. 하지만 이번 행사는 꽤 크게 열렸고,
도서관을 돕기 위해 10센트의 입장료도 받기로 했다. 에이번리의
젊은이들은 몇 주 동안 연습을 했고, 학생들은 자신들의 언니 오
빠들이 나온다는 이유로 특히 더 관심을 가지고 있었다. 캐리 슬
론을 뺀 아홉 살 이상의 모든 학생들은 발표회에 가기로 되어 있
었다. 캐리의 아빠는 어린 여자 아이들이 밤에 하는 발표회에 가
는 것에 대해서는 마릴라와 같은 생각이었다. 캐리 슬론은 문법 시
간까지 오후 내내 울었고 인생은 살 가치가 없다고 느꼈다.

학교가 끝나자 앤은 점점 흥분하기 시작했다. 너무 황홀한 나머
지 진짜 발표회에서는 심장이 터질지도 모른다는 생각이 들 정도
였다. 앤과 다이애나는 '정말 우아하게' 차를 마시고 위층에 있는
다이애나의 작은 방으로 가 옷을 갈아입었다. 다이애나는 앤의 앞
머리를 유행하는 스타일로 빗어 넘겨 주었고, 앤은 다이애나의 리
본으로 재주껏 나비매듭을 묶어 주었다. 뒷머리는 여러 가지 모양

215

으로 이렇게 저렇게 실험을 해 보았다. 모든 준비가 다 끝났을 때 두 사람의 볼은 선홍빛으로 달아올라 있었고 두 눈은 흥분으로 반짝였다.

사실, 앤은 자신의 평범한 검정색 모자와 집에서 만들어 아무런 모양도 없이 딱 달라붙는 소매의 회색 코트를 다이애나의 멋진 털모자와 세련된 재킷과 비교하면서 고통을 느꼈다. 하지만 곧바로 앤은 자신에게는 상상력이 있으니 그 상상력을 이용하면 된다고 스스로를 위로했다.

그때 뉴브릿지에서 온 다이애나의 사촌 머리 씨네 아이들이 왔다. 온 가족 모두 말이 끄는 커다란 썰매에 오밀조밀 모여 앉아 부드러운 털로 된 무릎 담요를 덮고 있었다. 앤은 회관으로 가는 길을 마음껏 즐겼다. 부드러운 공단 같은 길을 미끄러지듯 달리는 동안 눈 덮인 길에서는 뽀드득 소리가 났다. 노을이 아름답게 지는 세인트 로렌스 만의 눈 덮인 언덕과 깊고 푸른 바다는 마치 진주와 사파이어로 된 거대한 잔에 와인과 불이 가득 담겨 있는 듯 대단한 장관을 이루었다. 썰매 종이 딸랑거리는 소리와 숲의 요정이 웃는 것 같은 먼 곳의 웃음소리가 사방에서 들려왔다.

앤이 무릎 담요 아래로 장갑 낀 다이애나의 손을 꼭 잡으며 숨을 내쉬었다.

"아, 다이애나, 모든 게 아름다운 꿈같지 않아? 내가 정말 평소와 똑같아 보이니? 난 지금 기분이 너무 달라서 내 모습도 달라 보일 것 같아."

다이애나는 사촌 한 명이 앤에게 해 준 칭찬을 전해 줘야겠다는 생각이 들었다.

"앤, 너 정말 예뻐. 세상에서 제일 행복한 얼굴빛이야."

그날 밤 발표회 프로그램은 최소한 한 사람의 청중에게는 '감동의 연속'이었다. 그리고 앤이 다이애나에게 말한 대로 순서가 더해 갈수록 감동은 더 커졌다. 분홍색 실크 블라우스를 차려입고 하얗고 부드러운 목에는 진주 목걸이를, 머리에는 진짜 카네이션을 꽂은 프리시 앤드루스가─소문에는 선생님이 직접 시내에 가서 그 꽃을 사 왔다고 했다.─'한 줄기 빛도 없는 어둠 속 진흙투성이 사다리를 올랐을 때(*로즈 하트윅 소프가 쓴 시의 한 구절을 인용한 것.)' 앤은 충분히 그 마음이 느껴져 온몸이 떨렸다. 합창단이 〈데이지 꽃 저 너머〉를 부를 때 앤은 천사 그림이라도 있는 듯 천장을 가만히 응시했다. 샘 슬론이 '소커리가 어떻게 암탉이 알을 품도록 했나.'를 그림으로 설명해 주자 앤은 깔깔대고 웃었고, 결국 옆에 앉은 사람도 따라 웃었다. 에이번리에서조차 다소 시시한 그 이야기가 재미있어서라기보다는 앤을 안타깝게 생각하는 마음 때문이었다. 죽은 시저를 보며 안토니우스가 했던 연설을 필립스 선생님이 감동적인 목소리로 하자─한 문장, 한 문장 끝날 때마다 프리시 앤드루스를 쳐다보았다.─ 앤은 단 한 사람의 로마 시민이라도 이끌어 준다면 당장에라도 일어나 폭동을 일으킬 수 있을 것만 같았다.

딱 한 순서만 앤을 감동시키지 못했다. 길버트 블라이드가 「라인 강변의 빙엔 시」를 암송하기 시작하자 앤은 로다 머리가 도서관에서 빌려 온 책을 집어 들고 끝날 때까지 읽었다. 다이애나가 손이 얼얼할 때까지 박수를 치는 동안에도 앤은 꼼짝도 않고 빳빳하게 앉아 있었다.

열한 시쯤 돼서 집에 도착했는데, 몸은 녹초가 되었지만 집에 올 때까지 이야기를 하는 즐거움에 두 사람은 피곤한 줄도 몰랐다. 다들 자는지 집은 조용하고 어두웠다. 앤과 다이애나는 손님방으로 통하는 길고 좁은 응접실을 까치발을 하고 걸어갔다. 벽난로에서 타다 남은 불 때문에 희미한 불빛이 비추는 응접실은 기분좋게 따뜻했다.

"여기서 옷을 벗자. 너무 따뜻하고 좋다."

다이애나가 말했다.

"정말 재미있었지? 그곳에 서서 시를 암송한다면 정말 근사할 거야. 우리도 발표회에 참가할 수 있을까?"

기쁨에 사로잡힌 앤이 한숨을 쉬며 물었다.

"물론이야. 언젠가는 꼭 참가할 수 있을 거야. 큰 학생들이 참가하게 되거든. 길버트 블라이드는 우리보다 두 살 많은데 벌써 몇번이나 참가했어. 참, 앤, 어떻게 길버트 블라이드가 발표할 때 안듣는 체할 수 있어? 길버트가 '누이가 아닌 다른 이가 있다.'라는 구절을 말하면서 너를 똑바로 쳐다봤는데."

"다이애나, 네가 내 절친한 친구이긴 하지만 그 아이 이야기하는 건 허락해 줄 수 없어."

앤이 정색을 하며 말했다.

"다이애나, 침대로 갈 준비 됐어? 누가 먼저 침대로 뛰어들어가나 달리기 시합하자."

다이애나도 좋다고 했다. 하얀 옷을 입은 두 소녀는 거실을 달려 손님방 문을 지나 동시에 침대로 뛰어올랐다. 그 순간 두 사람의 발아래에서 뭔가 꿈틀하며 비명을 질렀다.

"아이고, 나 죽네!"

앤과 다이애나는 너무 놀라 어떻게 침대에서 내려와 방을 나왔는지 알 수 없었다. 정신을 차려 보니 두 사람은 미친 듯 달려 나온 후 벌벌 떨며 까치발을 하고 위층으로 올라가고 있었다.

"아, 그게 뭐야? 뭐였지?"

앤이 추위와 두려움 때문에 이를 딱딱 부딪치며 속삭였다.

"조세핀 할머니인가 봐."

다이애나가 웃으며 말했다.

"앤, 조세핀 할머니였어. 우리 집에 오셨거든. 할머니도 깜짝 놀라셨겠다. 어쩌다 그렇게 됐지? 하지만 정말 재미있지 않았어?"

"조세핀 할머니가 누구셔?"

"아빠의 숙모인데 샬럿타운에 살고 계시거든. 나이가 정말 많으신데, 아마 일흔 살쯤 되셨을걸. 할머니도 한때는 꼬마였었다는 걸 믿을 수가 없어. 우리 집에 다니러 오실 거라고는 했는데 이렇게 빨리 오실 줄은 몰랐어. 아주 깔끔하신 데다가 점잖으신 분이라 아마 우리가 그랬다는 걸 알면 엄청 혼내실걸. 그냥 미니 메이랑 자자. 미니 메이가 얼마나 몸부림이 심한지 알게 될 거야."

다음날 아침, 조세핀 할머니는 아침 식사에는 나타나지 않았다. 배리 부인은 앤과 다이애나에게 다정하게 미소를 지으며 말했다.

"어젯밤에는 재미있었니? 조세핀 할머니가 오셔서 너희들은 위층에서 자야 한다고 말해 주려고 깨어 있다가, 너무 피곤해서 그만 잠이 들고 말았구나. 할머니를 깨운 건 아니겠지?"

다이애나는 조심스러운 얼굴로 아무 말 않고 있었다. 두 사람은 간밤의 일을 떠올리자 양심의 가책이 느껴지긴 했지만 식탁을 사이에 두고 은밀하게 미소를 주고받았다. 아침 식사가 끝나고 서둘러 집에 돌아온 앤은 오후에 마릴라의 심부름으로 린드 부인의 집에 갈 때까지 배리 씨네 집에서 일어난 소동에 대해서는 아무것도 모르고 있었다.

린드 부인은 호되게 나무라는 투로 물으면서도 두 눈은 빛나고 있었다.

"지난밤에 다이애나랑 둘이서 그 불쌍한 노인네를 기겁하게 만들었다면서? 몇 분 전에 배리 부인이 카모디에 가는 길에 이곳에 잠깐 들렀다. 그 일 때문에 배리 부인이 아주 걱정하고 있더구나. 조세핀 할머니가 오늘 아침에 일어나서는 무지하게 화를 내셨단다. 그분 성격은 유명하거든. 다이애나에게는 말도 하지 않았다고 하더라."

"그건 다이애나 잘못이 아니에요. 제 잘못이라고요. 누가 먼저 침대로 가는지 달리기 시합하자고 제가 먼저 말을 꺼낸 거라고요."

앤이 깊이 뉘우치며 말했다.

"내 그럴 줄 알았다!"

린드 부인은 자신의 추측이 맞았다는 게 기쁜 것 같았다.

"그게 네 머리에서 나온 생각일 것 같았지. 그런데 그 일 때문에 문제가 생겼어. 조세핀 할머니는 한 달 정도 머무를 생각으로 오셨는데 단 하루도 더 못 있겠다면서 내일 당장 돌아갈 거라고 했다는구나. 일요일인데도 말이다. 오늘 가시겠다고 하는 걸 간신히 붙잡았다고 하더라. 원래 3개월 동안 다이애나의 음악 수업료를 내 주겠다고 약속했었는데 그런 말괄량이에게는 아무것도 해 줄

수 없다고 마음을 먹으셨단다. 오늘 아침 다들 얼마나 안절부절
못했을지 짐작이 간다. 배리 씨 부부는 무척 속상했을 거야. 조세
핀 할머니는 아주 부자라 잘 지내고 싶을 텐데 말이다. 물론 배리
부인이 내게 그런 이야기는 하지 않았지만 사람 마음은 뻔하잖아,
안 그러니?"

"전 정말 재수 없는 아이에요. 제 자신을 곤경에 빠뜨리는 것도
모자라 심장의 피도 나눠 줄 수 있는 친구들까지 곤경에 빠뜨리거
든요. 전 대체 왜 그럴까요?"

앤이 슬픈 목소리로 물었다.

"네가 너무 조심성이 없고 충동적으로 구니까 그런 거야. 넌 머
리에 뭔가 떠오르면 잠깐 생각하는 법도 없이 그대로 말하고 행동
하잖아."

"하지만 그렇게 하고 싶은걸요. 뭔가 마음속에 번쩍 떠오르면
너무 흥분돼서 당장 해야 해요. 곰곰이 생각하다간 모든 걸 망쳐
버리죠. 아주머니는 그런 적 없으세요?"

그런 적이 없는 린드 부인은 점잖게 고개를 저었다.

"앤, 넌 생각하는 걸 배워야 해. '뛰어오르기 전에 살펴보라'는
속담도 있잖아. 특히 손님방 침대에 뛰어오를 때는 말이다."

린드 부인은 자신의 가벼운 농담이 마음에 들었는지 웃었지만
앤은 심각한 눈빛으로 생각에 잠겼다. 이런 상황에선 웃을 수가
없었다. 앤은 린드 부인 집을 나와 거친 들판을 가로질러 비탈길
과수원으로 향했다. 다이애나가 부엌문에서 앤을 맞아 주었다.

"조세핀 할머니가 그 일로 굉장히 화가 나셨다면서?"

앤이 속삭였다.

다이애나는 염려스러운 듯 닫힌 거실 문을 돌아보며 킥킥 웃었다.

"맞아. 화가 나서 펄펄 뛰셨어. 얼마나 꾸짖으셨는지. 나처럼 행동이 엉망인 여자 아이는 평생 동안 보지 못하셨다면서 우리 엄마 아빠는 나를 이렇게 키운 것을 부끄럽게 생각해야 한다고 하셨어. 할머니는 우리 집을 떠나시겠다고 하셨는데 난 상관없어. 하지만 엄마 아빠가 걱정이시지."

"왜 내 잘못이라고 하지 않았니?"

앤이 물었다.

"내가 그런 짓을 할 것 같아? 앤 셜리, 난 고자질쟁이가 아니야. 그리고 어쨌든 나도 너만큼 잘못했으니까."

"그럼 내가 가서 말씀드릴게."

앤이 단호하게 말했다.

다이애나가 눈을 동그랗게 떴다.

"앤 셜리, 그러지 마! 아마 할머니는 널 산 채로 잡아먹을걸!"

"겁주지 마. 호랑이 굴에 걸어 들어가는 게 더 낫겠다. 아무튼 다이애나, 그렇게 할래. 내 잘못이었다고 고백하겠어. 다행히 난 고백해 본 적이 많거든."

앤이 애원했다.

"정 그렇게 원하면 가 봐. 할머니는 방에 계셔. 난 절대 못해. 너도 잘하지는 못할 것 같지만."

앤은 굴속에서 호랑이와 맞설 용기로 의연하게 거실 문으로 걸어가 조용히 문을 두드렸다. "들어오너라." 하는 날카로운 목소리가 들렸다.

깡마른 체구에 근엄한 표정의 조세핀 배리 할머니는 점잔을 빼며 난롯가에 앉아 뜨개질을 하고 있었다. 아직 화가 풀리지 않은 듯한 할머니의 두 눈이 금테 안경 너머에서 반짝였다. 할머니는 다이애나가 들어온 줄 알고 의자를 빙그르르 돌리다가 얼굴은 하얗게 질리고 커다란 두 눈에는 억지로 부린 용기와 움츠러드는 공포가 뒤섞인 채 서 있는 한 여자 아이를 보았다.

"넌 누구냐?"

조세핀 배리 할머니가 다짜고짜 물었다.

"저는 초록 지붕 집의 앤인데요, 괜찮으시다면 고백할 게 있어서 왔어요."

조그만 손님은 곧잘 그러는 것처럼 두 손을 꼭 맞잡은 채 바들바들 떨었다.

"고백이라니 뭘 말이냐?"

"지난밤에 침대로 뛰어든 건 제 잘못이었어요. 제가 그러자고 했거든요. 다이애나는 그런 일은 생각도 하지 않을 아이죠. 정말 여성스러운 아이거든요. 그러니 다이애나를 혼내지 말아 주세요."

"아, 그래? 그래도 다이애나가 뛰어오른 건 사실이잖아. 존경받는 집안에서 그런 짓을 하다니!"

"그냥 재미삼아 한 거예요. 이렇게 사과드릴게요. 제발 저희를 용서해 주세요. 그게 아니라면 다이애나라도 용서해 주시고 음악 수업을 받도록 해 주세요. 다이애나는 음악 수업을 무척 받고 싶어 하고 있어요. 무언가 무척이나 하고 싶은데 하지 못하게 되면 어떤 기분인지 저는 잘 알고 있거든요. 누군가에게 화를 내셔야 한다면 저에게 내세요. 저는 어렸을 때부터 사람들이 저에게 화를

내는 것에 너무나도 익숙해져 있기 때문에 다이애나보다도 훨씬
더 잘 참을 수 있어요."

그 순간 조세핀 할머니의 날카로운 눈빛이 누그러들면서 재미있
다는 듯 반짝였다. 하지만 여전히 엄하게 말했다.

"재미로 그런 짓을 했다는 건 이유가 될 수가 없어. 내가 어렸을
때 여자 애들은 절대 그런 짓을 하면 안 됐었거든. 길고 고된 여행
후에 곤하게 자고 있다가 다 큰 여자 애들에게 밟혀 잠이 깨는 게
얼마나 고통스러운 일인지 넌 모를 거다."

"네, 몰라요. 하지만 상상할 수는 있어요. 무척 화가 나셨을 거
예요. 하지만 저희도 할 말은 있어요. 조세핀 할머니, 혹시 뭔가
상상해 본 적 있으신가요? 그럼 저희 입장을 한번 상상해 보세요.
저희는 정말이지 침대에 누가 있는 줄은 꿈에도 몰랐거든요. 그래
서 너무 놀라 죽을 뻔했어요. 정말이에요. 그리고 손님방에서 자게
될 거라 잔뜩 기대하고 있었는데 자지도 못했고요. 할머니께는 손
님방에서 자는 게 별일 아니실 거예요. 하지만 그런 영광을 한 번
도 누리지 못했던 고아 소녀라면 마음이 어땠을지 한번 상상해 보
세요."

앤은 아주 진지하게 말했다.

이제 노여운 눈빛이 완전히 사라지나 싶더니 할머니는 큰 소리
로 웃기까지 했다. 부엌 밖에서 숨 죽인 채 불안하게 기다리고 있
던 다이애나는 그 웃음소리에 안도의 한숨을 내쉬었다.

"내 상상력이 좀 녹슨 것 같아 아쉽구나. 상상을 해 본지 너무
오래돼서 말이야. 용서해 달라고 고집 부리는 걸 보니 네 고집도
나만큼이나 세구나. 모든 건 어떻게 보느냐에 따라 다르지. 여기

앉아서 네 이야기 좀 해 보려무나."

앤은 당돌하게 말했다.

"죄송하지만 그럴 수 없어요. 할머니는 꽤 재미있는 분 같고 이
렇게 말씀드리면 기분 나쁘실지 몰라도, 저와 마음이 잘 통하는
영혼 같아 함께 이야기를 나누고 싶어요. 하지만 마릴라 아주머니
께 가 보는 게 제가 할 도리예요. 마릴라 아주머니는 저를 제대로
키워 주시는 아주 친절한 분이세요. 아주머니는 최선을 다해 저를
키우고 계시지만, 아주 맥 빠지는 일이기도 하죠. 제가 침대에 뛰
어오른 일로 아주머니를 탓하지는 말아 주세요. 제가 돌아가기 전
에 다이애나를 용서해 주시고, 처음 계획했던 만큼 에이번리에 계
실 거라고 말씀해 주세요."

"네가 이따금씩 이곳에 와서 나와 함께 이야기를 나눈다면 그
렇게 하마."

조세핀 할머니가 말했다.

그날 저녁 조세핀 할머니는 다이애나에게 은팔찌를 주었고 집
안 어른들에게는 다시 짐을 풀었다고 이야기했다.

"그 앤이라는 아이와 좀 더 친해지고 싶어서 더 있기로 마음먹
은 거야. 참 유쾌한 아이더구나. 이제껏 날 즐겁게 해 주는 아이는
참 드물었거든."

그 이야기를 전해 들은 마릴라는 딱 한 마디만 했다.

"내가 뭐랬어요?"

그것 보라는 듯 매튜에게 하는 말이었다.

조세핀 할머니는 예정했던 한 달을 훌쩍 넘기며 에이번리에 머
물렀다. 할머니는 평소보다 훨씬 더 상냥한 손님이 되었는데, 그건

앤이 종종 찾아가 즐겁게 해 주었기 때문이었다. 그리고 두 사람은 아주 친한 친구가 되었다.

조세핀 할머니는 떠나면서 이렇게 말했다.

"앤, 네가 우리 집에 놀러 오면 가장 좋은 손님방에서 재워 주마. 잊지 말거라."

앤이 마릴라에게 솔직하게 털어놓았다.

"조세핀 할머니는 저랑 정말 잘 통하는 분이셨어요. 보기엔 그렇지 않다고 하실지 모르지만 정말이에요. 매튜 아저씨처럼 처음에는 알 수 없었지만 시간이 지나고 보니 저랑 잘 통한다는 걸 알게 됐어요. 저랑 마음이 통하는 사람이 없을 거라 생각했는데 아닌가 봐요. 세상에 저랑 마음이 통하는 영혼이 이렇게 많다니, 정말 근사하지 않나요?"

20. 상상이 늘 좋은 것만은 아니야

초록 지붕 집에 봄이 또 찾아왔다. 늦장을 부리는 데다 변덕이 심하기는 하지만 저녁이면 분홍빛 노을이 내리고 겨우내 잠자던 생명이 다시 자라기 시작하는 기적의 4월과 5월은 향기롭고 신선했다. 캐나다의 봄은 그렇게 아름다웠다. 연인들의 오솔길에 선 단풍나무들은 빨갛게 싹을 틔웠고 드라이어드 샘 주위에는 작은 고사리들이 고개를 치켜들기 시작했다. 슬론 씨네 집 뒤 불모지에서는 산사나무, 노루귀, 아네모네 같은 5월의 꽃들이 갈색 이파리 아래로 분홍색, 하얀색의 향기로운 별처럼 피어나고 있었다. 학교의 모든 아이들은 그 꽃들을 주우며 즐거운 오후를 보낸 후 한 아름 꽃을 안은 채 저녁놀을 뒤로 하고 집으로 돌아오곤 했다.

"5월의 꽃들이 없는 땅에서 사는 사람들이 너무 안됐어요. 다이애나는 그 사람들이 더 좋은 걸 갖고 있을 거라고 하지만 5월의 꽃들보다 더 좋은 건 있을 수 없어요. 안 그런가요, 마릴라 아주머

227

니? 그리고 5월의 꽃들이 어떻게 생겼는지 모른다면 보고 싶어 하지도 않을 거라고 다이애나가 말했어요. 제 생각엔 그게 가장 슬픈 일 같아요. 5월의 꽃들이 어떻게 생겼는지 몰라서 보고 싶어할 수도 없다면 정말 비극일 거예요. 아주머니, 제가 5월의 꽃들을 뭐라고 생각하는지 아세요? 전 그게 작년에 죽은 꽃들의 영혼이고 이곳은 그들의 천국이 틀림없다고 생각해요. 그런데 아주머니, 저희 오늘 정말 근사한 시간을 보냈어요. 오래된 우물 곁 이끼로 뒤덮인 움푹 패인 곳에서 점심을 먹었거든요. 정말 낭만적인 곳이었죠. 찰리 슬론이 아티 길리스에게 그 움푹한 곳을 뛰어넘어 보라고 했고 아티는 도전을 피하고 싶지 않아 뛰어넘었어요. 학교에서는 도전을 피하고 싶어 하는 애들이 아무도 없거든요. 위험을 무릅쓰고 도전하는 게 요즘 아주 유행이에요. 필립스 선생님은 자기가 주운 5월의 꽃을 몽땅 프리시 앤드루스에게 바쳤어요. 전 선생님이 '어여쁜 아가씨에게 사랑의 꽃을(*셰익스피어의 〈햄릿〉에 나오는 말.)'이라고 말하는 걸 들었어요. 선생님이 책에서 그 말을 가져왔다는 걸 저는 알지만, 아무튼 그건 선생님에게도 상상력이 있다는 뜻이니까요. 누가 저에게도 꽃을 주었지만 저는 코웃음을 치며 그 꽃을 거절했어요. 누가 그 꽃을 줬는지는 아주머니께 말씀드릴 수 없어요. 그 이름은 입에 올리지 않겠다고 맹세했거든요. 우린 꽃으로 화환을 만들어 모자 위에 얹었어요. 그리고 집으로 갈 시간이 되자 둘씩 짝을 지어 꽃다발을 들고 화환을 쓴 채 〈언덕 위의 나의 집〉을 부르며 행진을 했죠. 정말 가슴이 두근거렸다니까요. 사일러스 슬론 씨 댁 어른들이 모두 우리를 보기 위해 달려 나왔고, 길에서 만난 사람들도 걸음을 멈추고 우리를 쳐다봤어요. 우리가 정말 화젯거리가 됐나 봐요."

"기가 막혀서! 그런 짓을 하다니!"

마릴라의 반응이었다.

5월의 꽃들이 지자 이번엔 제비꽃이 피었고 제비꽃 골짜기는 온통 보랏빛으로 물들었다. 앤은 마치 성지를 걸어가는 것처럼 경건한 발걸음과 숭배하는 눈빛으로 그 골짜기를 지나 학교로 갔다.

"웬일인지 이곳을 지날 때는 길…… 아니, 누가 나보다 공부를 잘하든 못하든 별로 신경이 쓰이지 않아. 그런데 학교에 가면 생각이 달라져서는 너무 신경이 쓰이거든. 내 속에 서로 다른 앤들이 정말 많이 있나 봐. 그래서 내가 말썽을 많이 일으키는 건 아닌가 하는 생각이 들어. 내가 단 한 명뿐인 앤이라면 훨씬 더 편안했겠지만 재미는 반으로 줄었겠지."

6월의 어느 저녁, 과수원은 다시 분홍색 꽃으로 뒤덮이고 반짝반짝 호수 근처 습지에서는 개구리들이 청명한 소리로 노래를 하고 있었다. 온 세상이 클로버 들판과 전나무 숲에서 나오는 향기로 가득했다. 앤은 자신의 방 창가에 앉아 있었다. 공부를 하다가 너무 어두워져 책을 볼 수 없게 되자 눈을 동그랗게 뜨고 다시 꽃으로 뒤덮인 눈의 여왕의 가지를 바라보며 공상에 빠져 들었다.

기본적으로 앤의 방은 변한 것이 없었다. 변함없이 벽은 하얀색이고 바늘겨레는 단단했으며 여전히 딱딱한 의자가 덩그러니 놓여 있었다. 하지만 전체적인 분위기는 바뀌었다. 생동감 넘치는 기운이 온 방 안에 가득했는데 그건 여학생이 쓰는 책과 옷, 리본과도 관계가 없었고 테이블 위에 놓인 금이 간 항아리에 가득 꽂힌 사과꽃과도 관계가 없는 것 같았다. 그것은 마치 그 방의 발랄한 주인이 자나 깨나 마음속에 품고 있는 모든 꿈들이 모습을 드러내서는 무지개와 달빛으로 촘촘히 짠 천으로 그 썰렁한 방을 장식해 놓았기 때문인 것 같았다.

마릴라가 학교에서 쓸 앞치마를 금방 다려 부지런히 갖고 왔다. 그리고 앞치마를 의자에 걸쳐 두더니 짧게 한숨을 쉬고 앉았다. 그날 오후 마릴라는 두통에 시달렸는데, 이제 통증은 사라졌지만 기운이 없어 '녹초가 되어 버린' 것이다. 앤은 걱정스러운 눈으로 마릴라를 바라보았다.

"아주머니, 진심으로 바라는데 아주머니 대신 제 머리가 아팠으면 좋겠어요. 아주머니를 위해서라면 기쁘게 견딜 수 있을 거예요."

"네가 일을 도와주어서 내가 쉴 수 있는 것만으로도 네 역할을 충분히 하는 거야. 일도 제법 잘하고 예전보다 실수도 하지 않는 것 같더구나. 매튜 아저씨 손수건에 풀까지 먹일 필요는 없었지만 말이다. 그리고 점심으로 먹을 파이를 오븐에 넣어 데울 때는 적당히 뜨거워지면 꺼내 먹으면 되는 거란다. 바싹 태울 때까지 둘 필요가 없단 말이야. 아무리 봐도 나아질 기미가 안 보이니, 원."

두통은 마릴라를 다소 냉소적으로 만들었다.

"어머, 죄송해요. 파이를 오븐 속에 넣고 난 순간부터 지금까지 파이 생각은 전혀 못했어요. 점심 식사 테이블에 뭔가 빠졌다는 걸 본능적으로 느꼈지만 말이에요. 아주머니가 오늘 아침 제게 모든 것을 맡기셨을 때 아무것도 상상하지 않고 진짜 일들만 생각하기로 단단히 마음을 먹었어요. 파이를 넣을 때까지는 잘했는데 그만 유혹을 이기지 못하고, 검은 말을 타고 온 잘생긴 기사가 마법에 걸려 외로운 탑에 갇힌 저를 구해 주러 오는 걸 상상하고 말았어요. 그래서 그만 파이는 까맣게 잊고 말았네요. 그리고 제가 손수건에 풀을 먹인 줄은 몰랐어요. 다림질을 하는 동안 다이애나와 함께 시냇가에서 새로 발견한 섬의 이름을 뭘로 지을까 생각하고 있었거든요. 그곳은 정말 매혹적인 곳이에요. 단풍나무 두 그루가 있고 시냇물이 섬을 둘러싸면서 흐르고 있거든요. '빅토리아 섬'이라고 부르면 근사하겠다는 생각이 들었어요. 왜냐하면 우리가 그 섬을 발견한 날이 여왕님의 생신이었거든요. 다이애나와 저는 충성심이 아주 강하니까요. 파이와 손수건 일은 정말 죄송해요. 오늘은 정말 좋은 날이 되었으면 좋겠어요. 기념일이거든요. 아주머니, 작년 오늘 무슨 일이 있었는지 기억하세요?"

"글쎄다, 특별히 기억나는 게 없는데."

"어머, 아주머니, 제가 초록 지붕 집에 온 날이잖아요. 전 절대 잊지 않을 거예요. 제 인생의 전환점이 된 날이니까요. 물론 아주머니께는 중요하지 않은 날이겠죠. 여기서 지낸 1년 동안 전 너무 행복했어요. 물론 말썽도 많이 일으켰지만 점점 나아질 거예요. 그런데 아주머니, 저를 데리고 있기로 한 게 후회되세요?"

마릴라는 가끔 앤이 초록 지붕 집에 오기 전에 어떻게 살았을까 궁금했다.

"아니, 후회된다고 말할 순 없겠구나. 아니다. 후회하지 않아. 앤, 공부 다 끝냈으면 배리 아주머니에게 가서 다이애나의 앞치마 견본을 빌려 줄 수 있는지 좀 알아보고 오너라."

"아, 지금은…… 너무 어두워요."

앤이 외쳤다.

"너무 어둡다고? 이제 겨우 저녁나절인걸. 어두워진 후에도 다 이애나에게 잘만 갔었잖아."

"내일 아침 일찍 갈게요. 해가 뜨자마자 일어나서 다녀올게요."

앤이 간절하게 말했다.

"앤 셜리, 대체 왜 그러니? 오늘 저녁에 네 새 앞치마 견본을 오려 두려고 그래. 당장 다녀와라."

"그럼 큰길로 둘러서 다녀올게요."

앤은 마지못해 모자를 쓰면서 말했다.

"큰길로 가면 30분이나 허비하게 되는 거 모르니? 도무지 이해가 안 되는구나."

"유령의 숲에 갈 수 없어서 그래요."

앤이 생각다 못해 소리쳤다.

마릴라가 가만히 쳐다보았다.

"유령의 숲이라고? 너 정신이 어떻게 됐니? 도대체 유령의 숲이 뭐냐?"

"시내 건너 가문비나무 숲이요."

앤이 속삭이며 말했다.

"세상에! 유령의 숲 같은 건 없어. 누가 그런 얘길 해 줬니?"

"아무도 해 주지 않았어요. 다이애나랑 제가 숲에서 유령이 나온다고 그냥 상상한 거예요. 여기 주변은 모두 그저 그런 평범한 곳이잖아요. 그래서 그냥 재미로 그렇게 만들어 봤어요. 4월부터 시작했죠. 유령의 숲은 아주 낭만적이에요. 가문비나무 숲을 고른 건 그곳이 음침하기 때문이에요. 우린 정말 슬픈 이야기를 만들었거든요. 하얀 옷을 입은 여인이 저녁 이맘 때쯤 두 손을 꽉 움켜쥐고 울부짖으며 시내를 따라 걸어오는 거예요. 그 여자는 가족 중 누가 죽음에 다다를 때마다 나타나요. 그리고 한가로운 황무지 옆 모퉁이에는 살해된 아이의 영혼이 나타나 사람 뒤로 슬금슬금 기어가서는 그 차가운 손을 사람의 손 위에 올리는 거죠. 아, 아주머니, 생각만 해도 소름이 끼쳐요. 그리고 머리 없는 남자가 오솔길을 걸어다니고 나뭇가지 사이에서는 해골들이 노려보고 있어요. 아주머니, 전 이제 어떤 일이 있어도 해가 진 뒤로는 유령의 숲에 가지 않을 거예요. 나무 뒤에서 하얀 옷을 입은 뭔가가 나타나 절 붙잡을 것 같아요."

잠자코 앤의 말을 듣고 있던 마릴라가 소리쳤다.

"도대체가 이게 무슨 뚱딴지같은 소리냐! 앤 셜리, 말도 안 되는 네 상상 속 이야기들을 정말 믿고 있는 건 아니겠지?"

"완전히 믿지는 않아요. 최소한 낮에는 믿지 않으니까요. 하지만 해가 진 뒤에는 달라요. 유령들이 나타나는 때니까요."

앤이 주저하며 말했다.

"앤, 유령 같은 건 없어."

"아니에요, 아주머니, 있어요. 유령을 봤다는 사람을 전 알아요. 존경할 만한 사람들이죠. 찰리 슬론이 그러는데, 자기 할아버지가 돌아가시고 1년 후 어느 날 밤에 할아버지가 소를 몰고 집으로 오는 걸 할머니가 보셨대요. 찰리의 할머니가 절대 거짓말을 하실 분이 아니라는 걸 아주머니도 아시잖아요. 아주 신앙심이 깊은 분이시니까요. 그리고 토머스 아주머니의 아버지도 어느 날 밤에 온몸에 불이 붙은 채 머리가 잘리고 가죽이 벗겨진 양 한 마리에게 쫓겨서 집으로 돌아오신 적이 있대요. 아주머니의 아버지는 그

233

게 자기 형의 영혼이라는 것과 자신이 9일 안에 죽게 될 거라는 경고라는 것을 알았대요. 9일 안에 돌아가시지는 않았지만 결국 2년 후에 돌아가셨죠. 그러니 모두 사실이잖아요? 그리고 루비 길리스가 그러는데……."

그때 마릴라가 단호한 얼굴로 이야기에 끼어들었다.

"앤 셜리, 네가 다시는 이런 이야기하는 걸 듣고 싶지 않구나. 네가 상상에 빠지는 게 좋은 건지 늘 걱정했었는데 그 결과가 이런 거라면 다시는 상상 따윈 못 하도록 할 거야. 곧장 배리 씨 댁으로 가거라. 가문비나무 숲을 지나서 가는 거다. 이건 유령이 없다는 교훈이고, 네 상상력에 대한 경고야. 그리고 다시는 내 앞에서 유령의 숲 같은 얘기는 꺼내지 말거라."

앤은 울며 애원하고 싶었고, 실제로 그렇게 했다. 너무 무서웠기 때문이다. 해가 지고 나자 상상은 앤을 붙잡고 놓아주지 않았고 가문비나무 숲은 끔찍한 공포로 다가왔다. 하지만 마릴라는 조금도 봐 주지 않았다. 마릴라는 유령을 상상하며 잔뜩 움츠러든 앤을 샘터로 데리고 가서는, 다리 건너 울부짖는 여자와 목 없는 유령들이 기다리고 있는 어둠 속으로 들어가라고 명령했다.

"아, 아주머니, 어쩜 그렇게 잔인할 수 있으세요? 하얀 옷을 입은 여자가 저를 잡아서 데려가면 어떻게 해요?"

앤이 울먹이며 말했다.

"내가 책임지마. 내가 농담 같은 거 안 하는 건 너도 알 거다. 유령을 상상하는 네 병을 내가 고쳐 주마. 자, 이제 걸어가려무나."

앤은 걷기 시작했다. 비틀거리면서 다리를 건너 덜덜 떨면서 길을 걸었다. 앤은 그 길을 절대 잊지 못했다. 그리고 자신의 상상력에 자부심을 가졌던 걸 뼈저리게 후회했다. 앤이 상상하곤 하던 요괴들이 어둑한 곳마다 숨어 있다가 차갑고 앙상한 손을 뻗어 자신들을 불러낸 겁에 질린 소녀를 붙잡을 것 같았다. 갈색 땅에서 하얀 자작나무의 껍데기가 휙 날아오르자 앤은 심장이 멈추는 것 같았다. 길게 늘어진 가지 두 개가 서로 스치며 울부짖는 소리가 나자 앤의 이마에는 땀방울이 맺혔다. 어둠 속에서 날아오르는 박쥐들은 이 세상 동물 같지 않았다. 윌리엄 벨 씨네 밭에 도착하자 앤은 하얀 유령들에게 쫓기기라도 하듯 허둥지둥 달려서 배리 씨네 집 부엌문에 도착했다. 숨이 턱까지 차올라 앞치마 견본을 빌려 달라는 말이 안 나올 지경이었다. 다이애나도 없어서 더 오래 머무를 이유가 없었다. 무시무시한 길을 다시 되돌아가야 했다. 앤은 하얀 옷을 입은 유령을 보느니 차라리 나뭇가지에 머리를 부딪치는 게 나을 것 같아 두 눈을 질끈 감고 달렸다. 마침내 통나무다리를 비틀거리며 건넜을 때 앤은 안도의 긴 한숨을 내쉬었다.

"자, 널 잡아가는 건 아무것도 없었지?"

안쓰러운 기색이라곤 전혀 없이 마릴라가 말했다.

"아, 마……마릴라 아주머니, 이……이젠 펴……평범한 곳이 더 좋아요."

21. 앤이 만든 케이크는 무슨 맛?

"린드 아주머니 말씀대로 세상에는 만남과 헤어짐밖에 없는 것 같아요."

6월의 마지막 날, 앤은 부엌 식탁에 석판과 책을 내려놓고는 빨갛게 충혈된 눈을 흥건히 젖은 손수건으로 닦으며 구슬프게 말했다.

"학교에 손수건을 한 장 더 가져간 게 얼마나 다행인지 몰라요. 어쩐지 한 장 더 가져 가고 싶었거든요."

"선생님이 떠나신다고 흘린 눈물을 닦느라 손수건을 두 장이나 쓸 만큼 네가 필립스 선생님을 좋아하고 있는 줄은 전혀 몰랐구나."

마릴라가 말했다.

"선생님이 좋아서 운 건 아니에요. 다른 아이들이 울어서 운 것뿐이에요. 울기 시작한 건 루비 길리스였어요. 루비 길리스는 필립스 선생님이 밉다고 항상 말하더니 막상 선생님이 작별의 인사를 하자마자 눈물을 터뜨린 거예요. 그러자 여자 아이들이 하나 둘씩 울기 시작했죠. 아주머니, 저는 눈물을 참으려고 했어요. 필립스 선생님이 저를 길…… 남자 아이와 앉게 했던 일과 칠판에 '이(e)'를 빼고 제 이름을 쓴 일, 기하학을 이렇게 못하는 애는 처음 본다고 말했던 일, 그리고 제 철자법을 보고 비웃던 일, 저에게 무섭게 대하고 비꼬던 일들을 떠올렸죠. 그런데 도저히 눈물을 참을 수 없는 거예요. 제인 앤드루스는 필립스 선생님이 떠나면 얼마나 기쁘겠냐며, 눈물 한 방울 흘리지 않을 거라고 한 달 동안 이야기했거든요. 그런데 제인이 우리 중에서 가장 심하게 울어서 오빠에게 손수건을 빌려야 했죠. 손수건이 필요 없을 거라 생각하고 자기 손수건을 갖고 오지 않은 거예요. 물론 남자 아이들은 울지 않아 빌릴 수 있었고요. 아주머니, 가슴이 찢어지는 것 같았어요. 필립스 선생님은 멋지게 작별의 연설을 했는데 '이제 우리가 헤어질 시간이 왔습니다.'라고 시작되는 연설이었죠. 아주 감동적이었어요. 선생님 눈에도 눈물이 맺혔어요. 학교에서 떠들었던 일과 석판에 선생님을 그려 놓고 선생님과 프리시를 놀렸던 일이 너무도 미안하고 후회됐어요. 저도 미니 앤드루스 같은 모범생이면 얼마나 좋을까 생각했어요. 그 아이는 양심에 거리낄 것이 아무것도 없을 테니까요. 여자 아이들은 학교에서 집으로 돌아오는 내내 울었어요. 캐리 슬론은 우리가 기분이 좀 좋아질 것 같을 때마다 한 번씩 계속해서 '이제 우리가 헤어질 시간이 왔습니다.'라고 말했죠. 아주머니, 저 정말 너무 슬퍼요. 하지만 두 달이나 되는 방학 앞에서 절망의 깊이를 제대로 느낄 수 있는 사람이 어디 있겠어요, 안 그런가요? 게

다가 새로 부임하시는 목사님과 사모님을 만났어요. 역에서 오시더라고요. 떠나는 필립스 선생님 때문에 몹시 슬픈 상황이긴 했지만 새 목사님에게 관심을 안 가질 수는 없었어요. 사모님은 너무 예쁜 분이었어요. 화려하게 아름답지는 않았지만요. 그래서도 안 될 것 같아요. 목사님 부인이 화려하게 아름답다면 별로 좋은 본보기는 아닐 것 같으니까요. 린드 아주머니가 그러시는데 뉴브릿지의 목사님 부인이 옷을 너무 사치스럽게 입어 보기에 좋지 않대요. 새로 오신 목사님 부인은 예쁜 퍼프소매가 달린 파란 모슬린 옷에 가장자리를 장미로 장식한 모자를 썼어요. 제인 앤드루스는 퍼프소매가 목사의 아내에게는 너무 세속적인 옷인 것 같다고 했지만 전 그런 무자비한 말은 하지 않았어요. 퍼프소매 옷을 입고 싶은 마음이 어떤 건지 아니까요. 그분은 목사 부인이 된지 얼마 안 됐으니 그 정도는 이해해 줘야 하지 않을까요? 두 분은 목사관이 다 정리될 때까지 린드 아주머니 댁에 머물 거래요."

마릴라는 지난겨울에 빌린 자수틀을 돌려준다는 핑계로 그날 저녁 린드 부인 집으로 갔다. 에이번리 사람들 대다수가 마릴라처럼 이웃에서 일어난 일에 무관심하지 못한 게 흠이라면 흠이었다. 린드 부인은 사람들에게 빌려 준 것들을 다시는 돌려받지 못할 거라 생각하기도 하는데, 그날 밤에는 어쩐 일인지 빌려갔던 것들을 갖고 오는 사람들이 많았다. 새 목사와 그의 아내는 놀랄 일이라고는 전혀 없는 작고 조용한 마을에 꽤 큰 주목거리였기 때문이다.

앤이 상상력이 없다고 했던 벤틀리 목사는 18년 동안 에이번리에서 목사로 있었다. 처음에 올 때부터 홀아비였는데 에이번리에 있는 동안 매년 이 사람, 혹은 저 사람과 결혼한다는 소문이 끊임

없이 나돌았지만 그럼에도 불구하고 그는 여전히 독신이었다. 지난 2월 벤틀리 씨는 목사직에서 물러나 그를 따르는 사람들의 아쉬움 속에서 마을을 떠났다. 연설자로서 많은 단점을 가졌음에도 불구하고 마음씨 좋은 목사님과 오랜 시간 함께 지내 오는 동안 사람들은 그를 많이 좋아했다. 그때 이후로 에이번리 교회 사람들은 주일마다 시험 삼아 연설하러 오는 다양한 '후보' 목사들의 설교를 들었다. 후보 목사들에 대한 판단은 기독교인 부모들의 판단에 달려 있었다. 하지만 커스버트 집안 사람들이 오랫동안 앉아 온 의자 한구석에 얌전히 앉은 빨간 머리 소녀도 후보 목사들에 대한 생각이 있어서 매튜와 함께 이야기를 나누기도 했다. 하지만 마릴라는 어떤 식으로든 목사들을 비판하지 못하게 했다.

앤이 최종적으로 결론을 내렸다.

"매튜 아저씨, 스미스 목사님은 아닌 것 같아요. 린드 아주머니는 스미스 목사님의 말투가 엉성하다고 했지만 제 생각에 그분의 가장 큰 단점은 벤틀리 목사님처럼 상상력이 없다는 거예요. 그런데 테리 목사님은 상상력이 너무 많은 게 문제예요. 제가 유령의 숲을 상상할 때처럼 그분의 상상력은 끝도 없어요. 게다가 린드 아주머니가 그러는데 그분의 신학은 건전하지 못하대요. 그레셤 목사님은 아주 착하고 신앙심이 깊은 분이지만 웃긴 이야기를 너무 많이 하셔서 교회에 온 사람들을 웃게 만드는 게 문제예요. 품위가 없으니까요. 목사님이라면 품위가 좀 있어야 하는 거 아닌가요? 마셜 목사님이 가장 적당한 것 같은데 린드 아주머니가 그분은 결혼도 안 하고 약혼도 하지 않았다면서 에이번리에 결혼하지 않은 젊은 목사는 오지 않는 게 좋을 거라고 했어요. 목사로 있다가 교인 중에 누군가와 결혼을 하면 문제가 생길 수 있으니까요. 린드 아주머니는 선견지명이 있으신 분이에요. 그렇죠? 마을 사람들이 앨런 목사님을 선택해서 저는 너무 다행이라고 생각해요. 그분의 설교가 아주 재미있고 기도를 습관이 아닌 진심으로 하는 것 같아 저는 앨런 목사님이 좋아요. 린드 아주머니는 앨런 목사님이 완벽하지는 않지만 1년에 750달러를 주면서 완벽한 목사를 기대할 수는 없다고 했어요. 그리고 아주머니가 교리의 모든 부분에 대해서 요모조모 질문을 해 봤더니 그분은 신학도 아주 건전하대요. 그리고 린드 아주머니는 앨런 목사님 부인의 친척들도 아는데 다들 존경받을 만하고 친척 부인들은 다들 좋은 가정주부라고 하더라고요. 건전한 교리를 가진 남편과 가정을 잘 꾸리는 아내라면 목사 가정으로는 아주 이상적인 만남이라고 린드 아주머니가 말씀하셨어요."

새로 온 목사와 그의 아내는 젊고 밝은 얼굴의 부부였는데 아직 신혼임에도 불구하고 자신들의 일생을 바쳐야 할 일에 대한 대단한 열정으로 가득했다. 에이번리 사람들은 처음부터 그들에게 마음을 활짝 열었다. 높은 이상을 가진 솔직하고 유쾌한 젊은 남자와 밝고 온화한 목사관의 안주인을 남녀노소 할 것 없이 모두 좋아했다. 앤은 곧 앨런 부인에게 푹 빠지고 말았다. 마음이 잘 통하는 영혼을 또 한 사람 찾은 것이다.

어느 일요일 오후 앤이 말했다.

"앨런 부인은 정말 사랑스러운 분이에요. 주일 학교에서 우리 반을 맡으셨는데 훌륭한 선생님이셨어요. 선생님만 질문을 하는 건 공평한 것 같지 않다고 말씀하시는 거예요. 아주머니, 그건 제가 늘 생각하던 점이었거든요. 그러면서 우리에게 하고 싶은 질문은 뭐든 하라고 했어요. 그래서 전 정말 질문을 많이 했어요. 제가 질문을 좀 잘하잖아요."

"그건 그렇지."

마릴라가 뼈 있는 한 마디를 했다.

"루비 길리스 말고는 아무도 질문을 하지 않았는데, 루비는 이번 여름에 주일 학교 소풍을 가는지 물었어요. 제 생각에 그건 제대로 된 질문이 아닌 것 같았어요. 왜냐하면 수업과는 아무 관련이 없으니까요. 오늘 성경 수업은 사자 동굴 안의 다니엘에 관련된 것이었거든요. 하지만 앨런 부인은 미소를 지으며 소풍을 가게 될 것 같다고 말했어요. 미소가 정말 사랑스러웠어요. 양쪽 볼에 절묘하게 보조개가 생겼거든요. 제 볼에도 보조개가 있었으면 좋겠어요. 제가 처음 이곳에 왔을 때에 비하면 살이 많이 쪘는데도 아직 보조개가 없어요. 만약 제 볼에 보조개가 있다면 사람들에게 좀 더 좋은 인상을 줄 수 있었을 텐데 말이에요. 앨런 부인은 모든 것을 좋게 말했어요. 종교가 그렇게 즐거운 건지 정말 몰랐어요. 전 언제나 종교가 우울한 거라 생각했거든요. 하지만 앨런 부인은 그렇게 말하지 않아요. 그래서 저도 할 수 있다면 앨런 부인 같은 기독교인이 되고 싶어요. 벨 장로님 같은 기독교인은 되지 않을래요."

"벨 장로님을 그렇게 말하다니 못쓰겠구나. 벨 장로님이 얼마나 좋은 분인데."

마릴라가 엄하게 말했다.

"아, 물론 좋은 분이시죠. 하지만 신앙을 통해 평안을 찾으신 것 같지는 않아요. 제가 만약 착한 사람이 된다면 너무 좋아서 하루 종일 춤추고 노래할 거예요. 앨런 부인은 춤추고 노래하기에는 너무 나이가 많고, 또 목사 부인으로서는 점잖지 못한 행동일 거예요. 하지만 그분은 자신이 기독교인이라는 걸 기쁘게 생각하고 있다는 게 느껴져요. 그리고 앨런 부인은 기독교인이 아니더라도 천국에 갈 수 있을 것 같아요."

마릴라가 곰곰이 생각하며 말했다.

"조만간 목사님 부부를 초대해서 차라도 마셔야 할 것 같아. 우리 집만 빼고 다른 집에는 거의 다 방문하신 것 같거든. 어디 보자. 다음 주 수요일이 좋겠구나. 하지만 매튜 아저씨에게는 아무 말 하지 말아라. 목사님 부부가 온다는 걸 알면 아저씨는 그날 어떤 핑계를 대서든 어디 멀리 가 버리실 테니 말이다. 아저씨는 벤틀리 목사님과는 친해서 아무 문제가 없었지만 새 목사와는 친해지기 어려울 거야. 게다가 목사 부인을 보면 놀라 까무러칠걸."

"입 꼭 다물고 있을게요. 그런데 아주머니, 그날 제가 케이크를 만들게 해 주시면 안 될까요? 앨런 부인을 위해 뭔가 하고 싶거든요. 그리고 요즘은 제가 케이크를 잘 만든다는 거 아시잖아요."

"그래. 그럼 레이어 케이크(*여러 켜 사이에 크림, 잼 등을 넣은 스펀지 케이크.)를 만들도록 하렴."

월요일과 화요일에 초록 지붕 집에서는 손님 맞을 준비로 야단이었다. 목사 부부를 초대해 차를 마시는 건 아주 중요하고도 뜻 깊은 일이었기 때문에 마릴라는 에이번리의 어떤 집보다 잘 대접하겠다고 마음을 먹었다. 앤 역시 흥분과 즐거움으로 들떠 있었다. 화요일 저녁 앤은 다이애나와 함께 드라이어드 샘가의 커다랗고 붉은 돌 위에 앉아 작은 나뭇가지로 전나무 진액을 찍어 물에다 무지개를 만들며 목사 부부를 초대한 이야기를 했다.

"내일 아침에 내가 구울 케이크랑 차 마시기 전에 아주머니가 구울 비스킷만 빼고는 모든 준비가 끝났어. 이틀 동안 준비하느라 아주머니랑 난 정말 바빴어. 목사님 부부를 초대하는 건 정말 중요한 일이니까. 난 한 번도 이런 걸 경험해 본 적이 없었어. 네가 우리 식품 저장고를 봐야 하는데 말이야. 정말 볼만 할 거야. 우린 젤리처럼 굳힌 닭고기 요리와 차가운 혀 요리를 먹을 거야. 젤리는 빨간색과 노란색 두 종류가 있고 휘핑 크림과 레몬 파이, 체리 파이, 쿠키 세 종류, 과일 케이크, 그리고 목사님을 위해 특별히 따로 만든 마릴라 아줌마의 특기인 설탕에 절인 노란 자두, 파운드 케이크와 레이어 케이크, 아까 말한 비스킷이 있어. 혹시 목사님이 소화불량이라 새 빵을 못 드실까 봐 미리 만들어 둔 빵과 새로 만든 빵을 둘 다 준비했어. 린드 아주머니가 목사님들은 대부분 소화불량이라고 했지만 난 앨런 목사님이 소화력에 나쁜 영향을 받을 만큼 오랫동안 목사 일을 하신 건 아니라고 생각해. 아, 다이애나, 레이어 케이크를 생각하면 오싹해지는 느낌이야. 제대로 못 만들면 어떻게 하지! 어젯밤에 난 머리에 커다란 레이어 케이크를 단 끔찍한 괴물에게 쫓기는 꿈을 꿨어."

"잘될 거야. 2주 전 한가로운 황무지에서 도시락으로 먹었던 네 케이크는 정말 맛있었는걸."

다이애나는 마음을 편안하게 해 주는 친구였다.

"하지만 케이크란 게 말이야, 특별히 잘 만들고 싶을 때 실패해 버리고 마는 끔찍한 특성이 있어서 말이지."

앤은 진액이 특히나 잘 묻은 나뭇가지를 물 위에 띄우며 한숨을 쉬었다.

"아무튼 신의 뜻에 따라야 할 것 같아. 그리고 밀가루 넣는 걸 잊지 않도록 조심해야지. 어머, 다이애나, 저것 봐. 정말 예쁜 무지개야! 우리가 가고 나면 드라이어드가 나와서 저걸 목도리로 쓰지 않을까?"

"드라이어드 같은 건 없다는 거 알면서."

다이애나가 말했다.

다이애나의 엄마는 유령의 숲 이야기를 듣고 굉장히 화를 냈다. 그래서 다이애나는 더 이상 상상 속으로 날아다니는 흉내는 내지 않아야겠다고 마음을 먹었고, 아무런 해가 없는 드라이어드라 해도 믿지 않기로 했다.

"하지만 드라이어드가 있다고 상상하는 건 아주 쉬워. 매일 밤, 잠들기 전에 난 창밖을 내다보며 정말 드라이어드가 앉아서 샘물을 들여다보며 머리를 빗고 있는 건 아닌지 생각해. 가끔은 아침 이슬 속에서 드라이어드의 발자국을 찾아보기도 하고. 아, 다이애나, 드라이어드에 대한 네 믿음을 포기하지 마!"

드디어 수요일 아침이 찾아왔다. 너무 흥분한 앤은 더 이상 잠을 잘 수가 없어서 해가 뜰 무렵 일어났다. 전날 저녁 샘가에서 물장난을 한 탓에 심하게 감기에 걸리고 말았지만 폐렴에라도 걸리지 않는 한 그날 아침 앤이 요리하는 것을 막을 수는 없었다. 아침을 먹은 후 앤은 계속해서 케이크를 만들었다. 마지막으로 오븐 문을 닫으면서 앤은 긴 숨을 내쉬었다.

"아주머니, 이번에는 확실하게 아무것도 빼먹지 않았어요. 그런데 케이크가 잘 부풀어 오를까요? 만약에 베이킹파우더가 좋지 않은 거라면 어떻게 하죠? 저, 새 통에서 꺼내 썼거든요. 린드 아주머니가 그러는데 요즘은 모든 것들에 불량품이 너무 많아 베이킹파우더도 좋은 거라고 믿을 수 없대요. 그래서 정부가 나서서 해결을 해야 하지만 아주머니는 지금 보수당에서는 결코 그 일들을 해결할 수 없을 거라고 했어요. 아주머니, 케이크가 부풀지 않으면 어떻게 하죠?"

"케이크가 없어도 다른 게 많으니까 괜찮다."

마릴라는 어떤 문제든 냉철하게 바라보았다.

하지만 케이크는 잘 부풀었고 가볍고 폭신하게 황금빛으로 구워져 나왔다. 앤은 기쁜 마음에 얼굴이 발그스름하게 돼서는 빨간색 잼을 발라 두 개를 포개 놓았다. 그리고 앨런 부인이 케이크를 먹고는 한 조각 더 달라고 하는 모습을 떠올렸다.

"아주머니, 가장 좋은 찻잔 세트를 쓰실 거죠? 고사리와 들장미로 테이블을 장식할까요?"

"쓸데없이 뭐 하러? 중요한 건 먹는 거지 실속 없는 장식이 아니다."

"배리 아주머니는 식탁을 장식하셨던걸요. 그래서 목사님이 아름답다고 칭찬하셨어요. 입뿐 아니라 눈에도 호사라고요."

앤은 뱀처럼 간사한 지혜를 부린 것 같아 조금은 양심에 찔렸다.

"그럼 네가 좋을 대로 하렴. 하지만 음식 놓을 자리는 충분히 남겨 둬라."

배리 부인 뿐 아니라 누구에게든 지지 않겠다고 마음먹은 마릴라였다.

배리 부인에게 뒤지지 않을 만큼 멋지게 식탁을 장식하기 위해 앤이 나섰다. 장미와 고사리를 한 아름 갖고 온 앤은 자신만의 미적 취향으로 테이블을 아주 멋지게 꾸몄다. 앨런 목사와 그의 아내가 식탁에 앉아서는 이구동성으로 아름답다고 칭찬했다.

"앤이 했답니다."

마릴라는 그냥 무뚝뚝하게 말했다. 앨런 부인의 환한 미소를 보자 이 세상을 다 얻은 듯 앤은 행복했다.

앤의 꾐에 넘어간 매튜도 함께 차를 마시게 됐다. 그런 곳에서는 늘 부끄러움과 긴장 상태인 매튜를 마릴라는 포기했지만 앤은 성공적으로 매튜의 손을 이끌고 들어왔다. 매튜는 하얀 깃이 달린 제일 좋은 정장을 입고 식탁에 앉아 꽤 즐겁게 목사와 이야기를 나누었다. 앨런 부인에게는 한 마디도 하지 않았는데 그건 기대해서는 안 되는 일이었다.

앤이 만든 케이크가 나오기 전까지는 모든 것이 즐거웠다. 너무 많은 음식을 먹은 앨런 부인은 케이크를 사양했지만, 실망하는 앤의 표정을 본 마릴라가 미소를 띠고 말했다.

"한 조각만 들어 보세요. 앤이 특별히 부인을 위해 만든 거랍니다."

"그렇다면 먹어 봐야죠."

앨런 부인은 웃으며 볼록하게 부풀어 오른 세모꼴의 케이크 한 조각을 들었고, 목사와 마릴라도 케이크를 집었다.

그런데 케이크를 베어 문 앨런 부인의 얼굴에 이상한 표정이 스쳤다. 하지만 부인은 아무 말도 하지 않고 천천히 케이크를 먹었다. 마릴라가 그 얼굴을 보고는 서둘러 케이크를 맛보았다.

"앤 셜리! 케이크 안에 대체 뭘 넣은 거니?"

"요리법에 나와 있는 것 말고는 아무것도 넣지 않았어요. 왜, 이상한가요?"

앤은 걱정스러운 얼굴로 물었다.

"이상하냐고? 끔찍하다. 앨런 부인, 더 이상 들지 말아요. 앤, 네가 한번 먹어 봐라. 무슨 향료를 쓴 거야?"

"바닐라요."

케이크를 먹어 본 앤은 창피함으로 얼굴이 빨갛게 달아올랐다.

"바닐라만 넣었어요. 아, 아주머니, 이건 베이킹파우더 때문이에요. 아무래도 그 베이킹파우더가 의심스러웠어요."

"베이킹파우더 같은 소리 하고 있네! 가서 네가 쓴 바닐라 향료 병을 가지고 와라."

식품 저장고로 달려간 앤이 '최고급 바닐라'라는 노란 딱지가 붙은 갈색 액체가 담긴 작은 병을 가지고 돌아왔다.

마릴라가 병을 받아서는 뚜껑을 열고 냄새를 맡아 보았다.

"세상에, 앤, 케이크에 진통제를 넣었구나. 지난주에 진통제 병이 깨져서 남은 걸 빈 바닐라 병에 넣었는데, 내 잘못도 있구나. 내가 미리 말해 줬어야 했으니까. 하지만 어떻게 넌 냄새도 못 맡았니?"

앤은 두 배로 창피한 마음에 눈물을 흘리고 말했다.

"못 맡았어요. 감기에 걸렸었잖아요!"

이렇게 소리치고 앤은 자기 방으로 달려가 침대에 몸을 던지고는 아무런 위로도 필요 없다는 듯 서럽게 울기 시작했다.

잠시 후 계단을 올라오는 가벼운 발소리가 들리더니 누군가 방으로 들어왔다.

앤은 얼굴을 묻은 채로 울며 말했다.

"아, 아주머니, 정말 창피해요. 저는 이제 이 마을에서 살 수가 없을 거예요. 이제 소문이 파다하게 퍼지겠죠. 에이번리에서는 뭐든 소문이 나니까요. 케이크가 어떻게 됐냐고 다이애나가 물을 거고, 그러면 전 사실을 말해야 하니까요. 케이크에 진통제를 넣은 아이로 늘 손가락질당할 거예요. 길…… 아니 남자 아이들은 그 일을 가지고 두고두고 놀릴 거고요. 아, 아주머니, 아주머니께 기독교인의 동정심이 조금이라도 있다면 저에게 내려가서 설거지를 하라는 말씀만은 말아 주세요. 목사님과 사모님이 가시고 나면 설거지를 할게요. 다시는 사모님 얼굴을 볼 수 없어요. 아마 그분은 제가 독약을 먹이려 했다고 생각하실 거예요. 린드 아주머니가 그러는데 키워준 은인을 독살하려 한 고아 소녀를 알고 계시대요. 하지만 진통제가 독약은 아니에요. 그건 케이크에 넣어서는 안 되지만 먹어도 되는 거잖아요. 아주머니, 앨런 부인께 그렇게 좀 말씀해 주시겠어요?"

"얼른 일어나 네가 직접 말하렴."

상냥한 목소리였다.

앤이 벌떡 일어나 보니 침대 옆에 앨런 부인이 웃음 띤 눈으로 자신을 내려다보고 있었다.

"귀여운 꼬마 아가씨, 이렇게 울면 안 되지. 누구나 저지를 수 있는 실수일 뿐인데."

앨런 부인은 앤의 슬픈 표정에 정말 안타까워하며 말했다.

"아니에요, 어떻게 그런 실수를 할 수 있는지. 전 정말 사모님께 맛있는 케이크를 만들어 드리려고 했어요."

비통한 얼굴로 앤이 말했다.

"그래, 알아. 케이크가 잘 만들어진 것만큼이나 너의 그 친절하고 사려 깊은 마음에 아주 고마워하고 있어. 자, 이제 울지 말고 나랑 함께 내려가서 네 정원을 보여 주렴. 미스 커스버트가 너만의 작은 땅이 있다고 말씀하시던데. 보고 싶어. 난 꽃에 아주 관심이 많거든."

앤은 앨런 부인이 자신과 마음이 잘 통해서 정말 다행이라는 생각을 하며 아래로 내려왔다. 더 이상 아무도 진통제 케이크 이야기를 하지 않았고, 손님들이 돌아가자 앤은 끔찍한 사건이 일어나긴 했지만 기대했던 것보다 훨씬 더 즐거운 시간을 보냈다는 생각을 했다. 앤은 깊게 한숨을 내쉬었다.

"아주머니, 내일은 실수를 하지 않는 새로운 날이 될 거라는 생각을 하면 즐겁지 않으세요?"

"넌 내일도 분명히 실수를 할걸. 네가 실수하지 않는 날을 난 못 봤으니까."

"잘 알아요. 그래도 제게 희망이 있다는 걸 못 느끼셨어요? 전 같은 실수를 두 번 하지 않거든요."

"매번 새로운 실수를 하는 게 그다지 좋은 점이라고는 생각되지 않는데."

"어머, 아주머니, 그거 모르세요? 한 사람이 저지를 수 있는 실수는 분명히 한계가 있거든요. 그래서 저도 언젠가는 마지막 실수에 다다를 거예요. 그렇게 생각하면 아주 편해요."

"알았다. 이제 가서 그 케이크를 돼지들에게 줘라. 사람은 도저히 못 먹겠어. 제리 부트라 해도 말이야."

22. 목사관에 초대받은 앤

"눈이 튀어나오기라도 할 것 같구나. 무슨 일이니? 또 마음이 통하는 사람을 찾기라도 한 게냐?"

우체국에 심부름을 다녀오는 앤을 보고 마릴라가 물었다.

뭔가에 들떠 잔뜩 흥분한 앤의 두 눈이 반짝이고 있었다. 앤은 8월의 오후, 부드러운 햇살과 나른한 그늘 사이로 바람을 따라 날아가는 요정처럼 춤을 추며 골목길을 달려왔다.

"아뇨, 아주머니, 아, 있잖아요, 내일 오후에 목사관으로 차 마시러 오라는 초대를 받았어요! 앨런 부인이 저에게 보내는 편지를 우체국에 두었더라고요. 자, 보세요. '초록 지붕 집의 앤 셜리 양.' '양'이라는 호칭은 처음 들어봐요. 정말 가슴 떨려요! 이 편지를 가장 아끼는 보물들과 함께 영원히 간직하겠어요."

"앨런 부인이 주일 학교 반 학생 모두를 차례로 초대하겠다는 이야기를 나에게 했어. 그러니 그렇게 흥분할 필요 없다. 좀 침착하게 받아들이는 연습을 해야겠구나, 앤."

마릴라는 그 굉장한 사건을 아주 냉정하게 받아들였다.

앤이 뭔가를 침착하게 받아들이려면 성격을 바꿔야 할 것이다. 모든 것이 '영혼이고 불이며 이슬'인 앤에게 인생의 기쁨과 고통은 남들보다 세 배 더 강하게 다가왔다. 마릴라는 그 점을 깨닫고 어렴풋이 걱정을 하고 있었다. 감정에 이끌려 행동하기 좋아하는 이 충동적인 아이는 인생의 기쁨과 슬픔을 견디기 어려울 것이며 기쁨이 큰 만큼 대가도 크다는 것을 충분히 이해하지 못할 것 같았다. 마릴라는 얕은 시냇물 속에서 춤추는 햇살 같은 앤에게는 힘들고 불가능할지 모르지만, 그 아이를 차분하고 한결같은 성격으로 만드는 것이 자신의 의무라고 생각했다. 하지만 슬프게도 많은 진전을 보이지는 못했다. 희망과 계획이 좌절되면 앤은 '고통의 나락'으로 떨어졌다. 그 희망과 계획을 잘해 냈을 때는 아찔한 기쁨으로 한껏 들떴다. 마릴라는 이 집 없는 어린 아이를 얌전하고 예의바르며 모범적인 소녀로 만드는 것을 거의 포기하기에 이르렀다. 또 그렇게 모범적인 앤을 예전의 앤보다 좋아할 수 있을지조차 확신할 수 없었다.

그날 밤 앤은 절망에 빠져 아무 말 없이 잠자리에 들었다. 매튜가 북동풍이 부는 걸 보니 내일 비가 올 것 같다고 말했기 때문이다. 집 주변에 서 있는 포플러 나무 잎사귀가 부스럭거리는 소리는 마치 빗방울이 후두둑 떨어지는 소리 같아 앤은 걱정이 되었다. 그리고 저 멀리 바닷가에서 포효하듯 들리는 파도 소리는 평소 기분 좋을 때라면 잊히지 않는 사랑스러운 소리로 들렸겠지만, 화창한 날을 기대하고 있는 소녀에게는 폭풍과 재앙의 예언처럼 들렸다.

결코 아침이 올 것 같지 않았다.

하지만 모든 것들에는 끝이 있는 법이고 목사관에 초대받은 날의 전날 밤도 끝이 났다. 매튜의 예상과는 달리 아침은 화창했고 앤은 너무 기분이 좋아 하늘을 날아오를 듯했다.

앤은 아침 설거지를 하면서 큰 소리로 말했다.

"아, 아주머니, 마음속에 뭔가가 느껴져요. 그것 때문에 오늘은 만나는 사람 모두를 사랑할 수 있을 것 같아요. 제가 지금 기분이 얼마나 좋은지 모르실걸요. 오늘이 계속될 수 있다면 얼마나 좋을까요? 매일 초대를 받는다면 전 모범생이 될 수 있을 것 같아요. 하지만, 아, 이건 아주 중요한 일이에요. 그래서 너무 걱정돼요. 이상한 행동을 하게 되면 어쩌죠? 전 목사관에서 한 번도 차를 마셔 본 적이 없잖아요. 이곳에 온 이후로 〈패밀리 헤럴드〉 신문의 에티켓 란을 공부하고 있긴 하지만 제가 모든 에티켓을 다 알고 있는지는 모르겠어요. 뭔가 멍청한 짓을 하거나 해야 할 것을 잊는 건 아닌지 정말 걱정이에요. 너무 먹고 싶은 걸 한 번 더 먹으면 그것도 예의에 어긋날까요?"

"앤, 네 문제점은 말이다, 네 자신에 대한 생각만 너무 많이 한다는 거다. 그냥 앨런 부인에게 어떤 게 가장 좋을까만 생각해."

아주 사려 깊고 핵심적인 충고였다.

"맞아요, 아주머니. 제 생각은 전혀 하지 않도록 애써 볼게요."

앤은 '에티켓'에 별 심각한 실수 없이 목사관 방문을 마치고 장밋빛 구름이 꼬리를 길게 늘인 높은 하늘의 노을빛 속에서 행복한 기분으로 집에 돌아왔다. 그리고 부엌문가에 놓인 크고 붉은 사암 석판에 앉아 마릴라의 무릎에 피곤한 머리를 얹고 그날 있었던 일들을 행복한 목소리로 이야기했다.

　서쪽 전나무 숲가에서 시작된 차가운 바람 한 줄기가 수확을 앞둔 들판을 지나 포플러나무 사이로 휙 불어왔다. 과수원 하늘에는 맑은 별 하나가 걸려 있고 반딧불이들이 연인들의 오솔길가에 자라 있는 고사리들과 나뭇가지 사이를 날아다녔다. 이야기를 하던 앤은 그 광경을 보면서 왠지 바람과 별과 반딧불이가 말할 수 없이 달콤하고 매혹적인 뭔가로 함께 얽혀 있다는 생각이 들었다.

　"아주머니, 정말 환상적인 시간이었어요. 그동안 제가 헛되이 산 게 아니라는 생각이 들었어요. 앞으로 다시 목사관에 초대 받아서 차를 마실 기회가 없다 하더라도 이 기분은 잊지 못할 것 같아요. 목사관에 도착하니 앨런 부인이 문에 나와 절 맞아 주었어요. 앨런 부인은 프릴이 많이 달리고 소매가 팔꿈치까지 내려오는 얇은 연분홍 드레스를 입고 있었는데 마치 천사 같았어요. 아주머니, 저도 크면 목사 아내가 되고 싶어요. 목사는 빨간 머리 같은 건 크게 신경 쓰지 않을 것 같아요. 왜냐하면 목사는 그렇게 세속적인 것들을 생각하지 않을 테니까요. 하지만 그러려면 타고난 성격이 착해야 하겠지만 전 착하지 못하니까 그런 생각을 해 봐도 소용없을 것 같네요. 어떤 사람들은 성격이 좋지만 또 어떤 사람들은 그렇지 못하거든요. 저는 그렇지 못한 사람에 속해요. 린드 아주머니가 그러시는데 저에게는 원죄가 많대요. 그래서 제가 착해지려고 아무리 열심히 노력해도 타고나기를 착하게 태어난 사람에게는 이길 수 없을 거래요. 기하학과 같은 거라 생각해요. 하지만 열심히 노력하는 게 중요하다고 생각하지 않으세요? 앨런 부인은 천성적으로 착한 사람이에요. 전 그분을 정말 사랑해요. 매튜 아저씨나 앨런 부인처럼 아무 어려움 없이 쉽게 사랑할 수 있는 사람들이 있어요. 하지만 사랑하기 위해서 아주 많이 노력해야 하는 사람들도 있어요. 린드 아주머니처럼 말이에요. 그 사람들은 아는 것이 많고 교회에서 아주 열심히 일하기 때문에 그들을 사랑해야 한다는 건 알지만 그 사실을 계속 기억하지 않으면 잊어버리게 돼요. 목사관에는 화이트 샌즈의 주일 학교에서 또 다른 여자 아이도 차를 마시러 왔더라고요. 이름이 로레타 브래들리였는데 아주 착한 아이였어요. 저랑 마음이 그렇게 잘 통하는 건 아니었지만, 아무튼 아주 좋은 아이였죠. 우리는 아주 우아하게 차를 마셨고 저는 에티켓을 아주 잘 지켰어요. 차를 마신 후 앨런 부인이 피아노를 치면서 로레타와 저에게 노래를 불러 보라고 하셨어요. 부인은 저더러 목소리가 아주 좋다며 이제부터 주일 학교 성가대에서 노래를 하라고 하셨어요. 성가대에서 노래를 한다는 생각만으로도 제가 얼마나 떨리는지 아주머니는 모르실 거예요. 주일 학교 성가대에서 다이애나처럼 노래를 하고 싶었지만 저는 꿈도 꿀 수 없는 영광인 것 같았거든요. 로레타는 일찍 돌아가야 했어요. 화이트 샌즈 호텔에서 오늘 저녁에 큰 발표회가 있는데 로레타의 언니가 출연을 한대요. 로레타가 그러는데 호텔에 있는 미국인들이 샬럿타운 병원을 돕기 위해 2주에 한 번씩 발표회를 여는데, 화이트 샌즈 사람들에게 출연해 달라고 많이 부탁을 한대요. 로레타는 자기도 언젠가는 요청을 받을 거라고 기대한댔어요. 저는 부러운 눈으로 로레타를 보기만 했죠. 로레타가 간 후 앨런 부인과 저는 마음을 터놓고 이야기를 나누었어요. 저는 부인에게 모든 걸 이야기했어요. 토머스 아주머니와 쌍둥이들, 캐티 모리스, 비올레타 이야기도 다 하고요. 초록 지붕 집에 오게 된 이야기도 하고 기하학 때문에 고생하고 있다는 이야기도 했어요. 그런데 아주머니, 앨런 부인도 저처럼 기하학을 못했대요. 그 이야기를 들으니 용기가 생기는 거 있죠? 제가 막 나가려는데 린드 아주머니가 목사관에 오셨더라고요. 무슨 일로 오셨냐면 말이에요. 이사회에서 새로 오실 선생님을 결정했는데 여자 분이시래요. 이름은 뮤리엘 스테이시 선생님이래요. 정말 낭만적인 이름이죠? 린드 아주머니가 에이번리에 여자 선생님은 한 번도 온 적이 없어서 이건 위험한 혁신이라고 하셨어요. 하지만 제 생각엔 여자 선생님이 오시면 너무 근사할 것 같아요. 개학할 때까지 2주를 어떻게 기다려야 할지 모르겠어요. 새로 오신 선생님이 보고 싶어 견딜 수가 없거든요."

23. 혼자 늦어진 개학

하지만 예상치 못한 일로 인해 앤은 2주를 훌쩍 넘긴 뒤에도 학교에 가지 못했다. 앤은 진통제 케이크 사건이 일어나고 거의 한 달이 지나는 동안 냄비 속 우유 찌꺼기를 돼지 먹이통이 아니라 털실 뭉치가 담긴 바구니 속에 부어 버린다든가, 상상에 푹 빠져 통나무 다리 끝을 위풍당당하게 건너다가 빠질 뻔한다든가 하는 자잘한 실수를 하며 지냈다.

목사관에 초대 받은 지 1주일이 지나고 나서 다이애나가 파티를 열었다.

"몇 명만 골라서 초대했어요. 우리 반 여학생들만요."

앤이 마릴라에게 자랑스럽게 말했다.

다들 즐겁게 보냈고 차를 다 마실 때까지는 별 탈이 없었다. 배리 씨네 정원에서 게임을 하던 아이들은 조금씩 지루해지자 슬슬 장난이 치고 싶어지기 시작했다. 아이들은 결국 '도전' 놀이를 하기로 했다.

도전 놀이는 그 당시 에이번리 아이들 사이에서 유행하는 놀이였다. 처음에는 남자 아이들 사이에서 유행을 하다가 곧 여자 아이들에게로 퍼졌고, 그해 여름 에이번리에서는 온갖 바보 같은 일들이 벌어졌다. 도전 놀이를 한 아이들 이야기로 책을 한 권 쓸 수 있을 정도였다.

맨 처음 캐리 슬론이 루비 길리스에게 문 앞에 있는 크고 오래된 버드나무의 어느 지점까지 올라가 보라고 부추겼다. 루비 길리스는 그 버드나무에 가득하다는 통통한 초록색 송충이도 끔찍하고 새로 만든 모슬린 치마가 찢어지면 엄마에게 혼나는 것도 무서웠지만 용기를 내어 잽싸게 나무에 기어 올라갔고, 결국 캐리 슬론은 지고 말았다.

조시 파이는 제인 앤드루스에게 왼쪽 발로만 쉬지 않고 뛰어 정원을 한 바퀴 돌라고 했다. 제인 앤드루스는 용감하게 나섰지만 세 번째 모퉁이에서 포기하고 결국 패배를 인정하고 말았다.

조시가 이겼다고 필요 이상으로 너무 나대자 앤 셜리는 정원 동쪽을 둘러싸고 있는 판자 울타리 위를 걸어보라고 도전했다. 하지만 판자 울타리 위를 걷는 것은 해 보지 않은 사람은 짐작할 수 없을 정도로 머리와 발에 생각보다 많은 기술과 균형감이 필요했다. 그러나 조시 파이에게는 인기를 끄는 능력은 부족해도 판자 울타리를 걸어가는 타고난 재능은 있었다. 조시는 그런 사소한 건 '도전할 가치도 없다.'는 듯 잘난 체하며 태연하게 배리 씨 댁 울타리를 걸어갔다. 울타리를 걷기 위해 애써 본 적이 있는 아이들은 그게 얼마나 힘든 일인지 알기 때문에 마지못해 조시의 성공을 축하해 주었다. 승리의 기쁨으로 한껏 달아오른 조시가 울타리에서 내려와서는 도전적인 눈길로 앤을 노려보았다.

앤은 양 갈래로 땋은 머리를 뒤로 휙 넘기며 말했다.

"작고 낮은 판자 울타리를 걷는 게 뭐가 그렇게 대단한 일인지. 내가 아는 어떤 아이는 메리즈빌에 사는데 지붕의 마룻대 위를 걸을 수 있어."

"말도 안 돼. 마룻대를 걸어다니는 애가 있다니. 너도 못하잖아?"

조시가 딱 잘라 말했다.

"내가 못한다고?"

앤이 분별없이 소리쳤다.

"그럼 네가 한번 해 봐. 배리 씨네 부엌 지붕 마룻대에 올라가서 걸어 보라고."

조시가 시비조로 말했다.

앤은 순간 얼굴이 하얗게 질렸지만 할 수 있는 일이라곤 분명한 가지밖에 없었다. 앤은 사다리가 기대어져 있는 부엌 지붕 쪽으로 걸어갔다. 여자 아이들은 다 같이 기대 반 걱정 반으로 '어머!' 하고 탄성을 질렀다.

"하지 마, 앤. 떨어지면 죽어. 조시 파이 말은 신경 쓰지 마. 그렇게 위험한 도전은 공정하지 않아."

다이애나가 애원했다.

"난 해야 해. 내 명예가 더럽혀지고 있어. 저 마룻대를 걸어가든지, 아니면 죽을 거야. 다이애나, 내가 죽으면 내 진주 반지는 네가 가져."

앤이 엄숙하게 말했다.

앤은 숨소리도 들리지 않는 침묵 속에서 사다리를 타고 올라갔다. 그러고는 마룻대에 올라 불안정한 발로 균형을 잡고 몸을 세워 걷기 시작했다. 자신이 세상 높은 곳에 있으며 마룻대를 걷는 일에는 상상력이 크게 도움이 되지 않는다는 걸 깨닫고 나니 더 아찔했다. 앤은 간신히 몇 걸음 앞으로 나아갔지만, 결국 사고가 일어나고 말았다. 균형을 잃고 휘청거리다 그만 떨어지고 만 것이다. 앤은 햇볕에 달아오른 지붕 위로 미끄러지면서 그 아래 담쟁이덩굴 사이로 떨어졌다. 그 순간 둥그렇게 모여 걱정스레 지켜보고 있던 아이들이 공포의 비명을 질렀다.

앤이 자신이 올라갔던 쪽으로 굴러 떨어졌다면 다이애나는 진주 반지를 상속받을 수 있었을지도 모르겠다. 하지만 다행히 앤은 반대 방향으로 떨어졌는데 그쪽 지붕은 현관 쪽으로 더 많이 뻗어 있어서 거의 땅에 가깝기 때문에 충격은 훨씬 덜했다. 하지만 공포에 질려 땅에 뿌리라도 내린 듯 서 있는 루비 길리스만 빼고 다이애나와 다른 여자 아이들은 미친 듯 집 쪽으로 달려갔다. 앤은 하얗게 질린 채 망가진 담쟁이덩굴 속에서 축 늘어져 있었다.

"앤, 죽은 거야? 한 마디라도 해 봐. 죽었으면 죽었다고 말해 줘. 아, 앤!"

다이애나가 앤 옆에 무릎을 꿇고 소리쳤다.

모든 여자 아이들의 안도 섞인 한숨 속에서, 특히 상상력도 없으면서 앤 셜리의 비극적인 죽음의 원인이라는 꼬리표를 달고 살 자신의 모습에 사로잡혀 있던 조시 파이에게는 더욱 다행스럽게도, 앤은 비틀거리며 일어나 앉더니 희미한 목소리로 말했다.

"다이애나, 나 안 죽었어. 그런데 감각이 없어진 것 같아."

"어디? 앤, 어디가?"

캐리 슬론이 울며 소리쳤다.

앤이 대답하기 전에 배리 부인이 나타났다. 배리 부인을 본 앤은 일어서려 했지만 고통 때문에 비명을 지르며 도로 주저앉고 말았다.

"무슨 일이야? 어딜 다친 거니?"

배리 부인이 물었다.

"발목이요."

앤이 간신히 대답했다.

"다이애나, 너의 아빠께 나 좀 집에 데려다 달라고 부탁해 줘. 집까지 못 걸어갈 것 같아. 제인은 정원도 한 바퀴 다 못 돌았는데 어떻게 내가 집까지 한쪽 발로 뛰어갈 수 있겠니?"

과수원에서 사과를 따고 있던 마릴라는 배리 씨가 통나무 다리를 건너 비탈을 올라오고 있는 것을 보게 됐다. 그 옆에는 배리 부인이, 그리고 그 뒤로는 여자 아이들이 따라오고 있었다. 배리 씨는 앤을 안고 있었는데 앤의 머리가 배리 씨 어깨 위로 축 늘어져 있었다.

바로 그 순간 마릴라는 알게 됐다. 갑작스레 심장을 찌르는 듯한 두려움 속에서 앤이 자신에게 어떤 의미가 되었는지 깨닫게 된 것이다. 마릴라는 자신이 앤을 좋아하고 있음을 아니, 아주 많이 사랑하고 있다는 것을 인정해야 했다. 그리고 미친 듯 비탈길을 달려 내려가는 동안 앤이 세상 그 무엇보다 소중한 존재라는 것을 알게 됐다.

"배리 씨, 무슨 일이죠?"

하얗게 질린 채 숨도 제대로 쉬지 못하고 마릴라가 물었다. 언제나 과묵하고 분별력 있던 마릴라였지만 그 어느 때보다 흔들리고 있었다.

그때 앤이 고개를 들며 대답했다.

"아주머니, 걱정 마세요. 마룻대를 걷다가 떨어진 거예요. 발목을 삔 것 같아요. 하지만 아주머니, 목이 부러질 수도 있었어요. 우리 긍정적으로 생각해요."

"네가 파티에 갈 때 사고를 칠 거라 생각했다."

마릴라는 안심하면서도 날카롭고 짓궂게 말했다.

"배리 씨, 그 아이를 이리로 데리고 와 소파에 좀 뉘어 주세요. 이런, 아이가 기절했어요!"

그건 사실이었다. 통증이 너무 심했던 앤은 소원을 이루게 되었다. 기절을 한 것이다.

밭에서 추수를 하고 있다가 다급하게 불려 온 매튜는 바로 의사를 데리러 갔다. 의사가 도착해 앤의 다리를 살펴 보았다. 앤의 상태는 생각보다 심각했다. 발목이 부러진 것이다.

그날 밤 마릴라가 동쪽 방으로 갔을 때 파리한 얼굴로 침대에 누워 있던 앤이 구슬픈 목소리로 말했다.

"아주머니, 저 불쌍하죠?"

"모두 네 잘못이잖니."

마릴라는 블라인드를 내리고 램프에 불을 붙였다.

"그러니까 저를 불쌍하게 생각하셔야죠. 모든 게 제 잘못이라고 생각하면 너무 힘들거든요. 다른 사람을 원망할 수 있다면 훨씬 기분이 나아질 것 같아요. 그런데 누군가 아주머니에 마룻대를 걸어 보라고 부추긴다면 아주머니는 어떻게 하실 거예요?"

"난 단단한 땅 위에 똑바로 서서 너희들이나 해 보라고 할 거다. 어쩌면 그렇게 어리석니!"

앤이 한숨을 쉬었다.

"아주머니는 마음이 강하시지만 전 그렇지 못해요. 조시 파이가 비웃는 걸 참지 못하겠더라고요. 그 애라면 그 일을 가지고 평생 절 괴롭힐걸요. 아주머니, 이미 전 벌을 충분히 받았으니 그렇게 저에게 화내실 필요 없어요. 막상 해 보니 기절하는 건 전혀 좋은 게 아니네요. 그리고 의사 선생님이 발목뼈를 맞출 때는 끔찍하게 아팠어요. 6주나 7주는 돌아다닐 수 없을 거라니 새 선생님을 못 보게 돼서 너무 안타까워요. 제가 학교에 다시 갈 때쯤이면 선생님은 더 이상 새롭지 않을 테니까요. 그리고 길…… 아니 다들 저보다 공부가 앞설 거예요. 아, 정말 속상해 죽겠어요. 하지만 아주머니께서 저에게 화를 내지 않으신다면 용감하게 참도록 노력해 볼게요."

"저런, 저런, 난 너에게 화가 나지 않았어. 넌 운이 없었던 게 분명해. 하지만 네 말대로 고생은 좀 할 거다. 자, 일어나서 이것 좀 먹어 보렴."

"제가 이렇게 상상력이 풍부한 건 행운인 거 아닌가요? 상상력때문에 제가 잘 견딜 수 있을 것 같거든요. 상상력이 없는 사람들은 뼈가 부러질 때 어떻게 하는지 혹시 아세요?"

지루한 7주가 흘러가는 동안 앤은 자신의 상상력을 축복하지 않을 수 없었다. 하지만 상상력에만 의지해서 그 시간을 보낸 것은 아니었다. 손님들이 찾아왔는데, 매일 같이 여자 친구 한두 명이 꽃과 책을 갖다 주러 들러서는 에이번리 아이들에게 어떤 일이 있었는지 이야기해 주었다.

처음으로 절뚝거리며 걸을 수 있게 된 날 앤이 행복하게 한숨을 쉬며 말했다.

"다들 너무 착하고 친절해요, 아주머니. 아파서 누워 있는 건 아주 괴로운 일이지만 좋은 점도 있는 것 같아요. 친구가 얼마나 많은지 알게 되니까요. 벨 장로님도 저를 보러 오셨잖아요. 그분은 정말 좋은 분이셨어요. 물론 저랑 마음이 통하는 건 아니지만 그분이 좋아졌어요. 그분의 기도를 흉봤던 게 정말 죄송해요. 이젠 '그 기도가 진심이라는 걸 알게 됐어요. 다만 진심이 아닌 것처럼 기도하는 습관이 있었던 거죠. 조금만 애쓰면 아마 그 습관을 고칠 수 있을 거예요. 저는 장로님께 좋은 힌트를 드렸어요. 저만의 기도를 재미있게 하려고 제가 얼마나 노력하는지 말씀드렸죠. 장로님이 어렸을 때 발목이 부러졌던 이야기를 해 주셨어요. 벨 장로님이 소년이었다니, 도무지 상상이 안 되는 거 이죠? 제 상상력에도 한계가 있나 봐요. 장로님의 소년 시절 모습을 생각해 보려고 했더니 주일 학교에서처럼 회색 구레나룻과 안경을 쓴 얼굴에 키만 작은 모습이 떠오르는 거예요. 하지만 앨런 부인의 어린 시절 모습을 상상하는 건 쉬워요. 앨런 부인은 저를 만나러 열네 번이나 오셨어요. 이건 꽤 뿌듯한 일 아닐까요? 목사 사모님이 저를 위해 일부러 시간을 내 주시다니 말이에요! 앨런 부인은 정말 쾌활한 분이에요. 절대 제 잘못이 아니고 이 일로 제가 좀 더 나은 아이가 되었으면 좋겠다고 말씀하셨어요. 린드 아주머니도 저를 보러 오셔서 그렇게 말씀하시기는 했지만, 아주머니 말씀 속에는 제가 나아지기를 바라지만 정말 그럴 것 같지는 않다고 생각하시는 게 느껴지거든요. 조시 파이도 병문안을 왔어요. 저에게 마룻대를 걸어 보라고 한 것 때문에 미안해할까 봐 저는 최대한 예의바르게 그 애를 맞이했죠. 만약 제가 죽었다면 조시는 평생 동안 마음의 짐을 안고 살아야 했을 거예요. 다이애나는 가장 헌신적인 친구예요. 제가 외로울까 봐 매일 병문안을 왔어요. 그래도 학교에 갈 수 있다면 정말 기쁠 것 같아요. 새로 오신 선생님이 정말 재미있다고 들었거든요. 여자 아이들은 선생님이 정말 완벽하다고 생각해요. 다이애나가 그러는데 선생님의 머리는 구불구불하고 정말 아름다운 금발인 데다 눈도 아주 매력적이래요. 옷도 아름다운데 소매는 에이번리에서 가장 큰 퍼프소매라고 하더라고요. 2주에 한 번씩 금요일 오후에는 낭송회를 여는데 모두가 한 구절씩 낭송을 하거나 대사 한 줄이라도 읊어야 한대요. 생각만 해도 멋져요. 조시 파이는 낭송회가 싫다지만 그건 조시에게 상상력이 너무 없기 때문이에요. 다이애나와 루비 길리스, 그리고 제인 앤드루스는 다음 주에 「아침의 방문」을 낭송하려고 준비하고 있대요. 그리고 암송회가 없는 금요일 오후에 선생님은 아이들을 모두 데리고 숲으로 가 야외 수업을 하면서 고사리나 꽃, 새들을 공부한대요. 그리고 오전과 오후에는 체조 수업도 하고요. 린드 아주머니는 이런 일들은 들어보지도 못했다면서, 그건 모두 여자 선생님을 모시고 온 탓이래요. 하지만 제 생각엔 너무 근사할 것 같아요. 그리고 스테이시 선생님은 저랑 마음이 잘 통할 것 같아요."

한참 만에 마릴라가 말했다.

"앤, 한 가지 분명한 건 말이다, 네가 지붕에서 떨어졌지만 입은 전혀 다치지 않았다는 거다."

24. 떠들썩한 발표회 준비

10월이 되자 앤은 학교에 갈 수 있을 만큼 회복이 되었다. 아름다운 10월이었다. 세상은 온통 황금빛과 붉은빛으로 물들었고 아침이면 마치 가을의 정령이 태양빛에 말리려고 부어 놓은 듯한 보라색, 진주색, 은색, 붉은색, 청회색의 섬세한 안개가 계곡을 가득 채웠다. 이슬이 내린 풀밭은 은으로 만든 천을 펼쳐 놓은 듯 반짝거렸고 골짜기에는 수많은 가지에서 떨어진 나뭇잎들이 쌓여 지나갈 때마다 바스락거렸다. 자작나무 길은 노랗게 지붕을 이루었고 길을 따라 나 있는 고사리들은 갈색으로 시들어가고 있었다. 가을의 공기 속에는 여자 아이들을 꾸물거리지 않고 얼른 학교로 가고 싶게 하는 무언가가 있었다. 다이애나 옆의 갈색 책상으로 다시 돌아가 앉으니 앤은 너무 즐거웠다. 통로 건너 자리에서는 루비 길리스가 고개를 끄덕이고 있었고 캐리 슬론이 쪽지를 보내고 뒷자리에 앉은 줄리아 벨이 껌을 건네주었다. 앤은 연필을 깎고 그림 카드를 책상 속에 정리하면서 행복에 겨운 한숨을 길게 내쉬었다. 인생이란 분명 즐거운 것이었다.

새로 오신 스테이시 선생님은 진실하고 도움이 되는 친구처럼 느껴졌다. 밝고 인정 있는 젊은 여자 선생님이었는데 학생들의 사랑을 받으며 정신적으로나 도덕적으로 학생들에게서 최고의 것들을 이끌어낼 수 있는 행복한 재능이 있었다. 앤은 이토록 행복한 분위기에서 꽃처럼 활짝 피어났고 집으로 돌아가면 매튜와 마릴라에게 학교에서 있었던 일을 반짝반짝 빛나는 눈으로 이야기했다.

"아주머니, 전 스테이시 선생님이 정말 좋아요. 선생님은 정말 여성스럽고 목소리도 너무 달콤해요. 선생님이 제 이름을 말씀하실 때면 전 선생님이 '이(e)'까지 발음하고 있다는 것을 본능적으로 느껴요. 오늘 오후에는 낭송회를 했어요. 제가 「스코틀랜드의 메리 여왕」을 낭송하는 걸 아주머니도 들으셨어야 하는데. 전 정말 제 모든 영혼을 다 쏟아 부었거든요. 집으로 돌아오는 길에 루비 길리스가 말했는데 제가 '이제 아버지의 권력을 위해 나는 여인의 심장을 버리겠다고 그녀가 말했다.' 부분을 말했을 때 소름이 쫙 끼쳤대요."

"그럼 며칠 후에 헛간에서 한번 외워 보렴. 내가 보게."

매튜의 말에 앤이 곰곰이 생각하며 말했다.

"그럴게요. 하지만 그렇게 잘하지는 못할 거예요. 제가 하는 말을 들으려고 숨 죽이고 있는 전교생들 앞에 선 것만큼 흥분되지는 않을 테니까요. 아저씨도 소름이 끼치는 일은 없을걸요."

"린드 부인이 그러는데, 지난 주 금요일에 남자 아이들이 벨 씨네 언덕에 있는 커다란 나무 꼭대기에 있는 까마귀 둥지를 찾으러 기어 올라가는 걸 보고는 소름이 끼치더란다. 혹시 스테이시 선생님이 그렇게 하라고 시킨 건 아닌지 궁금하구나."

마릴라가 말했다.

"자연 공부를 위해 까마귀 둥지가 필요했어요. 오후 야외 수업 시간이었거든요. 아주머니, 오후의 야외 수업 시간은 얼마나 근사한지 몰라요. 스테이시 선생님은 모든 것들을 너무 자세히 설명해 주시거든요. 또 야외 수업에 대해서 작문을 해야 하는데 제가 가장 잘 써요."

"네 입으로 그렇게 말하다니, 너무 우쭐대는 것 같구나. 너희 선생님이 그렇게 말씀을 하셔야지."

"선생님이 그렇게 말씀하셨는걸요. 그리고 우쭐대는 거 아니에요. 기하학을 그렇게 못하는데 어떻게 우쭐댈 수가 있겠어요? 기하도 이제는 조금씩 이해를 하기 시작했지만요. 스테이시 선생님이 설명을 아주 잘해 주셨거든요. 그래도 전 기하에는 소질이 없나 봐요. 이건 분명히 겸손한 거죠? 전 작문이 좋아요. 선생님은 우리가 직접 주제를 선택하도록 해 주시는데, 다음 주에는 훌륭한 사람에 대해서 작문을 하기로 했어요. 그 많은 사람들 중에서 훌륭한 사람을 한 명만 선택하려니 너무 힘들어요. 훌륭하게 살다가 죽은 후에 다른 사람이 자신에 대해 작문을 한다면 정말 근사할 거예요, 그렇죠? 아, 저도 훌륭한 사람이 되고 싶어요. 전 크면 간호사가 돼서 적십자와 함께 자비의 전령이 되어 전쟁터에 갈 거예요. 만약 해외 선교사로 나가지 않는다면 말이에요. 아주 낭만적이겠지만 선교사가 되려면 아주 착한 사람이어야 한다는 게 큰 고민거리예요. 그리고 매일 체조 수업도 해요. 체조를 하면 몸이 날씬해지고 소화도 잘 돼요."

"소화는 무슨!"

마릴라는 솔직히 모든 게 말도 안 된다고 생각했다.

하지만 야외 수업과 금요일의 낭송회, 체조 시간을 좋지 않게 보던 모든 시선들은 11월에 스테이시 선생님이 제안한 계획 앞에서 사라져 버렸다. 그것은 에이번리 학생들이 크리스마스 밤에 발표회를 열고 거기에서 모은 돈으로 학교 건물에 달 국기를 산다는 것이었다. 아이들은 하나같이 이 계획을 찬성했고 당장에 준비가 시작되었다. 발표자를 뽑는 일에 앤 셜리만큼 적극적인 사람이 없었다. 앤은 맡은 일에 몸과 마음을 다 던져 일했지만 마릴라가 반대하고 나섰다. 마릴라는 그 모든 일이 전혀 쓸데없는 짓이라고 생각했다.

"쓸데없는 일로 머리를 가득 채울 생각이니? 그 시간에 공부나해라. 난 아이들이 발표회를 연답시고 연습하러 몰려다니는 건 반대다. 허영심만 키우는 데다가 나대고 싸돌아다니기 좋아하는 애들이 되기 십상이지."

마릴라가 투덜댔다.

"하지만 그건 정말 가치 있는 계획이에요. 국기를 달면 애국심을 불러일으킬 테니까요."

앤이 애원했다.

"애국심이라고! 애국심 없는 사람이 어디 있다고. 너희들이 원하는 건 노는 거겠지."

"애국심과 재미를 함께 느낄 수 있으면 더 좋지 않을까요? 게다가 발표회는 정말 유익한 시간이 될 거예요. 합창을 여섯 곡 할 건데 다이애나는 독창 한 곡을 하기로 했어요. 전 〈소문을 억압하는 사회〉와 〈요정 여왕〉이라는 연극 두 편에 참여해요. 남자 아이들도 연극을 할 거예요. 그리고 전 낭송도 두 개나 해요. 그 생각을 하면 떨리는데 그건 기분 좋은 떨림이에요. 그리고 마지막에 '믿음, 소망, 자비'에 관한 활인화(*살아 있는 사람이 분장을 하고 정지된 모습으로 명화나 역사적 장면을 연출하는 예술 장르.)를 할 거예요. 저랑 다이애나, 루비도 참여하는데 모두 머리를 길게 늘어뜨리고 주름 잡힌 하얀 천을 두르고 나올 거예요. 저는 두 손을 꼭 맞잡고 두 눈은 위로 뜬 채 '소망'을 할 거예요. 다락방에서 낭송 연습을 할게요. 비통한 신음 소리가 나더라도 놀라지 마세요. 낭송 하나는 심장이 터질 듯이 비통하게 신음을 해야 하는데 예술적으로 좋은 소리를 내기가 여간 힘든 게 아니거든요. 조시 파이는 연극에서 원하는 배역을 맡지 못해 부루퉁해 있어요. 조시는 요정 여왕 역을 하고 싶어 했거든요. 하지만 요정 여왕이 조시처럼 뚱뚱하다면 정말 웃길 것 같지 않나요? 요정 여왕은 날씬해야 해요. 제인 앤드루스가 여왕을 하고 저는 시녀 중 하나를 맡았어요. 조시는 빨간 머리 요정은 뚱뚱한 요정만큼이나 웃기다고 했지만 신경 쓰지 않기로 했어요. 머리에 하얀 장미로 만든 화환을 쓰고 루비 길리스가 빌려 주는 슬리퍼를 신을 거예요. 저는 슬리퍼가 없으니까요. 요정들은 슬리퍼를 신어야 해요. 부츠 신은 요정을 상상할 수 있겠어요? 특히 발가락 부분을 구리로 덧댄 부츠 말이에요. 우리는 분홍색 박엽지로 만든 장미를 속에 넣은 가문비나무와 전나무로 강당을 꾸밀 거예요. 청중들이 자리에 앉으면 우리는 엠마 화이트의 오르간 반주에 맞춰 둘씩 짝을 지어 입장할 거예요. 아주머니, 아주머니는 저만큼 열렬하게 기대하고 있지 않겠지만 아주머니의 꼬마 앤이 돋보이는 걸 원하지 않으세요?"

"내가 원하는 건 네가 조심스럽게 행동했으면 하는 거다. 그리고 이 야단법석이 다 끝나고 네가 어서 진정됐으면 더 바랄 것이 없겠구나. 머릿속엔 연극이니 활인화니 하는 것들로 꽉 차 다른 건 아무것도 할 수 없으니 말이다. 네 혀는 닳지도 않는 대리석이고 말이야."

앤은 한숨을 쉬며 매튜가 장작을 패고 있는 뒤뜰로 갔다. 맑은 서쪽 하늘에 뜬 초승달이 잎이 다 떨어진 포플러 나뭇가지 사이로 주위를 밝게 비추고 있었다. 앤은 벽돌 위에 앉아 이 순간만큼은 매튜가 자신의 마음을 이해하고 잘 들어 줄 거라 생각하며 발표회에 대한 이야기를 했다.

"그래, 아주 멋진 발표회가 될 것 같구나. 나도 네가 맡은 걸 잘할 거라 믿는다."

매튜는 진지하고도 활기 가득한 앤의 얼굴을 내려다보며 미소를 지었고 앤도 그런 매튜를 보며 미소를 지었다.

두 사람은 아주 좋은 친구가 되었다. 매튜는 종종 자신이 앤을 키우는 데 아무런 관여를 하지 않아도 되는 걸 감사하게 생각했다. 교육은 마릴라만의 의무였다. 만약 매튜가 교육을 했다면 기분과 의무 사이의 잦은 충돌로 괴로웠을 것이다. 하지만 실제로는 마릴라가 말하는 대로 앤을 '버릇없이' 만들고 있기도 했다. 하지만 그렇다고 결과적으로 나쁜 건 아니었다. 때로는 약간의 칭찬이 세상에서 가장 훌륭한 '교육'이 되곤 했으니까.

25. 매튜의 크리스마스 선물

아주 괴로운 10분이었다. 12월의 쌀쌀한 저녁, 매튜는 거실에서 앤과 그 친구들이 〈요정 여왕〉 연극 연습을 하고 있다는 사실을 모른 채 부엌으로 들어와 무거운 장화를 벗으려고 구석에 있는 나무 상자에 앉았다. 그런데 갑자기 앤과 친구들이 웃고 떠들며 우르르 복도를 지나 부엌으로 들어왔다. 한 손에는 장화를 들고 다른 한 손에는 장화 벗을 때 쓰는 도구를 든 채 부끄러워서 나무 상자 뒤 그림자 속으로 몸을 숨긴 매튜를 아이들은 보지 못했다. 매튜는 모자를 쓰고 코트를 입으며 발표회 연극에 대해 이야기하는 아이들의 모습을 수줍어하며 10분 동안 지켜보았다. 앤은 친구들처럼 밝은 눈빛과 생기 있는 얼굴로 아이들 속에 서 있었다. 그런데 매튜는 갑자기 앤의 모습이 다른 아이들과는 뭔가 다르다는 것을 느꼈다. 그것이 있어서는 안될 차이로 느껴졌기 때문에 매튜는 걱정이 되었다. 앤의 얼굴은 다른 아이들보다 더 환했고 눈은 더 크고 반짝였으며 몸은 훨씬 더 연약했다. 수줍음이 많고 주의력이 없는 매튜라 하더라도 이런 점은 알아챌 수 있었지만 자꾸만 신경이 쓰이는 그 차이점은 이런 것들이 아니었다. 그럼 무엇이 다른 걸까?

서로 팔짱을 낀 아이들이 꽁꽁 언 길을 따라 가 버리고, 앤이 책읽기에 빠져들고 난 후에도 한참 동안 매튜의 머리에는 이 질문이 떠나지 않았다. 매튜는 이 사실을 마릴라에게 말할 수 없었다. 마릴라는 코웃음을 치면서 앤과 다른 아이들의 차이점은 다른 아이들은 때때로 입을 다물고 있지만 앤은 절대 그러지 않는 점이라고 말할 게 분명했기 때문이다. 전혀 도움이 되지 않을 거라 생각했다.

그날 밤 그 차이점에 대해 생각하느라 매튜가 담배를 줄창 피워 대는 바람에 마릴라는 질색을 했다. 두 시간이나 담배를 피우며 골똘히 생각한 끝에 매튜는 답을 생각해 냈다. 앤은 다른 여자 아이들과 같은 옷을 입지 않은 것이었다!

생각하면 할수록 앤은 단 한 번도 다른 아이들과 같은 옷을 입지 않았다는 확신이 들었다. 초록 지붕 집에 온 이후로 단 한 번도 말이다. 마릴라는 앤의 옷을 아주 수수하고 어두운 색으로 만들어 줬는데 모든 옷이 같은 무늬였다. 매튜가 옷에도 유행이라는 게 있다는 것을 알았더라면 훨씬 더 좋았겠지만, 그래도 앤의 소매가 다른 여자 아이들의 소매와는 전혀 다르다는 사실만은 확실히 깨달았다. 매튜는 그날 밤 앤 주변에서 빨간색, 파란색, 분홍색, 하얀색의 화려한 블라우스를 입고 있던 여자 아이들을 떠올려 보았다. 왜 마릴라는 앤에게 언제나 수수하고 무거운 느낌의 옷을 입히는지 알 수가 없었다.

물론 그것이 옳을지도 모른다. 마릴라는 사리 분별이 확실했고 앤을 키우고 있는 사람이니까. 거기에는 아마도 현명하고도 헤아릴 수 없이 깊은 뜻이 있을 것이다. 아무리 그래도 다이애나라면 늘 입는 예쁜 옷 한 벌쯤 앤에게 입힌다고 해서 무슨 해로운 일이 있을라고? 매튜는 자신이 직접 앤에게 옷을 한 벌 사 입혀야겠다고 마음먹었다. 물론 마릴라가 쓸데없는 데 참견 말라며 반대하지 못하도록 해야 했다. 크리스마스가 이제 겨우 2주 남았으니 예쁜 새 옷은 선물로 안성맞춤이 될 것이다. 매튜는 만족스러운 한숨을 내쉬며 담배를 끄고 잠자리에 들었고, 마릴라는 모든 문을 열어 집안을 환기시켰다.

바로 다음날 저녁, 매튜는 무슨 일이 있어도 꼭 해내고야 말겠다고 마음을 먹고는 새 옷을 사러 카모디로 갔다. 쉽지는 않은 일이었다. 매튜가 살 수 있는 것들은 한정되어 있었고, 스스로 생각해 봐도 좋은 흥정꾼이 될 수는 없을 것 같았다. 하지만 여자 아이의 옷을 살 때는 가게 주인의 도움을 받을 수 있을 거라는 사실을 알고 있었다.

심사숙고 끝에 매튜는 윌리엄 블레어의 가게가 아니라 새뮤얼 로슨의 가게로 가기로 결심했다. 매튜나 마릴라는 항상 윌리엄 블레어의 가게에 갔는데 그것은 장로 교회에 가고 보수당에 투표하는 사람의 양심으로 그렇게 해야만 했다. 그런데 윌리엄 블레어의 가게에선 두 딸들이 종종 손님을 기다리고 있었고, 매튜는 그들이 끔찍하게 부담스러웠다. 매튜는 무엇을 사고 싶은지 정확하게 결정해서 손가락으로 가리킬 수 있을 때만 그 딸들에게서 물건을 샀다. 하지만 매튜가 설명을 들으며 상담을 하고 싶을 때는 카운터 뒤에 남자가 한 명이라도 있어야 했다. 그래서 새뮤얼이나 그의 아들이 맞아 줄 로슨의 가게로 가기로 한 것이다.

그런데 이런! 매튜는 새뮤얼이 최근에 가게를 확장하고는 젊은 아가씨를 점원으로 들인 줄은 몰랐다. 그 아가씨는 새뮤얼 아내의 조카였는데 앞머리를 뒤로 빗어 넘기고 커다란 갈색 눈을 굴리며 당황스럽도록 활짝 웃는 아주 생기발랄한 젊은이였다. 엄청나게 화려한 옷차림에 몇 개나 되는 팔찌를 하고 있어서 손을 움직일 때마다 팔찌가 반짝이며 딸랑딸랑 소리가 났다. 가게에 여자가 있다는 것을 알게 된 매튜는 어쩔 줄을 몰라 했고 그 팔찌들은 순식간에 매튜의 판단력을 흐리게 만들고 말았다.

"뭘 도와 드릴까요? 커스버트 씨?"

루실라 해리스 양이 두 손으로 카운터를 두드리며 애교가 잔뜩 묻은 목소리로 활기차게 물었다.

"혹시…… 그러니까, 음, 저기, 정원용 갈퀴 있소?"

매튜는 더듬거리며 물었다.

해리스 양은 좀 놀란 것 같았다. 그도 그럴 것이 12월 중순에 정원용 갈퀴를 찾다니 말이다.

"팔다 남은 게 한두 개 정도 있을 거예요. 하지만 이층 창고에 있어서요. 제가 가서 볼게요."

해리스 양이 가고 나자 매튜는 간신히 정신을 수습했다.

갈퀴를 가지고 돌아온 해리스 양이 쾌활하게 물었다.

"또 필요한 건 없으세요?"

매튜는 용기를 내어 물었다.

"아, 그러니까, 저 있잖소, 건초 씨 좀 주시오."

해리스 양은 매튜 커스버트가 좀 특이한 사람이라는 이야기는 들은 적이 있었다. 그런데 이제 해리스 양은 매튜가 완전히 미쳤다고 결론을 내렸다.

"우리 가게에선 봄에만 건초 씨를 팔아요. 지금은 없어요."

해리스 양이 거만하게 말했다.

"아, 그렇죠. 맞아요. 당신 말이 맞아요."

매튜는 갈퀴를 들고 문을 향해 걸어가며 더듬더듬 슬프게 말했다.

입구에 다다르자 돈을 내지 않았다는 것을 기억하고는 난감한 얼굴로 돌아섰다. 해리스 양이 매튜가 낸 돈을 세고 있는 동안 매튜는 마지막 힘을 모아 다시 한 번 더 시도를 했다.

"그런데…… 귀찮지 않다면 말이요, 그러니까…… 설탕 좀 주시오."

"흰 설탕이요? 흑설탕이요?"

해리스 양은 꾹 참고 물었다.

"아, 그럼…… 흑설탕."

매튜가 힘없이 말했다.

"저기 흑설탕이 한 통 있어요. 가게에 있는 건 저게 전부예요."

해리스 양이 팔찌를 흔들며 말했다.

"그럼, 음, 9킬로그램 사겠소."

매튜의 이마에는 송글송글 땀이 맺혔다.

집으로 절반쯤 왔을 때에야 매튜는 다시 정신이 들었다. 정말 끔찍한 경험이었다. 낯선 가게에 가서 꼴좋군! 집에 도착한 매튜는 공구 창고에 갈퀴를 넣어 두고 설탕은 마릴라에게로 가지고 갔다.

마릴라가 소리쳤다.

"웬 흑설탕이에요! 무슨 생각으로 흑설탕을 이렇게 많이 산 거죠? 제가 일꾼들 음식이나 검은색 과일 케이크를 만들 때 말고는 흑설탕을 쓰지 않는다는 거 아시잖아요? 제리도 없고 케이크도 안 만든 지 오래됐어요. 게다가 이 설탕은 좋지도 않은 것 같군요. 거친 데다가 너무 검잖아요. 윌리엄 블레어는 이런 설탕은 갖다 놓지 않는데."

"뭐, 언젠가는 필요하겠지."

매튜는 무사히 빠져나갔다.

다시 곰곰이 생각한 끝에 매튜는 이런 상황에서는 여자의 도움이 필요하다는 결론을 내렸다. 하지만 마릴라는 절대 불가능했다. 자신의 계획에 찬물을 끼얹을 테니 말이다. 그러면 린드 부인밖에 없었다. 에이번리에서 매튜가 도움을 청할 수 있는 여자는 달리 아무도 없기 때문이다. 그래서 매튜는 린드 부인에게로 갔고, 사람 좋은 부인은 지친 매튜의 손에서 그 문제를 즉각 떠맡아 주었다.

"앤에게 사 줄 옷을 골라 달라고요? 그럴게요. 내일 카모디에 가서 사 보죠. 특별히 생각하고 있는 옷이라도 있나요? 없다고요? 그럼 제가 알아서 하도록 하죠. 제 생각에는 선명한 갈색이 앤에게 잘 어울릴 것 같네요. 윌리엄 블레어 가게에 글로리아 천(*양복감으로 많이 쓰는 실크와 면의 교직물.)이 새로 들어왔는데 정말 예쁘거든요. 옷도 제가 만드는 게 더 좋을 거 같네요. 마릴라가 옷을 만들게 되면 앤이 그걸 보게 될 거고 그렇게 되면 앤을 깜짝 놀라게 해 줄 수 없을 테니 말이에요. 좋아요, 제가 만들죠. 아니에요, 전혀 수고스럽지 않아요. 전 바느질하는 걸 좋아하니까 말이에요. 제

조카 제니 길리스와 앤은 체격이 콩깍지 안에 든 콩 두 개처럼 서로 비슷하니 제니에게 맞춰 옷을 만들겠어요."

"그러니까 그게, 정말 고마워요. 그런데…… 그게 말이죠…… 나는 잘 모르지만 요즘은 소매가 예전하고는 다른 것 같더라고요. 그렇게 힘든 게 아니라면…… 요즘 소매 모양으로 만들었으면 해요."

"퍼프소매 말씀이세요? 물론이죠. 그 점에 대해선 걱정하지 말아요, 매튜. 가장 최신 유행으로 만들 테니까요."

매튜가 가고 나자 린드 부인은 혼자 중얼거렸다.

"그 불쌍한 것이 남부럽지 않은 옷을 입는 걸 보게 되면 정말 기분이 좋겠지. 마릴라가 그 아이 옷 입히는 건 솔직히 좀 우스꽝스럽긴 해. 뭐야, 몇 번이나 솔직히 이야기할까 고민하다가 그냥 아무 말 안 하고 있었지. 마릴라는 다른 사람들의 충고는 듣고 싶어 하지 않는 것 같고, 애 키우는 것에 관해서는 애도 낳아 보지 않았으면서 나보다 더 많이 알고 있다고 생각하는 것 같아서 말이야. 늘 그런 식이지. 아이들을 키워 본 사람이라면 모든 아이들에게 맞는 확실하고도 효과 빠른 방법이 이 세상에 없다는 걸 알 텐데. 하지만 한 번도 키워 본 적이 없는 사람들은 숫자만 넣어 주면 정확하게 답이 나오는 수학 공식처럼 아주 쉽고 간단하다고 생각하지. 하지만 인간이라는 게 수학 공식처럼 똑 떨어지게 이해할 수 있는 존재가 아니라는 걸 마릴라 커스버트는 모르는 것 같아. 내 생각에 마릴라는 자기처럼 옷을 입히면 앤의 영혼을 교화할 수 있다고 생각하는 것 같은데 그럴수록 불만과 질투심만 불러일으킬 텐데 말이야. 그 아이도 자기 옷과 다른 아이들의 옷이 다르다는 걸 알고 있는 게 분명해. 그런데 그걸 매튜가 알아채다니! 60년 넘게 잠자고 있던 매튜가 깨어나고 있는 것 같아."

그 후로 2주 동안 마릴라는 매튜에게 무슨 꿍꿍이가 있다는 걸 눈치 채고 있었지만 크리스마스 이브에 린드 부인이 새 옷을 가지고 오기 전까지는 아무것도 짐작할 수 없었다. 마릴라가 만들면 앤이 너무 빨리 알게 될까 봐 매튜가 걱정해서 자신이 옷을 만들었다는, 사람을 구워삶는 것 같은 린드 부인의 설명이 의심스럽긴 했지만 마릴라는 대체로 아무렇지도 않은 체했다.

그리고 다소 뻣뻣하게, 하지만 다 이해한다는 듯 말했다.

"그래서 매튜 오빠가 지난 2주 동안 뭔가 비밀이라도 있는 듯 혼자서 피식피식 웃었던 거로군요. 오빠가 뭔가 멍청한 짓을 꾸미고 있다는 걸 난 알고 있었어요. 그런데 난 앤에게 옷이 더 필요하다고 생각하지 않아요. 이번 가을에 이미 따뜻하고 실용적인 옷을 세 벌이나 만들어 준 걸요. 더 이상 옷을 만들어 준다면 그건 낭비예요. 그런 소매 만들 천으로 블라우스 한 벌은 더 만들겠네요. 그건 앤의 허영심을 받아주는 꼴이에요. 지금도 얼마나 허영심이 많은지. 아무튼 앤이 좋아했으면 좋겠네요. 처음 한번 말을 꺼낸 후로는 한 마디도 한 적은 없지만, 그 우스꽝스러운 소매가 유행하기 시작했을 때부터 앤이 무척 입고 싶어 했다는 걸 제가 아니까요. 퍼프소매가 점점 커지더니 이제는 풍선만 하네요. 내년에는 퍼프소매 입은 사람들은 옆으로 비켜서서 문을 지나야 할걸요."

온 세상이 눈으로 덮인 하얀 크리스마스 아침이 밝았다. 그 해 12월은 날씨가 아주 온화했기 때문에 사람들은 그린 크리스마스(* '눈이 오지 않는 크리스마스'라는 뜻으로 화이트 크리스마스와 상대되는 말로 쓰임.)가 될 거라 생각했지만 밤새 조용히 내린 눈으로 에이번리는 완전히 다른 모습으로 변해 있었다. 앤은 들뜬 눈빛으로 서리 낀 창문을 내다보았다. 유령의 숲 전나무들은 눈에 뒤덮인 채 웅장한 모습으로 서 있었고 자작나무와 야생 벚나무들은 마치 진주로 화려하게 장식해 놓은 것 같았다. 쟁기질을 해 놓은 밭은 하얗게 잔물결이 치고 있는 듯했다. 공기 속 신선한 기운이 온몸을 파고들었다. 앤은 자신의 목소리가 온 집 안에 메아리칠 정도로 노래를 부르며 아래층으로 뛰어내려왔다.

"메리 크리스마스, 아주머니! 메리 크리스마스, 아저씨! 정말 아름다운 크리스마스죠? 화이트 크리스마스라서 너무 기분 좋아요. 눈이 오지 않으면 크리스마스처럼 느껴지지 않거든요. 그린 크리스마스는 싫어요. 게다가 초록색도 아니고 지저분하게 시든 갈색이나 잿빛이잖아요. 왜 사람들은 그린 크리스마스라고 했을까요? 아, 어머나, 아저씨, 이거 저 주시는 거예요? 아저씨!"

매튜는 관심 없다는 듯 찻주전자에 물을 채우면서도 다소 흥미로운 듯한 곁눈질로 두 사람을 살피고 있는 마릴라의 눈치를 보면서, 종이끈을 풀어 옷을 꺼내서는 앤에게 내밀었다.

옷을 받아 든 앤은 아무 말도 못하고 경건한 표정으로 바라보았다. 아, 이렇게 예쁠 수가! 전체적으로 반짝이는 부드러운 갈색 글로리아 천에 우아한 프릴과 셔링 주름(*여러 단을 박아 당겨 잡은 주름.)이 잡혀 있는 치마, 최신 유행 핀턱 주름(*아주 좁게 잡은 주름.)에 목에는 하늘거리는 얇은 천으로 레이스가 달린 블라우스. 하지만 그것들은 소매에 비하면 아무것도 아니었다! 팔목부터 팔꿈치까지는 꼭 들러붙는데 그 위로는 셔링 주름과 갈색의 실크 리본

매듭으로 나누어 있는 두 겹의 아름다운 퍼프소매였다.

매튜가 수줍어하며 말했다.

"앤, 이건 네 크리스마스 선물이다. 왜, 왜 그러니, 마음에 안 드니? 그러니까 그게 말이다, 그러니까……."

갑자기 앤의 두 눈에 눈물이 고인 것이다.

"마음에 들어요, 매튜 아저씨!"

앤은 의자에 옷을 내려놓고 두 손을 꼭 맞잡았다.

"아저씨, 더할 나위 없이 완벽한 선물이에요. 어떻게 감사하다는 말씀을 드려야 할지 모르겠어요. 이 소매 좀 보세요! 설마 행복한 꿈은 아니겠죠?"

그때 마릴라가 끼어들었다.

"자, 자, 이제 아침 먹자. 한 마디만 해 두마, 앤. 난 네가 옷이 필요하다고 생각하지 않지만 매튜 아저씨가 네게 주는 선물이니 잘 간수해야 한다. 린드 부인이 너에게 주고 간 머리 리본도 있어. 옷과 맞춰서 갈색이야. 자, 이제 앉자."

앤이 기쁨에 들뜬 목소리로 말했다.

"어떻게 아침을 먹을 수 있을지 모르겠어요. 이런 흥분된 순간에 아침을 먹는 건 너무 평범한 일 같아요. 저 옷을 눈으로 보면서 즐기는 게 좋을 것 같아요. 퍼프소매가 아직도 유행이라 너무 기뻐요. 제가 퍼프소매 옷을 입어 보기 전에 유행이 지나가 버렸다면 견딜 수 없었을 거예요. 정말 슬펐을 거라고요. 저에게 리본까지 주시다니 린드 아주머니는 정말 좋은 분이세요. 이제부터 정말 착한 아이가 돼야겠다는 생각이 들어요. 가끔 이럴 때는 모범적인 아이가 아닌 게 죄송해서 앞으로는 꼭 착한 아이가 돼야겠다는 결심을 하지만 어찌된 일인지 뿌리칠 수 없는 유혹이 오면 결심을 지켜 내기가 힘들어요. 하지만 이제부터는 정말 열심히 노력할 거예요."

평범한 아침 식사가 끝나자 진홍색 코트를 입은 다이애나가 작은 골짜기에 있는 하얀 통나무 다리를 즐겁게 건너오는 모습이 보였다. 앤은 비탈길을 달려 내려가 다이애나를 맞았다.

"메리 크리스마스, 다이애나! 아, 정말 멋진 크리스마스야. 너에게 근사한 걸 보여 줄게. 매튜 아저씨가 나에게 정말 예쁜 옷을 선물로 주셨어. 소매도 퍼프소매야. 세상에 더 예쁜 옷은 아마 없을 것 같아."

다이애나가 가쁜 숨을 몰아쉬며 말했다.

"나도 너에게 줄 게 있어. 이 상자야. 조세핀 할머니가 커다란 상자에 여러 가지를 잔뜩 담아서 보내 주셨어. 이건 네 거야. 어젯밤에 갖다 주려고 했지만 어두운 유령의 숲을 지나오려니 무서워서 말이야."

앤이 상자를 열고 안을 들여다보았다. 먼저 '꼬마 아가씨 앤, 메리 크리스마스'라고 적힌 카드가 나왔고, 그 다음에 슬리퍼가 나왔다. 발가락 부분에 구슬이 달리고 새틴 실로 된 나비매듭과 반짝이는 장식이 달린 아주 예쁜 어린이용 슬리퍼였다.

"아, 다이애나, 이건 내게 과분해. 꿈을 꾸고 있는 것 같아."

"난 이걸 하늘이 도왔다고 말하고 싶어. 이제 네가 루비에게 슬리퍼를 빌리지 않아도 돼서 너무 다행이다. 루비 슬리퍼는 너에게 두 사이즈나 크잖아. 요정이 신발 끄는 소리를 내다니, 정말 끔찍하지 않니? 조시 파이도 좋아할 거야. 그런데 있잖아, 그저께 밤에 연습이 끝나고 로브 라이트가 거티 파이랑 함께 집에 갔대. 그 이야기 못 들었어?"

그날 에이번리의 학생들은 강당을 꾸미고 마지막 총연습을 하느라 다들 잔뜩 들떠 있었다.

마침내 저녁이 되자 발표회가 열렸고 결과는 성공적이었다. 작은 강당은 사람들로 북적였다. 모든 참가자들이 훌륭하게 잘했지만 앤은 그 중에서도 특히 더 돋보이는 스타가 되었다. 질투심이 많은 조시 파이도 감히 부정할 수 없었다.

"아, 정말 멋진 밤이었지?"

모든 것이 끝나고 다이애나와 함께 별이 반짝이는 밤길을 걸어 집으로 돌아오는 동안 앤이 한숨을 쉬며 말했다.

"모든 것이 아주 잘됐어. 10달러 정도는 번 것 같아. 앨런 목사님이 샬럿타운 신문사에 그 기사를 보내실 거래."

다이애나가 또박또박 말했다.

"어머, 다이애나, 그럼 신문에 우리 이름이 나오는 거야? 생각만으로도 가슴이 막 뛴다. 네 독창은 정말 아름다웠어. 사람들이 앙코르를 외칠 때는 노래한 너보다 내가 더 자랑스럽더라. 그래서 마음속으로 생각했지. '저렇게 훌륭한 아이가 바로 내 절친한 친구야.'라고 말이야."

"네 암송에 사람들이 강당이 떠나갈 듯 박수갈채를 보냈잖아. 그 슬픈 대목은 정말 근사했어."

"아, 다이애나, 정말 떨렸어. 앨런 목사님이 내 이름을 불렀을 때 내가 어떻게 무대에 올라갔는지 모르겠다니까. 마치 수백만 개의 눈이 나를 꿰뚫어 보고 있는 것 같았어. 그 순간 너무 긴장이 돼서 암송을 절대 시작할 수 없을 것 같았지. 하지만 예쁜 내 퍼프 소매를 생각하고 용기를 되찾았어. 다이애나, 난 퍼프소매가 부끄럽지 않도록 살아야 하거든. 그래서 암송을 시작했는데 내 목소리가 저 멀리서 들리는 것 같더라니까. 내가 마치 앵무새가 된 것 같은 기분이었어. 다락방에 올라가 그렇게 열심히 연습을 한 게 정말 다행이지 뭐야. 그렇지 않았다면 제대로 하지 못했을걸. 내가 제대로 신음 소리를 냈니?"

"물론이야. 네 신음 소리는 정말 아름다웠어."

다이애나가 자신 있게 말했다.

"내가 자리에 앉았을 때 슬론 부인이 눈물을 훔치는 걸 봤어. 누군가의 마음을 감동시켰다 생각하니 너무 행복해. 발표회에 참가하는 건 정말 낭만적인 일인 것 같지 않아? 정말 오랫동안 추억으로 남을 거야."

"남자 아이들의 연극도 괜찮았지? 길버트 블라이드는 정말 근사했어. 앤, 네가 길버트를 대하는 태도는 옳지 않아. 내 이야기 좀 들어 봐. 네가 요정 대사를 끝내고 무대에서 뛰어내려가는데 네 머리에 꽂았던 장미 한 송이가 떨어졌어. 길버트가 그 장미를 주워서 자기 가슴팍 주머니에 꽂는 걸 내가 봤어. 넌 낭만적인 아이니까 이 이야기를 들으면 기분이 좋아질 거라 생각해."

"그 애가 무슨 짓을 하든 나랑은 상관없어. 그런 아이를 생각하는 일로 시간 낭비하고 싶지 않아."

앤이 도도하게 말했다.

그날 밤 20년 만에 처음으로 발표회에 다녀온 마릴라와 매튜는 앤이 잠자리에 든 후에도 한동안 부엌 난롯가에 앉아 있었다.

"그러니까 그게, 내 생각엔 우리 앤이 가장 잘하는 것 같았어."

매튜가 자랑스럽게 말했다.

"그래요, 맞아요. 앤은 총명한 아이예요. 그리고 정말 예뻤고요. 전 처음에 이 발표회 계획을 반대하는 입장이었지만 끝나고 보니 해로울 건 별로 없네요. 아무튼 오늘 밤 앤이 너무 자랑스러웠어요. 그 애에게 그렇게 말하진 않겠지만 말이에요."

"그러니까 그게, 난 앤이 잠자러 올라가기 전에 너무 자랑스러웠다고 이야기했다. 앞으로 앤에게 뭘 해 줄지 생각을 좀 해 봐야겠어. 시간이 지날수록 앤은 에이번리 학교에서 배울 수 있는 것 이상의 뭔가가 필요할 것 같다는 생각이 들어."

"생각할 시간은 충분해요. 3월이 되면 이제 겨우 열세 살이니까요. 하지만 오늘 밤 보니 앤도 다 컸다는 생각이 드네요. 게다가 린드 부인이 옷을 길게 만들어 앤이 더 커 보였어요. 앤은 이해력이 빠른 아이니 나중에 퀸스 학교에 보내는 게 좋겠어요. 하지만 1, 2년간은 아직 그 이야기를 할 필요가 없어요."

"그러니까 그게, 가끔은 그 일을 생각해 보는 것도 나쁘지 않을 거야. 그런 일이란 많이 생각해 볼수록 더 좋은 법이니까."

26. 이야기 클럽

에이번리의 아이들은 다시 단조로운 일상으로 돌아가는 것이 쉽지 않다는 것을 깨달았다. 특히 앤으로서는 몇 주 동안 흥분의 잔을 홀짝이며 마시고 난 다음이라서 모든 것들이 끔찍하리만치 단조롭고 무미건조하며 헛되게 느껴졌다. 앤이 발표회 이전의 조용한 일상으로 돌아갈 수 있을까? 먼저 다이애나에게 말한 대로 앤은 그럴 수 없을 거라 생각했다. 앤은 최소한 50년 전 이야기를 하듯 슬픔에 잠겨 말했다.

"다이애나, 난 분명히 확신하는데 모든 것이 그 옛날 같지 않을 거야. 시간이 흐르면 다시 익숙해지기는 하겠지만 발표회가 사람들의 일상생활을 다 망쳐 놓은 것 같아. 그래서 마릴라 아주머니께서 발표회를 반대하셨나 봐. 아주머니는 정말 이성적인 분이셔. 하지만 난 이성적인 사람이 되고 싶지 않아. 낭만적이지 않으니까. 린드 아주머니께서는 내가 이성적인 사람이 될 염려는 하지 않아도 된다고 하셨지만 그건 알 수 없는 일이지. 지금으로서는 내가 이성적인 사람이 될 수도 있을 것 같아. 하지만 그건 순전히 내가 피곤하기 때문이야. 어젯밤에는 한참 동안 잠이 들지 않았어. 누워서 발표회 때 일을 생각하고 또 생각했지. 돌이켜 생각해 봐도 참 행복한 순간이었어."

하지만 결국 에이번리 학교는 예전의 일상으로 돌아갔고 재미도 되찾았다. 하지만 발표회의 흔적은 분명히 남아 있었다. 무대에서 더 좋은 자리를 가지고 서로 싸웠던 루비 길리스와 엠마 화이트는 더 이상 함께 앉지 않았고, 그 때문에 영원할 것 같던 3년 동안의 우정도 깨지고 말았다. 조시 파이와 줄리아 벨은 석 달 동안 서로 말하지 않고 지냈다. 왜냐하면 조시 파이가 벳시 라이트에게 줄리아 벨이 무대에 올라가 인사할 때 마치 닭이 고개를 드는 것 같았다고 말한 것을, 벳시가 줄리아에게 옮겼기 때문이다. 슬론 씨네 아이들과 벨 씨네 아이들도 서로 상대하지 않는 사이가 됐다. 그건 벨 씨네 아이들이 슬론 씨네 아이들이 발표회 프로그램에 이것저것 너무 많이 참가했다고 말하자, 슬론 씨네 아이들이 벨 씨네 아이들은 맡은 바를 제대로 하지 못했다고 맞받아쳤기 때문이었다. 또 찰리 슬론은 무디 스퍼전 맥퍼슨과 싸웠는데, 그건 무디 스퍼전이 앤 셜리가 발표 좀 잘한 것 가지고 잘난 체한다고 이야기를 해 결국 찰리에게 얻어맞았기 때문이다. 그래서 결국 무디 스퍼전의 여동생인 엘라 메이도 겨우내 앤 셜리와 이야기를 하지 않았다. 이런 사소한 일들을 빼고는 스테이시 선생님의 작은 왕국 안에서 모든 것들이 일상적이고도 순조롭게 흘러갔다.

어느덧 겨울이 지나갔다. 그해 겨울은 유례 없이 따뜻했고 거의 눈이 오지 않았기 때문에 앤과 다이애나는 거의 매일 자작나무 길을 걸어 학교에 갈 수 있었다. 앤의 생일날도 두 사람은 자작나무 길을 경쾌하게 걸어가고 있었다. 수다를 떨면서도 눈과 귀는 숲의 모든 것을 향해 활짝 열어 놓아야 했는데, 스테이시 선생님이 '겨울에 걷는 숲길'에 대한 작문을 할 거라고 했기 때문에 숲을 눈여겨봐야 했던 것이다.

앤이 감동적인 목소리로 말했다.

"다이애나, 오늘 난 열세 살이 됐어. 내가 이제 십 대가 됐다는 게 믿어지지 않아.(*영미권에서는 숫자가 '틴(teen)'으로 끝나는 13세부터 19세까지 '틴에이저(teenager)'라고 하며, 이 시기는 우리의 십 대 청소년에 해당함.) 오늘 아침 눈을 뜨니 모든 게 달라 보이는 것 같았어. 넌 벌써 한 달 동안 십 대였으니까 내가 느끼는 것만큼 신기하지는 않겠지. 십 대가 되니까 모든 것이 훨씬 더 재미있게 느껴져. 2년만 더 있으면 난 정말 어른이야. 거창한 말을 해도 사람들이 비웃지 않을 거라 생각하니 너무 마음이 편안해."

"루비 길리스는 열다섯 살이 되면 바로 남자 친구를 사귈 거래."

다이애나 말에 앤이 경멸하듯 말했다.

"루비 길리스는 남자 친구 생각만 해. 누가 자기 이름을 현관 벽에 써 놓으면 화난 척하지만 사실은 즐거워한다니까. 그런데 이렇게 다른 사람을 헐뜯으면 안 되는데. 앨런 부인이 다른 사람을 헐뜯으면 안 된다고 하셨거든. 하지만 나도 모르게 그런 말이 불쑥 나오지 않니? 그리고 솔직히 난 조시 파이를 헐뜯지 않을 수가 없어. 하지만 이제 그 아이 이야기는 절대 하지 않을래. 너 눈치 챘구나. 난 앨런 부인처럼 되기 위해 노력하고 있어. 그분은 완벽한 사람 같아서 말이야. 앨런 목사님도 그렇게 생각하셔. 린드 아주머니가 그러는데 목사님은 사모님이 밟은 땅도 경배하신대. 하지만 목사가 인간에 대해 너무 깊은 애정을 주는 건 옳지 않다고 하셨어. 그런데 다니애나, 목사님도 인간이니 여느 사람들처럼 빠지기 쉬운 죄가 있지 않을까? 지난 일요일 오후에 앨런 부인과 쉽게 저지르게 되는 죄에 대한 이야기를 나누었어. 일요일에 나누기에 적당한 몇 안 되는 이야기 중 하나야. 내가 쉽게 저지르는 죄는 상상을 너무 많이 하고 내가 해야 할 일들을 잊는다는 거지. 난 그런 죄를 짓지 않으려고 무지 애를 쓰고 있어. 이제 진짜 열세 살이 되었으니까 아마 나아질 거야."

"4년 후면 우리도 머리를 올릴 수 있어. 앨리스 벨은 이제 열여섯 살밖에 안 됐으면서 머리를 올리는데 난 좀 별로라고 생각해. 난 열일곱 살이 될 때까지 기다릴 거야."

다이애나가 말했다. 그러자 앤이 결심한 듯 말했다.

"내 코가 만약 앨리스 벨처럼 비뚤어졌다면, 그럴 리는 없겠지만……, 아니, 어떻게 할 건지 말하지 않을래. 그건 정말 비정하니까. 그런데 내 코와 앨리스 코를 비교하다니, 내가 너무 잘난 체하는 것 같아. 아주 오래 전에 내 코가 예쁘다는 말을 들은 후로 코에 대해서 너무 많이 생각하고 있는 것 같아 걱정이야. 하지만 그 생각을 하면 기분이 좋거든. 어머, 다이애나, 저길 봐. 토끼야! 기억해 뒀다가 숲에 관해 작문할 때 쓰면 좋겠어. 겨울 숲도 여름 숲만큼 아름다운 것 같아. 온통 하얗고 고요한 것이 마치 온 숲이 잠이 들어 예쁜 꿈을 꾸고 있는 것 같거든."

다이애나가 한숨을 쉬었다.

"숲에 관해서 작문하는 건 그래도 괜찮아. 숲에 관한 건 그럭저 럭 쓸 수 있거든. 그런데 월요일에 해야 하는 작문은 정말 끔찍해. 이야기를 만들어 써내라니!"

"왜, 윙크하는 것만큼 쉬운데."

앤의 말에 다이애나가 부루퉁해서 말했다.

"넌 상상력이 풍부하니까 쉽겠지. 하지만 네가 상상력 없이 태 어났다면 어떨 것 같아? 그러고 보니 넌 이미 작문을 다 한 것 같 구나."

앤은 고개를 끄덕였다. 흡족한 모습을 보이지 않으려 애썼지만 실패하고 말았다.

"지난 월요일 저녁에 다 썼어. 제목은 '질투하는 경쟁자'나 '죽음 도 갈라놓을 수 없는'으로 할 거야. 마릴라 아주머니께 읽어 드렸더 니 말도 안 되는 시시한 이야기라고 하셨지만 매튜 아저씨는 이야 기를 듣고 재미있다고 하셨어. 난 그런 평을 듣고 싶거든. 그건 슬 프면서도 달콤한 이야기야. 그 이야기를 쓰면서 난 아이처럼 울었 어. 한 마을에 살면서 서로를 헌신적으로 아끼는 코델리아 몽모랑 시와 제럴딘 세이머라는 아름다운 두 여자의 이야기야. 코델리아 는 칠흑처럼 검은 머리와 잿빛 눈동자를 가진 브루넷(*백인종 가운 데 거무스름한 피부와 머리카락을 가진 사람.) 여인이고 제럴딘은 아름 다운 금발에 보랏빛 눈동자를 가진 한 백인 여자였어."

"난 한 번도 보랏빛 눈을 한 사람을 본 적이 없는데."

다이애나가 의심스러운 듯 말했다.

"나도 본 적 없어. 그냥 상상한 거야. 난 좀 특별한 이야기가 좋거든. 제럴딘은 설화 석고 같은 이마를 가졌어. 설화 석고 같은 이마가 어떤 건지 이제 알았거든. 열세 살이 되면 좋은 것 중에 하나야. 너도 열두 살 때보다 훨씬 더 많은 걸 알게 되지 않았니?"

"글쎄, 코넬리아랑 제럴딘은 어떻게 됐어?"

두 사람의 운명에 흥미를 갖기 시작한 다니애나가 물었다.

"두 사람은 나란히 함께 자라 아름다운 열여섯 살 처녀가 되었지. 그때 버트럼 드비어가 그 마을에 나타났고 아름다운 제럴딘과 사랑에 빠졌어. 제럴딘을 태운 마차를 끌던 말이 달아나 위험에 빠졌을 때 버트럼이 나타나 제럴딘의 목숨을 구해 준 거야. 제럴딘은 버트럼의 품에서 기절했고 버트럼은 그녀를 5킬로미터 떨어진 집으로 데려다 줬지. 왜냐하면 마차가 다 부서졌거든. 청혼하는 장면을 상상하는 게 좀 힘들었어. 내가 그런 경험이 없으니까. 그래서 남자들이 어떻게 청혼을 하는지 루비 길리스에게 물어봤어. 루비 길리스에게는 결혼한 언니들이 많으니까 그런 일이라면 잘 알 것 같았거든. 하지만 말콤 앤드루스가 수잔 언니에게 청혼할 때 루비는 식품 저장실에 숨어 있었대. 말콤이 아버지가 자기 이름으로 농장을 물려주었다고 말하면서 '내 사랑, 이번 가을에 결혼해 주겠소?'라고 물었대. 그러자 수잔 언니가 '네, 아니에요, 아니잘 모르겠어요. 생각해 볼게요.'라고 말했지만 두 사람은 그렇게 빨리 약혼을 했다네. 그런 청혼은 낭만적이지가 않은 것 같아. 그래서 결국 내가 상상해 내야 했어. 아주 화려하고 시적으로 만들었는데 버트럼이 무릎을 꿇고 청혼을 한 거야. 루비 길리스는 요즘은 그러지 않는다고 했지만. 그리고 제럴딘은 한 페이지 정도나 되는 긴 이야기를 하며 그 청혼을 받아들였지. 제럴딘의 이야기를 만드느라 정말 힘들었어. 다섯 번이나 고쳐 썼는데 아마 내 걸작이 될 것 같아. 버트럼은 제럴딘에게 다이아몬드 반지와 루비 목걸이를 주면서 유럽으로 신혼여행을 갈 거라고 했지. 버트럼은 어마어마한 부자였거든. 그런데 바로 그때 검은 그림자가 두 사람의 앞길에 드리우기 시작했어. 남몰래 버트럼을 짝사랑하고 있던 코넬리아는 제럴딘에게서 약혼 이야기를 듣고, 특히 목걸이와 다이아몬드 반지를 보고선 펄펄 뛰며 분노했어. 제럴딘을 사랑하던 마음은 쓰디쓴 증오로 변했고 두 사람이 절대 결혼하지 못하게 하겠다고 맹세했지. 하지만 겉으로는 여전히 제럴딘의 친구인 것처럼 행세를 했어. 어느 날 밤, 두 사람은 물살이 거센 강 위의 다리에 함께 서 있었어. 두 사람 뿐이라고 생각한 코넬리아는 '하하하' 비웃으며 제럴딘을 다리 끝에서 거칠게 밀었어. 하지만 모든 것을 보고 있던 버트럼이 '내가 당신을 구해 주겠소, 내 사랑 제럴딘.'이라고 소리치며 물속으로 뛰어들었어. 하지만 세상에, 버트럼은 자신이 수영을 하지 못한다는 사실을 깜빡 잊은 거야. 그래서 두 사람은 서로 꼭 껴안은 채 물에 빠져 죽고 말았지. 얼마 후 두 사람의 시체는 강기슭으로 떠내려왔어. 사람들은 두 사람을 한 무덤 속에 묻어 주고 성대하게 장례식을 치렀어. 이야기를 결혼식으로 끝내는 것보다 장례식으로 끝내니 훨씬 더 낭만적이야. 코넬리아는 슬픔에 빠져 있다가 미쳐 버려 정신 병원에 감금되었어. 코넬리아의 죗값에 대한 아주 시적인 벌이라고 생각해."

"너무 재미있다! 어떻게 그런 감동적인 이야기를 만들 수 있는지 모르겠어. 나도 너처럼 상상력이 풍부하면 얼마나 좋을까!"

다이애나가 한숨을 쉬며 말했다. 다이애나는 매튜와 같은 평을 한 것이다.

"너도 연습하면 할 수 있어. 막 떠오른 건데, 다이애나, 우리 둘
이 함께 이야기 클럽을 만들어서 연습 삼아 이야기를 써 보자. 너
혼자 잘할 때까지 내가 도와줄게. 상상력을 키워야 한다는 걸 너
도 알잖아. 스테이시 선생님도 그렇게 말씀하셨고. 물론 제대로 된
방법으로 해야겠지. 선생님께 유령의 숲에 대해 말씀드리니까 그렇
게 해서는 상상력을 제대로 키울 수 없대."

이렇게 해서 이야기 클럽이 탄생하게 되었다. 처음에는 다이애
나와 앤 두 사람만으로 시작됐지만 곧 상상력을 키울 필요가 있다
고 생각하는 제인 앤드루스와 루비 길리스, 그리고 한두 명의 다
른 아이들도 함께 하기로 했다. 루비 길리스는 남자 아이들도 들어
오면 더 재미있을 것 같다는 의견을 냈지만 남자 아이들은 받지 않
기로 했다. 클럽의 모든 아이들은 일주일에 하나씩 이야기를 만들
어야 했다.

앤이 마릴라에게 말했다.

"정말 재미있어요. 한 사람씩 자기가 만들어 온 이야기를 읽어
주고 난 다음 그 이야기에 대해 다 같이 토론을 하죠. 우린 그 이
야기들을 소중히 간직했다가 후손들에게 읽어 줄 거예요. 우린 모
두 필명으로 글을 써요. 제 필명은 로자먼드 몽모랑시예요. 다들
꽤 잘 써요. 루비 길리스는 조금 감상적이에요. 루비는 이야기에
사랑 이야기를 너무 많이 집어넣거든요. 너무 과하면 없느니만 못
하다는 거 아주머니도 아시잖아요. 또 제인은 사랑 이야기를 절대
넣지 않아요. 제인은 사랑 이야기를 넣어 소리 내어 읽으면 자신이
멍청하게 느껴진대요. 제인이 만든 이야기는 너무 이성적이에요.

다이애나는 이야기에 살인 사건을 너무 많이 넣어요. 다이애나가 그러는데 등장인물을 어떻게 해야 할지 모를 때 그들을 그냥 죽여 버린대요. 저는 아이들에게 무엇에 관해 쓸지 말해 줘야 하는데 어렵지는 않아요. 제게는 아이디어가 엄청나게 많거든요."

마릴라가 코웃음을 쳤다.

"이 이야기 클럽처럼 바보 같은 이야기는 들어본 적이 없구나. 넌 머릿속을 말도 안 되는 생각들로 가득 채우고 공부해야 할 시간을 쓸데없이 낭비하고 있어. 이야기책을 읽는 것도 나쁜데 쓰기까지 하다니."

"하지만 아주머니, 우린 이야기에 교훈을 넣으려고 애쓰고 있어요. 제가 그러자고 했죠. 착한 사람들은 모두 상을 받고 나쁜 사람들은 모두들 적당히 벌을 받아요. 이야기들은 좋은 영향을 주어야 한다고 생각해요. 교훈은 정말 대단해요. 앨런 목사님도 그렇게 말했고요. 제가 쓴 이야기 하나를 앨런 목사님과 사모님께 읽어 드렸더니 두 분 다 교훈이 아주 훌륭하다고 말씀하셨어요. 엉뚱한 곳에서 두 분 모두 웃긴 하셨지만요. 전 사람들이 울 때가 더 좋아요. 제가 슬픈 부분을 읽으면 제인과 루비는 거의 언제나 울어요. 다이애나가 조세핀 할머니께 보내는 편지에 우리 클럽에 대한 이야기를 썼더니 우리가 쓴 이야기들을 보내 보라고 하셨대요. 그래서 우리가 쓴 이야기 중 가장 잘 쓴 것 네 편을 뽑아 다시 써서 보냈어요. 조세핀 할머니가 답장을 보내셨는데 이렇게 재미있는 이야기는 평생 읽어 보지 못하셨대요. 우린 당황스러웠죠. 우리 이야기는 대부분이 슬프고, 사람들이 죽는 이야기거든요. 하지만 전 조세핀 할머니가 좋아하셔서 기뻐요. 우리 클럽이 이 세상에 뭔가 좋은 일을 하고 있다는 뜻이니까요. 앨런 부인은 어떤 일을 하든 세상에 좋은 일을 하는 것이 목적이어야 한다고 말씀하셨어요. 저는 제 목표를 이루려고 정말 노력하지만 재미있는 일을 할 때는 종종 깜빡 잊거든요. 제가 어른이 되면 조금이라도 앨런 부인처럼 되고 싶어요. 그럴 가능성이 있을까요?"

"가능성이 아주 많다고는 말할 수 없을 것 같아. 앨런 부인은 분명히 너처럼 깜빡깜빡 잘 잊어버리는 아이는 아니었을 테니."

용기를 준답시고 하는 마릴라의 대답이었다.

앤은 진지하게 대답했다.

"하지만 사모님도 지금처럼 항상 착하지는 않으셨어요. 사모님이 직접 그렇게 말씀하셨거든요. 어렸을 때는 끔찍하게 장난꾸러기여서 언제나 말썽을 일으켰대요. 그 말을 들으니 용기가 생겼어요. 다른 사람이 장난꾸러기에 말썽쟁이였다는 말을 듣고 용기를 갖는 저는 나쁜 사람이겠죠? 린드 아주머니가 그렇다고 말씀하셨어요. 린드 아주머니는 아무리 어리다 하더라도 누군가 말썽을 일으켰다는 이야기를 들으면 충격을 받으신대요. 린드 아주머니는 어느 목사님이 어렸을 때 이모 집 식품 저장고에서 딸기 타르트를 훔친 적이 있다고 고백하는 이야기를 듣고는 다시는 그 목사님을 존경할 마음이 안 생기더래요. 하지만 저라면 그렇게 생각하지 않았을 것 같아요. 그런 일을 고백한 그 목사님이 참 존경스러울 것 같아요. 그리고 지금은 장난꾸러기이지만 커서 목사가 될 수도 있을 거라고 생각하며 반성하는 남자 아이들에게는 정말 힘이 되는 이야기가 될 거라는 생각을 할 거예요. 전 그렇게 생각해요. 아주머니."

"지금 내가 생각하는 건 말이야, 앤, 네가 설거지를 해야 할 시간이라는 거야. 30분도 넘게 수다를 떨었구나. 할 일부터 하고 나중에 이야기하는 법을 배워야겠다."

27. 빨간 머리를 싫어한 대가

어느 늦은 4월의 저녁, 봉사 모임을 마치고 집으로 걸어가던 마릴라는 이제 겨울이 가고 젊고 즐거운 사람뿐 아니라 나이 들고 슬픈 사람에게도 기쁨을 가져다주는 봄이 왔다는 사실을 깨달았다. 마릴라는 자신의 생각이나 감정을 주관적으로 분석할 줄을 모르는 사람이었다. 그래서 자신이 봉사 모임이나 선교 기금, 교회에 새로 깔아 놓은 카펫에 대해 생각하고 있다고 여겼다. 하지만 이런 생각 아래에는 저물어 가는 태양 아래 옅은 보랏빛으로 피어오르는 붉은 들판과 시냇물 건너 풀밭 위로 길고 뾰족한 그림자를 드리운 전나무, 나무들로 둘러싸인 거울 같은 연못가에 붉은 싹을 틔우고 있는 단풍나무, 그리고 잿빛 땅속 겨울잠에서 깨어난 생명들의 요동치는 맥박 소리에 대한 상념들이 어우러져 있었다. 봄빛은 완연했고 마음 깊은 곳에서 우러나는 거부할 수 없는 기쁨으로 마릴라의 발걸음은 한층 더 가볍고 빨랐다.

마릴라는 나무들이 서로 가지를 걸고 있는 틈 사이로 창문에 반사된 햇빛이 반짝이는 초록 지붕 집을 애정 어린 시선으로 바라보았다. 저녁 이슬에 젖은 골목길을 걸어가면서 마릴라는 앤이 초록 지붕 집으로 오기 전처럼 봉사 모임을 마치고 냉기 가득한 집으로 들어가는 것이 아니라, 장작불이 활활 타오르고 식탁 위에는 차 준비가 깔끔하게 되어 있는 집으로 가고 있다는 사실에 너무나 흐뭇했다.

하지만 막상 부엌에 들어가 보니 불은 꺼져 있고 어디에도 앤이 보이지 않아 마릴라는 실망스러웠고 짜증이 났다. 앤에게 5시에 꼭 차를 준비해 놓으라고 말해 뒀었다. 그러나 이제 마릴라는 두 번째로 좋은 옷을 서둘러 벗어 놓고, 밭일을 마치고 돌아올 매튜를 위해 급하게 저녁을 지어야 했다.

"앤 양이 돌아오면 야단을 좀 쳐야겠어요."

마릴라는 큰 칼로 필요 이상으로 힘을 줘 불쏘시개를 깎으며 말했다. 매튜는 벌써 들어와서 자신이 늘 앉는 구석 자리에 조용히 앉아 차가 준비되기를 기다리고 있었다.

"해야 할 일이나 지금이 몇 시쯤 됐을까 하는 생각 따위는 단 한 번도 하지 않고 다이애나와 함께 이야기를 짓거나 연극 연습을 하거나 하는 멍청한 짓을 하며 어딘가 쏘다니고 있을 거예요. 이런 일은 당장 혼을 내야 한다고요. 앤처럼 똑똑하고 상냥한 아이는 처음 봤다는 앨런 부인의 말은 신경 쓰지 않을래요. 앤이 똑똑하고 상냥한 아이인지는 모르겠지만 머리에는 온통 말도 안 되는 일들로 가득해서 다음에 어떤 일을 벌일지 알 수가 없거든요. 엉뚱한 짓을 하고 반성하고 나면 다음번엔 또 다른 엉뚱한 짓을 하니까요. 그런데 이런! 이건 오늘 봉사 모임에서 레이첼이 해서 화가 났던 말인데 지금 제가 하고 있군요. 앨런 부인이 앤을 두둔하고 나서 줘서 얼마나 기뻤는지 몰라요. 앨런 부인이 그러지 않았다면 아마 전 사람들 앞에서 레이첼에게 단단히 한 마디 해 줬을 거예요. 앤에게 결점이 많다는 건 누구나 아는 사실이고 저도 인정해요. 하지만 앤을 키우는 건 나지 레이첼이 아니거든요. 레이첼은 가브리엘 천사가 에이번리에 산다 해도 그 결점을 찾아낼 사람이에요. 그건 그렇고, 내가 오늘 오후에는 집안일을 하면서 집에 있으라고 이야기했는데도 이렇게 집을 비우다니. 앤이 이렇게 말도 안 듣고 믿을 수 없는 아이인 줄은 몰랐는데 이런 행동을 하다니 정말 실망이에요."

"그러니까 그게, 난 잘 모르겠다."

현명하고도 참을성 있는 매튜는 어설프게 말싸움을 걸어 늘어지지만 않는다면, 마릴라는 어떤 일이든 빨리 해낸다는 사실을 경험을 통해 알고 있었다. 그래서 자신의 허기를 얼른 달래려면 마릴라가 방해받지 않고 자신의 분노를 다 쏟아내는 편이 더 나을 것 같다는 결론을 내렸다.

"마릴라, 네가 앤을 좀 성급하게 판단하고 있는 것 같구나. 앤이 네 말을 따르지 않았다는 것이 확실해질 때까지는 그 아이를 믿을 수 없는 아이라고 하지는 않았으면 좋겠다. 무슨 사정인지 그 이유를 설명할 거야. 앤은 설명을 잘하는 아이니까."

"내가 집에 있으라고 했는데 없어요. 내가 만족하도록 그 이유를 설명할 수는 없을걸요. 오빠가 앤 편이라는 거 알아요. 하지만 앤을 키우는 건 오빠가 아니라 나라고요."

저녁 준비가 다 됐을 때는 날이 어두워졌지만 통나무 다리를 허둥지둥 달려온다거나 할 일을 잊었다는 사실을 뒤늦게 깨닫고 숨이 턱에 닿도록 헐레벌떡 연인들의 오솔길을 달려오는 앤의 모습은 보이지 않았다. 굳은 얼굴로 설거지를 끝낸 마릴라는 지하실에 촛불을 가지고 내려가기 위해 앤의 방 테이블에 올려 둔 촛불을 가지러 동쪽 방으로 올라갔다. 촛불을 켜고 돌아서는데 앤이 베개에 얼굴을 묻은 채 침대에 엎드려 있는 것이었다.

"세상에, 앤, 너 자고 있었던 거니?"

깜짝 놀란 마릴라가 물었다.

"아니요."

베개에 묻힌 목소리였다.

"그럼 어디 아프니?"

마릴라가 침대로 다가서며 걱정스레 물었다.

하지만 앤은 세상으로부터 영원히 숨으려는 듯 베개 속으로 더 깊이 움츠러들었다.

"아니요. 아주머니, 제발 부탁인데 저를 보지 말고 멀리 가세요. 전 절망의 구렁텅이에 빠져 있어요. 누가 우리 반에서 공부를 가장 잘하는지, 누가 작문을 가장 잘 썼는지, 주일 학교에서는 누가 가장 노래를 잘 부르는지 이제 더 이상 상관없어요. 그런 사소한 것들은 이제 더 이상 중요하지 않아요. 왜냐하면 전 이제 아무 데도 갈 수 없게 됐거든요. 제 인생은 이제 끝이에요. 아주머니, 제발 저를 보지 말고 그냥 나가 주세요."

"도대체가 무슨 소린지 모르겠네. 앤 셜리, 무슨 일이니? 무슨 짓을 한 거야? 당장 일어나 말해 보거라. 지금 당장이라고 말했다. 대체 뭐냐?"

어리둥절해진 마릴라가 물었다.

앤은 어쩔 수 없어 슬그머니 바닥으로 내려가 섰다.

"제 머리를 보세요."

마릴라가 촛불을 들어올려서 등 뒤로 무겁게 흘러내린 앤의 머리를 자세히 살펴보았다. 분명히 아주 낯선 모습이었다.

"앤 셜리, 머리에 무슨 짓을 한 거야? 이건 초록색이잖아!"

이 세상에 있는 색깔로 불러야 한다면 초록색이라고 할 수도 있을 것이다. 하지만 그건 칙칙하게 구릿빛이 도는 초록색에 군데군데 원래의 빨간 머리가 섞여 기괴한 분위기가 느껴지는 색이었다. 마릴라는 평생 동안 그렇게 해괴망측한 꼴을 본 적이 없었다.

"맞아요, 초록색이에요. 빨간 머리만큼 나쁜 것도 없을 거라 생각했는데 이제 알게 됐어요. 초록색 머리가 열 배는 더 나쁘다는 걸요. 아, 아주머니, 제가 지금 얼마나 끔찍한 기분인지 전혀 모르실 거예요."

"어떻게 이런 짓을 벌일 수 있는지 도무지 모르겠구나. 여긴 너무 추우니 부엌으로 내려가자. 가서 네가 무슨 짓을 했는지 말해 보거라. 그러잖아도 네가 엉뚱한 짓을 할 때가 됐다 싶었다. 두 달 동안 네가 아무 말썽을 안 피우니까 또 무슨 일이 일어나겠지 생각은 했지. 자, 머리를 어떻게 한 거니?"

"염색했어요."

"염색이라고! 머리를 염색했다는 거냐! 앤 셜리, 그게 못된 짓이라는 거 모르니?"

"조금 나쁘다는 건 알고 있었어요. 하지만 빨간 머리를 없애기 위해서는 조금 못된 짓도 괜찮다고 생각했어요. 아주머니, 전 대가를 치를 각오도 했어요. 그리고 나쁜 짓을 한 만큼 다른 면에서는 정말 착한 아이가 될 생각이었어요."

"참 나, 내가 머리를 염색하겠다고 마음을 먹었다면 최소한 색은 좀 우아한 걸로 썼을 거다. 초록색으로 염색하지는 않았을 거라고."

마릴라가 비꼬자 풀이 죽어 있던 앤이 강하게 말했다.

"저도 초록색으로 염색할 생각은 아니었어요. 제가 못된 짓을 했다면 뭔가 목적이 있어서 그랬겠죠. 그 아저씨는 그 약을 쓰면 제 머리가 칠흑처럼 검게 될 거라고 했어요. 분명히 그럴 거라고 했다고요. 어떻게 제가 그 말을 의심할 수 있겠어요? 자기가 한 말이 의심받는 게 어떤 기분인지 저는 알거든요. 그리고 앨런 부인도 증거가 없다면 어느 누구라도 의심해서는 안 된다고 했어요. 그런데 이제 증거가 생겼어요. 이 초록색 머리는 누구에게든 명백한 증거가 될 수 있을 거예요. 하지만 그때는 증거가 없었기 때문에 그 아저씨가 하는 모든 말을 맹목적으로 믿었어요."

"누가 말했다는 거니? 너 지금 누구 말하는 거냐?"

"오늘 오후에 왔던 행상 아저씨요. 그 아저씨에게서 염색약을 샀어요."

"앤 셜리, 그 이탈리아 사람들을 집에 들이지 말라고 내가 몇 번이나 말했니! 그 사람들이 집에 들어오는 건 생각도 하기 싫어."

"어머, 집에 들인 거 아니에요. 전 아주머니가 하신 말씀을 기억하고 문을 잘 닫고 밖으로 나가 계단에서 행상의 물건들을 구경했어요. 게다가 그 사람은 이탈리아 사람이 아니라 독일계 유대인이었어요. 그 아저씨가 갖고 있는 커다란 상자 속에는 아주 재미난 물건들이 많았죠. 아저씨는 독일에서 자기 아내와 아이들을 데리고 오려고 열심히 일한다고 했어요. 그 아저씨가 아주 진지하게 자기 가족들에 대한 이야기를 해서 전 감동을 받았어요. 그런 훌륭한 목표를 두고 있는 아저씨를 돕기 위해 그분에게서 뭘 사고 싶어졌어요. 그때 갑자기 머리 염색약 병이 눈에 들어온 거예요. 그 아저씨는 그 약이 어떤 머리든 칠흑처럼 검은 머리로 염색해 주고 감아도 지워지지 않는다고 했어요. 바로 그 순간 칠흑처럼 검은 머리를 한 제 모습이 눈앞에 나타났고 저는 유혹을 뿌리칠 수 없었죠. 하지만 그 약은 75센트였는데 전 50센트밖에 없었어요. 그런데 제가 50센트밖에 없는 걸 보더니 정말 친절하게도 아저씨는 그냥 50센트만 받고 염색약을 주겠다며 그건 거저 주는 거라는 거예요. 그렇게 해서 저는 약을 샀고 아저씨가 가자마자 여기로 올라와서 설명서 지시대로 머리빗으로 약을 발랐죠. 병에 든 약을 모두 다 썼는데, 아, 아주머니, 제 머리가 끔찍한 색으로 변한 걸 보고 그제야 나쁜 짓을 한 걸 후회했어요. 진짜예요. 그때부터 지금까지 후회하고 있었어요."

마릴라는 엄하게 말했다.

"네가 제발 제대로 뉘우쳤길 바란다. 그리고 앤, 네 허영심이 너를 어떻게 만들었는지 두 눈 똑바로 뜨고 봐라. 어떻게 할지는 나도 모르겠구나. 먼저 네 머리를 잘 감고 괜찮아지는지 보자."

앤은 비누를 묻히고 박박 문질러 머리를 감아 보았지만 원래 빨간 머리 때와 마찬가지로 달라지는 건 없었다. 염색을 물로 씻을 수 없다던 행상의 말은 사실이었다. 하지만 그렇다고 그 사람이 진실한 건 아니었다.

앤은 눈물을 글썽이며 물었다.

"아, 아주머니, 저 이제 어떡하죠? 이렇게 하고서는 못 살아요. 사람들은 제가 저질렀던 다른 실수들은 잘 잊었어요. 진통제 넣은 케이크라든가 다이애나를 취하게 한 일이라든가 린드 아주머니께 화가 나서 대든 일 같은 거요. 하지만 이 일은 잊지 못할 거예요. 사람들은 제가 얌전하지 못하다고 생각할 거예요. 아, 아주머니, '우리가 처음 거짓을 행할 때, 그것은 우리가 짠 뒤엉킨 그물.' 이건 시지만 사실 그대로예요. 아! 조시 파이가 얼마나 저를 비웃을까요! 조시 파이 얼굴을 쳐다볼 수 없을 것 같아요. 저는 프린스 에드워드 섬에서 가장 불행한 아이예요."

앤의 불행은 일주일 동안 계속되었다. 일주일 동안 앤은 아무데도 가지 않고 매일 머리를 감았다. 이 치명적인 비밀을 아는 외부 사람은 다이애나뿐이었는데, 다이애나는 아무에게도 말하지 않겠다고 엄숙하게 약속했다. 다이애나가 그 약속을 지켰다는 것을 지금 여기에서 말해두도록 하겠다.

일주일이 지나자 마릴라가 결심한 듯 말했다.

"앤, 이제 아무 소용없다. 그런 게 있는지 모르겠지만 이건 색이 바래지 않는 염색약인 것 같아. 머리를 자르는 것 말고는 다른 방법이 없어. 이러고서는 넌 밖에 나가지도 못할 거다."

앤의 입술이 떨렸다. 하지만 앤은 마릴라의 말이 받아들이기 힘든 진실이라는 것을 알았다. 앤은 절망의 한숨을 내쉬며 가위를 가지러 갔다.

"아주머니, 당장 머리를 잘라 모든 걸 끝내 주세요. 아, 제 심장이 부서지는 것 같아요. 정말 낭만적이지 않은 고통이에요. 책

303

에 나오는 여자 아이들은 열병으로 머리카락을 잃거나 좋은 일에 쓸 돈을 구하기 위해 머리카락을 팔아요. 그런 일의 반만큼이라도 되는 이유로 제 머리를 자른다면 상관없을 거예요. 끔찍한 색깔로 염색이 된 머리를 자르는 건 정말 슬픈 일 아닌가요? 괜찮으시다면 아주머니가 머리카락을 잘라 주시는 동안 좀 울게요. 정말 비극적인 일이니까요."

그리고 앤은 울기 시작했다. 머리를 자르고 위층으로 올라가 거울을 본 앤은 절망으로 오히려 조용해졌다. 마릴라는 가능한 한 짧게 머리를 자름으로써 자신의 일을 확실하게 마무리 지었던 것이다. 아무리 좋게 말하려 해도 결과는 좋지 않았다. 앤은 얼른 거울을 벽 쪽으로 돌렸다.

"머리가 다시 자랄 때까지 절대, 절대 거울을 보지 않을 거예요."

앤은 절망적으로 소리쳤다.

그러더니 갑자기 다시 거울을 바로 돌렸다.

"아니, 볼래요. 그렇게 못된 짓을 한 것을 참회하겠어요. 방에 들어올 때마다 제 모습을 보면서 제가 얼마나 흉측한지 확인할 거예요. 상상으로 제 모습을 지우려고 하지도 않겠어요. 단 한 번도 제 머리가 자랑할 만하다는 생각을 해 본 적이 없는데, 사실은 꽤 괜찮은 머리였던 것 같아요. 색깔은 빨간색이었지만 길고 숱도 많고 곱슬거렸으니까요. 아마 다음엔 제 코에 무슨 일이 일어나지 않을까 싶어요."

다음 주 월요일, 앤의 짧은 머리를 본 학교 아이들은 무척이나 놀랐지만 다행스럽게도 아무도 머리를 자른 진짜 이유를 짐작하지 못했다. 조시 파이조차도 추측하지 못했는데 그래도 앤이 허수아

비처럼 보인다는 말은 잊지 않고 해 주었다.

그날 저녁 앤은 두통으로 소파에 누워 있는 마릴라에게 털어놓았다.

"조시가 그 말을 했을 때 전 아무 말도 하지 않았어요. 그것도 제가 받고 있는 벌의 일부분이니 꾹 참아야 한다고 생각했거든요. 허수아비처럼 보인다는 말은 정말 듣고 있기 힘들어서 뭐라고 대꾸해 주고 싶었지만 하지 않았어요. 한번 째려 봐 주고는 용서해 줬어요. 누군가를 용서할 때는 굉장히 고귀한 기분이 들지 않으세요? 이제부터 좋은 사람이 되기 위해 제 모든 힘을 다 쏟을 거고요, 다시는 애써 아름다워지려고 하지도 않을 거예요. 물론 착하면 더 좋겠죠. 그렇다는 걸 알지만 가끔은 알고 있어도 믿기 어려울 때가 있거든요. 아주머니, 전 아주머니나 앨런 부인, 스테이시 선생님처럼 좋은 사람이 되고 싶고 아주머니께 믿음을 주는 사람으로 자라고 싶어요. 다이애나는 저에게 머리카락이 길면 한쪽에 리본이 달린 검은 벨벳 머리끈을 하래요. 아주 어울릴 것 같대요. 전 그걸 스누드(*옛 스코틀랜드나 영국 북부에서 미혼 여성의 표시로 머리에 매던 끈.)라고 할 거예요. 너무 낭만적인 이름이죠? 그런데 아주머니, 제가 말을 너무 많이 하고 있죠? 저 때문에 머리 아프신 거 아니에요?"

"머리는 이제 괜찮다. 오늘 오후에는 정말 끔찍하게 아팠어. 머리 아픈 게 점점 더 심해지는 것 같아. 병원에 가서 진찰을 받아 봐야 할 것 같구나. 네 수다는 나도 이제는 잘 모르겠다. 하도 익숙해져서 말이야."

이것이 마릴라가 앤의 이야기를 듣고 싶다고 말하는 방식이었다.

28. 백합 아가씨 사건

"당연히 네가 일레인을 해야지, 앤. 난 떠내려갈 용기가 없어."

다이애나가 말했다.

"나도 그래. 두세 명이 함께 배를 타고 앉아서 떠내려간다면 상관없어. 그러면 재미있을 거야. 하지만 누워서 죽은 체하는 건 난 못해. 무서워서 정말 죽을걸."

루비 길리스가 바들바들 떨며 말했다.

"물론 낭만적이긴 하겠지. 하지만 난 가만 있지 못할 거야. 계속 고개를 내밀고 어디쯤 왔는지, 너무 멀리 떠내려온 건 아닌지 보게 될걸. 그러면 앤, 효과가 떨어질 거야."

제인 앤드루스도 인정했다.

"하지만 빨간 머리의 일레인도 너무 웃기잖아. 난 떠내려가는 건 두렵지 않아. 그리고 난 정말 일레인을 하고 싶어. 하지만 빨간 머리 일레인은 웃겨. 루비 길리스는 얼굴도 예쁘고 머리도 아름다

운 금발이니 루비가 일레인을 해야 해. 책에도 '눈부신 금발 머리
가 강물을 따라 흘러갔다.'라고 되어 있으니까. 게다가 일레인은 백
합 아가씨야. 나처럼 머리가 빨간 사람은 백합 아가씨가 될 수 없
어."

"네 얼굴은 루비만큼이나 뽀얗잖아. 게다가 머리는 자르기 전보
다 훨씬 더 짙어졌고."

다이애나의 진지한 말에 앤이 기뻐서 얼굴을 붉히며 소리쳤다.

"정말이야? 나도 가끔 그렇게 생각했거든. 그런데 혹시 아니라
는 소리를 들을까 봐 감히 누구에게도 물어보지 못하고 있었어.
이제 적갈색이라고 할 수 있을까?"

"응, 정말 예쁜 색인 것 같아."

다이애나는 검정 벨벳 리본으로 예쁘게 묶은 앤의 부드럽고도
곱슬곱슬한 짧은 머리를 부러운 듯 바라보며 말했다.

아이들은 비탈길 과수원 아래의 연못 기슭 위에 서 있었다. 연
못 기슭에서부터 튀어나와 있는 작은 곶은 전나무들이 에워싸고
있고 그 끄트머리에는 어부나 오리 사냥꾼들이 편하게 오르내릴
수 있도록 나무로 만든 작은 계단이 있었다. 다이애나와 루비, 제
인이 그곳에서 한여름 오후를 보내고 있었는데 앤도 함께 놀기 위
해 그곳으로 온 것이다.

그해 여름 앤과 다이애나는 거의 매일 연못 근처에서 놀았다.
봄에 벨 씨가 뒤뜰에서 작은 원을 이루며 자라고 있던 나무들을
무자비하게 잘라 버렸기 때문에 한가로운 황무지도 옛날 일이 돼
버렸다. 앤은 한가로운 황무지가 사라진 슬픔 때문에 남은 그루터
기에 앉아 엉엉 울었지만 금방 마음을 달랠 수 있었다. 앤과 다이

애나가 말했듯 이제 곧 열네 살이 될 열세 살의 다 큰 소녀들이 놀이 집에서 노는 건 너무 유치했기 때문이다. 연못 주변에는 훨씬 재미있는 놀이들이 있었다. 다리 위에서 송어를 낚는 것도 너무 근사했고 배리 씨가 오리 사냥을 할 때 쓰는 작고 납작한 배를 타고 노 젓는 법도 배웠다.

일레인 이야기를 연극으로 해 보자는 것은 앤의 생각이었다. 지난겨울에 아이들은 학교에서 테니슨의 시를 공부했다. 교육감이 프린스 에드워드 섬 모든 학교의 국어 시간에 테니슨(*영국의 계관시인(1809~1892년)으로 아서 왕 전설을 주제로 「국왕 목가」라는 장편 서사시를 썼음.)을 배우도록 한 것이다. 아이들은 시를 내용적으로, 문법적으로 분석했고 의미가 남아 있다는 것이 놀라울 정도로 하나하나 해부했다. 아름다운 백합 아가씨와 랜슬롯, 귀네비어와 아서 왕은 아이들에게 실제 인물 같이 느껴졌고 앤은 자신이 캐멀롯(*영국의 전설적인 영웅 아서 왕의 궁전이 있던 곳. 아서 왕의 원탁에 모인 기사 중 랜슬롯은 아서 왕의 아내 귀네비어와 사랑에 빠지는데, 일레인은 랜슬롯을 사랑한 아가씨임.)에서 태어나지 못한 것이 너무도 안타까웠다.

다들 앤의 계획에 열광적으로 찬성했다. 아이들은 배를 물에 띄우면 물을 따라 떠내려가다가 다리 아래를 지나 연못의 구비 도는 부분에 있는 또 다른 곳에서 배가 멈춘다는 것을 알고 있었다. 아이들은 종종 이렇게 아래로 내려가곤 했는데 일레인 연극을 하기에 이곳보다 더 나은 곳은 없었다.

"그럼 내가 일레인을 할게."

앤은 마지못해 그렇게 하기로 했다. 주인공 역할을 하게 된 건 기뻤지만, 이 역할을 하기에 자신에게는 한계가 있다는 것을 예술적 감각으로 느꼈다.

"루비, 넌 아서 왕을 하고 제인은 귀네비어를 해. 다이애나는 랜슬롯을 하고. 하지만 먼저 남자 형제들과 오빠부터 해야 해. 배에 한 사람이 누우면 다른 사람이 앉을 자리는 없으니까 벙어리 하인은 빼야 해. 그리고 배는 검은 비단으로 길게 덮을 건데, 다이애나, 너희 엄마의 낡은 검정색 숄이 딱인 것 같아."

앤은 다이애나가 가지고 온 검은 숄을 배에 깔았다. 그리고 가슴에 두 손을 모으고 바닥에 누워서는 두 눈을 감았다.

어른거리는 자작나무 그림자 아래에 가만히 누운 하얗고 작은 얼굴을 보며 루비 길리스가 속삭였다.

"어머, 정말 죽은 것 같아. 얘들아 무섭지 않니? 이렇게 연극을 해도 되는 걸까? 린드 아주머니는 연극은 모두 끔찍하게 사악한 짓이라고 했거든."

그러자 앤이 말했다.

"루비, 린드 아주머니 이야기를 하면 안 되지. 우리 연극은 린드 아주머니가 태어난 것보다 더 오래된 수백 년 전 이야기인데 아주머니 이야기를 하면 실감이 나지 않잖아. 제인, 네가 알아서 좀 해 줘. 죽은 사람이 이야기하는 건 좀 우스우니까."

제인이 나섰다. 황금실로 짠 덮개는 없었지만 낡은 피아노 덮개가 유용하게 쓰였다. 하얀 백합을 구할 수 없는 때라 길고 파란 붓꽃 한 송이를 앤의 손에 넣어 줬더니 더 이상의 것이 필요 없을 정도로 완벽했다.

"자, 이제 준비가 끝났어. 앤의 이마에 입을 맞춰야 해. 다이애나, '누이여, 영원히 잘 가시오.'라고 말해. 그리고 루비 넌 '안녕, 예쁜 누이.'라고 말해. 두 사람 다 정말 슬프게 말해야 해. 앤, 조금만 미소를 지어 봐. 일레인이 '미소를 띤 듯 누워 있었다.'라고 되어 있는 거 너도 알잖아. 좋아, 훨씬 괜찮네. 이제 배를 밀자."

배는 오랫동안 물속에 박혀 있던 말뚝에 긁히며 강물로 떠밀렸다. 다이애나와 제인과 루비는 배가 물길을 따라 다리 쪽으로 흘러가는 걸 보고 있다가 다 함께 숲을 달려 길을 건넜다. 그리고 저 아래 곳으로 가서 랜슬롯과 귀네비어, 아서 왕이 되어 백합 아가씨를 맞을 준비를 했다.

앤은 천천히 물 위를 떠내려가는 몇 분 동안 그 낭만적인 상황을 한껏 즐겼다. 그런데 그때 전혀 낭만적이지 않은 상황이 벌어지고 말았다. 배에 물이 새기 시작한 것이다. 일레인은 서둘러 일어나 황금실로 짠 덮개와 검은 비단을 집어 들고 배의 바닥에 난 커다란 틈으로 그야말로 물이 쏟아져 들어오고 있는 것을 멍하게 바라보았다. 아까 배가 출발할 때 말뚝에 부딪히면서 못으로 박아 놓은 널빤지 하나가 떨어진 것이다. 앤은 그 사실을 몰랐지만 자신이 위험한 상황에 처했다는 사실은 금방 알게 됐다. 이 속도라면 저 아래 곳에 닿기 전에 배는 물이 차서 가라앉고 말 것이다. 노가 어디 있었지? 아까 출발할 때 내려놓았다!

앤은 숨을 몰아쉬며 작게 비명을 질렀지만 아무도 듣지 못했다. 입술이 하얗게 질렸지만 냉정은 잃지 않았다. 기회가, 단 한 번의 기회가 있었다.

"정말 무서웠어요."

다음날 앤은 앨런 부인에게 말했다.

"물이 배 안으로 새어 들어오고, 배가 다리까지 떠내려가는 동안이 마치 몇 년처럼 길게 느껴졌어요. 기도를 했어요. 그 어느 때보다 진심으로요. 하지만 눈을 감고 기도를 하지는 않았어요. 왜냐하면 하느님이 저를 구해 줄 수 있는 유일한 길은 배를 다리 기둥 가까이 지나가도록 해서 제가 기어 올라갈 수 있도록 해 주시는 것뿐이라는 걸 알고 있었으니까요. 다리 기둥은 오래된 나무의 둥치라 옹이가 많은 데다 가지가 잘려 나가고 남은 자국이 많거든요. 기도를 하는 게 당연하겠지만 잘 지켜봐야 하기도 했으니까요. '하느님 아버지, 배를 기둥에 가까이 보내만 주세요. 나머지는 제가 알아서 하겠습니다.' 기도하고 또 기도했죠. 그런 상황이라면 누구든 멋진 기도를 할 여유가 없을걸요. 그런데 하느님이 제 기도에 답을 주셨어요. 잠깐 동안 배가 기둥 하나에 부딪혔고, 저는 숄과 피아노 덮개를 어깨에 두른 채 신께서 보내 주신 옹이를 붙잡고 기어 올라갔어요. 그리고 올라가지도 내려가지도 못한 채 미끄러운 기둥에 딱 들러붙어 있었어요. 정말 낭만적이지 않은 자세였지만 그때는 그런 생각을 할 겨를이 없었어요. 물에 빠져 죽을 뻔하다가 겨우 살아났는데 낭만에 대해 생각할 여유가 있을까요? 저는 감사의 기도를 한 번 하고는 다리를 꼭 붙잡고 있는 데만 모든 정신을 집중했어요. 다른 사람의 도움을 받기 전에는 땅으로 올라설 수 없다는 걸 알았으니까요."

배는 다리 아래에서 떠내려가다가 중간쯤에서 금방 가라앉고 말았다. 하류의 곳에서 기다리고 있던 루비와 제인, 다이애나는 눈앞에서 배가 사라지는 모습을 보았고 틀림없이 배와 함께 앤도 가라앉았다고 생각했다. 잠깐 동안 아이들은 공포에 얼어붙어 하

311

얗게 질린 채 아무 말도 못하고 서 있었다. 그러고는 비명을 꽥 지르고 정신없이 숲을 헤치고 달려 나가 숨 고를 틈도 없이 큰길을 건너가 다리 쪽을 살펴보았다. 위태롭게 발판을 디디고 서서 필사적으로 기둥에 매달려 있던 앤은 아이들이 달려가는 모습도 보고 아이들의 비명 소리도 들었다. 이제 곧 누군가 도우러 오겠지. 하지만 앤은 자세가 너무 불편했다.

몇 분밖에 지나지 않았지만 가엾은 백합 아가씨에게는 1분이 마치 한 시간은 되는 것처럼 느껴졌다. 왜 아무도 오지 않는 거지? 아이들은 어디로 간 거야? 혹시 다들 기절이라도 한 건 아닐까! 아무도 오지 않으면 어떻게 하지! 힘이 빠지고 쥐라도 나면 더 이상 붙잡고 있을 수 없을 텐데! 앤은 저 아래 깊고 음탕한 그림자를 드리우며 넘실대는 초록빛 물을 내려다보며 몸서리를 쳤다. 일어남 직한 온갖 섬뜩한 일들이 상상 속에서 펼쳐지기 시작했다.

바로 그 순간, 이제 팔과 손목이 아파 단 1분도 더는 못 견딜 것 같다는 생각을 하는데 길버트 블라이드가 하먼 앤드루스 씨의 배를 타고 다리 아래로 노를 저어 오는 것이 아닌가!

길버트가 위를 쳐다보니, 놀랍게도 작고 하얀 얼굴이 자신을 내려다보고 있는 것이었다. 겁에 질려 휘둥그레졌지만 경멸의 빛이 가득한 회색 눈이었다.

"앤 셜리! 대체 거기는 어떻게 올라간 거야?"

길버트가 소리쳤다.

그러고는 대답을 기다리지 않고 기둥으로 배를 가까이 댄 채 손을 뻗었다. 다른 도움은 기대할 수 없었기에 앤은 길버트의 손에 매달려 배로 기어 내려왔다. 온몸이 흙탕물에 젖은 앤은 화가 잔뜩 난 얼굴로 물이 뚝뚝 떨어지는 숄과 젖은 피아노 덮개를 한 아름 안은 채 배의 고물에 앉았다. 이런 상황에서 체면을 차리기는 극도로 어려웠다.

"무슨 일이야, 앤?"

길버트가 노를 잡으며 물었다.

앤은 자신을 구해 준 은인은 쳐다보지도 않고 냉랭한 목소리로 설명을 했다.

"일레인 연극을 하고 있었어. 범선, 그러니까 배를 타고 캐멀롯까지 떠내려가야 했어. 그런데 배에 물이 새기 시작해서 다리 기둥으로 기어 올라온 거지. 다른 친구들은 도움을 청하러 갔어. 배를 저어서 연못 기슭에 내려 줄래?"

길버트는 친절하게 연못 기슭까지 노를 저어 갔고 앤은 길버트의 도움을 무시하고 재빨리 배에서 뛰어내렸다.

"정말 고마웠어."

앤이 돌아서며 도도하게 말했다.

그런데 길버트도 배에서 뛰어내리더니 앤의 팔을 잡고는 다급하게 말했다.

"앤, 잠깐만. 우리 좋은 친구가 될 수 없을까? 그때 네 머리를 갖고 놀린 건 정말 미안해. 널 화나게 할 생각은 정말 없었어. 그냥 농담으로 그런 거라고. 게다가 이젠 정말 오래된 일이잖아. 이제 네 머리 색깔은 정말 예뻐. 진심이야. 우리 친구 하자."

앤은 잠깐 망설였다. 짓밟힌 자존심 아래로 낯선 감정이 새롭게 눈뜨고 있었다. 길버트의 엷은 갈색 눈에 비친, 반은 부끄럽고 반은 진지한 눈빛이 왠지 좋았다. 이상하게도 가슴이 살짝 뛰었다.

하지만 오래 전 느꼈던 분노의 감정이 앤의 흔들리는 마음을 얼른 붙잡았다. 2년 전의 그 장면이 마치 어제 일어난 일처럼 생생하게 앤의 기억 속에 떠올랐다. 길버트는 앤을 '홍당무'라고 불러 모든 친구들 앞에서 모욕을 주었다. 다른 사람들에게는 웃어넘길 수 있는 일인지 모르겠지만 겉으로 보기에 그때까지도 앤의 분노는 조금도 사그라지지 않았다. 길버트 블라이드가 미웠다. 절대 길버트를 용서하지 않을 거야!

"아니, 길버트 블라이드, 난 너랑 절대 친구가 될 수 없어. 그러고 싶지도 않고!"

앤이 냉담하게 말했다.

"좋아!"

길버트가 화가 난 표정이 되어 배로 뛰어 들어갔다.

"앤 셜리, 다시는 너에게 친구 하자는 말 하지 않을 거야. 그리고 이젠 나도 그러고 싶지 않아!"

그러고는 거칠게 노를 저어 가 버렸다.

앤은 단풍나무 아래 고사리가 자라 있는 가파르고 작은 오솔길을 걸어 올라갔다. 머리를 꼿꼿하게 쳐들고 있었지만 이상하게도 후회의 감정이 일고 있었다. 그렇게 대답하지 말았어야 하는데. 물론 길버트가 그때 심하게 모욕을 준 건 사실이지만, 하지만……! 앤은 주저앉아 엉엉 울고 싶었다. 앤은 너무 무서웠던 데다가 기둥에 매달려 있느라 완전히 기진맥진한 상태였다.

반쯤 올라갔을 때 가까스로 정신을 차리고 다시 연못으로 달려가고 있는 제인과 다이애나를 만났다. 두 사람은 먼저 비탈길 과수원으로 가 보았지만 배리 씨 부부가 외출을 했기 때문에 아무도 만날 수 없었다. 루비 길리스는 너무 놀란 나머지 정신을 잃을 것 같아 그곳에 남아 있기로 했고 제인과 다이애나만 유령의 숲을 지나 시냇물을 건너 초록 지붕 집으로 가 보았다. 하지만 그곳 역시 아무도 없었다. 마릴라는 카모디에 갔고 매튜는 뒷마당에서 건초를 만들고 있었기 때문이다.

안심도 되고 기쁘기도 한 다이애나가 울며 앤의 목을 끌어안고는 가쁜 숨을 몰아쉬며 말했다.

"아, 앤…… 우린…… 네가…… 물에 빠져…… 죽은 줄…… 알았어……. 그리고…… 우리가 널…… 죽인 거라…… 생각했어……. 왜냐하면 우리가…… 너에게…… 일레인을 하라고…… 했으니까……. 그리고…… 루비는 지금…… 정신을 못 차리고 있어……. 그런데 앤, 어떻게 빠져나온 거야?"

"다리 기둥에 기어 올라갔어. 그런데 길버트 블라이드가 앤드루스 씨의 배를 타고 와서는 나를 태워 줬어."

앤은 기운이 다 빠진 목소리로 말했다.

"어머, 앤, 길버트 너무 멋지다! 정말 낭만적이야! 그럼 이제 길버트랑 말하는 거야?"

말할 수 있을 만큼 안정을 되찾은 제인이 말했다.

"물론 아니지."

앤은 옛날 일들이 또 언뜻 떠올랐다.

"그리고 제인 앤드루스, 다시는 낭만적이라는 말을 듣고 싶지 않아. 너희들을 놀라게 한 것 같아 너무 미안해. 내 실수였어. 난 아마 불행의 운명을 타고 태어난 아이인가 봐. 내가 하는 일마다 나뿐만 아니라 친구들까지 곤란하게 하니까. 다이애나, 너희 아빠

배를 잃어버렸으니 이제 다시는 연못에서 배를 타지 못하게 하실 거라는 예감이 들어."

앤의 그 예감은 다른 어떤 예감들보다 적중했다. 배리 씨 부부와 커스버트 남매는 그날 오후에 일어난 일을 듣고서는 깜짝 놀랐다.

"이제 정신 좀 차릴 테냐, 앤?"

마릴라가 한숨을 쉬며 말했다.

"그럼요. 이젠 정신 차릴 거예요."

앤은 밝은 모습으로 돌아왔다. 동쪽 방에 혼자 틀어박혀 실컷 울고 나더니 어느새 진정하고 원래의 쾌활함을 되찾았다.

"그 어느 때보다도 정신 차릴 자신이 생겼어요."

"과연 그럴까 모르겠구나."

마릴라가 말했다.

"그게요, 오늘 정말 소중한 사실을 새로 알게 됐거든요. 초록 지붕 집에 온 이후로 전 계속 실수를 하고 있지만 실수를 할 때마다 저의 잘못된 점을 고쳐 나가고 있어요. 자수정 브로치 사건으로 내 것이 아닌 물건을 함부로 건드리지 않게 됐고요, 유령의 숲은 정신없이 상상하는 버릇을 고쳐 주었어요. 진통제 케이크 사건 때문에 조심성 없이 요리하는 습관을 고치게 됐어요. 머리 염색했던 일로 허영심을 버렸고요. 이제는 제 머리나 코에 대해서 전혀 생각하지 않아요. 그러니까 거의 생각하지 않는다고요. 오늘 실수는 너무 낭만적인 걸 좋아하는 제 버릇을 고쳐줄 거예요. 에이번리에서는 낭만적으로 되려고 해 봐야 소용없다는 결론을 얻었어요. 수백 년 전 캐멀롯에서는 낭만적으로 되는 게 쉬웠을지 모르겠지만 지금은 낭만이 별로 중요하지 않은 것 같아요. 이제 확실히 알게 됐으니 제가 많이 좋아진 걸 알게 되실 거예요, 아주머니."

"정말 그랬으면 좋겠구나."

마릴라가 믿지 못하겠다는 듯 말했다.

마릴라가 나가고 나자 아무 말 없이 구석자리에 앉아 있던 매튜가 앤의 어깨에 손을 얹으며 수줍게 속삭였다.

"앤, 낭만을 포기하지는 마라. 조금쯤 낭만적인 건 괜찮은 일이야. 물론 너무 지나쳐선 안 되겠지만. 낭만을 조금은 간직해. 조금은."

29. 새로운 경험

앤은 방목장에서 소떼를 몰고 연인들의 오솔길을 따라 집으로 돌아오고 있었다. 9월의 저녁, 숲은 곳곳이 붉은 저녁노을 빛으로 가득 차 있었다. 여기저기 오솔길은 노을빛이 내려앉아 있었지만 단풍나무 아래는 벌써 어둠이 비껴들었고 전나무 아래는 와인 같은 보랏빛 황혼이 가득했다. 나무 우듬지로 바람이 불었다. 이 저녁, 전나무에서 부는 바람 소리보다 더 감미로운 음악은 이 세상에 없을 것이다.

평온하게 오솔길을 걸어가고 있는 소들을 따라 앤은 『마미온』(*영국의 시인 월터 스콧(1771~1832년)의 서사시.)의 전쟁 편을 큰 소리로 외우며 꿈속을 걷듯 걸어가고 있었다. 지난겨울 학기 국어 시간에 스테이시 선생님이 외우도록 한 시였는데 창을 서로 부딪치며 싸우는 장면이 떠오르는 부분에서 앤은 주체할 수 없이 감정이 끓어올랐다.

불굴의 창병들은 용맹하게 싸웠노라.
꿰뚫을 수 없는 그들의 검은 나무.

이 구절을 외우면서 앤은 마치 자신이 영웅이라도 된 듯 두 눈을 감고 멈춰 서서 황홀함에 빠져들었다.

두 눈을 떴을 때 앤의 눈에 들어온 것은 배리 씨네 밭으로 난 문을 나서는 다이애나였다. 다이애나의 표정을 보고 앤은 한눈에 뭔가 새로운 소식이 있음을 알아차렸다. 하지만 너무 궁금한 내색은 하지 않았다.

"다이애나, 오늘 저녁은 온 세상이 보랏빛 꿈결 같지 않아? 살아 있다는 게 너무도 행복해. 난 아침이면 아침이 최고라고 생각하지만 이렇게 저녁이 되면 또 저녁이 훨씬 더 아름다운 것 같아."

"그래, 정말 아름다운 저녁이지? 그런데 앤, 새로운 소식이 있어. 맞춰 봐. 세 번 맞출 기회를 줄게."

"결국 샬럿 길리스가 교회에서 결혼하는구나. 그래서 앨런 부인이 교회를 장식하라고 하셨지?"

앤이 소리쳤다.

"아니, 샬럿의 남자 친구는 동의하지 않을걸. 아직 누구도 교회에서 결혼한 적이 없으니까. 그는 장례식처럼 보일 거라고 생각해. 그건 너무 평범한 생각이야. 다시 맞춰 봐. 정말 재미있는 일이거든."

"제인의 엄마가 제인의 생일 파티를 열어 준다고 하신 거야?"

다이애나는 즐거운 듯 까만 눈동자를 까불거리며 고개를 저었다.

"모르겠어. 어젯밤 기도회를 마치고 집으로 돌아가는 길에 무디스퍼전 맥퍼슨이 널 쳐다본 거야?"

앤이 풀이 죽어 말했다.

다이애나가 뿌루퉁해서 말했다.

"절대 아니거든. 만약 그 애가 그랬다 하더라도 난 절대 떠벌리고 다니지 않을 거야. 그 못생긴 괴물! 네가 못 맞출 거라 생각했어. 조세핀 할머니가 엄마께 편지를 보내셨는데 너랑 나랑 다음 주화요일에 시내에 와서 할머니와 함께 박람회 구경을 가자고 하셨대. 정말 근사하지 않니!"

"어머, 다이애나!"

앤은 몸을 기댈 만한 단풍나무를 찾아야 할 정도로 신이 났다.

"정말이야? 하지만 마릴라 아주머니께서 안 보내 주실지도 몰라. 아주머니는 내가 밖으로 쏘다니게 할 수 없다고 말씀하실걸. 지난 주 제인이 자기네 마차를 타고 화이트 샌즈 호텔에서 하는 미국인들의 음악회를 보러 가자고 했을 때 그렇게 말씀하셨거든. 난 가고 싶었지만 마릴라 아주머니는 나나 제인이나 집에서 공부하는 게 좋을 거라고 하셨어. 그때 내가 얼마나 실망했는지. 너무 마음이 아파서 그날 저녁에는 기도도 할 수 없었어. 하지만 기도를 안한 게 후회돼서 한밤중에 일어나 기도를 하고 잤어."

"그럼 우리 엄마에게 부탁해서 마릴라 아주머니께 말씀드리라고 하자. 그러면 보내 주실 지도 몰라. 아주머니가 보내 주시면 정말 재미있는 시간을 보낼 수 있을 텐데. 난 한 번도 박람회에 가 본 적이 없어. 아이들이 박람회에 다녀왔던 이야기를 하는 걸 들으면 너무약이 올라. 제인과 루비는 두 번이나 다녀왔는데 올해 또 갈 거래."

앤은 결심한 듯 말했다.

"내가 갈 수 있을지 알게 될 때까지 박람회 생각은 하지 않을래.

기대했다가 실망하면 도저히 견딜 수 없을 테니까. 하지만 만약 가게 된다면 그때쯤 새 코트가 완성되었으면 정말 좋겠어. 아주머니는 내게 새 코트가 필요하다고 생각하지 않으셨어. 원래 입던 코트를 한 해 더 입을 수 있고 새로 원피스가 생기는 걸로 만족하라고 하셨어. 다이애나, 새 원피스는 너무 예뻐. 감색에 최신 유행으로 만들었거든. 이제 아주머니는 내 원피스를 유행에 맞게 만들어 주셔. 매튜 아저씨가 린드 아주머니께 가서 내 원피스를 만들게 하고 싶지는 않으시대. 그래서 너무 좋아. 최신 유행 옷을 입으면 착한 사람이 되기가 훨씬 더 쉽거든. 최소한 난 그래. 원래 착하게 타고난 사람은 아무런 상관이 없겠지만 말이야. 그런데 매튜 아저씨가 내가 새 코트가 있어야 한다고 말씀하셔서 아주머니는 예쁜 파란색 브로드 천(*광택이 나는 셔츠나 드레스 옷감.)을 사 오셨지. 그리고 카모디에 있는 진짜 양장점에서 옷을 맞췄어. 토요일 밤에 다 될 건데 난 새 옷을 입고 모자를 쓰고 교회 통로를 걸어가는 내 모습을 상상하지 않으려고 노력 중이야. 그런 걸 상상하는 건 옳지 않은 일 같아서 말이야. 하지만 나도 모르게 자꾸 상상하게 돼. 모자도 정말 예쁘거든. 지난 번 카모디에 갔을 때 매튜 아저씨가 사 주셨어. 지금 한창 유행인 파란색 벨벳 천에 황금색 끈과 술로 장식이 돼 있어. 다이애나, 네 새 모자도 너무 예쁘고 너한테 너무 잘 어울려. 지난 주 일요일에 네가 교회로 들어올 때 네가 내 가장 친한 친구라는 사실이 너무나 자랑스러워 심장이 터질 것 같았어. 그런데 우리가 이렇게 옷에 대해서 너무 많이 생각하는 게 나쁜 것 같니? 마릴라 아주머니는 벌받을 짓이래. 하지만 너무 재미있지 않아?"

마릴라는 앤이 시내에 가는 것을 허락했고 배리 씨가 다음 주

화요일에 두 아이를 데려다 주기로 했다. 샬럿타운은 50킬로미터 떨어져 있는 곳이었는데 배리 씨는 갔다가 그날 돌아오고 싶었기 때문에 아침 일찍 집을 나서기로 했다.

화요일 아침, 앤은 너무나 설레어 해가 뜨기도 전에 일어났다. 창밖을 내다본 앤은 전나무로 이루어진 유령의 숲 뒤로 펼쳐진 동쪽 하늘이 구름 한 점 없이 온통 은빛인 것을 보고 그날 날씨가 화창할 거라고 생각했다. 나무들 사이로 빛이 반짝이는 게 보였다. 비탈길 과수원의 서쪽 방에서 비친 빛이었고, 그건 다이애나도 일어났다는 뜻이었다.

매튜가 불을 피웠을 때쯤 앤은 옷을 다 입었고, 마릴라가 내려왔을 때는 아침 식사 준비를 끝내 놓았다. 하지만 정작 앤은 너무 흥분해서 아침을 제대로 먹을 수 없었다. 아침 식사가 끝나자 앤은 멋진 새 모자를 쓰고 새 코트를 입은 후 서둘러 시내를 건너고 전나무를 지나 비탈길 과수원으로 갔다. 그곳에는 배리 씨와 다이애나가 앤을 기다리고 있었고 세 사람은 바로 길을 나섰다.

아주 긴 여정이었지만 앤과 다이애나는 매순간이 즐거웠다. 수확이 끝난 들판 위로 쏟아지는 이른 아침 햇살 속에서 이슬에 젖은 길을 덜컹덜컹 흔들리며 가는 것은 즐거운 일이었다. 공기는 신선하고 상쾌했으며 푸른 연기 같은 안개가 골짜기에서 언덕으로 피어올랐다. 때때로 이제 막 주홍빛으로 물들기 시작한 숲을 지나기도 하고, 즐겁기도 하고 두렵기도 한 기억으로 앤을 움찔하게 하는 다리를 건너기도 했으며, 해변을 따라 돌다가 오랜 세월 색이 바랜 낚시 오두막을 끼고 돌기도 했다. 그리고 다시 굽이굽이 돌아 안개 낀 푸른 하늘을 볼 수 있는 언덕을 오르기도 했다. 하지만 어디를 지나가든 두 사람은 재미있게 이야기를 나누었다. 정오 무렵이 되자 세 사람은 시내에 도착해서 비치우드(*너도밤나무 숲. 여기서는 조세핀 할머니가 사는 곳임.)로 들어섰다. 조세핀 할머니의 집은 큰길에서 떨어져 초록색 느릅나무와 가지가 울창한 너도밤나무로 둘러싸인 오래된 저택이었다. 조세핀 할머니는 까만 눈동자를 반짝이며 문 밖으로 나와 세 사람을 맞아 주었다.

"오, 꼬마 아가씨 앤, 이렇게 와 주었구나. 정말 고마워. 이런, 정말 많이 자랐구나! 나보다 더 큰걸. 정말이야. 그리고 지난번보다 훨씬 예뻐졌고. 말하지 않아도 알겠지만 말이야."

앤이 활짝 웃으며 말했다.

"아뇨, 할머니, 정말 몰랐어요. 예전보다 주근깨가 많이 없어진 건 알아요. 그래서 얼마나 고마운지 몰라요. 하지만 예뻐졌으리라고는 감히 상상도 못했어요. 할머니가 그렇게 생각하신다니 정말 기뻐요."

나중에 앤이 마릴라에게 말했지만 조세핀 할머니의 집에는 '엄청나게 대단한' 가구들이 있었다. 할머니가 점심 식사 준비가 어떻게 돼 가나 보려고 아이들을 응접실에 두고 나가자 두 시골 소녀는 응접실의 화려한 모습에 어리둥절해지고 말았다.

"마치 궁전 같지 않아? 조세핀 할머니 집에 한 번도 와 보지 않았는데 이렇게 멋진 줄은 몰랐어. 줄리아 벨이 여기에 왔어야 하는데. 걔가 얼마나 자기 엄마의 응접실을 자랑하고 다니는지 몰라."

다이애나가 속삭였다.

그러자 앤이 황홀한 듯 한숨을 내쉬었다.

"벨벳 카펫에 실크 커튼이야! 이런 것들을 꿈꾼 적이 있어. 그런데 이상하게도 편안하지가 않아. 이 방에는 너무 멋지고 훌륭한 것들이 많아 상상의 여지가 없어. 가난해서 위안이 되는 게 한 가지 있지. 상상할 것들이 많다는 거야."

벌써 몇 년 동안 시내에서 지내보기를 손꼽아 기다려 왔던 앤과 다이애나는 첫날부터 마지막 날까지 즐거운 일들로 가득한 시간을 보냈다.

수요일에 조세핀 할머니는 두 사람을 박람회에 데리고 가 하루 종일 함께 보냈다.

나중에 앤은 마릴라에게 이렇게 말했다.

"정말 근사했어요. 그렇게 재미있는 일들은 상상도 해 보지 못했어요. 어디가 가장 재미있었는지 고르라면 저는 정말 모르겠어요. 말이랑 꽃, 수예품을 전시해 놓은 곳이 가장 좋았던 것 같기도 해요. 조시 파이가 레이스 뜨개질에서 1등상을 받았어요. 그 애가 상을 받아서 저는 너무 기뻤어요. 제가 기뻐하고 있어서 기뻤어요. 조시가 잘한 것을 가지고 제가 기뻐한다는 건 제가 착해지고 있다는 증거니까요. 그렇죠, 아주머니? 하면 앤드루스 씨가 그라벤슈타인 종 사과(*덴마크에서 처음 재배하기 시작한 붉은기가 도는 노란색 사과로 캐나다 동부에서 많이 생산되었음.) 대회에서 2등을 했고요, 벨 장로님이 돼지 대회에서 1등을 했어요. 다이애나는 주일 학교 장로님이 돼지 대회에서 상을 받은 게 좀 웃기다고 했지만 저는 잘 모르겠어요. 아주머니는 어떻게 생각하세요? 다이애나는 이제부터 장로님이 기도를 할 때면 돼지 생각이 날 거래요. 클라라 루이즈 맥퍼슨은 그리기에서 상을 받았고요, 린드 아주머니는 집에서 만든 버터와 치즈 대회에서 1등을 했어요. 에이번리 사람들 정말 대단해요. 그렇죠? 린드 아주머니가 그날 박람회에 오셨는데 그 많은 낯선 사람들 속에서 낯익은 얼굴을 보니 얼마나 좋았는지 몰라요. 아주머니, 박람회에는 수천 명의 사람들이 왔어요. 그 많은 사람들 속에 있으니 제가 너무 하찮게 느껴졌어요. 조세핀 할머니가 우리를 데리고 관람석으로 가서 경마를 보여 주셨어요. 하지만 린드 아주머니는 함께 가지 않으셨어요. 아주머니는 경마는 아주 나쁜 짓이기 때문에 교회에 다니는 사람이라면 경마에 가지 않는 좋은 본보기를 보여 주는 게 의무라고 생각하신대요. 하지만 그곳에는 사람들이 너무 많아 아주머니가 경마에 가지 않으셔도 아무도 몰랐을 것 같아요. 전 경마에 자주 가선 안 될 것 같아요. 왜냐하면 너무 재미있었거든요. 다이애나가 잔뜩 흥분해서는 빨간 말이 이기는 데 10센트를 걸겠다고 하는 거예요. 저는 빨간 말이 이길 것 같지 않았지만 내기는 하지 않았어요. 왜냐하면 전 앨런 부인에게 모든 걸 다 이야기하고 싶은데, 그 이야기는 하면 안 될 것 같아서요. 목사 사모님께 이야기할 수 없는 일은 늘 나쁜 일이거든요. 목사 사모님과 친구가 되면 특별한 양심을 갖게 되는 것 같아요. 제가 내기를 하지 않아서 정말 다행이었어요. 빨간 말이 정말 이겼거든요. 내기를 했다면 10센트를 잃었겠죠. 그래서 착한 일을 하면 보답을 받나 봐요. 어떤 남자가 기구를 타고 하늘로 올라가는 것도 봤어요. 아주머니, 저도 기구를 타고 하늘을 날고 싶어요. 정말 신 날 것 같아요. 그리고 점치는 사람도 봤어요. 10센트를 내면 작은 새가 사람들의 운을 뽑는 거예요. 조세핀 할머니가 우리에게 10센트씩 주시면서 점을 쳐 보라고 했어요. 그 점에서는 제가 검은 피부의 부자와 결혼을 해서 물을 건너가서 살 거라고 했어요. 그 뒤부터는 피부가 검은 남자들을 유심히 살펴보았지만 마음에 드는 사람이 아무도 없었어요. 그리고 벌써 결혼할 남자를 찾는 건 너무 이른 것 같았고요. 아, 아주머니 정말 잊을 수 없는 날이었어요. 너무 피곤해서 그런지 밤에는 잠도 오지 않았어요. 조세핀 할머니는 약속대로 우리에게 손님방을 주었어요. 정말 좋은 방이었지만 손님방에서 자는 게 왠지 제가 생각했던 것과는 달랐어요. 어른이 되는 건 그래서 나쁜가 봐요. 그 사실을 이제 막 깨닫기 시작하고 있어요. 어릴 때 그렇게 원하던 것도 막상 가지고 보면 그다지 멋지지 않거든요."

목요일에 앤과 다이애나는 마차를 타고 공원을 달렸고 그날 저녁에는 조세핀 할머니가 음악 학교에서 하는 음악회에 두 사람을 데리고 가 주었다. 유명한 프리마돈나가 노래를 하는 음악회였다. 앤에게 그날 밤은 모든 것이 기쁨으로 반짝이는 것처럼 보였다.

"아, 아주머니, 도저히 설명할 수 없을 정도였어요. 너무 흥분해서 말 한 마디 할 수 없었다면 어느 정도인지 짐작하시겠죠. 너무 행복해서 그냥 가만히 앉아만 있었다니까요. 하얀 새틴 드레스에 다이아몬드로 장식한 셀리츠키 부인은 정말 아름다웠어요. 셀리츠키 부인이 노래를 시작하자 아무 생각도 안 났어요. 아, 어떤 기분이었는지 도무지 설명할 수가 없어요. 이제는 착한 사람이 되는 게 더 이상 어렵지 않을 것 같았어요. 별을 쳐다보면 그런 생각이 들거든요. 눈물이 났는데 아, 그건 기쁨의 눈물이었어요. 공연이 끝났을 때 너무 아쉬워서 조세핀 할머니께 제가 어떻게 다시 평범한 일상으로 돌아갈 수 있을지 모르겠다고 말씀드렸죠. 그러자 할머니는 길 건너 식당에 가서 아이스크림을 먹으면 도움이 될 거라고 하셨어요. 그냥 그러려니 하고 들었는데 놀랍게도 할머니 말씀은 사실이었어요. 아이스크림은 정말 맛있었고요, 밤 열한 시에 그곳에 앉아 아이스크림을 먹는 건 너무나도 재미있고 자유로운 기분이었어요. 다이애나는 자기가 도시 생활에 딱 맞는 것 같다고 말했어요. 조세핀 할머니가 저에게 어떠냐고 물으셨지만 전 곰곰이 생각해 보고 제 생각을 말씀드리겠다고 했죠. 그리고 잠자리에 들어서 그 점에 대해 생각해 봤어요. 침대에 누워 있을 때가 생각하기 가장 좋거든요. 결국 전 결론을 내렸어요. 전 도시 생활에 어울리지 않는다고요. 그래서 기뻐요. 가끔은 밤 열한 시에 예쁜 식당에서 아이스크림을 먹는 것도 좋겠지만, 보통 그 시간에는 그냥 제 방에서 잠을 푹 자고 있고 그 사이 하늘에는 별이 빛나고 바람이 시내를 건너 전나무 사이로 불어오고 그랬으면 좋겠어요. 다음날 아침에 조세핀 할머니에게 그렇게 말씀드렸더니 할머니가 소리 내어 웃으셨어요. 할머니는 제가 무슨 말을 해도 웃으세요. 진짜 심각한 이야기를 할 때도요. 별로 좋지는 않은 것 같아요. 웃기려고 그런 건 아닌데 말이에요. 하지만 할머니는 정말 우리를 잘 대접해 주셨어요."

금요일은 집으로 돌아가야 하는 날이었다. 배리 씨가 아이들을 태우러 왔다.

"재미있었니?"

조세핀 할머니가 배웅을 하며 말했다.

"네, 너무 재미있었어요."

다이애나가 말했다.

"넌 어떠니, 꼬마 아가씨 앤?"

"모든 게 다 재미있었어요."

앤은 갑자기 할머니의 목에 두 팔을 두르고는 주름진 뺨에 입을 맞추었다. 감히 그런 일은 해 본 적이 없는 다이애나는 앤의 자유로움이 좀 놀라웠다. 하지만 조세핀 할머니는 기뻤고 마차가 보이지 않을 때까지 베란다에 서 있었다. 그리고 한숨을 쉬며 저택으로 들어갔다. 아이들이 떠나고 없는 집은 아주 쓸쓸하게 느껴졌다. 사실 조세핀 할머니는 좀 이기적인 사람이어서 자기 말고 다른 사람은 전혀 신경을 쓰지 않았다. 자신에게 얼마나 도움이 되는지, 자신을 얼마나 즐겁게 해 주는지 그것만으로 사람들을 평가했다. 할머니는 앤이 재미있는 아이라 마음에 들었다. 하지만 자신이 앤의 엉뚱한 이야기들보다는 앤의 때 묻지 않은 열정과 투명한 감수성, 사람을 끄는 매력, 사랑스러운 눈빛과 입술을 더 많이 생각하고 있다는 것을 알게 되었다.

할머니는 혼잣말로 중얼거렸다.

"처음에 마릴라 커스버트가 고아원에서 여자 아이를 입양한다는 이야기를 들었을 때 참 멍청하다고 생각했어. 하지만 지금 보니 전혀 실수가 아니었어. 만약 우리 집에도 앤 같은 아이가 있다면 난 훨씬 더 행복하고 마음씨 좋은 사람이 될 텐데 말이야."

시내에 갈 때만큼이나 집으로 가는 길도 즐거웠다. 아니 오히려 더 즐거웠는데 그건 따뜻한 집이 기다리고 있다는 걸 알고 있기 때문이었다. 해가 질 무렵 마차는 화이트 샌즈를 지나 해변길로 접어들었다. 해가 지는 하늘 저 멀리 에이번리의 언덕이 어둑어둑하게 보이기 시작했다. 언덕 뒤로는 달이 떠오르고 있었고 달빛에 바다가 찬란하게 빛나고 있었다. 구불구불한 길을 돌 때마다 바닷물이 잔잔하게 출렁거렸고 길 아래로 파도가 바위에 살짝살짝 부딪히는 게 보였다. 공기는 신선한 바다 냄새로 가득했다.

"아, 이렇게 살아 있다는 게, 그리고 집으로 가고 있다는 게 너무 행복해."

앤이 숨을 들이쉬었다.

통나무 다리를 건너며 보니 초록 지붕 집 부엌에서 앤을 반기듯 불빛이 깜빡거렸고, 열려 있는 문틈으로는 쌀쌀한 가을 저녁 공기 속으로 난롯불의 따뜻한 불빛이 비스듬히 새어 나왔다. 앤은 기쁜 마음으로 언덕을 달려 올라가 부엌으로 들어섰다. 식탁 위에는 따뜻한 저녁이 차려져 있었다.

"이제 왔니?"

뜨개질하던 것을 접으며 마릴라가 물었다.

"네, 아, 집에 오니 너무 좋아요. 모든 것에 뽀뽀해 주고 싶어요. 시계한테도요. 어머, 아주머니 구운 닭 요리네요. 설마 저를 위해 만들었다는 말씀을 하시는 건 아니죠?"

"아니, 널 위해 만들었다. 오랫동안 마차를 타고 와서 배가 고플 테니 뭔가 맛있는 게 있어야 할 것 같아서. 자, 어서 옷을 벗어. 아저씨가 들어오시면 바로 저녁을 먹자. 네가 돌아와 너무 기쁘구나. 네가 없으니 여기가 얼마나 썰렁한지. 나흘이 이렇게 길었던 적이 없었는데 말이다."

저녁을 먹은 후 세 사람은 난로 앞에 앉았다. 마릴라와 매튜 사이에 앉은 앤은 그동안 있었던 이야기를 했다.

"너무 근사한 시간이었어요. 그리고 제 인생에서 정말 큰 사건인 것 같아요. 하지만 그 중에서도 가장 좋았던 건 집으로 돌아온 거예요."

30. 퀸스 준비반

마릴라가 뜨개질하던 것을 무릎에 내려놓고 의자에 등을 기댔다. 눈이 피로했다. 최근 들어 이렇게 자주 피곤한 걸 보니 다음번에 시내에 가면 안경을 바꿔야겠다는 생각이 어렴풋이 들었다.

11월의 어스름한 황혼이 초록 지붕 집에 내린 저녁 시간이었다. 부엌에 빛이라고는 춤을 추듯 흔들리고 있는 난롯불뿐이었다.

앤은 난로 앞 깔개 위에서 무릎을 꿇고 앉아 단풍나무 장작에서 우러나오는, 수백 년 묵은 여름의 햇살이 행복하게 타오르는 모습을 바라보고 있었다. 앤은 읽고 있던 책을 바닥에 떨어뜨리고 약간 벌린 입에 미소를 띤 채 상상의 나래를 펼치기 시작했다. 앤의 상상 속에서는 멋진 스페인 궁전들이 안개와 무지개 속에서 모습을 드러내고 있었다. 공상의 세계 속에서는 신 나고 재미있는 모험이 펼쳐졌고 그 모험들은 언제나 멋지게 끝이 났다. 현실과는 달리 앤은 곤경에 빠지지도 않았다.

마릴라는 이렇게 어둑한 난롯불이 아닌 환한 빛 속에서는 좀처럼 볼 수 없는 부드러운 표정으로 앤을 바라보고 있었다. 마릴라는 말이나 표정으로 사랑을 표현하는 법을 배우지 못했다. 하지만 드러내지는 않아도 이 잿빛 눈의 가녀린 소녀를 그 무엇보다도 깊고 강하게 사랑하고 있었다. 마릴라는 자신이 앤을 지나치게 사랑하게 될까 봐 두려웠다. 마릴라는 인간에게 너무 깊은 사랑을 주는 것은 죄라고 생각했다. 그래서 앤에 대한 자신의 깊은 사랑을 참회하는 심정으로, 마치 앤이 자신에게는 아무렇지 않은 존재인 양 엄하고 호되게 대하고 있었다. 당연히 앤은 마릴라가 자신을 얼마나 사랑하는지 전혀 알지 못했다. 마릴라가 비위를 맞추기 힘들고 연민과 이해가 부족한 사람이라고 생각했다. 하지만 그럴 때마다 앤은 마릴라가 자신에게 베풀어 준 것들을 떠올리며 자신의 생각을 나무랐다.

"앤, 아까 오후에 네가 다이애나와 놀러 나갔을 때 스테이시 선생님이 다녀가셨다."

마릴라가 불쑥 말을 꺼냈다.

앤은 깜짝 놀라 한숨을 쉬며 상상의 세계에서 빠져나왔다.

"정말요? 제가 없어서 곤란하지 않으셨어요? 저를 부르지 그러셨어요? 다이애나랑 유령의 숲에 있었거든요. 지금 숲 속은 얼마나 아름다운지 몰라요. 고사리, 반짝이는 이파리들, 산딸나무 같은 작은 식물들은 잠을 자고 있어요. 봄이 올 때까지 나뭇잎 이불 속에 있으라고 마치 누군가 덮어 준 것 같아요. 달빛이 쏟아지던 지난밤에 무지갯빛 목도리를 두르고 발끝으로 몰래 온 작은 회색 요정이 그런 거 아닌가 싶어요. 그런데 다이애나는 숲에 대해서 이야기를 많이 하지 않아요. 유령의 숲에 유령이 나온다고 상상한 것 때문에 배리 아주머니께 혼났던 걸 결코 잊지 않았거든요. 그 일이 다이애나의 상상력에 아주 나쁜 영향을 준 것 같아요. 상상 력을 메마르게 한 거죠. 린드 아주머니는 머틀 벨이 메마른 사람 이라고 해요. 왜 머틀이 메마른 사람이냐고 루비 길리스에게 물었 더니 아마 애인이 배신을 했기 때문인 것 같다는 거예요. 루비 길 리스는 남자 생각만 해요. 나이가 들수록 더 심각해져요. 아무 상 관없는 남자들을 왜 자꾸 모든 일에 끌어들이는 걸까요? 다이애 나랑 저는 결혼하지 않고 멋지게 노처녀로 영원히 함께 사는 건 어 떨까, 심각하게 고민하고 있는 중이에요. 다이애나는 아직 마음을 정하지 못했는데, 그 앤 거칠고 못된 남자랑 결혼해서 그 남자를 훌륭한 사람으로 바꿔 놓는 게 훨씬 더 숭고한 일이 될 거라고 생 각하거든요. 다이애나랑 저는 요즘 진지한 주제들을 놓고 이야기 를 많이 해요. 우린 이제 많이 컸기 때문에 유치한 이야기들을 하 는 건 어울리지 않는다고 생각하거든요. 열네 살이 됐으니 좀 진지 해질 필요가 있을 것 같아요. 지난 주 수요일에 스테이시 선생님이 십 대가 된 여학생들을 모두 데리고 시냇가로 가서는 말씀을 하셨 어요. 십 대 때는 아주 신중하게 습관과 생각을 형성해야 한다고 요. 왜냐하면 스무 살쯤 되면 우리의 인격이 다 만들어지고, 그렇 게 만들어진 인격이 앞으로 평생 우리 인생의 기초가 되기 때문이 래요. 기초가 흔들리면 그 위에 정말 중요한 것을 지어 올릴 수가 없다고 하셨어요. 다이애나와 저는 집으로 오는 길에 선생님의 말 씀에 대해서 이야기를 나누었어요. 이야기를 나누는 동안 우린 정 말 진지해졌죠. 그래서 신중하게 행동하고 좋은 습관을 길러 가능한 한 많은 것을 배우고 최선을 다해 이성적인 사람이 되어서, 스무 살쯤 되었을 때는 아주 훌륭한 인격을 완성하자고 다짐했어요. 아주머니, 스무 살이 된다는 생각을 하니 정말 이상해요. 스무 살이라면 정말 다 큰 것 같은 느낌이예요. 그런데 왜 스테이시 선생님이 이곳에 오셨을까요?"

"그 이야기를 지금 할 참이야, 앤. 네가 언제 말할 틈을 주나 했다. 선생님은 네 이야기를 하셨어."

"제 이야기요?"

앤은 겁을 먹은 표정이 되었다. 그리고 이내 얼굴을 붉히며 소리쳤다.

"아, 무슨 말씀을 하셨는지 알겠어요. 아주머니께 미리 말씀드리려고 했어요. 정말 그랬는데 깜빡했어요. 어제 오후 역사 시간에 『벤허』를 읽다가 선생님께 들켰어요. 제인 앤드루스가 그 책을 빌려 줬거든요. 점심시간에 읽다가 이륜 마차 경주 부분을 막 읽으려는데 수업이 시작된 거예요. 어떻게 됐는지 알고 싶어 죽겠더라고요. 벤허가 이길 거라고 생각은 했죠. 벤허가 이기지 않으면 시적 정의(*시나 소설 속에 담긴 권선징악, 인과응보의 사상.)에 어긋나니까요. 그래서 역사책을 책상 위에 펼쳐 놓고 『벤허』 책을 책상과 제 무릎 사이에 숨겼죠. 역사를 공부하는 것처럼 하면서 『벤허』를 정신없이 읽고 있었어요. 너무 재미있어서 스테이시 선생님이 통로 쪽으로 오시는 것도 몰랐다가 문득 고개를 들어 보니 선생님이 저를 내려다보고 계신 거예요. 나무라시는 표정으로요. 정말 얼마나 창피했는지 몰라요. 특히 조시 파이가 킬킬거리고 웃는 소리가 들릴 땐 말이에요. 선생님은 『벤허』 책을 갖고 가셨지만 아무 말씀도 하지 않으셨어요. 쉬는 시간에 저를 교실에 남으라고 하더니 말씀을 하셨어요. 선생님은 제가 두 가지 면에서 크게 나쁜 짓을 했대요. 첫째, 열심히 공부해야 할 시간을 낭비했고 둘째, 소설책을 읽으면서도 역사 공부를 하는 것처럼 보이게 해서 선생님을 속인 거래요. 아주머니, 그때까지도 전 제가 남을 속이는 짓을 했다는 사실을 깨닫지 못하고 있었어요. 저는 충격을 받았죠. 엉엉 울면서 선생님께 용서해 달라고 했고 다시는 그런 짓을 하지 않겠다고 말씀드렸어요. 그리고 1주일 내내 『벤허』를 절대 보지 않는 것으로 벌을 받겠다고 했어요. 마차 경주가 어떻게 되는지도 절대 보지 않고요. 하지만 선생님은 그러지 않아도 된다며 그냥 용서해 주셨어요. 하지만 결국 이렇게 집까지 오셔서 아주머니께 모든 걸 이야기한 걸 보면 그렇게 친절한 분도 아닌 것 같네요."

"앤, 선생님은 그런 이야기를 전혀 하지 않으셨다. 그건 모두 네 죄책감일 뿐이야. 이젠 학교에 소설책을 갖고 가지 말거라. 넌 소설책을 너무 많이 읽어. 내가 어릴 때는 소설책을 쳐다보는 것도 안됐었다."

앤은 따지듯 물었다.

"어머, 아주머니, 『벤허』같은 종교 서적을 어떻게 소설이라고 하실 수 있으세요? 물론 주일에 읽기엔 좀 흥미진진한 면이 있긴 하지만요. 그래서 전 주중에만 그 책을 읽어요. 그리고 이제 스테이시 선생님과 앨런 부인이 13년 하고도 9개월을 산 소녀가 읽기에는 적당하지 않다는 책은 절대 읽지 않아요. 스테이시 선생님과 그렇게 약속했어요. 언젠가 제가 『유령이 나오는 강당의 소름 끼치는 미스터리』라는 책을 읽고 있는 걸 선생님이 보셨어요. 루비 길리스가 빌려 준 책인데, 정말 오싹오싹하고 재미있거든요. 정말 간담을 서늘하게 하는 이야기예요. 하지만 선생님은 그 책이 조잡하고 해로우니 이젠 그런 책을 읽지 말라고 하셨어요. 그런 책은 읽지 않겠다고 기꺼이 약속하긴 했지만 이야기가 어떻게 되는지 모르고 그 책을 돌려주는 건 정말 괴로운 일이었어요. 하지만 선생님을 사랑했기 때문에 이겨 낼 수 있었죠. 아주머니, 누군가를 기쁘게 만드는 일을 하는 건 정말 멋진 일이거든요."

"음, 램프를 켜고 일이나 해야겠구나. 내가 보기에 넌 스테이시 선생님이 무슨 말씀을 하셨는지 듣고 싶어 하지 않는 것 같아. 넌 네 입에서 나오는 이야기 말고는 다른 건 당최 관심이 없구나."

"어머, 아주머니, 아니에요, 듣고 싶어요."

앤이 자신의 잘못을 뉘우치며 말했다.

"이제는 한 마디도 하지 않을게요. 저 역시 제가 너무 말이 많다는 것도 알고 고치려고 정말 애쓰고 있어요. 지금도 많이 하기는 하지만, 하고 싶어도 못하는 이야기들이 얼마나 많은지 알아 주셨으면 좋겠어요. 아주머니, 제발 말씀해 주세요."

"으흠, 스테이시 선생님이 상급 반 학생들 중에서 퀸스 학교 입학시험을 준비하는 학생들로 새로 반을 꾸릴 생각이라고 하신다. 그 반 아이들에게는 방과 후에 한 시간씩 특별 수업을 해 주실 생각이시더구나. 그래서 선생님이 매튜 아저씨와 나에게 너를 그 반에 보낼 것인지 물어보러 우리 집에 오신 거야. 네 생각은 어떠니, 앤? 퀸스 학교에 가서 선생님이 되고 싶니?"

"아! 아주머니!"

앤은 벌떡 일어나 두 손을 꼭 맞잡았다.

"그건 제 평생의 꿈이었어요. 그러니까 루비와 제인이 입학시험 공부에 대해 이야기하기 시작한 이후로 여섯 달 동안이요. 하지만 전 아무 말도 하지 못했어요. 입학시험이 제게는 쓸모없는 거라고 생각했거든요. 저 정말 선생님이 되고 싶어요. 하지만 끔찍하게 돈이 많이 들지 않을까요? 앤드루스 씨는 프리시를 공부시키는 데 150달러가 든다고 하세요. 프리시는 기하학을 못하지도 않고요."

"그런 걱정은 하지 않아도 된다. 매튜 아저씨와 내가 너를 키우기로 했을 때 우리는 너를 훌륭하게 키우고 잘 가르치는 데 최선을 다하기로 결심했으니까. 그럴 필요가 있든 없든 여자도 자기 밥벌이는 해야 한다고 난 생각해. 매튜 아저씨와 내가 여기 있는 한 너도 초록 지붕 집에 살 수 있겠지만 이 불확실한 세상에서 무슨 일이 일어날지 누가 알겠니? 준비해 둔다고 나쁠 건 없으니까. 그러니 네가 좋다면 퀸스 준비반에 들어가거라."

"아, 아주머니, 감사합니다."

앤은 마릴라의 허리를 두 팔로 감고 진심 어린 눈빛으로 마릴라를 올려다보았다.

"아저씨와 아주머니께 정말 감사드려요. 정말 열심히 공부하고 최선을 다할게요. 하지만 기하에서만큼은 그렇게 많이 기대하지 마세요. 그래도 열심히 공부하면 다른 건 잘할 자신 있어요."

"넌 잘할 수 있을 거야. 스테이시 선생님이 네가 아주 총명하고 부지런하다고 하셨어."

마릴라는 앤의 자만심만 키워 줄 것 같아 스테이시 선생님이 했던 말을 전부 다 해 주지는 않기로 했다.

"지금 당장 책을 붙들고 그렇게 고생스럽게 공부하지 않아도 돼. 서두를 필요 없어. 아직 1년 반이나 남았으니까. 하지만 때에 맞춰 공부를 시작하고 철저하게 기초를 닦아 둬야 한다고 선생님이 말씀하셨어."

앤이 더없이 행복한 표정으로 말했다.

"이제 공부가 더 재미있을 거예요. 제 인생에 목표가 생겼으니까요. 앨런 목사님은 모든 사람들이 인생에 목표를 세우고 그 목표를 향해 성실하게 나아가야 한다고 말씀하셨어요. 다만 가치 있는 목표여야 한다고 하셨죠. 스테이시 선생님 같은 선생님이 되는 건 가치 있는 목표라고 생각해요. 그렇죠, 아주머니? 선생님은 아주 고귀한 직업이에요."

얼마 안 있어 퀸스 준비반이 만들어졌다. 길버트 블라이드, 앤 셜리, 루비 길리스, 제인 앤드루스, 조시 파이, 찰리 슬론, 무디 스퍼전 맥퍼슨이 준비반에 들어가게 되었다. 다이애나 배리는 부모님이 퀸스에 보내고 싶지 않다고 해서 준비반에 들어가지 않았다. 다이애나에게는 아주 불행한 일이었다. 미니 메이가 후두염에 걸렸던 그날 밤 이후로 앤과 다이애나는 그 어떤 일에서도 떨어져 본 적이 없었다. 퀸스 준비반이 처음으로 보충 수업을 하기 위해서 학교에 남았던 오후, 앤은 다이애나가 다른 아이들과 함께 천천히 학교를 벗어나 자작나무 길과 제비꽃 골짜기를 혼자 걸어 집으로 가는 것을 보았다. 당장 단짝 친구를 쫓아 나가고 싶은 마음을 누르고 자리에 앉아 있을 수밖에 없었다. 목구멍으로 뭔가 치밀어 오르면서 눈물이 차올랐다. 하지만 앤은 눈물을 보이지 않으려고 얼른 라틴 문법책 뒤로 숨었다. 길버트 블라이드나 조시 파이에게는 결코 눈물을 보일 수 없었다.

그날 밤 앤은 슬픈 목소리로 말했다.

"아, 아주머니, 다이애나가 혼자 나가는 것을 보니 지난 일요일 앨런 목사님이 설교하실 때 말씀하셨던 죽을 만큼 고통스러운 게 어떤 건지 알 것 같았어요. 다이애나도 입학 공부를 함께 하면 얼마나 좋을까 하는 생각이 들더라고요. 하지만 린드 아주머니 말씀 대로 이 불완전한 세상에서 모든 것들이 완벽할 수는 없으니까요. 린드 아주머니는 어떨 때는 전혀 위로가 되지 않지만, 분명한 건 진실을 아주 많이 말씀하신다는 거예요. 그리고요, 퀸스 준비반 은 아주 재미있을 것 같아요. 제인과 루비는 선생님이 되는 공부 를 할 거래요. 그게 두 사람의 최종 꿈이거든요. 제인은 아이들 가 르치는 데 평생을 바치고 결혼은 절대 하지 않을 거래요. 선생님은 월급을 받지만 남편에게서는 월급을 받지 못하고 음식 살 돈을 달 라고 하면 남편들이 투덜거린다고요. 제인은 자신의 힘든 경험 때 문에 그렇게 말하는 것 같아요. 린드 아주머니가 그러는데 제인의 아버지는 정말 괴짜에다가 둘째가라면 서러울 정도의 자린고비래 요. 조시 파이는 정말 배움을 위해서 대학에 갈 거래요. 자신은 생 활비를 벌어야 할 필요가 없으니까요. 그러면서 자기는 자선 덕으 로 살고 있는 고아들과는 다르대요. 고아들은 서둘러 공부를 마쳐 야 한다면서요. 무디 스퍼전은 목사님이 될 거래요. 린드 아주머니 는 그런 이름으로는 목사 말고 다른 건 할 수 없을 거라고 하셨어 요.(*무디는 성경교육과 전도로 일생을 마친 미국의 전도사이며, 스퍼전 역 시 유명한 영국인 전도사임.) 아주머니, 제가 못되게 굴고 싶은 건 아 닌데요, 무디 스퍼전이 목사님이 된다고 생각하면 웃음이 나와요. 그 애는 크고 풍풍한 얼굴에 작고 파란 눈, 귀마개처럼 튀어나온

귀를 한 우스운 모습이거든요. 하지만 어른이 되면 좀 더 지적인 모습으로 변할지도 모르죠. 찰리 슬론은 정치인이 돼서 의회에 들어갈 거라지만 린드 아주머니는 안 될 거래요. 요즘 정치는 불한당들이나 하는 건데 슬론 가족들은 다들 너무 정직한 사람들이라고요."

"길버트 블라이드는 뭐가 될 거라니?"

마릴라는 앤이 시저 책을 펼쳐 드는 걸 보며 물었다.

"전 길버트 블라이드가 뭐가 되고 싶어 하는지, 되고 싶은 게 있기는 한지 전혀 몰라요."

앤이 경멸스러운 듯 말했다.

최근 들어 앤과 길버트 사이에는 경쟁이 벌어지기 시작했다. 이전의 경쟁은 한쪽 편에서만 일어나고 있었는데 이젠 길버트도 반에서 1등을 하기로 결심한 게 틀림없었다. 길버트는 앤에게 좋은 적수가 되었다. 아이들이 말은 하지 않았지만 두 사람이 너무 뛰어나 자기들은 감히 경쟁 상대가 될 수 없다는 것을 알고 있었다.

앤이 자신의 사과를 거절했던 날 이후로 길버트는 앞서 말한 대로 경쟁을 결심한 것은 차치하고라도 앤 셜리의 존재 자체를 의식하지 않는 것 같았다. 다른 여자 아이들과는 이야기도 하고 농담도 하며 책이나 퍼즐을 서로 빌리기도 했다. 또 공부나 앞으로의 계획에 대해 이야기를 나누기도 하고 때로는 기도 모임이나 토론 클럽을 마치고 함께 집까지 걸어가기도 했다. 하지만 길버트는 앤 셜리만은 완전히 무시했다. 앤은 그렇게 무시당하는 게 유쾌하지 않았다. 머리를 꼿꼿이 쳐들고 상관없다고 스스로 말해 보기도 했지만 허사였다. 고집스럽지만 여리고 여성스러운 마음 깊숙한 곳에서는 몹시 신경이 쓰였다. 반짝반짝 호수에서와 같은 기회가 한 번 더 온다면 앤은 전혀 다르게 대답하고 싶었다. 그 순간 앤은 길 버트에게 품고 있던 오래된 분노가, 그것도 그 분노의 힘이 가장 필요한 이때에 사라져 버렸다는 것을 깨닫고 몹시 당혹스러웠다. 잊지 못할 그때의 일과 그 순간의 감정을 떠올리며 다시금 분노를 느껴 보려 애썼지만 허사였다. 그 분노는 그날 연못가에서 잠깐 타 올랐던 것이었다. 앤은 자신도 모르는 사이에 이미 그 일을 잊고 길버트를 용서했다는 것을 깨달았다. 하지만 너무 늦은 깨달음이 었다.

앤이 그 일에 대해 얼마나 안타까워하고 있는지, 그리고 그렇게 건방지고 못되게 굴지 말았어야 했다며 얼마나 후회하고 있는지는 길버트나 다른 아이들은 물론이고, 심지어 다이애나조차도 몰랐다. 앤은 그런 '자신의 감정들을 마음 깊숙한 곳에 감추기로' 결심했고, 그 결심대로 꽤 잘해 나갔다. 길버트는 겉보기와는 달리 속으로는 앤에게 무관심하지 않아서, 자신의 앙갚음으로 앤이 무시 당하고 있다는 것을 충분히 알고 있었다. 하지만 그 사실은 길버트에게 그다지 위로가 되지 않았다. 딱 한 가지 길버트에게 위안이 되는 것은 앤이 찰리 슬론에게 무자비하게, 그리고 끊임없이 부당 하게 타박을 준다는 사실이었다.

그 일을 빼고는 다들 해야 할 일과 공부를 하며 즐겁게 겨울을 보냈다. 앤에게는 매일매일이 1년이라는 목걸이에 걸린 황금 구슬 같았다. 모든 것들이 흥미로운 만큼 열심히 했고, 그래서 행복했다. 많은 것들을 배웠고 칭찬도 받았다. 재미있는 책도 많이 읽고 주일 학교 성가대에서 새 노래도 연습했다. 토요일 오후는 앨런 부인과 함께 목사관에서 즐거운 시간을 보내기도 했다. 그렇게 시간이 흘러 앤이 깨닫지 못하는 사이 초록 지붕 집에 봄이 찾아오고, 온 세상에는 다시 한 번 더 꽃이 만발하고 있었다.

봄이 되자 공부도 조금씩 지겨워지기 시작했다. 학교에 남은 퀸스 반 아이들은 다른 아이들이 신록의 오솔길과 잎이 무성해지기 시작한 숲과 방목장의 샛길에서 뛰어노는 모습을 창밖으로 바라보았다. 라틴어 동사와 불어 회화는 어쩐 일인지 겨울에 느꼈던 것만큼 재미있지 않았다. 앤과 길버트조차도 시들해지고 흥미가 사라져갔다.

학기가 끝나고 즐거운 방학이 시작되자 선생님과 아이들은 다 같이 기뻐했다.

학기 마지막 날, 스테이시 선생님이 아이들에게 말했다.

"지난 학기 동안 다들 참 잘해 주었기 때문에 여러분은 즐겁게 방학을 보낼 자격이 있어요. 즐거운 시간 보내고 다음 학기 여러분을 지탱할 수 있는 건강과 활기, 그리고 야망을 가득 담아 오세요. 입학 전 마지막 학기이기 때문에 전쟁처럼 치열하게 보내게 될 테니까요."

"다음 학기에도 오실 거죠, 선생님?"

조시 파이가 물었다.

조시 파이는 질문하는 데 주저함이 없었는데, 이 순간만큼은 다들 조시 파이에게 고마운 마음이 들었다. 다들 그 질문을 하고 싶었지만 감히 하지 못하고 있었던 것이다. 스테이시 선생님은 고향 마을의 학교로부터 다음 학기에 교사로 와 달라는 제안을 받았고, 그것을 받아들일 예정이라 에이번리 학교에 돌아오지 않을 거라는 소문이 학교에 돌고 있었기 때문이었다. 퀸스 준비 반 아이들은 다들 숨을 죽이고 선생님의 대답을 기다렸다.

"물론이죠. 돌아올 거예요. 다른 학교로 전근 갈 생각도 했지만 에이번리 학교로 돌아오기로 결정했어요. 사실 여러분들에게 너무 정이 들어 떠날 수 없을 것 같아요. 다음 학기도 이곳에서 여러분들과 함께 공부를 할 거예요."

"만세!"

무디 스퍼전이 소리쳤다.

무디 스퍼전은 단 한 번도 자신의 감정을 그런 식으로 표현한 적이 없는 아이였다. 그 후 1주일 내내 무디는 자신이 했던 행동을 생각할 때마다 어쩔 줄 몰라 하며 얼굴을 붉혔다.

앤이 눈을 반짝이며 말했다.

"아, 너무 다행이에요. 스테이시 선생님, 선생님이 돌아오시지 않으면 정말 끔찍할 것 같아요. 다른 선생님이 오신다면 전 마음잡고 공부에만 전념할 수 없을 거예요."

집으로 돌아간 앤은 그날 밤 모든 교과서를 다락에 있는 낡은 가방 속에 넣고 잠근 뒤 열쇠를 담요 상자에 던져 버렸다. 그리고 마릴라에게 말했다.

"방학 동안은 교과서를 쳐다보지도 않을 거예요. 지난 학기 동안 정말 최선을 다해서 열심히 공부했고 기하 1권은 철자가 바뀐 것도 알 정도로 모든 정리를 다 외웠어요. 이제 논리적인 건 뭐가 됐든 지겨워요. 여름 동안에는 마음껏 상상하며 지낼래요. 어머, 아주머니, 놀라지 마세요. 적당한 정도로만 마음껏 상상할 거니까요. 하지만 정말 이번 여름은 즐겁게 보내고 싶어요. 이번이 어린 시절 마지막 여름일지도 모르니까요. 린드 아주머니는 제가 내년에도 지금처럼 이렇게 계속 자란다면 더 긴 치마를 입어야 할 거래요. 그리고 제 다리가 쑥쑥 자라고 눈도 점점 커진다고 하셨어요. 더 긴 치마를 입으면 그에 걸맞도록 점잖게 행동해야 할 것 같아요. 그때가 되면 요정이 있다는 것도 믿지 못하게 될까 봐 두려워요. 그래서 이번 여름엔 온 마음을 다 해서 요정을 믿으려고요. 이번 여름은 너무 즐거울 것 같아요. 루비 길리스가 곧 생일 파티를 할 거고요, 다음 달에는 주일 학교 소풍과 선교단 음악회가 있을 거예요. 그리고 배리 아저씨가 다이애나와 저를 화이트 샌즈 호텔에 데리고 가 함께 저녁을 먹겠다고 하셨어요. 그곳에서 저녁을 사먹는 사람들도 있거든요. 제인 앤드루스가 지난여름에 한 번 가봤는데 전깃불이랑 꽃들, 그리고 정말 아름다운 드레스를 입은 여자 손님들을 보고 있으니 눈이 부실 지경이더래요. 제인은 그날 처음으로 상류 사회의 모습을 엿본 건데 죽는 날까지 잊을 수가 없을 것 같대요."

다음날 오후 린드 부인이 목요일 봉사 모임에 마릴라가 왜 나오지 않았는지를 알아보려고 왔다. 봉사 모임에 마릴라가 나타나지 않자 사람들은 초록 지붕 집에 무슨 일이 있다고 생각한 것이다.

"목요일에 매튜 오빠의 심장병이 도져서 오빠 곁에 있어야 할 것 같았어요. 아, 물론 지금은 다시 좋아졌어요. 그런데 심장 발작이 예전보다 더 자주 일어나는 것 같아 걱정이네요. 의사는 오빠가 흥분하면 안 된다고 하는데 그건 어려운 일이 아니죠. 오빠는 흥분할 일을 찾아 나서지도 않고 흥분하지도 않으니까요. 하지만 힘든 일을 하면 안 된다는데, 오빠에게 일하지 말라는 건 숨 쉬지 말라는 것과 같으니까 그게 걱정이에요. 레이첼, 이리 와서 좀 앉아요. 차 한 잔 하겠어요?"

"뭐, 굳이 그러라면 잠깐 있다 갈게요."

그냥 갈 생각은 조금도 없었으면서 린드 부인은 그렇게 말했다.

린드 부인과 마릴라는 응접실에 편안하게 앉았다. 앤은 차를 끓이고 까다로운 린드 부인도 감히 뭐라고 하지 못할 만큼 부드럽고 하얀 비스킷을 만들었다.

"앤이 정말 똑똑한 아이로 큰 것 같아요. 도움이 아주 많이 되겠어요."

해가 질 무렵 마릴라가 골목 끝까지 배웅을 나왔을 때 린드 부인이 말했다.

"그래요. 이젠 정말 착실하고 믿음이 가죠. 그 덤벙대는 버릇을 고치지 못하면 어떻게 하나 걱정했는데 이젠 무슨 일이든 믿을 수 있답니다."

"3년 전에 저 아이를 처음 본 날 이렇게 잘 클 거라고는 생각지도 못했는데 말이에요. 솔직히 저 아이의 그 성질머리를 어떻게 잊겠어요! 그날 밤 집에 돌아가서 토머스에게 '두고 봐요, 토머스. 마릴라는 자신이 한 일을 땅을 치고 후회를 할 테니까요.'라고 말했죠. 그런데 그건 내 착각이었군요. 그래서 정말 다행이에요. 마릴라, 난 자신의 실수를 인정하지 않는 사람은 아니랍니다. 절대 그런 짓은 안 해요. 앤을 오해했지만 그건 무리도 아니었죠. 앤처럼 특이하고 이상한 아이는 없을 테니까요. 다른 아이들을 판단하는 기준을 앤에게 들이미는 게 아니었어요. 앤이 3년 동안 저렇게 잘 자라 준 건 정말 놀라운 일이에요. 특히 외모 면에서 말이죠. 전

그렇게 창백한 얼굴과 큰 눈을 좋아하지는 않지만 앤은 정말 예쁘
게 자랐어요. 난 다이애나 배리나 루비 길리스처럼 좀 더 똑 부러
지고 혈색이 좋게 생긴 아이들이 좋아요. 루비 길리스는 정말 예
쁘죠. 하지만 왜 그런지는 모르겠지만 앤과 그 아이들이 함께 있
을 때는, 그 아이들의 반만큼도 예쁘지 않은 앤이 다른 아이들을
모두 평범하게 보이게 만들거든요. 앤이 수선화라고 부르는 유월
백합들이 크고 빨간 작약 옆에 있는 것 같다니까요."

31. 시냇물과 강물이 만나는 곳

앤은 마음껏 즐기며 정말 훌륭하게 여름을 보냈다. 앤과 다이 애나는 하루 종일 밖에 나가 연인들의 오솔길과 드라이어드 샘, 버 드나무 연못과 빅토리아 섬이 주는 기쁨을 마음껏 누렸다. 하지만 앤이 그렇게 집시처럼 돌아다녀도 마릴라는 아무 말 하지 않았다. 방학이 시작될 무렵 어느 날 오후, 미니 메이가 후두염에 걸렸던 날 밤에 왔던 스펜서베일의 의사가 환자의 집 앞에서 우연히 앤을 만났다. 의사는 앤을 유심히 살피더니 입을 오므리고는 고개를 저 었다. 그러고는 다른 사람을 시켜서 마릴라에게 전갈을 보냈다.

"빨간 머리 소녀를 여름 내 밖에서 놀게 하세요. 좀 더 활기 있 게 걷게 될 때까지는 책을 읽게 하지 마시고요."

전갈을 받은 마릴라는 깜짝 놀랐다. 그 말을 따르지 않으면 앤 이 죽기라도 할 것 같았다. 그 결과 앤은 인생을 통틀어 가장 멋 진 여름을 보낼 수 있었다. 여기저기 산책을 하고 노를 젓기도 하고 베리도 따며 마음껏 꿈을 꾸었다. 9월이 되자 앤의 눈빛은 밝고 생기가 넘쳤으며 걸음은 스펜서베일 의사가 만족할 만큼 가벼워졌다. 그리고 가슴은 다시 한 번 더 꿈과 열정으로 가득 찼다.

앤이 다락에서 교과서를 가지고 오며 말했다.

"전력을 다해 공부하고 싶어졌어요. 아, 내 오랜 친구들. 이렇게 다시 너희들의 정직한 얼굴을 보게 돼서 반가워. 그래, 너 기하까지. 아주머니, 전 정말 멋진 여름을 보냈어요. 그리고 앨런 목사님이 지난 일요일에 말씀하신 것처럼 전 지금은 달리기 경주를 앞둔 건강한 선수처럼 에너지가 충만해요. 앨런 목사님의 설교는 참 대단하지 않아요? 린드 아주머니는 매일같이 목사님의 설교가 좋아지고 있대요. 그러면서 하시는 말씀이 만약 도시의 교회에서 목사님을 모셔 가면 우리는 다른 풋내기 목사님을 또 찾아봐야 할 거라 걱정이래요. 하지만 전 그런 걱정은 할 필요가 없다고 생각해요. 안 그래요, 아주머니? 목사님과 함께 있는 동안 목사님의 설교를 즐기면 되니까요. 제가 만약 남자였다면 저도 목사가 되려고 했을 거예요. 목사님의 신학이 건전하면 사람들에게 아주 좋은 영향을 미치니까요. 멋진 설교로 사람들의 마음을 감동시키는 건 정말 가슴 설레는 일일 것 같아요. 그런데 아주머니, 왜 여자는 목사가 될 수 없는 거죠? 린드 아주머니께 여쭈어 봤더니 깜짝 놀라시며 그건 받아들이기 힘든 일이라고 하셨어요. 그러면서 하시는 말씀이 미국에는 여자 목사가 있을지 모르겠지만 다행히 아직 캐나다에는 없고 영원히 없기를 바란다고 하시는 거예요. 하지만 전 왜 그런지 모르겠어요. 여자도 근사한 목사님이 될 수 있을 것 같은데 말이에요. 기금을 모으기 위해 친목회를 만들고 차를 팔거나 할 때는 여자들이 나서서 일을 해야 하잖아요. 그리고 린드 아주머니도 벨 장로님만큼이나 기도를 잘하실 거라 생각해요. 또 조금만 연습하시면 연설도 잘하실걸요."

"그래, 그럴 거야. 린드 부인은 언제나 비공식적으로 연설을 하고 있으니까. 또 린드 부인이 지켜보고 있으면 에이번리에서 잘못될 사람은 아무도 없을걸."

마릴라가 아무런 감정도 없이 말했다.

그때 별안간 앤이 마음을 털어놓기 시작했다.

"아주머니, 드릴 말씀이 있어요. 그리고 아주머니 생각은 어떠신지 알고 싶어요. 일요일 오후마다, 그러니까 특히 이 일에 대해서 생각할 때면 정말 끔찍하게 걱정이 돼요. 전 정말 착해지고 싶거든요. 아주머니나 앨런 부인, 스테이시 선생님과 있을 때는 특히 더 착해지고 싶어서 세 분을 기쁘게 하는 것, 세 분께 인정받을 수 있는 것들만 하고 싶어요. 그런데 린드 아주머니와 있을 때면 제가 왠지 못된 아이인 것 같은 기분이 들고, 아주머니가 하지 말라고 한 것들만 하고 싶어져요. 정말 그러고 싶어서 견딜 수가 없어요. 왜 그럴까요? 제가 정말 나쁘고 믿음이 없는 사람이라서 그런 걸까요?"

마릴라는 잠깐 애매한 표정을 짓더니 소리 내어 웃었다.

"너도 그러니? 나도 그렇단다. 앤, 린드 부인은 가끔 나도 그런 생각이 들게 만든단다. 네가 말했듯이 린드 부인이 다른 사람들에게 바르게 행동하라고 들볶지만 않으면 좀 더 좋은 영향을 줄 것 같은데 말이야. 그렇게 들볶지 못하게 특별한 계명이 있어야 했어. 하지만 그런 말은 하지 않겠어. 린드 부인은 신실한 기독교 신자이고 또 좋은 뜻으로 그러는 거니까. 에이번리에 린드 부인보다 따뜻한 영혼도 없을 거야. 그리고 그 사람은 자신의 일을 한 번도 게을리한 적이 없거든."

앤이 다행이라는 듯 말했다.

"아주머니도 그렇게 느끼셨다니 너무 다행이에요. 힘이 되네요. 지금부터는 그것 때문에 그렇게 많이 걱정하지 않을게요. 하지만 또 다른 걱정거리가 생기겠죠. 골치 아픈 일들이 끊임없이 새로 생겨요. 한 가지 문제를 해결하고 나면 바로 다른 문제가 생기죠. 자랄수록 생각해야 할 것들도 너무 많고 결정해야 할 것들도 너무 많아요. 곰곰이 생각하고 뭐가 옳은지 결정하느라 언제나 정신이 없어요. 어른이 된다는 건 참 만만찮은 일인 것 같아요. 그렇죠, 아주머니? 하지만 아주머니나 매튜 아저씨, 앨런 부인, 스테이시 선생님 같은 좋은 분들이 옆에 계시면 좋은 어른이 될 수 있을 거예요. 좋은 어른이 되지 못한다면 그건 순전히 제 잘못이에요. 제게는 딱 한 번의 기회밖에 없기 때문에 더 큰 책임감이 느껴져요. 멋지게 자라지 못한다고 해서 돌아가서 다시 시작할 수는 없을 테니까요. 전 이번 여름 동안만 5센티미터나 자랐어요. 루비의 생일 파티에 갔을 때 길리스 아저씨가 제 키를 재 주셨어요. 아주머니가 더 긴 원피스를 만들어 주셔서 너무 다행이에요. 짙은 초록색 원피스는 너무 예뻐요. 게다가 층층 주름을 넣어 주셔서 너무 감사해요. 물론 그게 정말 필요한 게 아니라는 건 저도 알지만 층층 주름은 이번 가을에 정말 유행이거든요. 조시 파이는 모든 옷에 그 주름을 넣었어요. 저는 층층 주름 옷 때문에 공부를 더 잘할 수 있을 것 같아요. 그 옷이 있어서 그런지 마음 깊은 곳이 든든한 기분이에요."

"층층 주름을 달만 하구나."

마릴라가 맞장구를 쳐 주었다.

에이번리 학교로 돌아온 스테이시 선생님은 학생들이 다시 한 번 더 공부에 열의를 불태우고 있음을 느꼈다. 특히 퀸스 준비 반 아이들은 이듬해에 있을 결전의 날을 대비해서 단단히 준비를 하고 있었다. '입학시험'이라고 하는 운명의 그림자가 자신들 앞에 희미하게 드리워져 있다는 것을 느낀 아이들은 다소 의기소침해져 있었다. 만약 통과하지 못하기라도 한다면! 그 생각만 하면 앤은 잠이 오지 않았다. 그해 겨울, 앤이 깨어 있는 동안에는 그 생각이 머릿속을 떠나지 않았다. 일요일 오후도 마찬가지라서 도덕이나 신학에 대한 문제를 생각할 수 없을 정도였다. 길버트 블라이드 이름이 맨 위를 장식하고 있고 앤 자신의 이름은 어디에도 없는 입학시험 합격자 명단을 비참한 기분으로 바라보고 있는 악몽을 꾸기도 했다.

하지만 그해 겨울은 즐겁고도 바쁘고 행복하게, 그렇게 쏜살처럼 지나가 버렸다. 공부도 지난해처럼 재미있었고 교실에서의 경쟁도 흥미진진했다. 많은 생각과 감정과 야망으로 가득한 새로운 세상과 미지의 매혹적인 세상이 앤의 진지한 눈 앞에 펼쳐져 있는 것 같았다.

언덕 너머 보이는 언덕과 알프스 위에 솟은 알프스

그 모든 것은 스테이시 선생님의 재치 있고도 신중하고 관대한

지도 덕분이었다. 선생님은 아이들이 스스로 생각하고 탐험하고 발견하도록 했으며 낡고 오래된 관습을 벗어날 수 있도록 용기를 주었다. 모든 혁신을 다소 불안하게 보고 있던 린드 부인과 학교 이사들에게는 충격일 정도였다.

앤은 공부를 하면서 사회 활동도 폭넓게 해 나갔다. 스펜서베일 의사의 의견에 신경을 쓰고 있던 마릴라는 앤이 가끔 밖으로 나가는 것을 반대하지 않았다. 토론 클럽은 더욱 활성화됐고 발표회도 몇 번 더 가졌다. 어른들이 하는 것과 비슷한 파티도 한두 번 했고, 신 나게 썰매나 스케이트를 타기도 했다.

몸도 쑥쑥 자라 어느 날 앤과 나란히 서 보던 마릴라는 아이가 더 큰 걸 알고는 깜짝 놀랐다.

"어머, 앤, 정말 많이 자랐구나!"

마릴라는 믿을 수 없었다. 그리고 말끝에 한숨을 내쉬었다. 앤이 자란 걸 보니 왠지 모를 아쉬움이 느껴진 것이다. 자신에게 사랑을 가르쳐 준 아이는 어디론가 사라지고 지금 눈 앞에는 진지한 눈빛과 사려 깊은 듯한 눈썹, 그리고 당당한 표정을 한 키 큰 열다섯 살짜리 소녀가 서 있는 것이다. 예전의 그 어린 앤만큼 지금의 앤도 사랑하고 있었지만 뭔가를 잃은 듯 슬픔이 느껴졌다. 그리고 앤이 다이애나와 함께 기도 모임에 간 어느 날 저녁, 마릴라는 쓸쓸한 겨울 저녁의 노을 속에 앉아 한참을 울었다. 등불을 가지고 들어오던 매튜는 눈물을 흘리면서도 웃고 있는 마릴라의 모습을 보고 깜짝 놀랐다.

"앤 생각을 하고 있었어요. 앤은 이제 다 자랐고 내년 겨울이면 우리 곁을 떠나겠죠. 앤이 정말 보고 싶을 거예요."

"앤은 자주 집에 올 거야. 그때쯤이면 카모디에 기차도 들어올 거고."

매튜가 마릴라를 위로했다. 그에게는 여전히 앤이 4년 전 6월의 저녁에 브라이트 리버 역에서 데리고 온 작고 열정적인 어린 아이로만 느껴졌다.

"앤이 늘 이곳에 있는 것과 똑같지는 않을 거예요. 남자들은 그런 기분을 이해하지 못해요!"

마릴라는 한숨을 쉬며 우울한 목소리로 말했지만, 한편으로는 그 무엇으로도 위로받을 수 없는 그 슬픔을 마음껏 누리고도 싶었다.

사실 앤은 신체적인 변화 못지않게 다른 부분에서도 달라졌다. 첫째로 훨씬 조용해졌다. 예전보다 더 많은 상상을 하고 있을 수도 있겠지만 확실히 말수는 줄었다. 마릴라도 이 점을 알아챘다.

"앤, 예전의 절반만큼도 수다를 떨지 않는구나. 거창한 말도 하지 않고. 어떻게 된 거니?"

앤은 얼굴을 붉히며 살짝 웃었다. 그러더니 책을 내려놓고는 담쟁이가 봄빛의 유혹을 이기지 못해 크고 빨간 꽃망울을 터뜨린 창밖 풍경을 꿈을 꾸는 듯한 눈으로 바라보았다. 그러고는 집게손가락으로 턱을 살짝 누르며 말했다.

"저도 잘 모르겠어요. 예전처럼 말을 많이 하고 싶지 않아요. 예쁘고 중요한 생각을 하는 건 좋지만 그 생각들을 가슴속에 간직하고 싶어요. 보물처럼 말이에요. 사람들이 그 생각들을 이상하게 여기며 웃어넘기는 게 싫어요. 그리고 웬일인지 거창한 말도 더 이상 하기 싫어졌어요. 예전에는 정말 쓰고 싶었지만 이제는 그런 말을 써도 될 만큼 커 버렸다는 게 안타까워요. 어떤 면에서는 어른이 된다는 게 재미있지만 제가 기대한 만큼 즐겁지는 않아요. 배우고 생각할 것들이 너무 많아 그런 거창한 말을 할 시간이 없어요. 게다가 스테이시 선생님은 짧은 것들이 훨씬 더 강하고 좋다는 말씀도 하셨거든요. 선생님은 가능한 한 간단하게 글을 쓰라고 하셔요. 처음에는 어려웠죠. 저는 제가 생각할 수 있는 가장 거창한 말들을 잔뜩 넣어서 글을 쓰는 데 익숙했고, 그런 말들이 자꾸 떠올랐거든요. 하지만 이제는 간단하게 글을 쓰는데 꽤 익숙해졌고 그게 훨씬 낫다는 것도 알게 됐어요."

"너희 이야기 클럽은 어떻게 됐니? 오랫동안 그 클럽에 관한 이야기는 듣지 못했구나."

"이야기 클럽은 오래 전에 해체했어요. 시간이 없더라고요. 그리고 왠지 다들 그 클럽에 싫증을 느끼는 것 같았어요. 저는 사랑이나 살인 사건, 도피나 미스터리를 쓰고 있는 게 한심하게 여겨졌어요. 스테이시 선생님은 가끔 작문 연습을 하게 하시는데 에이번리에서 일어날 수 있는 생활 속 이야기들만 쓰게 하세요. 그리고 그 글을 매우 날카롭게 비평하시고 우리 스스로 비평하도록 하시죠. 제 글을 살펴보기 전까지는 제가 쓴 글에 잘못된 점이 그렇게 많은지 몰랐어요. 너무 창피해서 모든 것을 그만 두고 싶었지만 스스로 신랄한 비평가가 되도록 훈련을 한다면 좋은 글을 쓸 수 있을 거라고 하셨어요. 그래서 전 지금 노력 중이에요."

"이제 입학시험까지는 두 달밖에 남지 않았는데, 잘할 수 있겠니?"

마릴라의 물음에 앤이 진저리를 쳤다.

"잘 모르겠어요. 어떤 때는 잘할 수 있을 것 같고, 또 어떤 때는 너무 두려워요. 우리는 열심히 공부했고 스테이시 선생님이 철저하게 가르쳐 주시긴 하셨지만 그렇다고 모두 합격할 수 있는 건 아닐 테니까요. 우리에겐 제각각 장애물이 있어요. 제 경우는 기하이고요, 제인은 라틴 어, 루비와 찰리는 대수, 조시는 연산을 힘들어하죠. 무디 스퍼전은 영국 역사를 망칠 것 같은 느낌이래요. 스테이시 선생님은 6월에 우리에게 입학시험처럼 어려운 시험을 쳐 보게 한 뒤 마지막으로 정리할 수 있도록 엄격하게 채점을 하실 거래요. 아주머니, 얼른 끝났으면 좋겠어요. 계속 시험 생각뿐이에요. 가끔 한밤중에 깨서는 시험에 통과하지 못하면 어떻게 할까 걱정한다니까요."

"그럼 내년에 다시 한 번 더 해 보면 되지."

마릴라가 뭘 그렇게 걱정하냐는 듯 말했다.

"아, 전 그럴 수 없을 것 같아요. 떨어지면 정말 창피할 거예요. 특히 길…… 아니, 다른 아이들이 합격했을 경우에는요. 시험을 망치게 될까 봐 너무 긴장돼요. 제인 앤드루스처럼 대담하면 얼마나 좋을까요? 제인은 절대 긴장 같은 거 하지 않거든요."

앤은 한숨을 쉬며 봄바람이 손짓하듯 불고, 정원에는 새싹들이 솟아오르는 마법 같은 봄의 풍경에서 시선을 거두고 결심한 듯 다시 책에 몰두하기 시작했다. 봄은 다시 올 것이다. 하지만 입학시험에 합격하지 못하면 다시는 그 봄을 즐길 수 없을 것 같았다.

32. 합격자 명단

6월이 끝나자 학기가 끝나고 스테이시 선생님도 에이번리 학교를 떠나게 되었다. 그날 오후 앤과 다이애나는 아주 진지한 얼굴로 집으로 돌아갔다. 두 사람의 눈은 빨갛게 충혈되어 있었고 손수건은 젖어 있었다. 스테이시 선생님의 작별 인사가 3년 전 비슷한 상황에서 필립스 선생님이 했던 작별 인사만큼이나 감동적이었던 게 분명했다. 다이애나는 가문비나무 언덕 아래에서 학교를 돌아보며 깊게 한숨을 내쉬었다.

"모든 게 다 끝난 것 같은 기분이야. 안 그래?"

그리고 침울한 목소리로 물었다.

"나만큼은 아닐걸. 넌 겨울에 다시 학교에 갈 거지만 난 학교를 영원히 떠날지도 모르잖아. 운이 좋다면 말이야."

앤은 괜스레 손수건에서 젖지 않은 부분을 찾으며 말했다.

"모든 게 완전히 다를 텐데 뭘. 스테이시 선생님도 안 계시고 너

355

나 제인, 루비도 없을 거잖아. 네가 아닌 다른 짝과 앉으니 난 혼자 앉겠어. 우린 정말 즐겁게 지냈는데, 그렇지, 앤? 그 모든 것들이 다 끝났다 생각하니 정말 끔찍해."

커다란 눈물 두 방울이 다이애나의 뺨에 흘러내렸다.

그 모습을 본 앤이 애원하듯 말했다.

"네가 울지 않으면 나도 참아 볼게. 난 손수건을 치웠는데 네가 우는 모습을 보니 다시 울게 되잖아. 린드 아주머니가 '즐겁지 않더라도 즐거워지도록 노력하라.'고 말씀하셨어. 아무튼 내년에는 돌아올 텐데 뭘. 시험에 합격하지 않을 것 같기도 하고. 그런 생각이 점점 더 자주 들어."

"왜, 스테이시 선생님이 내 주신 시험은 아주 잘 봤다면서."

"맞아, 하지만 그 시험은 떨리지 않았어. 하지만 진짜 시험을 생각하면 얼마나 무섭고 떨리는지 넌 모를 거야. 게다가 내 수험 번호는 13번인데 조시 파이가 그 번호가 재수 없는 번호래. 난 미신을 믿지 않고 아무 상관없다는 거 알아. 하지만 13번이 아니었으면 좋겠다는 생각은 해."

"나도 너랑 시내에 가면 얼마나 좋을까. 우린 정말 멋진 시간을 보낼 텐데 말이야. 하지만 넌 저녁마다 시험 공부를 해야겠지?"

"아니, 스테이시 선생님이 절대 책을 펴지 말라고 하셨어. 그래 봐야 피곤하고 머리만 아프니 그냥 산책이나 하고 시험 생각은 하지 말래. 그리고 일찍 잠자리에 들고. 좋은 충고긴 하지만 그대로 따르긴 좀 힘들 것 같아. 좋은 충고는 그런 경향이 있다. 프리시 앤드루스는 입학시험을 보는 주에는 매일 밤을 거의 반쯤은 새우면서 공부를 했대. 그래서 나도 최소한 프리시가 한 것만큼은 하려

고. 그건 그렇고 내가 시내에 가 있는 동안 비치우드에 있으라고
해 주시다니, 조세핀 할머니는 정말 마음이 따뜻한 분이셔."

"그곳에 가 있는 동안 편지 쓸 거지?"

"첫째 날이 어땠는지 화요일 밤에 편지 쓸게."

앤이 약속했다.

"수요일에 우체국 앞에서 기다리고 있을 거야."

다이애나도 약속했다.

다음 주 월요일, 앤은 샬럿타운에 갔고 수요일, 다이애나는 약
속한 대로 우체국에서 기다리고 있다가 편지를 받았다.

소중한 다이애나에게 [앤 씀]

지금은 화요일 밤이고 난 비치우드 서재에서 이 편지를 쓰고 있
어. 지난밤에는 방에 혼자 있으려니 너무 외로워서 네가 함께 있으
면 얼마나 좋을까 생각했어. 시험 전날 밤에는 억지로 외우지 않
기로 스테이시 선생님과 약속했기 때문에 공부하지는 않았어. 하
지만 수업 전에 소설책을 읽고 싶은 걸 참기 힘들었던 것처럼 역사
책을 펴 보고 싶어 견딜 수 없었어.

오늘 아침 스테이시 선생님이 이쪽으로 오셔서 우리는 함께 퀸
스 전문학교로 갔지. 가는 길에 제인과 루비, 조시도 데리고 말이
야. 루비가 자기 손을 만져 보라고 해서 만져 봤더니 얼음처럼 차
가운 거야. 조시는 마치 내가 한숨도 못 잔 것처럼 보인다며 내가
시험에 합격하더라도 힘든 교사 과정을 견딜 수 있을 것 같지 않다
는 거 있지? 그동안 함께 많은 시간을 보냈지만 난 아직도 어떻게
하면 조시 파이를 좋아할 수 있을지 모르겠어.

퀸스 학교에 도착하고 보니 그곳엔 프린스 에드워드 섬 곳곳에서 온 수많은 학생들로 가득했어. 그곳에서 처음 본 사람은 무디스퍼전이었는데 계단에 앉아서 혼자 뭔가 웅얼거리고 있었어. 제인이 대체 거기서 뭐하냐고 물으니 뭐라는 줄 알아? 마음을 진정시키려고 구구단을 외우고 있으니 제발 끼어들지 말래. 외우던 걸 멈추면 놀라서 알고 있던 것도 다 잊어버린다고. 구구단을 외우면 모든 것들이 제자리에 있다는 거야!

각자 교실에 배정되자 스테이시 선생님은 나가셔야 했어. 제인과 나는 같은 교실이었는데 어찌나 침착하던지, 난 정말 그 아이가 부러웠어. 그렇게 침착하고 분별력 있는 제인에게는 구구단 같은 건 필요 없을걸! 난 내 마음이 얼굴에 드러나는지, 그리고 내 심장이 쿵쾅거리는 소리가 교실에 있는 사람들에게 들리는 건 아닌지 궁금할 정도였어. 어떤 남자가 교실에 들어와서 국어 시험지를 나눠 주기 시작했어. 손이 점점 차가워지더니 시험지를 드는 순간 내 머리가 빙글 돌더라. 아주 잠깐, 4년 전 마릴라 아주머니께 초록지붕 집에 살아도 되는지 여쭤 볼 때와 똑같은 기분이었어. 하지만 곧 마음속에 있는 모든 것들이 정리되더니 내 심장은 다시 뛰기 시작했어. 심장이 완전히 멈췄다는 말은 깜빡 잊고 하지 않았구나! 아무튼 그 시험지로 뭔가 해야 한다는 건 알았으니까.

정오에 점심을 먹으러 집으로 갔다가 역사 시험을 치려고 오후에 다시 학교로 갔어. 역사 시험은 꽤 어려웠고 난 날짜들이 헷갈렸어. 하지만 오늘은 꽤 잘한 것 같아. 하지만 아, 다이애나, 내일은 기하 시험을 칠 거야. 그 생각을 하면 기하책을 펼쳐 봐야 할 것 같아. 구구단 외우는 게 도움이 된다면 내일 아침까지라도 외우겠어.

저녁에 다른 아이들을 만나러 가는데, 도중에 여기저기 헤매고 있는 무디 스퍼전을 만났어. 무디는 역사 시험을 망친 것 같대. 그래서 자기는 아마도 부모님을 실망시켜 드리려고 태어난 아이 같다며 아침 기차를 타고 집으로 갈 거라는 거 있지? 목사보다는 목수가 되는 게 더 쉬울 것 같대. 난 무디를 격려해 주고 시험이 끝날 때까지는 있으라고 설득했어. 그냥 집으로 가 버리는 건 스테이시 선생님께 도리가 아니라고 말이야. 가끔 난 내가 남자로 태어났으면 좋겠단 생각을 해. 하지만 무디 스퍼전을 보니 내가 여자라서 다행이고 그 애 동생이 아니라서 다행이라는 생각이 들어.

여자 아이들이 묵는 집에 가 보았더니 루비가 신경이 날카로워져 있었어. 국어 시험에서 큰 실수를 했다는 걸 알았다는 거야. 그래서 우린 다 함께 루비를 데리고 시내로 가 아이스크림을 사 먹었어. 우리는 너도 함께 있었으면 얼마나 좋았을까 생각했단다.

아, 다이애나, 기하 시험이 얼른 끝났으면 좋겠어! 하지만 린드 아주머니께서 말씀하신 것처럼 내가 기하 시험을 망치든 잘 치든, 해는 여전히 뜨고 질 거야. 그 말씀은 맞지만 크게 위로가 되지는 않아. 내가 시험을 망치면 해가 뜨고 지지 말았으면 좋겠어!

너의 진정한 친구, 앤.

기하 시험과 다른 모든 과목들의 시험을 끝내고 앤은 금요일 저녁 집에 도착했다. 좀 피곤해 보이기는 했지만 앤에게서는 힘든 시간을 이겨 낸 후의 승리감이 느껴졌다. 앤이 도착했을 때 다이애나가 초록 지붕 집으로 왔고 두 사람은 마치 몇 년을 헤어져 있었던 것처럼 서로 반가워했다.

"아, 친구야, 널 이렇게 다시 만나니까 얼마나 좋은지 몰라. 앤, 네가 시내에 간 게 마치 1년은 된 것 같아. 그래, 어떻게 됐어?"

"기하 빼고는 다 꽤 잘한 것 같아. 내가 합격을 했는지 어떤지는 모르겠지만 왠지 떨어졌을 것 같은 불길한 예감이 들어. 아, 그래도 이렇게 돌아와서 얼마나 좋은지 몰라! 초록 지붕 집은 이 세상에서 가장 소중하고 아름다운 곳이야!"

"다른 애들은?"

"여자 애들은 자기들이 합격하지 못할 거라고 하는데 내 생각엔 다들 잘한 것 같아. 조시는 기하가 열 살 꼬마도 풀 수 있을 만큼 쉬웠대나! 무디 스퍼전은 아직도 자기가 역사를 망쳤다고 생각하고 찰리는 대수를 망쳤대. 하지만 합격자 명단이 나올 때까지 결과는 아무도 모르는 거니까. 2주도 걸리지 않을 거야. 긴장감 속에서 2주를 살아야 하다니! 모든 게 끝날 때까지 잠에서 깨지 않으면 얼마나 좋을까!"

다이애나는 길버트 블라이드는 어떻게 됐는지 앤에게 물어보는 게 소용없는 짓이라는 걸 알기 때문에 그냥 이렇게 말하고만 말았다.

"앤, 넌 합격했을 거야. 걱정 마."

"합격자 명단에서 윗부분에 이름이 올라가지 않으니 차라리 떨어지는 게 낫겠다."

다이애나는 그게 무슨 뜻인지 알 것 같았다. 앤은 길버트 블라이드보다 앞서지 않는다면 불완전하고 씁쓸한 합격이라고 생각하는 것이다.

이런 이유로 앤은 시험 보는 내내 신경이 곤두섰다. 길버트도 마찬가지였다. 두 사람은 길에서 여러 번 마주쳤지만 절대 아는 체하지 않았다. 그때 길버트가 화해를 청했을 때 친구가 될걸 그랬다는 후회가 더 커질수록 앤은 고개를 조금씩 더 높이 들고 길버트보다 더 좋은 성적으로 시험에 합격하겠다고 굳게 다짐했다. 앤은 에이번리 아이들이 하나같이 둘 중 누가 더 높은 성적을 받을까 궁금해하고 있다는 것을 알고 있었다. 지미 글로버와 네드 라이트가 그 문제로 내기를 했다는 것과 당연히 길버트가 더 잘했을 거라고 조시 파이가 말했다는 것 또한 알고 있었다. 이런 상황에 시험에 떨어지기라도 하면 그 창피함은 견딜 수 없을 정도일 것 같았다.

하지만 시험에서 더 좋은 성적으로 합격하고 싶은 이유가 앤에게는 따로 있었다. 바로 매튜와 마릴라, 특히 매튜 때문이었다. 매튜는 앤이 '섬을 통틀어 1등'을 할 거라고 자신 있게 말해 왔다. 앤은 그게 얼토당토않은 바람이라고 생각했지만 그러면서도 최소한 상위 10등 안에는 들어서 매튜의 다정한 갈색 눈이 자신에 대한 자랑스러움으로 빛나는 것을 보고 싶기도 했다. 그리고 그런 결과야말로 상상력이라곤 눈곱만치도 발휘할 수 없는 방정식이나 동사 변형을 붙잡고 그토록 열심히 공부했던 자신의 노력에 대한 달콤한 보상이 될 수도 있을 것이라고 생각했다.

2주가 끝나갈 무렵 앤은 심란한 마음의 제인, 루비, 조시와 함께 우체국을 드나들기 시작했다. 떨리는 손으로 샬럿타운 신문을 펼칠 때면 시험을 보던 때 경험했던 것 만큼이나 무거운 마음이 되었다. 찰리나 길버트도 마찬가지였지만 무디 스퍼전은 절대 나타나지 않았다.

"난 우체국에 가서 아무렇지도 않게 신문을 볼 용기가 없어. 누군가 와서 내가 합격했는지 떨어졌는지 말해 줄 때까지 기다릴래."

무디가 앤에게 말했다.

3주가 지나도 합격자 명단이 나오지 않자 앤은 더 이상 긴장감을 견딜 수 없을 것 같았다. 입맛도 없고 에이번리에서 하던 모든 것들에 흥미도 사라져 버렸다. 린드 부인은 보수당 교육감인데 달리 뭘 기대하겠느냐고 했고, 매튜는 매일 오후 창백하고 심드렁한 얼굴로 우체국에 들렀다가 집을 향해 느릿느릿 걸어오는 앤을 보고는 다음 선거에서는 자유당에 투표하는 게 낫지 않을까 하는 생각을 심각하게 하기 시작했다.

그러던 어느 날 저녁, 소식이 왔다. 앤은 시험에 대한 걱정과 세상에 대한 불안을 잊고 자기 방 창문을 열고 앉아 어스름하게 저물어가는 여름 저녁의 아름다운 풍경과 정원에서 올라오는 달콤한 꽃향기, 포플러 나무 이파리가 바스락거리는 소리를 음미하고 있었다. 전나무 숲 위의 동쪽 하늘은 서쪽 하늘의 노을에 반사되어 희미하게 연분홍빛으로 물들어 있었다. 앤은 그 모습을 보면서 영혼의 색깔이 저런 모습이 아닐까, 꿈꾸듯 생각했다. 그런데 전나무 숲을 달려 통나무 다리를 건너서는 비탈길을 올라오는 다이애나의 모습이 보였다. 손에는 신문이 펄럭이고 있었다.

앤은 벌떡 일어났다. 그 신문에 무슨 소식이 있을지 알 것 같았다. 합격자 명단이 나온 것이다! 머리가 어찔했고 심장이 어찌나 뛰는지 가슴이 뻐근할 지경이었다. 한 걸음도 뗄 수 없었다. 다이애나가 복도를 달려와서는 노크도 없이 벌컥 문을 열고 방으로 들어오기까지가 앤에게는 한 시간처럼 길게 느껴졌다. 다이애나는 굉장히 흥분해 있었다.

"앤, 너 합격했어. 그것도 1등으로! 너랑 길버트가 공동 1등이야. 그런데 네 이름이 먼저 나왔어. 아, 정말 자랑스러워!"

다이애나는 테이블 위에 신문을 던져 놓고는 앤의 침대에 드러누웠다. 숨이 가빠 더 이상 아무 말도 할 수 없었다. 앤은 손이 떨려 성냥을 여섯 개나 쓰고 나서야 램프에 불을 붙일 수 있었다. 그러고는 신문을 낚아챘다. 정말이었다. 앤은 합격을 했고 200명의 이름 맨 위에 자신의 이름이 있었다. 살 만한 가치가 있는 순간이었다.

"앤, 정말 잘했어."

다이애나가 가쁜 숨을 진정하고 앉아서 이야기할 수 있게 되자 이제는 앤이 너무 기뻐서 눈물을 반짝이며 아무 말도 하지 못했다.

"아빠가 브라이트 리버에서 신문을 가져오신 지 10분도 안 됐어. 오후 기차로 신문이 왔으니까 우편으로는 내일까지 여기 도착할 수 없을 거야. 합격자 명단을 보자마자 미친 듯이 달려왔어. 너희 모두 다 합격했어. 역사에서 재시험을 봐야 하긴 하지만 무디 스퍼전도 합격했고. 제인과 루비도 꽤 잘했네. 두 사람 다 중간 이상이야. 찰리도 그렇고. 조시는 3점 차로 아슬아슬하게 합격해 놓고서는 굉장히 잘한 것처럼 잘난 체하고 다닐 게 분명해. 스테이시 선생님도 기뻐하시겠지? 아, 앤, 합격자 명단에서 이렇게 맨 위에 이름이 있으면 기분이 어때? 나라면 기뻐 미칠걸. 난 지금도 미칠 것 같은데 넌 봄날 저녁처럼 조용하고 차분하구나."

"나도 속으로는 미칠 것 같아. 하고 싶은 말은 정말 너무 많은데 도대체 무슨 말을 해야 할지 모르겠어. 1등으로 합격할 거라고는 생각지도 못했어. 아니, 딱 한 번 생각하긴 했어! 딱 한 번 '내가 1등이면 어떻게 하지?' 하고 생각했어. 섬 전체에서 1등을 한다는 생각이 너무 부질없고 건방진 생각인 것 같아 떨면서 말이야. 잠깐만, 다이애나, 밭에 달려가 매튜 아저씨께 말씀드릴래. 그리고 다른 아이들에게도 이 소식을 알려 주자."

두 사람은 헛간 아래 건초밭으로 갔다. 그곳에서는 매튜가 건초를 뭉치고 있었고 운 좋게도 울타리 옆에서는 린드 부인이 마릴라와 이야기를 나누고 있었다.

앤이 소리쳤다.

"매튜 아저씨, 저 합격했어요. 그리고 1등, 아니 공동 1등이래요! 제가 쓸모없는 아이는 아닌가 봐요. 정말 감사해요."

매튜는 기쁜 얼굴로 합격자 명단을 훑어보며 말했다.

"그러니까 그게, 내가 늘 말했잖아. 네가 쉽게 1등 할 줄 알았다."

"앤, 아주 잘했다."

마릴라는 앤이 너무도 대견스러웠지만 흠잡기 좋아하는 린드 부인의 눈에 들키지 않으려 애쓰며 말했다. 하지만 마음씨 좋은 린드 부인도 진심으로 말했다.

"앤이 잘할 거라 짐작했어요. 뒤늦게 이런 얘길 할 생각은 없지만 말이에요. 앤, 네 친구들에게도 자랑거리가 되었구나. 아무튼 우리도 네가 무척 자랑스럽다."

그날 밤 앤은 목사관에 가서 앨런 부인과 진지한 이야기를 나누며 그날 하루를 마무리했다. 그리고 자신의 방 창문을 열고 달빛에 흠뻑 젖은 채 무릎을 꿇고 마음 깊은 곳에서 우러나오는 감사와 소망의 기도를 드렸다. 지난날에 대한 감사와 미래에 대한 경건한 기원이었다. 그리고 하얀 베개를 베고 잠이 들었다. 그날 밤 앤은 소녀 시절에 꿀 수 있는 가장 밝고 아름다운 꿈을 꾸었다.

33. 호텔 발표회

"앤, 하얀 모슬린 원피스를 입어."

다이애나가 딱 잘라 말했다.

두 사람은 동쪽 방에 함께 있었고 밖은 구름 한 점 없이 맑은 하늘에 올리브 빛깔의 아름다운 노을이 지고 있었다. 유령의 숲 위로 창백하게 떠오른 크고 둥근 달은 천천히 그 빛이 깊어지는가 싶더니 찬란한 은빛으로 빛나기 시작했다. 대기는 졸린 새들의 지저귐과 변덕스러운 바람, 멀리서 들려오는 아이들의 웃음 같은 달콤한 여름의 소리로 가득했다. 하지만 블라인드가 드리워진 채 램프 불이 켜져 있는 앤의 방에서 두 사람은 중요한 일을 위해 몸단장을 하고 있었다.

동쪽 방은 앤이 그 어떤 것으로부터도 보호받지 못하고 자신에 대한 냉담함이 영혼을 관통하는 듯한 기분을 느꼈던 4년 전 그날 밤과는 사뭇 다른 곳이 되어 있었다. 마릴라가 묵인하고 있는 동

안 조금씩 변화가 찾아와 이제 방은 소녀가 바라는 대로 달콤하고
도 우아한 모습이 되었다.

어릴 적 바라던 분홍 장미가 그려진 벨벳 카펫과 분홍색 실크
커튼 소원은 이루어지지 않았지만, 자라는 동안 그 소망도 변해서
앤은 크게 안타까워하지 않았다. 바닥에는 예쁜 깔개가 깔려 있고
높은 창문에 달아 놓은 연두색 모슬린 커튼은 산들 바람이 불 때
면 팔락거렸다. 벽에는 금실과 은실로 수놓은 벽걸이는 없었지만
예쁜 사과꽃 벽지에 앨런 부인이 준 좋은 그림 몇 점이 장식되어
있었다. 스테이시 선생님의 사진을 잘 보이는 곳에 걸어 두고 그
아래 선반에는 언제나 싱싱한 꽃을 꽂아 두어 선생님에 대한 생각
으로 마음이 따뜻해질 수 있도록 해 두었다. 오늘밤에는 하얀 백
합의 은은한 향이 꿈결처럼 온 방 안에 가득했다. '마호가니 가구'
는 없었지만 하얀 책장에는 책이 가득 꽂혀 있었고 쿠션을 댄 버
드나무 흔들의자와 하얀 모슬린 천으로 프릴을 단 화장대, 그리고
낮고 하얀 침대도 있었다. 또 맨 위 둥근 아치 부분에 분홍색의 통
통한 큐피드들과 보라색 포도송이가 그려져 있는 금테 거울도 있
었는데, 이것은 손님방에 있던 것을 앤 방으로 옮겨 놓은 것이었
다.

앤은 화이트 샌즈 호텔에서 열리는 발표회에 참석하기 위해 옷
을 차려입고 있었다. 샬럿타운 병원을 돕기 위한 행사에 참석할 출
연자들을 모집했는데 그 지역의 재능 있는 아마추어들이 모여 들
었다. 화이트 샌즈 교회 성가대의 버사 샘프슨과 펄 클레이가 듀엣
으로 노래를 부르기로 했고, 뉴브릿지의 밀턴 클라크는 바이올린
독주를, 카모디의 위니 아델라 블레어는 스코틀랜드 민요를 부르

기로 했다. 스펜서베일의 로라 스펜서와 에이번리의 앤 셜리는 낭송을 하기로 했다.

언젠가 앤이 말한 대로 그건 '앤 생애의 획기적인 사건'이었기에 앤은 몹시 흥분했다. 매튜는 앤에게 주어진 영광이 너무나 자랑스러워 천국에 오기라도 한 듯 행복했다. 마릴라는 매튜와 별반 다르지 않은 기분이면서도 죽어도 그런 내색은 하지 않았다. 그러면서 책임감 있는 보호자도 없이 아이들끼리 호텔에 몰려다니는 건 옳지 않다는 말만 했다.

앤과 다이애나는 제인 앤드루스와 제인의 오빠인 빌리와 함께 2인석 마차를 타고 가기로 했다. 에이번리의 몇몇 다른 아이들도 가게 되었다. 샬럿타운 밖에서 온 손님들을 위한 파티가 예정되어 있었고 발표회가 끝난 후에는 출연자들이 저녁 식사를 하게 될 거라고 했다.

"정말 하얀 원피스가 가장 나을까? 파란색 꽃무늬가 있는 원피스가 더 예쁜 것 같은데. 게다가 별로 유행하는 것도 아니잖아."

"하지만 그 어떤 옷보다 너한테 잘 어울리는걸. 부드럽고 프릴도 많고 몸에 꼭 맞잖아. 꽃무늬 원피스는 뻣뻣하고 너무 차려입은 느낌을 주거든. 하얀 원피스는 너한테 너무 잘 어울린단 말이야."

앤은 한숨을 쉬며 다이애나의 말에 따르기로 했다. 다이애나는 옷 입는 감각이 뛰어나기로 유명했기 때문에 옷 문제에 있어서는 다이애나의 충고가 옳았다. 이 특별한 저녁, 앤은 영원히 입어보지도 못할 것 같은 들장미 무늬 원피스를 입은 다이애나는 너무 예뻤다. 하지만 다이애나가 발표회에 참가하는 건 아니기 때문에 다이애나의 옷은 중요하지 않았다. 다이애나는 모든 정성을 다해

368

에이번리의 자랑거리인 앤의 옷을 입히고 머리를 빗겨 주며 여왕처럼 꾸몄다.

"프릴을 좀 더 당겨 봐. 그렇지. 내가 끈을 묶어 줄게. 자 이젠 슬리퍼 신어 봐. 머리는 두 갈래로 땋아서 크고 하얀 리본으로 중간에서 묶어 줄게. 아니, 이마에 그렇게 머리를 내리지 마. 부드럽게 가르마를 탈 거야. 앤, 넌 네게 어울리게 머리를 만지지 못하는 것 같아. 앨런 부인은 네가 그렇게 가르마를 타면 성모 마리아 같다고 하셨어. 귀 바로 뒤에 이 작은 장미를 꽂아 줄게. 우리 집 뜰에 딱 한 송이 피어 있는 걸 너한테 주려고 가지고 왔거든."

"진주 목걸이 할까? 매튜 아저씨가 지난주에 시내에서 사다 주셨어. 내가 목걸이를 한 걸 보면 좋아하실 거야."

다이애나가 두 입술을 꼭 다물고는 까만 머리를 한쪽으로 갸우뚱거리며 생각하는 것 같더니 그렇게 하자고 말했다. 그러고는 앤의 가느다란 우윳빛 목에 목걸이를 해 주었다.

다이애나는 전혀 시기심 없는 찬사를 보냈다.

"앤, 넌 참 맵시가 있어. 넌 머리도 꼿꼿하게 들고 다니거든. 그게 네 모습이야. 난 뚱뚱해. 뚱보가 될까 봐 늘 걱정했는데 이제 내가 뚱보라는 거 알아. 그만 포기해야 할까 봐."

앤은 친구의 생기발랄하고 예쁜 얼굴을 향해 다정하게 미소를 띠며 말했다.

"하지만 넌 보조개가 있잖아. 크림을 살짝 눌러 놓은 것처럼 얼마나 예쁜데. 난 보조개가 생길 거라는 희망은 접었어. 내 보조개 꿈은 절대 이루어지지 않을 거야. 하지만 내 꿈 중에 이루어진 게 많으니 불평하지 않을래. 이제 다 끝났어?"

"다 끝났어."

그때 수척한 모습의 마릴라가 문 앞에 나타났다. 마릴라는 예전보다 머리는 더 희끗해지고 허리도 더 구부정했지만 표정은 훨씬 더 부드러워졌다.

다이애나가 말했다.

"아주머니, 안으로 들어오셔서 우리의 낭송가를 한번 보세요. 너무 예쁘죠?"

마릴라는 툴툴거리는 것 같기도 하고 비꼬는 것 같기도 한 말투로 말했다.

"아주 단정하고 깔끔하구나. 난 앤이 머리를 그렇게 하는 게 좋아. 하지만 마차를 타고 가는 동안 먼지랑 이슬 때문에 옷을 다 버릴 것 같은데. 그리고 이렇게 습기가 많은 밤에는 너무 얇은 것 같기도 하고. 모슬린은 세상에서 가장 실용적이지 못한 천이라니까. 매튜 아저씨가 그 천을 사 갖고 왔을 때 내가 그렇게 말했지. 하지만 요즘은 매튜 아저씨에게 무슨 이야기를 해도 소용이 없다니까. 예전엔 내 말을 잘 듣더니 요즘은 앤에게 주는 거라면 무조건 사 버리니, 원. 게다가 카모디의 상점 점원은 매튜 아저씨에게는 뭐든 속여서 떠넘길 수 있다고 생각하는 것 같거든. 점원이 예쁘고 최신 유행이라고 하면 무조건 돈을 내고 본다니까. 앤, 치마가 바퀴에 걸리지 않도록 조심해라. 그리고 따뜻한 외투 꼭 입고."

그리고 마릴라는 아래층으로 성큼성큼 걸어갔다. 앤의 사랑스러운 모습이 너무나 자랑스러워 이런 구절이 떠올랐다.

이마에서부터 왕관까지 한 줄기 달빛이

그리고 직접 발표회에 가서 앤이 낭송하는 것을 듣지 못하는 것이 안타까웠다.

"이 옷을 입고 가기에 날이 너무 습하면 어떻게 하지?"

앤이 걱정스러운 얼굴로 물었다.

"전혀 그렇지 않아. 완벽한 날씨야. 이슬도 전혀 내리지 않았어. 달빛을 봐."

다이애나가 창문의 블라인드를 걷어 올리며 말했다.

앤이 다이애나 쪽으로 가며 말했다.

"내 방 창문이 동쪽으로 나 해가 떠오르는 걸 볼 수 있어서 얼마나 다행인지 몰라. 저 긴 언덕 위로 해가 떠오르면서 뾰족뾰족한 전나무 꼭대기 사이로 빛나는 모습은 정말 근사하거든. 그 광경은 매일 아침마다 새로워서, 이른 새벽 햇살로 내 영혼을 씻어 내는 것 같은 기분마저 들어. 아, 다이애나, 난 이 작은 방이 너무 좋아. 다음 달에 시내로 가면 이 방을 떠나서 어떻게 살 수 있을지 모르겠어."

"오늘 밤만큼은 네가 떠나는 이야기를 하지 마. 오늘 밤은 그 생각을 하고 싶지 않아. 그 생각을 하면 내가 너무 비참해지는 기분이거든. 오늘 밤은 정말 즐겁게 보내고 싶어. 앤, 뭘 낭송할 거야? 긴장되니?"

"전혀 떨리지 않아. 여러 사람들 앞에서 여러 번 낭송을 해 봤기 때문에 이젠 전혀 두렵지 않아. 난 '소녀의 맹세'를 낭송하기로 했어. 정말 애처로운 이야기야. 로라 스펜서는 웃긴 내용을 하기로 했는데 난 사람을 웃기기보다는 울리고 싶어."

"사람들이 앙코르를 요청하면 뭘 할 거야?"

"설마 나에게 앙코르를 요청할까?"

앤은 코웃음을 웃으면서도 속으로는 그랬으면 하고 은근히 바랐다. 그리고 벌써 다음날 아침 식사 테이블에서 매튜에게 발표회 때 있었던 일들을 이야기하고 있는 자신의 모습을 그려 보았다.

"빌리랑 제인이 오나 봐. 마차 바퀴 소리가 들려. 어서 가자."

빌리 앤드루스가 앤이 자신과 함께 마차 앞자리에 앉아야 한다고 고집을 부리는 바람에 앤은 마지못해 앞자리에 올랐다. 앤은 다른 여자 아이들과 뒷자리에 앉아 마음껏 웃고 수다를 떨고 싶었다. 빌리와는 이야깃거리도, 웃을거리도 없었다. 빌리는 키가 크고 뚱뚱하며 어딘가 좀 둔한 구석이 있는 스무 살 청년이었는데 둥근 얼굴에는 표정이 없는 데다가 이야기하는 재주마저 없었다. 하지만 앤을 아주 많이 동경하고 있던 빌리는 자신의 옆에 날씬하고 꼿꼿한 모습의 앤을 태우고 화이트 샌즈까지 간다는 생각에 한껏 들떠 있었다.

앤은 어깨 너머로 여자 아이들과 이야기를 나누면서 간간이 빌리에게 예의로 한 마디씩 건네곤 했는데, 그때마다 빌리는 씩 웃거나 킥킥거리면서도 제때 대답을 하는 법이 없었다. 이 모든 것들에도 불구하고 앤은 마차를 타고 가는 동안 그럭저럭 즐거운 시간을 보냈다. 그날 밤은 즐겁게 보내고 싶었다. 길은 호텔로 가는 마차들로 북적였고 맑은 웃음소리가 길을 따라 메아리처럼 울려 퍼졌다. 호텔에 도착하니 1층부터 꼭대기까지 불빛으로 휘황찬란했다. 발표회 위원회에서 나온 여자들이 아이들을 맞아 주었고 그 중 한 사람은 앤을 출연자 대기실로 데리고 갔다. 대기실에는 샬럿타운 심포니 클럽 회원들이 가득했는데 그들 속에 있으려니 앤은 갑자기 부끄럽고 두려우면서 자신이 촌스럽게 느껴졌다. 자신의 방에서는 그렇게 세련되고 예뻐 보이던 원피스도 반짝이는 실크에 바스락거리는 레이스 옷들 사이에서 보니 너무도 평범하고 수수해 보였다. 저기 몸집이 크고 아름다운 여인이 하고 있는 다이아몬드 액세서리에 비하면 자신의 진주 목걸이는 또 어떻고? 다른 사람들이 꽂고 있는 온실의 꽃들 옆에서 자신의 작은 장미꽃은 또 얼마나 초라해 보일런지! 앤은 모자를 내려놓고 외투를 벗은 후 한쪽 구석에 초라한 모습으로 쪼그리고 앉았다. 초록 지붕 집의 하얀 방으로 돌아가고 싶은 마음뿐이었다.

호텔의 커다란 강당 무대에 서고 보니 더 끔찍했다. 환한 조명에 눈이 부셨고 향수 냄새와 청중들의 웅성거림 속에서 정신을 차릴 수가 없을 지경이었다. 관중석에서 재미있는 시간을 보내고 있을 다이애나, 제인과 함께 앉아 있으면 얼마나 좋을까 생각했다. 앤은 분홍색 실크 드레스를 입은 뚱뚱한 여자와 하얀색 레이스 드레스를 입고 비웃는 듯한 표정을 짓고 있는 키가 큰 여자 아이 사이에 끼어 있었다. 뚱뚱한 여자는 이따금 거리낌 없이 고개를 돌려서는 안경 너머로 앤을 찬찬히 살펴보았다. 앤은 누군가 자신을 유심히 쳐다보고 있다는 사실에 신경이 날카로워져 비명이라도 지를 것 같았다. 하얀 레이스 소녀는 들으라는 듯 일부러 큰 소리로 옆에 있는 사람에게, 청중석에 앉아 각 지역에서 온 참가자들이 뭔가 '대단한 웃음거리'를 줄 것이라 기대하고 있는 '시골뜨기'와 '촌스런 미인'에 대해서 줄곧 떠들어 댔다. 앤은 죽을 때까지 그 하얀 레이스 소녀를 미워할 거라 생각했다.

앤으로서는 불행하게도 호텔에는 전문 연설가 한 사람이 묵고 있었는데, 그 연설가는 발표회에서 낭송을 해 달라는 부탁에 흔쾌히 승낙을 했다. 검은 눈의 나긋나긋한 여자였는데 달빛으로 짠 듯 반짝이는 회색 드레스를 입고 목과 검은 머리에는 보석 장식을 하고 있었다. 목소리는 놀랍도록 부드러웠고 표현력 또한 뛰어나서 청중들은 그녀의 낭송에 열광했다. 앤 역시 자신이 낭송을 해야 한다는 사실을 한동안 잊고 눈을 반짝이며 황홀하게 낭송을 들었다. 낭송이 끝나자 앤은 갑자기 두 손으로 얼굴을 가렸다. 일어설 수도, 낭송을 할 수도 없었다. 저 여자 다음에 어떻게 낭송을 할 수 있단 말인가? 아, 초록 지붕 집으로 돌아가고 싶어!

이런 불행한 시점에 앤의 이름이 불렸다. 앤은 일어나 휘청거리며 앞으로 나갔다. 그 순간 하얀 레이스의 여자 아이가 뭔가 켕기는 듯 조금 놀랐지만 앤은 그 모습을 보지 못했고, 봤다 하더라도 그 속에 숨은 미묘한 찬사는 이해하지 못했을 것이다. 앤이 너무도 창백해서 청중석에 있던 다이애나와 제인은 안타까운 마음에 서로의 손을 꼭 잡았다.

무대에 서자 앤은 자신을 압도하는 두려움에 꼼짝을 할 수 없었다. 가끔 사람들 앞에서 낭송을 하긴 했지만 이런 청중 앞에 서 본 적은 없어서 모든 힘이 쑥 빠져 버리는 기분이었다. 이브닝드레스를 입고 줄지어 앉은 여자들, 꼬투리를 잡으려는 듯한 표정들, 그리고 뭔가 대단히 부유하고도 세련된 분위기까지 모든 것들이 너무도 낯설고 눈부시고 당혹스러웠다. 소박하면서도 모든 것을 이해해 줄 것 같은 친구와 이웃의 얼굴이 가득했던 토론 클럽 수수한 벤치와는 판이하게 달랐다. 이 사람들은 무자비하게 꼬투리를 잡을 것 같았다. 어쩌면 하얀 레이스 소녀처럼 자신의 '촌스러운' 노력에서 뭔가 재미난 걸 기대하고 있을지도 모르겠다. 앤은 절망적이고 부끄럽고 비참했다. 무릎이 후들거리고 심장이 쿵쾅거리고 현기증이 일면서 한 마디도 할 수 없었다. 그 순간 앤은 창피를 무릅쓰고 무대에서 달아나고 싶었다. 그 굴욕이 앤의 영원한 운명이 되더라도 말이다.

갑자기 앤은 겁에 질린 두 눈을 부릅뜨고 청중석을 살펴보았다. 저 뒤쪽에 길버트 블라이드가 얼굴에 미소를 띤 채 몸을 앞으로 숙이고 있는 모습이 눈에 들어왔다. 그런데 앤에게는 그 미소가 마치 승리감에 도취되어 자신을 조롱하고 있는 것처럼 느껴졌다. 하지만 사실은 그게 아니었다. 길버트는 그냥 전체적인 것에 대한 느낌, 특히 야자나무를 배경으로 하얀 옷을 입고 서 있는 앤의 모습과 그 환한 얼굴에 대한 느낌이 좋아 웃었을 뿐이었다. 길버트와 함께 마차를 타고 온 조시 파이야말로 만면에 승리감과 비웃음을 담은 표정을 짓고 있었다. 하지만 앤은 조시를 보지 못했고 봤다 하더라도 상관하지 않았을 것이다. 앤은 크게 숨을 들이쉬고는 전기 충격이라도 받은 듯 용기와 결심으로 온몸을 들먹들먹하더니 자신 있게 머리를 들었다. 길버트 블라이드 앞에서는 실패하지 않을 거야. 다시는 길버트가 비웃지 못하도록 할 거야. 절대, 절대!

그 순간 마음속에서 두려움과 긴장이 사라진 앤은 낭송을 시작했다. 앤의 달콤하고 맑은 목소리는 떨리거나 끊어짐 없이 강당 구석구석까지 울려 퍼졌다. 앤은 완전하게 냉정함을 되찾았고 끔찍하게 무기력하던 순간들을 만회하려는 듯 지금껏 한 번도 해 본 적 없는 솜씨로 낭송했다. 낭송을 마치자 박수갈채가 쏟아졌다.

부끄러움과 기쁨으로 얼굴이 붉어진 앤이 무대에서 내려왔더니 분홍색 실크 드레스를 입은 뚱뚱한 여인이 앤의 손을 꼭 잡고 마구 흔들며 칭찬을 쏟아 냈다.

"어머, 너 정말 너무 잘했다. 난 아기처럼 울었어. 정말이야. 저런, 사람들이 앙코르를 외치고 있어. 다시 나오라고 하잖아!"

"못 가겠어요. 하지만…… 가야겠죠. 나가지 않으면 매튜 아저씨가 실망하실 테니까요. 아저씨는 제가 앙코르를 받을 거라고 했거든요."

앤이 어리둥절해서 말했다.

"그래, 매튜 아저씨를 실망시키면 안 되지."

분홍 드레스 여자가 웃으며 말했다.

맑은 눈의 앤은 얼굴이 발그레하게 상기된 채 미소를 지으며 무대로 올라가 기발하고도 재미있는 낭송을 해 다시 한 번 더 청중을 사로잡았다. 그날 저녁의 낭송은 앤에게 있어 작은 승리였다.

발표회가 끝나자 뚱뚱한 분홍 드레스의 여자가-어느 미국 백만장자의 아내였다.- 앤을 데리고 다니면서 모든 사람들에게 소개시켜 주었는데 다들 앤에게 아주 친절했다. 전문 연설가인 에번스 부인도 와서 함께 이야기를 나누었는데 앤이 아주 매력적인 목소리를 가지고 있고 작품을 해석하는 힘이 무척 뛰어나다고 했다. 하얀 레이스 소녀조차 아주 조금이긴 하지만 칭찬을 해 주었다. 그리고 화려하게 장식된 커다란 식당에서 식사를 하게 되었다. 앤과 함께 왔기 때문에 다이애나와 제인도 식사에 초대되었지만 빌리는 이런 초대는 두렵다며 도망가 버리고 나타나지 않았다. 식사가 모두 끝나고 세 소녀가 고요하고 하얀 달빛 속으로 나와 보니 빌리가

기다리고 있었다. 앤은 깊게 숨을 들이쉬고 어둑어둑한 전나무 뒤
맑은 하늘을 올려다보았다.

아, 맑고 고요한 밤 속으로 다시 나오니 정말 좋았다! 바다에서
는 파도 소리가 들려오고 마법에 걸린 해안을 보호하고 있는 험상
궂은 거인처럼 서 있는 절벽이 보이는 이곳의 모든 것들이 얼마나
멋지고 아름다운지!

마차를 타고 오면서 제인이 물었다.

"정말 근사한 시간이었지? 내가 부자 미국인이어서 여름 내내
호텔에서 가슴이 팬 드레스를 입고 보석으로 치장한 채 아이스크
림이랑 치킨 샐러드를 먹으면서 멋지게 보내면 얼마나 좋을까? 아
이들을 가르치는 것보다 훨씬 더 재미있을 텐데 말이야. 앤, 네 암
송은 정말 훌륭했어. 처음엔 네가 시작도 못할 줄 알았거든. 에번
스 부인보다 네가 훨씬 잘했어."

"아, 아니야. 그렇게 말하지 마. 에번스 부인보다 잘하다니 말도
안 돼. 그분은 전문가이고 난 그저 암송을 조금 잘하는 학생일 뿐
인데. 사람들이 내 낭송을 좋아했다면 그걸로 만족해."

앤의 말에 이번에는 다이애나가 말했다.

"너를 칭찬하는 말을 들었어, 앤. 그 사람의 말투가 너를 칭찬
하는 게 분명했거든. 아무튼 그랬어. 나랑 제인 뒤에 미국 남자 한
명이 앉아 있었는데 칠흑처럼 검은 머리와 눈동자를 가진, 정말
낭만적으로 생긴 사람이었어. 조시 파이가 그러는데 그 남자는 아
주 유명한 화가로, 보스턴에 사는 조시 엄마의 사촌이 그 남자의
동창과 결혼을 했대. 그 남자가 말하는 걸 들었는데, 그렇지, 제
인? '저기 무대에 있는 멋진 티치아노 머리 소녀는 누구죠? 저 소

녀의 얼굴을 그리고 싶군요.'라고 했어. 앤, 그런데 티치아노 머리라는 게 뭐지?"

"아마 빨간 머리라는 뜻일 거야. 티치아노는 아주 유명한 화가인데 빨간 머리 여자를 즐겨 그렸거든."

앤이 웃으며 말했다.

"그 여자들이 하고 있는 다이아몬드 봤어? 정말 눈이 부시더라. 얘들아, 부자가 되고 싶지 않니?"

제인이 한숨을 쉬며 말했다.

그러자 앤이 믿음직스럽게 말했다.

"우린 부자야. 기특하게도 16년이나 살았고 여왕처럼 행복해. 그리고 많든 적든 다들 상상력도 있고. 얘들아, 저기 바다를 봐. 온통 은빛의 얕은 물일 뿐 아무것도 보이지 않아. 우리에게 수백만 달러랑 온갖 보석들이 있다면 저 바다의 아름다움을 즐길 수 없을지도 몰라. 가능하다고 하더라도 저 여자들처럼 되고 싶지는 않을걸. 저기 하얀 레이스 소녀처럼 세상을 멸시하려고 태어난 듯 심술궂은 표정을 짓고 살래? 아니면 친절하고 상냥하긴 하지만 저 분홍 드레스 여자처럼 맵시 하나 없이 키도 작고 뚱뚱한 모습으로 살래? 아니면 에번스 부인처럼 두 눈 가득 슬픈 표정을 짓고 살래? 저런 표정을 짓고 있는 것으로 봐서 꽤 오랫동안 끔찍하게 불행한 삶을 산 게 틀림없어. 하지만 넌 안 그렇잖아, 제인 앤드루스!"

"나도 잘 모르겠어. 내 생각엔 다이아몬드가 사람들을 아주 많이 위로해 줄 것 같은데."

제인이 자신 없는 목소리로 말했다.

"난 나 이외의 어느 누구도 되고 싶지 않아. 평생 동안 다이아몬드로 위로를 받지 못하게 된다 하더라도 말이야. 난 진주 목걸이를 한 초록 지붕 집의 앤이라는 사실이 너무 행복해. 매튜 아저씨가 분홍 드레스 부인의 보석보다 훨씬 더 깊은 사랑을 그 목걸이에 담아 주셨다는 걸 난 아니까."

앤이 자신 있게 말했다.

34. 퀸스의 여학생

발표회가 끝난 후 3주 동안 초록 지붕 집은 앤의 퀸스 학교 입학 준비 때문에 아주 분주했다. 바느질할 것들도 많았고 의논해서 정리해야 할 것들도 많았다. 매튜가 준비하자고 한 덕분에 앤에게는 예쁜 옷이 많이 생겼다. 이번만은 마릴라도 매튜가 뭘 사자고 하든 반대하지 않았다. 어느 날 저녁 마릴라는 하늘하늘한 연두색 옷감을 한 아름 안고 앤의 방으로 올라갔다.

"앤, 가벼운 드레스를 만들 옷감들이다. 이미 예쁜 옷들이 많아서 네가 이 옷들까지 필요할 거라고는 생각하지 않지만 파티나 뭐 그런 일들로 저녁에 시내에 나갈 일이 생긴다면 정말 드레스 같은 옷이 필요하지 않을까 싶어서 말이야. 제인이나 루비, 조시는 그아이들 말로 '이브닝드레스'가 있다고 하던데, 네가 그 아이들에 비해 처지게 하고 싶지 않아. 지난주에 앨런 부인에게 부탁해서 이천을 좀 사 달라고 했는데 이제 에밀리 길리스에게 옷을 만들어 달라고 가져다 줄 생각이다. 에밀리 길리스는 감각이 있어서 옷 만드는 솜씨를 따라 올 사람이 없거든."

"어머, 아주머니, 너무 예뻐요. 감사합니다. 저에게 이렇게 잘해 주시니 믿을 수가 없어요. 너무 잘해 주시니까 떠나는 게 하루하루 더 힘들어져요."

에밀리의 감각대로 연두색 드레스는 겹주름과 프릴을 한껏 넣어 만들었다. 어느 날 저녁 앤은 마릴라와 매튜를 위해 그 드레스를 입고 부엌에서 '소녀의 맹세'를 낭송했다. 마릴라는 생기발랄한 앤의 얼굴과 우아한 몸짓을 보며 앤이 초록 지붕 집에 처음 왔던 날 저녁을 떠올렸다. 누르스름한 면모 교직물 옷을 입고 겁에 질린 얼굴로 서 있던 앤의 모습이 눈에 선했다. 얼마나 실망하고 있는지를 보여 주던 두 눈 가득 고인 눈물. 그 기억을 떠올리는 순간 마릴라의 눈에 눈물이 맺혔다.

"어머, 제 낭송 때문에 우시는군요. 그렇죠, 아주머니? 저의 완전한 승리예요."

앤은 몸을 굽혀 의자에 앉아 있는 마릴라의 뺨에 살짝 뽀뽀를 하며 쾌활하게 말했다.

마릴라는 누군가 고작 '시 나부랭이' 때문에 약한 모습을 보이면 비웃을 사람이었다.

"아니다. 네 낭송 때문에 우는 건 아니야. 네 옛날 모습이 생각나서 그랬어. 이상하게 들릴지 모르겠지만 난 네가 그렇게 어린 시절에 머물렀으면 하고 바랐다. 그런데 이제 다 자라 이렇게 우리 곁을 떠나는구나. 키도 훌쩍 컸고 맵시도 있고, 그 옷을 입으니 완전히 달라 보여. 전혀 에이번리에 사는 사람 같지 않아. 그런 생각을 하니 갑자기 너무 쓸쓸한 기분이 들어서 말이야."

앤은 체크무늬 치마를 입은 마릴라의 무릎에 앉아서는 두 손으로 주름진 마릴라의 얼굴을 감싼 뒤 진지하고도 다정하게 두 눈을 바라보며 말했다.

"아주머니, 전 조금도 변하지 않았어요. 정말이에요. 쓸데없는 가지를 쳐내고 뻗어나가려는 것뿐이에요. 여기 안에 있는 진짜 앤은 똑같아요. 제가 어디에 가든, 외모가 어떻게 변하든 진짜 앤은 달라지지 않아요. 마음은 언제까지나 아주머니와 아저씨를 사랑하고 초록 지붕 집을 그리워하는 꼬마 앤일 거예요."

앤은 생기 있고 동글동글한 뺨을 마릴라의 까칠한 볼에 갖다 대고 한 손으로는 매튜의 어깨를 두드렸다. 그 순간 마릴라는 앤이 자신의 감정을 말로 표현하는 능력이 정말 뛰어나다는 생각이 들었지만, 습관적으로 그 생각을 떨쳐 버렸다. 그저 앤이 떠나지 말았으면 하고 바라며 두 팔로 앤을 꼭 끌어안을 뿐이었다.

매튜는 눈물이 맺힌 것처럼 촉촉한 눈으로 일어서는 문 밖으로 나갔다. 그런 다음 푸른 여름 밤 별빛을 받으며 마당을 지나 포플러 나무 아래 대문으로 갔다.

그리고 자랑스러운 듯 혼자 중얼거렸다.

"그러니까 그게, 앤은 버릇없이 자라지 않은 것 같아. 내가 가끔씩 참견했지만 크게 해가 되지는 않았네. 앤은 예쁘고 똑똑하고, 무엇보다도 사랑스러워. 앤은 우리에겐 축복이었지. 스펜서 부인의 실수는 정말이지 행운의 실수였어. 그게 우연이라면 말이야. 하지만 난 그게 우연은 아닌 것 같아. 신의 뜻이었지. 우리에게 그 아이가 필요하다는 걸 아셨던 거야."

마침내 앤이 샬럿타운으로 떠나는 날이 되었다. 화창한 9월의 어느 날 아침, 다이애나와는 눈물의 이별을, 마릴라와는 눈물도 없고 실용적인-적어도 마릴라 입장에서는 그랬다.- 이별을 한 후 앤과 매튜는 마차를 타고 떠났다. 앤이 떠나고 난 후 다이애나는 울음을 그치고 카모디에 살고 있는 사촌들과 화이트 샌즈 해변으로 소풍을 가서 즐겁게 보내려 애를 썼다. 한편 마릴라는 미친 듯 쓸데없는 일을 하며 하루 종일 아픈 가슴을 달랬다. 가슴이 타들어 가고 뜯기는 듯한 그 아픔은 눈물로도 씻어 낼 수가 없었다. 그리고 그날 밤 잠자리에 든 마릴라는 복도 끝 작은 동쪽 방에 이제는 생기발랄한 어린 생명도 없고, 그 아이가 내쉬는 부드러운 숨결도 없다는 비통한 사실을 깨닫고는 베개에 얼굴을 묻고 목 놓아 엉엉 울기 시작했다. 하지만 어느 정도 진정이 되었을 때는 죄 많은 한 어린 생명 때문에 그렇게 걱정에 휩싸여 울고 있는 자신의 어리석은 모습에 자못 충격을 받았다.

앤과 에이번리 아이들은 시간에 맞춰 시내에 도착해서 서둘러 학교에 갔다. 새로운 학생들도 만나고 교수들도 만나며 반을 나누고 정리하는 동안 첫째 날은 정신없이 즐겁게 지나갔다. 앤은 스테이시 선생님이 말해 준 대로 2학년 과정을 이수할 작정이었는데 길버트도 같은 생각이었다. 그것은 2년이 아니라 1년 만에 1급 교사 자격증을 얻는다는 뜻이었는데 그만큼 더 힘든 과정이었다. 제인이나 루비, 조시, 찰리, 무디 스퍼전은 크게 욕심이 없었기 때문에 2급 교사 과정을 밟는 것에 만족했다. 자신이 전혀 모르는 50명의 학생들 속에 있다는 사실을 깨닫는 순간 앤은 너무 외로웠다. 딱 한 사람, 교실 저쪽 갈색 머리의 키 큰 소년은 알고 있었지만 앤이 예상한 대로 그 소년은 크게 도움이 되지는 않았다. 하지만 길버트와 같은 반이라는 사실이 반가운 것만은 부정할 수 없었다. 두 사람 사이의 오래된 경쟁 관계가 계속될 수 있었고 그 경쟁마저 없었다면 앤은 어쩔 줄 몰랐을 테니까.

앤은 생각했다.

'경쟁이 없다면 난 더 마음이 불편할 거야. 길버트는 아주 결연해 보이는걸. 이제 이곳에서 1등을 하기로 각오를 단단히 한 것 같아. 턱이 정말 근사해! 전에는 한 번도 그 생각을 못 했는데. 제인과 루비도 1급 교사 과정에 들어왔으면 좋았을걸. 하지만 아이들과 친해지면 이렇게 낯선 다락에 들어간 고양이 같은 기분은 들지 않을 거야. 어떤 여자 아이가 내 친구가 될지 정말 궁금해. 이런 생각을 하고 있으니 너무 재미있는걸. 물론 다이애나에게 퀸스에서 어떤 여자 아이도, 내가 그 아이를 아무리 좋아하더라도 다이애나만큼 친하게 지내지 않을 거라고 약속했지. 하지만 두 번째로 친한 친구는 많이 사귈 수 있으니까. 저기 갈색 눈에 붉은 블라우스를 입은 아이가 마음에 들어. 아주 붉은 장미처럼 선명해 보이는걸. 저기 창백한 얼굴로 창밖을 바라보고 있는 금발 머리인 아이도. 저애는 머리카락이 너무 아름다워. 꿈에 대해서도 잘 알고 있을 것 같아. 저 두 아이랑 친해지고 싶어. 함께 별명을 부르면서 팔짱을 끼고 걸어다닐 수 있을 정도로 말이야. 하지만 지금은 나도 저 아이들을 잘 모르고 저 아이들도 나를 잘 몰라. 어쩌면 나를 별로 알고 싶어 하지 않을지도 몰라. 아, 너무 외로워!'

그날 저녁 어스름에 침대에 혼자 있으려니 앤은 더욱 외로웠다. 시내에 친척이 있는 다른 아이들은 친척 집에 하숙을 하지만 앤은 그렇지 않았다. 조세핀 할머니는 앤을 하숙시키고 싶어 했지만 비치우드가 퀸스 학교에서 너무 멀었기 때문에 그 일은 불가능했다. 조세핀 할머니는 앤에게 적당한 하숙집을 골라 매튜와 마릴라에게 소개시켜 주었다.

"이 하숙집 주인은 몰락한 귀족 부인이랍니다. 남편은 영국의 고위 관리였다지요. 부인은 하숙생을 들이는 데 아주 까다로운 사람이랍니다. 앤이 그 집에 살고 있으면 이상한 사람과 만날 일은 없을 거예요. 음식도 잘 나오고, 무엇보다 학교와 가깝고 조용한 동네라 좋을 거예요."

조세핀 할머니의 말은 사실이었지만, 그것은 앤의 향수병에는 아무런 도움이 되지 않았다. 작은 철제 침대와 텅 빈 책장, 우중충한 벽지에 그림 하나 없는 벽으로 둘러싸인 작은 방에서 앤은 너무도 침울했다. 초록 지붕 집 자신의 하얀 방을 떠올리자 목이 메여 왔다. 정원에서 자라던 스위트피, 과수원에 쏟아지던 달빛, 비탈 아래 흐르던 시냇물, 밤바람이 스치던 가문비나무의 가지, 별이 가득하던 밤하늘, 나뭇가지 사이로 보이던 다이애나의 창가 불빛까지 모든 것들이 즐거운 모습으로 가슴속에 남아 있었다. 하지만 지금 그곳에는 아무것도 없었다. 창밖에는 이리 저리 얽힌 전선이 하늘을 가리고 있고, 낯선 발자국이 지나간 흔적과 낯선 얼굴들을 비추는 수천 개의 전등불이 빛나고 있는 딱딱한 포장도로뿐이라는 것을 앤은 알고 있었다. 앤은 울음이 터질 것 같았지만 울지 않으려고 어금니를 깨물었다.

"울지 않을 거야. 우는 건 바보 같은 짓이야. 약한 짓이라고. 세 번째 눈물이 떨어졌어. 또 흘러. 재미있는 걸 생각해야겠어. 하지만 에이번리를 떠나서는 재미있는 것도 없고 오히려 더 슬퍼지기만 해. 네 방울, 다섯 방울, 다음 주 금요일에는 집에 갈 테지만 100년 뒤 일처럼 까마득하게 느껴져. 아, 지금쯤이면 매튜 아저씨가 집에 가셨을 텐데…… 마릴라 아주머니가 아저씨를 기다리느라 길을 내다보며 문에 서 계시겠지. 여섯, 일곱, 여덟, 아, 세어 봐야 소용없어! 이젠 아주 줄줄 흘러내리는걸. 기분이 좋아지지 않아. 기분이 좋아지고 싶지도 않아. 비참한 채로 있는 게 더 나아!"

그때 조시 파이가 나타나지 않았다면 분명히 눈물 홍수가 났을 것이다. 낯익은 얼굴을 본 기쁨에 앤은 조시와 자신 사이에 우정이 없었다는 사실을 잊었다. 에이번리 추억의 한 조각이라면 조시마저 반가웠다.

"네가 와 줘서 너무 기뻐."

앤이 진심으로 말했다.

하지만 조시 파이는 약 올리듯 말했다.

"울고 있었구나. 향수병인 것 같은데. 어떤 사람들은 그 방면에 통제력이 거의 없지. 난 절대 향수병 같은 건 걸리지 않을 거야. 그 시시하고 촌스러운 에이번리에 비하면 샬럿타운은 너무 즐거운 곳이야. 내가 어떻게 그곳에서 그렇게 오래 살았는지 궁금할 지경이라니까. 앤, 그렇게 울지 마. 너한테 안 어울려. 코랑 눈이 빨개지잖아. 그러다가 온통 빨개지겠네. 난 오늘 학교에서 정말 재미있었어. 우리 프랑스 어 교수님은 정말 귀여워. 콧수염을 보면 아마 깜짝 놀랄 거야. 그런데 앤, 먹을 거 없니? 진짜 배고파 죽겠다. 마릴라 아주머니께서 케이크를 싸 주셨을 거라 생각했지. 그래서 온 건데. 안 그랬으면 프랭크 스타클리랑 밴드 연주를 들으러 공원에 갔을 텐데 말이야. 프랭크는 나랑 같은 곳에 하숙하는데 아주 멋져. 그 애가 오늘 교실에서 너를 보고는 빨간 머리 여자 아이가 누구냐고 나에게 묻더라. 그래서 커스버트 씨 댁에 입양된 고아이고 그이전에 네가 어떤 아이였는지는 아무도 모른다고 이야기해 줬지."

조시 파이와 함께 있는 것보다 외로움에 울고 있는 편이 더 낫지 않을까 하고 앤이 생각하고 있는데, 제인과 루비가 퀸스 학교의 리본—보라색과 빨간색—을 코트에 자랑스럽게 꽂고 나타났다. 제인과 '말하지 않는 사이'였던 조시는 바로 입을 다물었다.

제인이 한숨을 쉬며 말했다.

"아, 아침부터 지금까지 몇 달을 지낸 것 같은 기분이야. 집에서 베르길리우스(*시성(詩聖)으로 대우 받았던 고대 로마의 시인.)를 공부해야 해. 무서운 할아버지 교수님이 내일까지 20줄을 공부해 오래. 하지만 오늘 밤은 마음을 잡고 공부할 수가 없어. 앤, 눈물 자국인 것 같은데. 울고 있었다면 실컷 울어. 그래야 나도 위로가 될 것 같아. 나도 루비가 오기 전까지 마음껏 울고 있었거든. 다른 사람도 나처럼 바보짓을 한다면 좀 괜찮아질 것 같아서 말이야. 케이크니? 조금만 줄래? 고마워. 에이번리 맛이 느껴지는걸."

루비는 앤이 퀸스 학교의 학사 일정표를 테이블 위에 올려놓은 걸 눈치 채고는 앤에게 금메달을 받고 싶은지 물었다.

앤은 얼굴을 붉히며 그러고 싶다고 말했다.

그러자 조시가 말했다.

"아, 그러고 보니 생각나는데, 퀸스에서 에이버리 장학생을 한 명 뽑는대. 오늘 들었어. 프랭크 스타클리가 말해 줬는데 자기 삼촌이 학교 이사거든. 내일 학교에서 공지할 거래."

에이버리 장학생이라니! 앤은 심장이 콩닥콩닥 뛰고 마술에라도 걸린 듯 자신의 꿈이 부풀어 오르는 게 느껴졌다. 조시가 그 말을 하기 전에 앤의 가장 큰 꿈은 연말에 1급 교사 자격증을 얻는 것이었다. 가능하다면 메달과 함께 말이다! 하지만 지금 앤은 자신이 에이버리 장학생으로 뽑히고, 레드먼드 대학에서 문학 과정을 이수한 뒤에 가운을 입고 학사모를 쓰고 졸업을 하는 모습을 그리게 되었다. 조시의 말이 채 끝나기도 전에 말이다. 에이버리 장학생은 국어 성적으로 주는 것이기 때문에 앤은 자신이 있었다.

뉴브런즈윅의 어느 부유한 공장 주인이 죽으면서 자신의 재산을 연해주(*노바스코샤, 뉴브런즈윅, 프린스 에드워드 섬의 세 주를 일컬음.)의 여러 고등학교와 전문학교에 장학금으로 쓰라고 기부했다. 퀸스 전문학교에 하나가 할당될지에 대한 많은 논의가 있었는데, 연말에 국어 국문학에서 가장 높은 점수를 받은 사람에게 레드먼드 대학 4년을 공부할 수 있는 장학금 250달러를 수여하기로 결정이 난 것이다.

그러니 그날 밤 앤이 설레는 마음으로 잠자리에 들 수밖에!

앤은 결심했다.

"꼭 그 장학금을 타고 말겠어. 내가 국문학 학위를 받으면 매튜 아저씨가 얼마나 자랑스러워하실까? 아, 꿈을 가진다는 건 정말 기쁜 일이야. 꿈이 많아서 정말 기뻐. 너무 많아서 끝도 없는 것 같아. 무엇보다 그게 좋은 것 같아. 한 가지 꿈을 이루고 나면 더 높은 꿈을 꿀 수 있으니까. 그래서 인생이 즐거운 거 아닐까?"

35. 퀸스에서의 겨울

앤의 향수병은 사라졌다. 주말마다 집으로 가는 것이 향수병을 없애는 데 큰 도움이 되었다. 날씨가 좋을 때면 에이번리 학생들은 새로 생긴 기차를 타고 금요일 저녁마다 카모디로 갔다. 다이애나와 몇몇 에이번리의 젊은이들은 친구들을 마중 나와 다 함께 에이번리로 즐겁게 걸어갔다. 저 너머 에이번리의 집에서는 불빛이 반짝이고, 상쾌한 공기를 맡으며 가을이 오는 언덕을 오르는 그 금요일 저녁이 1주일을 통틀어 앤에게는 가장 행복한 시간이었다.

길버트 블라이드는 거의 매번 루비 길리스와 걸으며 가방을 들어 주었다. 루비는 아름다운 숙녀였고 스스로도 꽤 성숙했다고 생각하고 있었다. 엄마가 허락한 만큼의 길이로 치마를 입었고 집에 갈 때는 머리를 풀어야 했지만 시내에 있을 때는 머리를 올리고 있었다. 커다란 눈은 밝은 푸른색이었고 얼굴빛은 환했으며 몸매는 통통했다. 루비는 잘 웃고 성격이 쾌활했는데 인생의 즐거움을 솔직하게 즐길 줄 알았다.

"하지만 루비는 길버트가 좋아할 타입이 아니야."

제인이 앤에게 속삭였다.

앤도 그렇게 생각했지만 그렇다고는 말하지 않았다. 길버트 같은 친구와 함께 책이나 공부, 포부에 대한 생각을 나누는 건 정말 즐거운 일일 것 같았다. 길버트에게 포부가 있다는 걸 앤은 알고 있었다. 하지만 루비 길리스는 그 포부에 대해 함께 이야기하기에 적합한 친구는 아닌 것 같았다.

길버트에 대한 앤의 생각들에 어리석은 감정 같은 것은 없었다. 앤에게 있어서 남자 아이들이란 그저 좋은 동료일 뿐이었다. 앤과 길버트가 친구가 되었다 하더라도 앤은 길버트에게 친구가 얼마나 많은지, 길버트가 누구와 함께 걷는지 상관하지 않았을 것이다. 앤은 친구를 사귀는 데 있어서는 천부적이라 여자 친구는 정말 많았다. 하지만 남자 아이들과의 우정이 친구 관계에 대한 생각을 완성시키고 이해와 생각의 폭을 넓히는 데 도움이 될 거라는 생각에는 확신이 없었다. 그 문제에 관한 한 앤은 자신의 감정을 명확하게 정의할 수 없었다. 하지만 만약 길버트와 함께 기차에서 내려 상쾌한 풀밭을 지나 고사리가 한껏 자란 길을 따라 집으로 걸어가게 된다면 앞으로 펼쳐질 새로운 세상과 희망, 포부에 대해서 많은 이야기를 나눌 수 있을 것 같기는 했다. 길버트는 사물에 대한 자신만의 생각과 인생에서 최고의 것을 투자하고 얻을 수 있는 결정력을 가진 똑똑한 청년이었다. 루비 길리스는 제인 앤드루스에게 길버트 블라이드가 하는 말 중에 반은 이해가 안 된다고 말했다. 그리고 전혀 재미도 없는 책 같은 것들에 대해서 말할 땐 앤 셜리가 심각하게 이야기할 때와 똑같더라는 것이었다. 프랭크 스타클리가 훨씬 더 재미있지만 프랭크는 길버트의 반만큼도 잘생기지 않아 어느 쪽을 좋아해야 할지 정말 결정할 수가 없다고 했다.

학교에서 앤은 자신처럼 사려 깊고 상상력이 풍부하며 미래에 대한 꿈을 갖고 있는 친구들을 사귀어 나갔다. '장미처럼 붉은' 스텔라 메이너드와 '꿈꾸는 소녀' 프리실라 그랜트와 금방 가까워졌는데 검은 눈동자의 생기발랄한 스텔라는 앤처럼 가슴 가득 무지갯빛 꿈과 상상을 품고 있었고 프리실라는 창백하고 우아해 보였지만 장난기가 많은 아이였다.

크리스마스 방학이 끝나자 에이번리 아이들은 금요일마다 집에 가는 것을 그만 두고 열심히 공부하기 시작했다. 이제 퀸스 학생들의 성적은 제자리를 잡아갔고 성적별 차이가 분명해졌으며 개인의 성적 변화도 줄어들었다. 대체적으로 인정되는 사실들도 있었다. 실질적으로 메달 경쟁자는 길버트 블라이드, 앤 셜리, 루이스 윌슨 이렇게 세 사람으로 좁혀졌고 에이버리 장학금은 누가 탈지 알 수 없지만 확실하게 우수한 여섯 명 중 한 사람이 타게 될 거라는 것이다. 또 수학 성적 우수자에게 주는 동메달은 내륙 지방 출신의 이마가 툭 튀어나오고 기운 코트를 입은 뚱뚱하고 웃기게 생긴 남자 아이에게 돌아갈 것이라고 했다.

루비 길리스는 학교 전체에서 그해의 가장 예쁜 여학생으로 인정되었고, 2학년 중에서는 스텔라 메이너드가 가장 예쁜 여학생이라고 했지만 비판적인 안목이 있는 몇몇 소수의 학생들은 앤 셜리를 꼽기도 했다. 다들 에델 마르는 최신 유행 스타일로 머리 손질을 잘한다고 인정했고, 소박하고 성실하며 진지한 제인 앤드루스는 가정학에서 1등을 했다. 조시 파이마저 퀸스에서 가장 신랄하게 독설을 하는 여학생으로 발군의 실력을 인정받았다. 그렇게 해서 스테이시 선생님의 옛 제자들은 더 넓은 학문의 장에서 자신의 영역을 확고히 해 나가고 있었다.

앤은 열심히, 그리고 꾸준히 공부했다. 길버트와의 경쟁은 에이번리 학교에서 그랬던 것처럼 치열했지만 대체로 같은 반 아이들은 그 사실을 잘 몰랐고 어찌된 일인지 심각함은 사라지고 없었다. 앤은 이제 더 이상 길버트를 이겨서 무너뜨리고 싶지 않았다. 그보다는 훌륭한 경쟁자를 멋지게 이겼다는 자랑스러움을 느끼고 싶었다. 이기는 것도 가치 있는 일이긴 하지만, 이기지 못하면 견딜 수 없을 거라는 생각은 이제 더 이상 하지 않았다.

아이들은 공부를 하면서도 즐거운 시간을 보낼 기회들을 찾았다. 앤은 시간이 있으면 비치우드에 갔는데 일요일은 대개 거기서 점심을 먹고 조세핀 할머니와 함께 교회에 갔다. 할머니는 스스로도 인정하듯 점점 늙어갔지만 검은 눈동자는 조금도 흐려지지 않았고 입심도 누그러들지 않았다. 하지만 조세핀 할머니는 앤에게만은 심한 말을 하지 않았다. 까다로운 노인에게는 더없이 좋은 친구였기 때문이었다.

"꼬마 아가씨 앤은 항상 나아지고 있어. 다른 여자 아이들은 짜증이 날 정도로 항상 똑같아 싫증이 나는데 말이야. 앤에게는 무지개처럼 다양한 모습이 있고, 그 모습은 볼 때마다 참 예쁘거든. 어렸을 때처럼 재미있는 것 같지는 않지만 그 아인 자신을 사랑하게 만든단 말이야. 자신을 사랑하게 하는 사람들이 난 좋아. 내가 힘들이지 않고 그들을 사랑할 수 있으니까."

아무도 깨닫지 못하고 있는 사이 봄이 왔다. 에이번리의 안팎에는 잔설이 남아 있는 메마른 땅에 아네모네가 분홍색 꽃망울을 내밀었고 숲과 계곡에는 '연둣빛 안개'가 드리워졌다. 하지만 샬럿타운 퀸스 전문학교 학생들은 오로지 시험 생각만 하고 그 이야기만 했다.

앤이 말했다.

"학기가 거의 끝나간다는 게 믿어지지 않아. 지난가을엔 겨울 학기 수업이 끝이 보이지 않는 것 같더니 이제 다음 주가 기말 시험이란 말이야. 애들아, 가끔은 그 시험이 전부인 것처럼 느껴지기도 하지만 밤나무에 새싹들이 올라오는 모습이랑 길 끝에 피어오르는 푸른 안개를 보고 있으면 시험 같은 건 별로 중요한 게 아닌 것 같아."

앤을 찾아왔던 제인과 루비, 그리고 조시는 그 말에 찬성하지 않았다. 그들에게 다가오는 시험은 아주 중요했다. 밤나무의 새싹과 5월의 안개보다 훨씬 더. 시험을 하찮게 생각할 수 있는 것은 아무리 못해도 시험에 합격할 게 확실한 앤에게만 가능한 이야기였다. 세 사람은 자신들의 미래가 온전히 시험에 달려 있다고 믿고 있기 때문에 그렇게 달관한 듯 말할 수 없었다.

제인이 한숨을 쉬며 말했다.

"지난 2주 동안 3킬로그램이나 몸무게가 빠졌어. 걱정하지 말라는 말도 소용없어. 난 걱정할 거야. 걱정이 도움이 될 때도 있으니까. 걱정하고 있으면 뭔가 하고 있는 것 같거든. 겨우내 퀸스 학교에 있으면서 이렇게 돈을 많이 쓰고도 자격증을 얻지 못한다면 정말 끔찍할 거야."

조시 파이가 말했다.

"난 상관없어. 올해 합격하지 못하면 내년에 다시 다니면 되니까. 우리 아빠는 나를 보내 주실 여력이 있거든. 앤, 프랭크 스타클리가 그러는데 트레메인 교수님이 길버트 블라이드가 메달을 따고 에밀리 클레이가 에이버리 장학금을 받게 될 것 같다고 하셨대."

그러자 앤이 웃으며 말했다.

"조시, 그 이야기 때문에 내일 내 기분이 나쁠지도 몰라. 하지만 솔직히 지금은 내가 에이버리 장학금을 받든 못 받든 크게 상관없어. 초록 지붕 집 아래 공터에서 제비꽃이 보라색으로 피고 있고 연인들의 오솔길에서 고사리들이 고개를 들어올리고 있다는 걸 알고 있는 한 말이야. 난 최선을 다했고 '경쟁의 기쁨'이 어떤 건지 이해하기 시작했거든. 노력해서 이기는 것 못지않게, 노력했지만 실패하는 것도 괜찮은 거야. 얘들아, 시험 이야기는 하지 말자! 저 지붕들 위로 아치를 이루고 있는 푸른 하늘을 봐. 그리고 자줏빛으로 물들었을 에이번리의 너도밤나무 숲 하늘을 상상해 봐."

"제인, 학위 수여식 때는 뭘 입을 거야?"

루비가 현실적인 질문을 했다.

제인과 조시는 동시에 대답을 했고 아이들의 수다는 옷 이야기로 흘러갔다. 하지만 앤은 창턱에 팔꿈치를 올리고 깍지낀 두 손으로 턱을 괸 채 꿈꾸는 듯한 눈으로 도시의 지붕과 장엄하게 해가 지는 하늘을 보며 자신의 미래를 꿈꾸기 시작했다. 앞으로 다가올 모든 시간들은 가능성으로 충만한 장밋빛이었다. 한 해, 한 해가 희망의 장미였고 그 장미로 엮은 화환은 영원할 것 같았다.

36. 영광, 그리고 꿈

학교 게시판에 시험 결과를 발표하기로 한 날 아침, 앤과 제인은 함께 길을 걷고 있었다. 제인은 행복한 기분으로 웃음을 지었다. 시험은 끝났고 무난하게 합격할 것 같았기 때문이다. 미래에 대해 깊이 생각하는 것도 제인은 전혀 힘들지 않았다. 대단한 포부도 없었기 때문에 불안해하는 친구들의 영향을 받지도 않았다.

우리는 세상에서 얻는 모든 것에 대가를 치른다. 포부를 갖는 것이 가치 있는 일이기는 하지만 값싸게 얻을 수는 없다. 책임과 자제, 걱정, 실망이 따르게 마련이다. 앤은 창백한 얼굴로 아무 말이 없었다. 10분 후면 누가 메달을 따게 될지, 누가 에이버리 장학생이 될지 알게 되기 때문이다. 그 10분이 지나고 나면 지금까지의 '시간'은 더 이상 가치가 없을 것 같았다.

"넌 메달을 따든, 장학금을 타든 둘 중 하나는 하게 될 거야."

제인은 대학 교수들이 얼마나 불공평할 수 있는지를 몰랐다.

"장학금은 타지 못할 것 같아. 다들 에밀리 클레이가 탈 거래. 게시판 앞으로 걸어가 사람들이 보는 앞에서 게시물을 보지 못할 것 같아. 용기가 나질 않아. 그냥 곧장 여학생 탈의실로 갈래. 제인, 네가 읽고 와서 나에게 말해 줘. 우리의 오랜 우정을 봐서라도 제발 가능한 한 빨리 전해 줘. 내가 만약 실패했다면 에둘러서 말하려고 하지 말고 바로 말해. 뭘 해도 좋은데 동정하지는 말아 줘. 제인, 약속해."

제인은 진지하게 약속했다. 하지만 그런 약속을 할 필요는 없었다. 퀸스 학교 입구 계단에 들어서니 강당에 남자 아이들이 한가득 모여 길버트 블라이드를 무동 태우고 목청껏 소리를 치고 있었기 때문이다.

"길버트 블라이드가 메달을 땄다, 만세!"

그 순간 앤은 패배와 실망으로 가슴이 아팠다. 앤이 실패하고 길버트가 이긴 것이다. 매튜 아저씨가 서운해할 것이다. 아저씨는 앤이 이길 거라고 확신하고 있었다.

바로 그때!

누군가 소리쳤다.

"에이버리 장학금을 탄 셜리 양을 위해 만세 삼창!"

뜨거운 환호 속에서 여학생 탈의실로 뛰어가는 동안 제인이 말했다.

"아, 앤, 네가 너무 자랑스러워! 너무 멋지다!"

탈의실에 들어서자 여자 아이들이 두 사람을 둘러싸고 축하해 주었다. 친구들은 앤의 어깨를 치기도 하고 열정적으로 손을 잡고 흔들기도 했다. 앤은 친구들에게 에워싸여 밀고 밀리며 간신히 제인에게 속삭였다.

"아, 매튜 아저씨와 마릴라 아주머니께서 얼마나 기뻐하실까! 지금 당장 집에 편지를 써야겠어."

졸업식은 그 다음으로 중요한 행사였다. 학교의 큰 강당에서 졸업식이 열렸다. 연설을 하고, 작문을 읽고, 노래를 부르고, 졸업장 수여를 하고, 상과 메달을 수여했다.

그곳에 온 매튜와 마릴라의 눈과 귀는 무대 위 오직 한 아이에게만 집중하고 있었다. 두 뺨은 약간 발그레하고 두 눈은 별처럼 빛나는 연두색 옷을 입은 키가 큰 소녀가 최고의 작문을 읽자 주위 사람들은 그 아이를 가리키며 에이버리 장학생이라고 수군댔다.

"마릴라, 저 아이를 키우기를 잘했지?"

앤이 작문을 다 읽고 나자 매튜는 강당에 들어오고 나서 처음으로 말을 했다.

"그 생각을 한 게 이번이 처음은 아니에요. 오빠는 또 지나간 일을 끄집어내시네요."

마릴라가 쏘아붙였다.

두 사람 뒤에 앉아 있던 조세핀 할머니는 양산 손잡이로 마릴라를 살짝 찌르며 말했다.

"앤이 자랑스럽죠? 나도 그래요."

그날 밤 앤은 매튜와 마릴라와 함께 에이번리의 집으로 돌아갔다. 4월 이후로는 집에 가지 않았기 때문에 단 하루도 더는 기다릴 수 없을 것 같았다. 사과꽃이 활짝 핀 세상은 싱그러웠다. 다이애나가 앤을 만나러 초록 지붕 집으로 왔다. 앤은 자신의 하얀 방에서 다이애나를 바라보며 행복한 한숨을 길게 내쉬었다. 창틀에는 마릴라가 꽂아 놓은 장미가 놓여 있었다.

"아, 다이애나. 다시 돌아오니 얼마나 좋은지 몰라. 노을이 지는 하늘로 뾰족한 전나무들이 서 있는 모습이랑 하얀 과수원, 눈의 여왕을 다시 보니 너무 좋다. 박하 향이 너무 좋지 않니? 월계꽃도 그렇고. 이 모든 것들이 노래이자 희망이고, 또 기도야. 다이애나, 너를 다시 만나니 너무 행복해!"

"난 네가 나보다 스텔라 메이너드를 더 좋아하는 줄 알았어. 조시 파이가 그렇게 말해 줬어. 조시가 그러는데 네가 스텔라에게 홀딱 빠졌다던대."

다이애나가 원망하듯 말했다.

"스텔라 메이너드는 이 세상에서 딱 한 사람을 빼고 가장 사랑스러운 아이야. 그 한 사람은 바로 너고, 다이애나. 다이애나, 난 널 그 어느 때보다도 사랑해. 너에게 해 줄 이야기가 정말 많아. 하지만 지금은 이렇게 앉아서 널 보고 있고 싶어. 공부하며 꿈을 향해 달려가느라 너무 피곤해. 내일은 최소한 두 시간 동안은 아무것도 생각하지 않고 과수원 풀밭에 누워 있으려고."

"앤, 너 정말 훌륭하게 해냈어. 에이버리 장학금을 받았으니 지금으로서는 선생님이 되지 않을 거지?"

"응, 9월에 레드먼드로 갈 거야. 근사할 것 같지 않니? 석 달 동안 멋지게 방학을 보내고 그때쯤이면 새로운 꿈이 생기겠지. 제인과 루비는 선생님이 될 거야. 우리가 다 함께 해냈다고 생각하니 너무 대단하지? 심지어 무디 스퍼전과 조시 파이도 말이야."

"벌써 뉴브릿지 재단에서 제인에게 교사 초빙을 했대. 길버트 블라이드도 선생님이 될 거래. 길버트는 그렇게 해야 하나 봐. 그의 아빠가 내년에 길버트를 대학에 보낼 여력이 안 되셔서 길버트는 자기가 벌어서 갈 생각인가 봐. 에임즈 선생님이 떠나시게 되면 길버트가 여기서 아이들을 가르치게 될 거야."

앤은 실망스럽기도 하고 놀랍기도 한 이상한 기분이 들었다. 이 사실은 모르고 있었다. 앤은 길버트도 함께 레드먼드로 갈 거라고 생각하고 있었다. 선의의 경쟁자가 없으면 앤은 어떻게 하지? 진짜 학위를 받게 될 남녀 공학 대학이지만 친구이자 적이 없다면 좀 따분하지 않을까?

다음날 아침 식사 시간, 앤은 매튜의 안색이 좋지 않다는 것을 깨달았다. 1년 전보다 확실히 더 창백했다.

"아주머니, 아저씨 괜찮으신 거예요?"

매튜가 나가고 나자 앤이 머뭇거리며 물었다.

마릴라가 걱정스러운 목소리로 말했다.

"아니, 그렇지 않아. 올 봄에 정말 심하게 심장 발작이 한 번 있었는데도 도무지 조심을 하지 않으니. 정말 걱정을 했는데 요즘 들어 조금 괜찮아진 것 같아. 좋은 일꾼도 들였으니 아저씨가 쉬면서 몸을 좀 추스렸으면 좋겠어. 이제 네가 집에 왔으니 좋아지시겠지. 아저씨는 너만 있으면 언제나 기운이 나시잖니."

앤은 테이블 위로 몸을 뻗어 두 손으로 마릴라의 얼굴을 감쌌다.

"아주머니 안색도 예전 같지 않아요. 피곤해 보이세요. 너무 심하게 일하시는 건 아니에요? 이제 제가 집에 왔으니 좀 쉬세요. 오늘 딱 하루만 옛날에 즐겨 갔던 곳이랑 제가 꾸던 꿈을 찾으며 쉬고 그 다음부터는 제가 일할 테니 아주머니는 쉬세요."

마릴라는 따뜻한 미소을 지으며 앤을 바라보았다.

"일 때문이 아니라 머리 때문이야. 두통이 너무 자주 오거든. 눈 뒤쪽 말이야. 스펜서 의사 선생님은 공연히 안경 가지고 야단을 떨었지만 안경으로 해결이 안 되는 것 같아. 6월 말에 유명한 안과 의사가 온다고 스펜서 선생님이 진료를 받아 보라고 하니 한번 가서 만나 봐야 할 것 같아. 이젠 눈이 불편해서 책을 읽을 수도, 바느질을 할 수도 없구나. 그런데, 앤, 퀸스 학교에서는 정말 잘했다. 1년 만에 1급 교사 자격증을 따고 거기다 에이버리 장학금이라니. 그런데 글쎄, 린드 부인은 교만 뒤에는 멸망이 따르기 마련이라며 여자가 고등교육을 받을 필요가 없다는구나. 여자의 본분에 맞지 않다는 거지. 난 절대 그 말에 찬성할 수 없어. 린드 부인 이야기가 나왔으니 말인데, 최근에 애비 은행에 대해 뭐 들은 이야기가 있니, 앤?"

"은행이 위태롭다고 들었어요. 왜요?"

"린드 부인도 그렇게 말했단다. 지난주에 와서는 그 이야기를 하더구나. 그 이야기를 듣고 매튜 아저씨가 걱정이 이만저만이 아니야. 우리가 가진 돈은 모두 그 은행에 넣어 뒀거든. 난 처음에 저축은행에 넣자고 했는데 애비 씨가 우리 아버지와 아주 가까운 친구 사이였다며 매튜 아저씨는 줄곧 애비 은행에 저축을 하고 있어. 아저씨는 어떤 은행이든 애비 씨가 대표라면 괜찮을 거라는 거야."

"제 생각엔 그분이 몇 년 동안 명목상으로만 대표였던 것 같아요. 나이가 많아서 조카가 실질적인 대표였대요."

"글쎄, 린드 부인에게 그 이야기를 듣고 매튜 아저씨에게 당장 우리 돈을 다 찾으라고 했더니 그러겠다고 했거든. 그런데 어제 러셀 씨가 그러는데 은행이 괜찮다고 하더구나."

앤은 그날 바깥으로 나가 아주 좋은 하루를 보냈다. 그늘 하나 없이 화창하고 꽃들도 만발한 아름다운 그날을 결코 잊을 수 없을 것 같았다. 앤은 과수원을 돌아다니다가 드라이어드 샘과 버드나무 연못, 제비꽃 골짜기에 갔다. 목사관에도 들러 앨런 부인과 즐겁게 이야기를 나누었다. 그리고 마지막으로 저녁에는 매튜와 함께 소떼를 몰고 연인들의 오솔길을 지나 방목장으로 돌아왔다. 저녁노을이 비친 숲은 아름답게 빛났고 그 따뜻한 빛은 다시 서쪽의 언덕길을 따라 흐르고 있었다. 매튜는 구부정하게 고개를 숙인 채 천천히 걸었고 꼿꼿하고 키가 큰 앤은 자신의 가벼운 발걸음을 매튜의 발걸음에 맞추어 걸었다.

"아저씨, 오늘 일을 너무 많이 하셨어요. 좀 쉬엄쉬엄하시면 안 돼요?"

앤이 원망하듯 물었다.

"글쎄 그게, 잘 안 되는구나."

마당 문을 열어 소를 들이면서 매튜가 말했다.

"그래, 자꾸 늙어가기도 하고, 지금껏 계속 열심히 일해 왔으니 이제 좀 쉬긴 해야겠지."

"아저씨가 원하셨던 대로 제가 남자 아이였다면 지금쯤이면 아저씨를 많이 도와 드려서 훨씬 편해지셨을 테죠. 그래서 마음속으로 제가 남자 아이였으면 좋았겠다고 생각해요."

앤이 아쉬운 듯 말했다.

그러자 매튜는 앤의 손을 토닥였다.

"앤, 난 남자 아이 열 명보다 네가 좋다. 그 사실을 명심해라. 그러니까 그게, 에이버리 장학금을 탄 건 남자 아이가 아니었잖아, 안 그러니? 그건 여자 아이였어, 바로 우리 아이, 자랑스러운 우리 아이 말이다."

매튜는 마당으로 들어가며 앤을 향해 수줍게 웃었다. 그날 밤 앤은 자신의 방에서 창문을 열어 놓고 앉아 오랫동안 자신의 지난 날을 되돌아보고 미래를 꿈꾸었다. 밖에는 달빛 속에서 눈의 여왕이 하얀 안개처럼 서 있었고 비탈길 과수원 너머 늪에서는 개구리들이 노래를 하고 있었다. 앤은 고요하고 향기가 넘치던 은빛의 그 날 밤을 언제까지나 잊을 수 없었다. 앤의 인생에 슬픔이 닥치기 전 마지막 밤이었기 때문이었다. 차가운 운명의 손길이 닿은 후로는 모든 것이 달라져 버리고 말았다.

37. 초록 지붕 집에 찾아 든 죽음의 신

"오빠…… 오빠…… 무슨 일이에요? 어디 아파요?"

깜짝 놀란 목소리로 마릴라가 비명을 지르듯 소리치고 있었다. 하얀 수선화를 한 아름 안고 현관으로 들어서던 앤의 눈에 비명을 지르는 마릴라와 손에 신문을 접어 든 채 얼굴이 잿빛으로 변한 매튜가 들어 왔다—앤은 그 이후로 오랫동안 하얀 수선화를 볼 수도, 향을 맡을 수도 없었다—. 앤은 꽃다발을 떨어뜨리고 마릴라와 거의 동시에 부엌을 가로질러 매튜에게로 달려갔다. 하지만 둘 다 너무 늦었다. 두 사람이 도착하기 전에 매튜는 문간에 쓰러지고 말았다.

"기절했어, 앤, 마틴에게 달려가, 어서! 헛간에 있어."

마릴라가 숨을 몰아쉬며 말했다.

초록 지붕 집에 일꾼으로 와 있던 마틴은 마침 우체국에서 집으로 돌아왔는데 바로 의사를 부르러 출발해야 했다. 가는 길에 비탈 과수원에 들러 배리 씨 부부에게 이 사실을 전했고, 마침 볼일을 보러 배리 씨 댁에 와 있던 린드 부인도 이 소식을 듣고는 배리 씨 부부와 함께 초록 지붕 집으로 왔다. 세 사람이 와 보니 앤과 마릴라가 미친 듯이 매튜를 깨우고 있었다.

린드 부인은 두 사람을 가만히 밀어낸 뒤 매튜의 맥박을 짚어보고 귀를 매튜의 가슴에 갖다 댔다. 린드 부인은 두 사람의 근심 어린 얼굴을 슬픈 표정으로 바라보았다. 그 순간 린드 부인의 두 눈에서 눈물이 흘러내렸다.

"아, 마릴라, 이제 우리가 할 수 있는 건 아무것도 없을 것 같아요."

"린드 아주머니, 설마, 매튜 아저씨가, 설마……."

앤은 그 끔찍한 말을 차마 할 수 없었다. 앤의 얼굴에는 금방 핏기가 가셨다.

"앤, 슬프지만 그런 것 같아. 매튜의 얼굴을 봐. 나만큼 너도 저런 얼굴을 많이 봤다면 저 얼굴이 뭘 뜻하는지 알 거다."

앤은 평온한 얼굴을 바라보았다. 그곳에 하느님이 임재(*기독교에서 하느님이 인간에게 나타나는 일을 일컬음.)하신 증표를 보는 듯했다.

의사가 와서는 죽음이 순간적이어서 아마 고통은 없었을 것이며 갑작스러운 충격으로 그렇게 된 것 같다고 했다. 충격의 비밀은 매튜가 쥐고 있던 신문에 있었다는 것이 밝혀졌다. 그날 아침 마틴이 우체국에서 가지고 온 신문이었는데 애비 은행이 파산했다는 기사가 실려 있었다.

그 소식은 재빠르게 에이번리로 퍼져 나갔고 하루 종일 친구들과 이웃들이 초록 지붕 집으로 몰려들었다. 사람들은 오고 가며 죽은 사람과 산 사람들을 위해 친절하게 심부름을 해 주었다. 수줍음이 많고 말이 없는 매튜 커스버트가 난생처음으로 가장 중요한 사람이 되었지만 이미 죽음의 하얀 위엄이 내려앉아 그에게 왕관을 씌워 멀리 데리고 가 버렸다.

초록 지붕 집에 밤이 내리자 낡은 집은 고요함 속에 묻혔다. 응접실에는 긴 회색 머리를 늘어뜨린 매튜가 관에 누워 있었다. 마치 즐거운 꿈이라도 꾸고 있는 듯 온화한 미소를 머금은 평온한 얼굴이었다. 매튜 옆에는 꽃들이 놓여 있었다. 그의 어머니가 신혼 시절, 대대로 내려오는 정원에 심어 놓은 옛날 꽃들이었는데 매튜는 이 꽃들에게 아무도 모르게 말없이 늘 사랑을 쏟고 있었다. 앤은 눈물기 없는 비통하고 하얀 얼굴로 그 꽃들을 꺾어다 매튜 옆에 가지고 왔다. 앤이 매튜를 위해 할 수 있는 마지막 일이었다.

배리 씨네 가족과 린드 부인은 앤과 마릴라와 함께 그날 밤을 초록 지붕 집에서 보냈다. 다이애나는 앤의 방으로 가 창가에 서 있는 앤에게 조용히 말했다.

"앤, 오늘 밤 같이 잘까?"

"고마워, 다이애나."

앤은 친구의 얼굴을 가만히 바라보았다.

"내가 혼자 있고 싶다고 말하더라도 오해하지 말아 줬으면 해. 오해하지 않을 거라 생각해. 아저씨가 돌아가시고 나서부터 단 1분도 혼자 있지 못했거든. 혼자 있고 싶어. 조용히 혼자서 이 현실을 깨닫고 싶어. 난 아직도 실감이 안 나. 반쯤은 매튜 아저씨가 돌아가셨을 리가 없다는 생각이 들기도 하고, 반쯤은 아저씨가 오래 전에 돌아가서서 계속 이렇게 끔찍한 고통을 당하고 있었다는 생각이 들기도 해."

다이애나는 이해할 수 없었다. 마릴라가 일생 동안 보여 왔던 자제력의 경계를 허물고 격렬하게 슬픔을 쏟아 내는 모습보다 눈물을 흘리지 않는 앤의 슬픔이 더 이해가 되지 않았다. 하지만 다이애나는 앤을 혼자 두고 조용히 밖으로 나갔고 앤은 난생처음 슬픔으로 밤을 지새웠다.

앤은 혼자 있으면 눈물이 나오리라 생각했다. 자신이 그렇게 사랑했고 자신에게 그토록 다정하게 대해 준 매튜를 위해 눈물 한 방울 흘리지 않는 자신이 너무 끔찍했다. 전날만 하더라도 저녁노을 속에서 함께 걸어왔지만 지금은 어두운 방 안에서 끔찍하도록 평화로운 얼굴로 누워 있는 매튜! 앤은 어둠 속 창가에 무릎을 꿇고 언덕 위 별들을 바라보며 기도를 해도 눈물이 나지 않았다. 그날 하루의 아픔과 흥분에 지쳐 잠이 들 때까지도 사라지지 않는 뭔지 모를 끔찍한 고통만이 계속될 뿐이었다.

한밤중에 앤은 무심코 잠에서 깼다. 자신을 둘러싸고 있는 어둠과 침묵 속에서 그날 하루의 일들이 슬픔의 파도처럼 밀려왔다. 전날 밤 문 앞에서 헤어질 때 자신에게 보여 주었던 매튜의 미소 짓는 얼굴이 보이는 것 같았다. '우리 아이, 자랑스러운 우리 아이 말이다.'라고 말하는 목소리도 들렸다. 그제야 눈물이 쏟아지기 시작했고 앤은 가슴이 터질 듯 울기 시작했다. 마릴라가 울음소리를 듣고 앤을 달래 주러 왔다.

"이런, 이런, 그렇게 울지 마, 앤. 그렇다고 아저씨가 돌아오는 것도 아니니까. 그렇게, 그렇게 울면 안 돼. 나도 알고 있었지만 아까는 마음대로 안 되더구나. 언제나 내게 다정하고 친절한 오빠였지. 하느님은 아실 거야."

앤은 흐느끼며 말했다.

"그냥 울게 내버려 두세요. 운다고 해로울 건 없으니까요. 가슴이 아픈 것보다는 낫잖아요. 여기서 잠깐만 저를 안고 함께 계셔 주세요. 이렇게요. 다이애나더러 있어달라고 할 수 없었어요. 착하고 친절한 아이이지만 이건 다이애나의 슬픔은 아니니까요. 다이애나는 이 일과 관계가 없기 때문에 제 마음에 충분히 가까이 다가와 도와줄 수는 없어요. 이건 우리의 슬픔이에요. 아주머니와 저의 슬픔이요. 아, 아주머니, 이제 아저씨 없이 어떻게 살죠?"

"앤, 우리에겐 서로가 있잖니. 네가 여기 없으면 난 어떻게 해야 할지 모르겠구나. 네가 절대 돌아오지 않는다면 말이다. 아, 앤, 내가 너에게 다소 엄하고 냉정하게 굴었다는 거 알아. 하지만 내가 매튜 아저씨만큼 너를 사랑하지 않아서 그렇다고 생각하면 안 된다. 할 수 있을 때 말해야겠구나. 난 내 마음속에 있는 것들을 말로 하기가 쉽지 않았단다. 하지만 이런 때는 훨씬 쉽지. 널 내 친자식처럼 사랑한다. 네가 초록 지붕 집에 온 이후로 넌 나의 기쁨이자 위안이었단다."

이틀 후 매튜는 집 문턱을 넘어 그가 가꾸어 왔던 밭과 사랑했던 과수원과 직접 심었던 나무들을 지나 멀리 떠나가 버렸다. 그 후 에이번리는 다시 일상의 평범함으로 돌아갔다. 초록 지붕 집도 '가까운 사람을 잃은 슬픔'이 항상 자리 잡고 있기는 했지만 모든 일들이 이전의 규칙적이고도 일상적인 생활로 넘어갔다. 앤은 매튜가 없는데도 예전처럼 살 수 있다는 사실이 새삼 슬펐다. 전나무 뒤에서 해가 떠오르고 정원에서 분홍빛 꽃망울이 터지는 것을 보고 있으면 어느새 반가움과 기쁨이 밀려들었다. 하지만 그것을 깨닫는 순간 왠지 모를 부끄러움과 양심의 가책이 느껴졌다. 다이애나가 찾아오면 행복했다. 다이애나의 쾌활한 말투와 행동에는 웃기도 했다. 그러니까 꽃이 피고, 사랑과 우정이 넘치는 아름다운 세상은 앤의 상상력을 자극하고 마음을 감동시키는 데 있어서 그 힘을 전혀 잃지 않고 있었다. 삶은 아직도 집요한 목소리로 앤을 부르고 있었다.

어느 날 저녁, 앤은 목사관 정원에서 생각에 잠긴 채 앨런 부인에게 말했다.

"아저씨가 돌아가셨는데도 세상 모든 것들에서 즐거움을 찾고 있는 건 왠지 아저씨에 대한 배신 같아요. 아저씨가 너무 보고 싶어요. 매순간 그립지 않은 때가 없어요. 그런데 세상이 너무 아름답고 재미있게 느껴져요. 오늘 다이애나가 하는 재미있는 이야기를 듣고 제가 웃고 있는 거예요. 아저씨가 돌아가셨을 때 저는 다시는 웃을 수 없을 거라 생각했거든요. 웃으면 안 될 것 같았어요."

"매튜 아저씨가 살아 계실 때 네 웃음소리를 듣고 싶어 하셨고 네가 주변의 즐거운 것들로 행복하기를 바라셨어. 이제 아저씨는 이곳에 계시지 않지만 달라진 것은 없다고 생각하실 거야. 난 자연이 우리를 치유해 주는 힘을 거부해서는 안 된다고 생각해. 물론 네가 어떤 기분인지는 알아. 다들 똑같이 느끼고 생각하고 있을 걸. 사랑하는 사람이 더 이상 이곳에서 우리와 함께 기쁨을 나눌 수 없는데도 즐거워하고 있다 생각하면 화가 나지. 주변의 일들로

삶 속에서 재미를 찾으면 슬픔을 배신하는 것 같은 기분이 들고."

앨런 부인이 조용히 말했다.

"오늘 오후에 장미를 심으러 아저씨 무덤에 갔어요. 옛날에 매튜 아저씨의 어머니가 스코틀랜드에서 갖고 오신 작고 하얀 스코틀랜드 장미 가지를 꺾꽂이 하려고 갖고 갔죠. 아저씨는 그 장미를 가장 좋아하셨거든요. 가시가 많지만 작고 향기로운 장미예요. 아저씨의 무덤가에 그 장미를 심을 수 있다 생각하니 기뻤어요. 아저씨가 곁에 두고 좋아하실 일을 하고 있는 것 같아서요. 천국에서도 아저씨가 그런 장미를 갖고 계시면 좋겠어요. 수많은 여름 동안 아저씨가 좋아하셨던 하얀 장미들의 영혼이 그곳에서 아저씨를 맞을 것 같아요. 이제 집에 가 봐야겠어요. 혼자 계신 마릴라 아주머니가 해질 무렵이면 늘 외로워하시거든요."

"네가 대학으로 다시 가고 나면 더 외로워하시지 않을까 걱정되는구나."

앨런 부인이 말했다.

앤은 그 말에는 아무런 대답을 하지 않고 인사만 한 후 초록 지붕 집으로 천천히 걸어갔다. 집 앞 계단에 앉아 있는 마릴라를 본 앤은 그 옆에 앉았다. 바다의 석양빛을 띠는 커다란 분홍색 소라 껍데기를 끼워 놓아 두 사람 뒤의 문은 닫히지 않고 열려 있었다.

앤은 옅은 노란색 인동덩굴 잔가지를 모아 머리에 꽂았다. 움직일 때마다 하늘의 축복 기도처럼 머리 위에서 풍기는 향기가 좋았다.

"네가 없는 동안 스펜서 의사 선생님이 다녀가셨다. 내일 시내에 전문의가 오니 꼭 가서 눈 검사를 받아 보라고 하는구나. 내 생각에도 가서 검사를 받아 보는 게 좋을 것 같아. 그 전문의가 내 눈에 맞는 안경을 줄 수 있다면 더없이 고마운 일이겠지. 내가 없는 동안 혼자 집에 있어도 되겠니? 마틴이 나를 마차에 태우고 갈 거야. 다림질할 것도 있고 빵도 구워야 해."

"괜찮아요. 다이애나가 올 거예요. 다림질도 해 놓고 빵도 구워 놓을 게요. 이제는 손수건에 풀을 먹이거나 빵에 진통제를 넣지 않을 테니 염려 마세요."

마릴라가 웃었다.

"그때 얼마나 실수를 많이 했는지. 넌 언제나 말썽을 일으켰잖니? 네가 제정신이 아닌가 생각한 적도 있단다. 네 머리를 염색했던 거 기억나니?"

"그럼요. 그걸 어떻게 잊겠어요?"

앤은 예쁘게 땋아 위로 감아 올린 머리를 만지며 웃었다.

"그때 머리 때문에 했던 걱정들을 생각하면 지금도 가끔 웃음이 나요. 사실 크게 웃지는 못해요. 그땐 정말 심각했거든요. 제가 머리랑 주근깨 때문에 얼마나 고생을 했게요. 주근깨는 이제 정말 없어졌고 사람들은 이제 내 머리가 적갈색이라고 말해요. 조시 파이만 빼고요. 조시가 어제 저더러 머리가 더 붉어졌고 검은 드레스를 입으면 더 붉어 보인다고 말하는 거 있죠? 그러면서 뭐라는지 아세요? 빨간 머리를 가진 사람들은 머리 색깔에 익숙해지지 않느냐는 거예요. 아주머니, 이제 전 조시 파이를 좋아하려 노력하는 걸 포기할까 해요. 그 애를 좋아하려고 피눈물 나는 노력을 했지만 도저히 좋아할 수가 없네요."

그러자 마릴라가 날카롭게 말했다.

"조시는 파이 씨 집 아이니까. 까다롭게 구는 건 어쩔 수 없구나. 그런 사람들도 우리 사회에서 쓸모가 있을지 모르겠지만 내 생각엔 엉겅퀴보다 쓸모없을 것 같은데 말이다. 조시도 선생님이 되겠다니?"

"아뇨, 조시는 내년에 퀸스 전문학교로 돌아갈 거예요. 무디 스퍼전이랑 찰리 슬론도요. 제인과 루비는 선생님이 될 건데 들어갈 학교도 벌써 정해졌어요. 제인은 뉴브릿지에 있는 학교로 가고 루비는 서부 어느 학교래요."

"길버트 블라이드도 선생님이 되는 거지?"

"네."

앤은 짤막하게 대답했다.

마릴라는 멍한 표정으로 말했다.

"정말 멋지게 잘 자랐더구나. 지난 일요일에 교회에서 그 아이를 봤는데 키도 크고 남자답던걸. 그만 할 때 자기 아버지를 아주 쏙 뺐어. 존 블라이드도 아주 멋진 남자였지. 우린 정말 좋은 친구였거든. 사람들은 존이 내 남자 친구라고 하기도 했지."

앤은 솔깃해서 고개를 들었다.

"어머, 아주머니, 정말이에요? 그런데 왜 그분과……."

"싸웠어. 그가 사과를 했지만 내가 용서해 주지 않았지. 시간이 흐른 뒤에는 용서해 주고 싶었지만, 처음엔 너무 화가 나서 벌주고 싶었어. 하지만 그 이후로 돌아오지 않았어. 블라이드 집안 사람들은 자존심이 정말 강하거든. 하지만 난 항상 좀 미안한 기분이었지. 그때 그가 용서를 빌었을 때 용서해 줄 걸 그랬다는 후회가 들더구나."

"아주머니에게도 로맨스가 있었군요."

앤이 부드럽게 말했다.

"그래, 네가 그 일을 그렇게 부른다면 말이다. 나를 보면 그런 로맨스 생각이 안 들지, 그렇지? 하지만 사람을 겉으로만 보고는 알 수 없는 법이야. 다들 존과 내 일을 잊었을 거다. 나도 잊었는 걸. 그런데 지난 일요일에 길버트를 보니 문득 그때 일이 떠오르더 구나."

38. 모퉁이를 돌면

다음날 마릴라는 시내로 갔다가 저녁이 돼서야 돌아왔다. 다이애나와 비탈길 과수원에 갔던 앤이 집에 돌아와 보니 마릴라가 손으로 머리를 받친 채 부엌 식탁에 앉아 있었다. 의기소침한 마릴라의 모습에 앤의 가슴은 쿵 내려앉았다. 앤은 마릴라가 저렇게 힘없이 앉아 있는 모습을 본 적이 없었다.

"아주머니, 피곤하세요?"

"그래, 아니, 잘 모르겠다."

마릴라는 지친 듯한 눈길로 앤을 올려다보았다.

"피곤하긴 한데 그 생각은 못했어. 그게 문제가 아니야."

"안과 의사는 만나 보셨어요? 뭐래요?"

앤이 걱정스러운 듯 물었다.

"그래, 만나서 검사를 받았어. 독서라든가 바느질처럼 눈을 긴장시키는 일을 완전히 그만 두고 눈물을 흘리지 않도록 조심하라더구나. 그리고 의사가 처방해 준 안경을 쓴다면 내 눈은 더 나빠지지 않고 두통도 좋아질 거라더라. 하지만 지시한 대로 하지 않으면 6개월 후에는 분명히 앞을 못 보게 될 거라고 했어. 눈이 멀다니! 앤, 어쩜 좋으냐!"

너무 놀란 앤은 짧은 탄식을 내뱉고 나서 잠깐 동안 아무 말을 하지 않았다. 아무 말도 할 수 없었다. 잠시 후 앤은 간신히 용기를 내어 말을 꺼냈다.

"아주머니, 그런 생각은 마세요. 의사 선생님도 희망을 주셨잖아요. 조심하면 완전히 시력을 잃는 건 아니라고요. 그리고 안경을 끼고 두통이 사라진다면 정말 좋은 일이고요."

하지만 마릴라는 비통한 목소리로 말했다.

"난 그렇게 희망적으로 보지 않아. 책을 읽거나 바느질 같은 일을 하지 못한다면 사는 데 무슨 재미가 있겠니? 차라리 장님이 되는 게 낫겠다. 아니면 죽거나. 눈물을 흘리는 건 외로울 때는 어쩔 수 없는걸. 그래, 이야기해 봐야 소용없지. 앤, 차 한 잔만 가져다주면 고맙겠구나. 너무 지쳐서 말이야. 그리고 당분간은 아무에게도 이 이야기는 하지 말아라. 사람들이 몰려와서 이것저것 물어대고 가슴 아파하는 건 못 참을 것 같구나."

저녁을 먹은 후 앤은 마릴라에게 잠자리에 들라고 권했다. 그리고 동쪽 방으로 가 어둠 속에서 창가에 앉아 무거운 마음으로 눈물을 흘렸다. 집으로 돌아와 이곳에 앉았던 그날 밤 이후로는 슬픈 일들의 연속이었다. 그때는 모든 것이 희망과 즐거움으로 가득했고 미래도 장밋빛으로 빛나지 않았던가! 그날 이후로 몇 년은 더 산 것 같은 기분이었다. 하지만 잠자리에 들기 전에 앤의 입술에는 미소가, 마음에는 평화가 찾아들었다. 자신이 해야 할 일을 용감하게 바라보게 된 것이다. 그리고 그 의무감이 자신을 지지하고 있는 것 같았다. 솔직한 마음으로 의무를 대하면 언제나 그렇듯.

며칠이 지난 어느 날 오후, 마릴라는 마당에서 손님과 이야기를 나누고 난 다음 천천히 안으로 들어왔다. 앤이 얼핏 보니 카모디에서 온 존 새들러 씨였다. 그 사람이 무슨 말을 했기에 마릴라의 표정이 저럴까 궁금했다.

"새들러 씨가 뭐라고 했어요, 아주머니?"

마릴라가 창가에 앉더니 앤을 바라보았다. 눈물을 흘리지 말라는 안과 의사의 충고에도 불구하고 마릴라의 눈에는 눈물이 고여 있었다. 마릴라는 갈라진 목소리로 말했다.

"내가 초록 지붕 집을 판다는 이야기를 듣고 새들러 씨가 이 집을 사고 싶어서 왔다는구나."

"이 집을 사겠다고요! 초록 지붕 집을요?"

앤은 자신이 제대로 들은 건지 궁금했다.

"아주머니, 설마 이 집을 파실 건 아니죠?"

"앤, 나도 어떻게 해야 할지 모르겠어. 곰곰이 생각해 봤는데 말이야. 눈이 건강하면 일꾼을 써서라도 여기서 어떻게든 모든 것들을 꾸려 나가겠지만 너도 알다시피 그럴 수가 없잖아. 난 시력을 몽땅 다 잃을지도 모르는데 그렇게 되면 아무것도 할 수 없을 테니까. 아, 이 집을 팔아야 할 날이 올 거라고는 생각지도 못했는데. 계속 모든 일들이 나빠지기만 해. 아무도 이 집을 사려 하지 않으면 어쩌지? 우리 돈은 몽땅 그 은행에 들어가 있고 지난가을에 매튜 오빠가 쓴 어음도 있어. 린드 부인은 농장을 팔고 어딘가에서 하숙을 하는 건 어떻겠냐고 해. 내 생각엔 자기 집에 있으라는 이야기인 것 같아. 집을 팔아도 돈이 많지는 않을 거야. 작고 낡은 집이니까. 그래도 내가 살기에는 충분하지 싶다. 앤, 네가 장학금을 받아서 얼마나 고마운지 모르겠다. 방학 때 돌아올 집이 없어져서 너무 미안하구나. 하지만 넌 잘 견뎌 낼 거라 믿는다."

마릴라는 주저앉아 비통하게 울기 시작했다.

"그래도 초록 지붕 집을 팔면 안 돼요."

앤이 단호하게 말했다.

"앤, 나도 팔고 싶지 않아. 하지만 너도 보다시피 상황이 이렇잖아. 난 혼자서는 집에서 살 수 없어. 외롭고 힘들어서 미쳐 버릴 거야. 그리고 내 시력도 결국엔, 결국엔 멀게 될 거야."

"아주머니, 혼자 계시지 않아도 돼요. 제가 함께 있을게요. 레드먼드에 가지 않겠어요."

"레드먼드에 가지 않겠다니!"

마릴라는 초췌한 얼굴을 들어 앤을 바라보았다.

"그게 무슨 말이냐?"

"말씀드린 대로예요. 장학금을 받지 않겠어요. 아주머니가 시내에 다녀오신 날 밤에 그렇게 결정했어요. 저를 키워 주신 아주머니를 혼자 두고 제가 떠날 수 있으리라 생각지는 않으시겠죠? 어떻게 할 건지 계획을 세우고 있었어요. 제 계획을 말씀드릴게요. 배리 씨가 내년에 우리 농장을 빌리고 싶어 하세요. 그러니 그 문제로 걱정하지 않으셔도 돼요. 그리고 전 선생님이 되겠어요. 이곳학교에 지원을 했지만 잘 될 거라 기대하지는 않아요. 학교 위원회에서 길버트 블라이드를 뽑은 걸로 알고 있거든요. 하지만 카모디

학교에는 들어갈 수 있을 거라고 어젯밤에 가게에서 블레어 씨가 말씀해 주셨어요. 물론 에이번리 학교에 가는 것만큼 잘된 일은 아니지만요. 하지만 카모디에서 하숙을 하고 날씨가 좋은 날에는 카모디까지 마차를 타고 왔다 갔다 할게요. 겨울에도 금요일마다 집에 올 수 있어요. 그러니 말을 팔지 말고 갖고 있어야 해요. 아주머니, 모두 제가 세운 계획이에요. 그리고 제가 책을 읽어드리면 기운이 나실 거예요. 지루하지도 외롭지도 않으실걸요. 우리는 함께 정말 아늑하고 행복하게 살 거예요. 아주머니랑 저, 둘이서요."

마릴라는 꿈을 꾸고 있는 것처럼 앤의 이야기를 듣고 있었다.

"아, 앤, 네가 이곳에 있으면 난 정말 잘 지낼 수 있을 거야. 하지만 나 때문에 너를 희생시킬 수는 없어. 그건 정말 말도 안 되는 일이야."

앤이 유쾌하게 웃었다.

"무슨 말씀이세요! 제가 희생하는 건 없어요. 초록 지붕 집을 포기하는 것보다 더 끔찍한 일은 없어요. 그 일보다 제가 괴로운 일은 없다고요. 우리가 살던 정든 곳을 지켜야 해요. 전 이미 결정했어요. 전 레드먼드로 가지 않을 거예요. 아이들을 가르치면서 여기서 살겠어요. 그러니 조금도 제 걱정은 하지 마세요."

"하지만 네가 갖고 있던 꿈과 그리고……."

"전 그 어느 때보다 열심히 제 꿈을 향해 달리고 있어요. 다만 그 꿈의 목표가 바뀐 것뿐이에요. 좋은 선생님이 되겠어요. 그리고 아주머니의 시력을 지킬 거예요. 게다가 집에서 공부하면서 작은 대학 과정을 혼자서 이수해 볼 생각이에요. 아주머니, 계획이 너무 많이 생겼어요. 1주일 동안 생각한 계획들이에요. 이곳에서 최선을 다하면 최고의 결과가 돌아올 거라 믿어요. 퀸스 학교를 떠날 때는 미래가 탄탄대로처럼 제 앞에 좍 펼쳐진 것 같았어요. 그리고 그 길을 따라 이정표들이 있을 거라 생각했죠. 이제 그 이정표에는 모퉁이가 있네요. 그 모퉁이를 돌면 뭐가 있을지는 저도 몰라요. 하지만 좋은 일들이 있을 거라 믿을래요. 모퉁이 자체만으로도 매력적이에요. 모퉁이를 돌면 뭐가 나올까요? 빛과 그림자가 어우러져 장관을 이룬 초록색 숲이 나올지, 어떤 풍경일지, 어떤 아름다운 것들이 나올지, 어떤 언덕과 계곡들이 나올지 궁금해요."

"난 네가 포기하지 말았으면 좋겠구나."

장학금 이야기였다.

"하지만 이제 아주머니도 저를 말리시진 못해요. 전 열여섯 살이 넘었으니까요. 린드 아주머니가 언젠가 제게 '당나귀처럼 고집이 세다.'고 말씀하셨죠."

앤은 깔깔 웃었다.

"아주머니, 저를 가엾게 생각하지 마세요. 동정 받는 거 싫어요. 그럴 필요도 없고요. 제가 좋아하는 초록 지붕 집에서 계속 살 생각을 하니 너무 행복한걸요. 아주머니나 저만큼 이 집을 사랑할 수 있는 사람은 없어요. 그러니 우리가 지켜야죠."

결국 마릴라는 앤의 뜻을 받아들였다.

"정말 고맙구나! 네 덕에 내가 새 삶을 살게 될 것 같아. 어떻게 해서든 널 대학에 보내야 하겠지만 그럴 수 없다는 걸 나도 알고 있어. 그러니 애쓰지 않을게. 하지만 앤, 언젠간 보답을 하도록 하마."

앤 셜리가 대학에 가는 것을 포기하고 집에 머물면서 아이들을 가르치게 됐다는 이야기가 에이번리에 알려지자 그 일을 두고 이러쿵저러쿵 많은 말들이 오갔다. 마릴라의 눈에 대해서 모르는 대부분의 사람들은 앤이 어리석다고 생각했다. 하지만 앨런 부인은 그렇지 않았다. 앨런 부인이 잘 결정했다고 말하자 앤의 눈에서는 기쁨의 눈물이 흘렀다. 린드 부인도 마찬가지였다. 어느 날 저녁, 린드 부인이 초록 지붕 집에 가니 앤과 마릴라는 따뜻하고 향기로운 여름 어스름 속에서 문 앞에 앉아 있었다. 두 사람은 정원에 하얀 나방들이 날아다니고 박하향이 촉촉한 공기 가득 풍겨오는 땅거미 질 무렵, 그곳에 앉아 있는 것을 좋아했다.

린드 부인은 피곤함과 안도가 섞인 숨을 길게 내쉬며 문가의 돌로 만든 의자에 육중한 몸을 내려놓았다. 돌 의자 뒤에는 분홍색과 노란색의 키 큰 접시꽃들이 일렬로 피어 있었다.

"이렇게 앉으니 너무 편하네. 하루 종일 걸어 다녔거든요. 두 발이 지탱하기에 90킬로그램은 좀 무겁죠? 마릴라 당신은 살이 찌지 않아 다행이에요. 감사하게 생각해야 할 거에요. 그나저나 앤, 대학에 가는 걸 포기했다는 이야기를 들었다. 정말 잘 결정했어. 이미 여자로서는 충분할 만큼 교육을 받았잖아. 여자들이 남자들과 대학에 가서 라틴 어니 그리스 어니 하는 말도 안 되는 것들로 머리를 가득 채우는 건 난 반대다."

앤이 웃으며 말했다.

"하지만 린드 아주머니, 전 라틴 어와 그리스 어를 공부할 건데요. 초록 지붕 집에서 대학에서와 마찬가지로 인문학 과정을 공부할 생각이에요."

린드 부인은 놀란 듯 두 손을 들었다.

"앤 셜리, 그건 자살 행위야."

"절대 아니에요. 전 그렇게 공부하면 보람을 느낄 것 같아요. 무리하지는 않을 거예요. 앨런 부인 말대로 '적당히' 할 거예요. 긴 겨울밤에는 여유 시간이 많고 저는 수예에는 소질이 없으니 하지도 않을 테니까요. 제가 카모디에서 아이들을 가르칠 거라는 거 아시잖아요."

"글쎄다. 여기 에이번리에서 아이들을 가르치는 거 아니었니? 학교 위원회에서 너에게 학교를 맡기기로 결정했다고 들었는데."

깜짝 놀란 앤이 벌떡 일어났다.

"린드 아주머니! 전 위원회에서 길버트 블라이드로 결정한 걸로 알고 있어요!"

"그랬지. 그런데 네가 에이번리 학교에 지원했다는 소리를 듣고 길버트가 위원회로 갔어. 그래서 지난밤에 위원회는 학교에서 회의를 했지. 길버트는 위원회에 자신의 지원을 철회하겠다고 하면서 너의 지원을 받아들여 달라고 부탁을 했다는구나. 그리고 자신은 화이트 샌즈에 있는 학교로 갈 거라고 했단다. 길버트는 너를 위해 에이번리 학교를 포기한 거지. 네가 얼마나 마릴라와 함께 있고 싶어 하는지 아니까. 정말 생각이 깊고 마음이 따뜻한 아이야. 희생정신도 뛰어나고. 길버트가 화이트 샌즈에 가면 하숙비와 대학 등록금을 모두 그 아이가 직접 벌어야 한다는 것을 다들 알고 있거든. 아무튼 그렇게 해서 위원회가 너의 지원을 받아들이기로 한 거야. 토머스에게서 그 이야기를 듣고 나서는 말해 주고 싶어 입이 근질거려 죽는 줄 알았다."

"그러면 안 될 것 같아요. 그러니까, 저 때문에 길버트가 그런 희생을 하게 하면 안 될 것 같다고요."

앤이 중얼거렸다.

"이제 그 아이를 말릴 수 없을 거야. 화이트 샌즈 운영 위원회와 계약이 끝났으니까 네가 거절한다고 해도 아무 소용이 없을걸. 앤, 에이번리 학교에 가서 잘해 보렴. 파이 씨네 아이들도 없으니까. 조시가 파이 씨네 아이들 중 마지막이었으니 정말 다행이지 뭐니. 지난 20년 동안 파이 씨네 아이들이 에이번리 학교를 다녔지. 그런데 그 아이들은 학교 선생님들을 애먹이는 게 평생의 임무였던 것 같아. 아이고, 깜짝이야! 배리 씨 댁에서 깜빡이는 건 대체 뭐니?"

앤이 웃으며 말했다.

"다이애나가 자기 집으로 오라고 저에게 신호를 보내는 거예요. 옛날부터 그렇게 했었어요. 다이애나가 왜 저를 부르는지 잠깐만 다녀올게요."

앤은 클로버로 덮인 비탈길을 사슴처럼 달려가 유령의 숲 전나무 그늘 속으로 사라졌다. 린드 부인이 앤의 뒷모습을 넉넉한 눈빛으로 바라보았다.

"아직은 애 같은 구석이 많아요."

"이제는 여러모로 여성스러운 면이 많아졌답니다."

마릴라는 순간적으로 예전의 날카로운 성격이 돌아와 나무라듯 말했다.

하지만 마릴라의 성격은 이제 더 이상 날카롭지 않았다. 린드 부인은 지난 밤 토머스에게 말했다.

"이제 마릴라 커스버트가 많이 온화해졌어요."

다음날 오후, 앤은 매튜의 무덤에 싱싱한 꽃을 바치고 스코틀랜드 장미에 물을 주기 위해 에이번리 묘지에 갔다. 포플러 나무 잎사귀 부스럭거리는 소리가 마치 낮은 목소리로 다정하게 말하는 듯 들리고, 무덤 사이에 자란 풀들이 속삭이듯 흔들리는 그곳의 고요함과 평화로움이 좋아서 앤은 어스름해질 때까지 그곳에 있었다. 앤이 묘지를 나서서 반짝반짝 호수까지 길게 이어진 언덕을 내려올 때쯤에는 이미 해가 저물어 에이번리 마을은 온통 꿈결 속에 누워 있는 것 같았다. 마치 '아주 먼 옛날 평화의 유령' 같은 모습이었다. 바람이 클로버 밭 위를 불어오자 온통 신선한 기운이 가득했다. 여기저기 집에서 새어 나오는 불빛들이 농장의 나무들 사이로 반짝거렸고 저 멀리로는 끊임없이 파도가 밀려드는 자주빛 바다가 안개 속에 누워 있었다. 여러 빛깔들이 장관을 이룬 서쪽 하늘이 잔잔하고 고요한 연못 위에 비추이고 있었다. 이 아름다운 풍경들에 가슴이 먹먹해진 앤은 기꺼이 영혼의 문을 활짝 열어젖혔다.

"내 정든 세상아, 너희들은 너무 사랑스러워. 그리고 내가 이 세상에 살아 있다는 게 너무 행복해."

언덕을 반쯤 내려왔을 때 키가 큰 청년 하나가 블라이드 씨네 농장 정문에서 휘파람을 불며 나왔다. 바로 길버트였다. 앤을 알아본 길버트는 휘파람을 멈추었다. 길버트는 정중하게 모자를 살짝 들어올리며 인사를 하고는 아무 말 하지 않고 지나가려 했다. 앤이 멈춰 서서 손을 내밀지 않았다면 말이다.

"길버트, 나를 위해 학교를 포기해 줘서 고마워. 넌 정말 좋은 사람이야. 내가 정말 고마워하고 있다는 걸 알아 줬으면 좋겠어."

앤이 붉어진 얼굴로 말했다.

길버트는 앤이 내민 손을 꼭 잡았다.

"난 전혀 좋은 사람이 아니야. 너를 위해 조그만 일이라도 할 수 있어서 기뻐. 이제 우리 친구가 될 수 있을까? 옛날의 내 실수를 이제 용서해 주는 거니?"

앤은 웃으면서 손을 빼려 했지만 그러지 못했다.

"연못에서 네가 나를 도와줬던 날, 난 이미 널 용서했어. 그런데 내가 용서했다는 걸 난 몰랐지. 난 정말 고집불통 멍청이였어. 솔직히 말하면…… 그날 이후로 정말 속상했어."

길버트는 기뻐하며 말했다.

"우린 좋은 친구가 될 거야. 우린 그럴 운명이었어. 넌 너무 오랫동안 그 운명을 거역했던 거지. 그만큼 했으면 충분해. 우린 여러 방면에서 서로를 도울 수 있을 거야. 넌 공부를 계속 할 거지? 나도 그럴 거야. 자, 가자. 집까지 바래다줄게."

앤이 부엌으로 들어가자 마릴라가 궁금하다는 듯한 얼굴로 쳐다봤다.

"너랑 같이 걸어온 아이가 누구였니?"

"길버트 블라이드요. 배리 씨네 언덕에서 만났어요."

앤은 얼굴이 붉어지는 것이 당황스러웠다.

"문 앞에 서서 30분 동안 이야기를 나눌 만큼 너랑 길버트가 친한 사이인 줄은 몰랐는데."

마릴라가 별 감정 없이 미소를 지었다.

"그랬었죠. 서로 원수처럼 지냈죠. 하지만 이제부터 좋은 친구가 되는 게 좋을 것 같다는 결론을 내렸어요. 우리가 30분이나 서 있었나요? 몇 분밖에 안 된 줄 알았는데. 하지만 5년 동안이나 이야기를 나누지 못했으니 해야 할 이야기가 좀 많았나 봐요."

그날 밤 앤은 흐뭇한 마음으로 자기 방 창문가에 한참을 앉아 있었다. 벚나무 가지 사이로 기분 좋게 바람이 불자 박하향이 풍겨 왔다. 골짜기에 우거진 전나무 위로 별들이 반짝였고 전나무 사이로는 언제나처럼 다이애나 집에서 새어 나오는 불빛이 어렴풋이 빛나고 있었다.

퀸스 학교에서 돌아와 그곳에 앉았던 그날 밤 이후로 미래에 대한 앤의 생각이 많이 위축되었다. 하지만 앤은 자기 앞에 펼쳐진 길이 좁아진다 하더라도 그 길을 따라 행복의 꽃들이 만발하리라는 것을 알고 있었다. 성실한 노력과 값진 포부, 마음이 맞는 친구를 가진 기쁨은 앤의 것이었다. 앤의 타고난 상상력과 이상은 아무도 빼앗아 갈 수 없을 것이다. 그리고 길에는 언제나 모퉁이가 있는 법이다!

"'하느님은 하늘에 계시고, 모든 것은 우리의 뜻대로.'"

앤은 나지막이 속삭였다.

'주근깨 빼빼 마른 빨간 머리 앤'의 영원한 매력

이 책을 번역하는 동안 주변 사람들에게 『빨간 머리 앤』 이야기를 꺼내면, 다들 하나 같이 잃어버린 소중한 물건을 되찾기라도 한 듯 반가운 표정을 지으며 '어릴 때 빨간 머리 앤을 무지 좋아했다.'고 수줍은 듯 고백을 해 왔다. 그러고는 까마득하게 잊고 있었던 자신의 어린 시절을 되새기듯 앤의 이야기를 더듬더듬 되살려 보며 추억에 잠기는 친구도 있었고, '주근깨 빼빼 마른 빨간 머리 앤'으로 시작되던 TV 애니메이션 주제가를 떠올리며 행복해하는 친구도 있었다. 또 앤이 성장한 이후의 이야기도 번역해 보라는 고마운 '조언'을 해 주는 친구도 있었다.

번역을 하고 있는 나 못지않게 앤을 사랑하고 있는 주변 사람들의 모습을 보니 반갑기도 했지만 한편으로는 바짝 긴장되는 면도 없지 않았다. 이렇게 많은 사람들의 사랑을 한몸에 받고 있는 앤에게 새로운 옷을 입혀 또 다시 독자들 앞에 데리고 나가는 일의 부담감이란! 하지만 번역 작업을 하는 동안 긴장과 부담감은 사라지고 나역시 잊고 있었던 앤의 사랑스러움에 다시금 푹 빠져 들고 말았다. 앤의 머리를 단정하게 빗기고 옷매무새를 다듬어 손을 잡고 세상으로 나가는 역할을 하고 있다는 사실이 무한정 기쁘고 뿌듯했다.

어찌하여 앤은 특별한 '안티' 없이 세대를 아우르며 지금까지 사랑을 받을 수 있었을까?

대부분의 문학작품 속 주인공들은 역경을 딛고 헤쳐 나가는 과정을 겪는다. 그리고 독자들은 그 과정을 통해 성장하는 인물들을 지켜보며 마음의 문을 열고 카타르시스를 느낀다. 그런데 중요한 것은 인물이 어떻게 그 고난을 이겨내는가 하는 것이다. 앤의 경우는 그 과정이 참으로 구김살 없고 밝다는 것이 독자들을 이끄는 매력인 듯하다. '고아'라는 단어에서 일반적으로 느낄 수 있는 아픔과 처연함은 어디에서도 찾아볼 수 없는 앤의 해맑고 순수한 모습을 보며 앤을 사랑하지 않고서는 견딜 수 없는 것이다. 사람에 대한 진정성, 어려움 속에서도 자신을 놓지 않으려는 강한 자존심, 세상을 향한 열정 속에서 독자들은 강력하고 밝은 에너지를 느낀다. 그리고 이 모든 것들을 가능하게 한 것은 앤의 '상상력'이었다. 앤이라고 왜 힘들지 않았겠는가? 초록 지붕 집에 오기 전까지의 앤은 전형적인 고아의 모습이지 않았던가? 하지만 그 모습마저도 사랑스럽게 느껴지는

〉〉〉

것은 바로 앤의 그 상상력 때문이었다. 상상력 없는 앤은 그야말로 팥소 없는 찐빵이라 해도 과언이 아닐 것이다.

또 하나, 빨간 머리 앤이 독자들에게 사랑받는 것은 프린스 에드워드 섬의 아름다운 자연 풍경 때문이 아닐까 싶다. 작가의 실제 고향이기도 한 그곳을 몽고메리는 생동감 있는 필치로 묘사하여 책을 읽는 누구나 그곳의 아름다움에 흠뻑 빠질 수 있도록 했다. 일찍 부모를 여의고 조부모 손에서 자란 몽고메리가 외로움을 이길 수 있었던 힘의 원천은 조부모의 사랑과 외로움을 이길 수 있는 상상력, 그리고 고향의 아름다운 자연환경이 아니었을까? 그리고 그 모든 것들은 앤을 통해서 고스란히 작품화된 듯하다.

우리가 '고전' 혹은 '명작'이라고 부르며 읽는 책들의 가치는 시간과 공간을 뛰어넘어 독자들이 공감하고 감동한다는 데 있다. 그리고 시간이 흐를수록 그 감동의 폭 또한 한층 넓어져 어른이 되어 읽었을 때 청소년 시절에 읽었을 때와 또 다른 깊이로 그 책을 접할 수 있다. 그래서 우리는 고전을 읽고 또 읽게 되는 것이다.

어린이, 청소년 독자들은 『빨간 머리 앤』을 읽으면서 앤이나 다이

428

애나가 될 것이다. 앤처럼 고아가 되어 이 집 저 집 아픈 기억을 안고 다니다 마릴라와 매튜를 만나 희망이나 행복을 처음 만나게 될 수도 있고, 이웃집에 입양된 상상력 풍부한 친구를 만난 다이애나가 될 수도 있을 것이다. 하지만 어른 독자들은 앤이 아니라 앤을 바라보는 마릴라나 매튜의 입장이 될지도 모르겠다. 실제로 아이를 키우는 부모라면 더욱 크게 공감하며 책에 푹 빠질 것이다.

어릴 적 '빨간 머리 앤'의 팬이었던 내 친구들은 새로 태어난 앤을 읽으며 무슨 생각을 할지, 그리고 지금 처음으로 앤을 만난 어린 독자들은 또 어떤 생각을 할지 자못 기대가 되는 순간이다. 하지만 무엇보다 확실한 건 그들이 앤을 사랑하지 않고서는 견딜 수 없으리라는 것이다.

2011년 가을
옮긴이 최지현

루시 모드 몽고메리 (Lucy Maud Montgomery)
1874년 캐나다의 프린스 에드워드 섬에 있는 클리프턴 마을에서 태어났다. 두 살 때 어머니를 여의고 우체국을 경영하는 조부모 손에서 자랐다. 어렸을 때부터 글쓰기에 재능이 있어서 열다섯 살 때 쓴 시가 지방 신문에 실리기도 했다. 이후 샬럿타운에 있는 프린스 오브 웨일스 대학과 핼리팩스에 있는 달하우지 대학에서 공부한 후 교사가 되었으나, 스물네 살 때 외할아버지가 돌아가시자 외할머니를 위해 캐번디시로 돌아와 우체국 일을 도왔다. 틈틈이 글을 써 잡지에 시와 소설을 발표했으며 신문 기자로 활동하기도 했다. 이후 18개월 만에 완성한 『빨간 머리 앤』 원고를 여러 출판사에 보냈지만 거절당하고, 2년 뒤 다시 수정해 보스턴 출판사에 보내 출간되었다. 1908년에 『빨간 머리 앤』이 출간되자마자 폭발적인 인기를 얻었으며 수많은 독자들의 요청에 따라 앤의 다른 이야기를 담은 후속작을 쓰기도 했다. 1911년에 외할머니가 돌아가시자 약혼자였던 이완 맥도널드 목사와 결혼한 뒤, 작가로 활동하며 1935년에는 대영제국 훈장을 수여하기도 했다. 제2차 세계 대전이 한창이던 1942년, 토론토에서 사망해 캐번디시의 묘지에 묻혔다.

최지현
1972년 부산에서 태어났으며, 부산대학교에서 국어국문학을 전공했다. 2005년 '푸른문학상'을 받으며 작품 활동을 시작했고, 현재 아동청소년문학 전문 번역가로도 활동하고 있다. 그동안 옮긴 책으로는 『교환학생』, 『내 이름은 라크슈미입니다』, 『니임의 비밀』, 『문제아』, 『그 소년은 열네 살이었다』, 『안네의 일기』, 『시간 밖으로 달리다』, 『빨간 머리 앤』 등이 있다.

All Ages' Classics

올 에이지 클래식은 시대와 나이를 초월하여
10살부터 100살까지 늘 우리의 삶과 함께하는
소중한 친구 같은 책입니다.

빨간 머리 앤

펴낸날 초판 1쇄 2011년 12월 30일
지은이 루시 모드 몽고메리 | **옮긴이** 최지현
펴낸이 신형건 | **펴낸곳** (주)푸른책들 | **등록** 제321-2008-00155호
주소 서울특별시 서초구 양재천로7길 16 푸르니빌딩(양재동 115-6) (우)137-891
전화 02-581-0334~5 | **팩스** 02-582-0648
이메일 prooni@prooni.com | **홈페이지** www.prooni.com

ISBN 978-89-6170-253-9 04840

＊잘못된 책은 구입한 곳에서 바꾸어 드립니다.

이 도서의 국립중앙도서관 출판시도서목록(CIP)은 e-CIP홈페이지(http://www.nl.go.kr/ecip)와
국가자료공동목록시스템(http://www.nl.go.kr/kolisnet)에서 이용하실 수 있습니다.
(CIP제어번호:CIP2011004815)

표지그림 | 원유미

보물창고는 (주)푸른책들의 유아, 어린이, 청소년 도서 전문 임프린트입니다.